»ÜBER EINES SOLLTEN WIR UNS IM KLAREN SEIN: DER FRAGWÜRDIGEN FANTASIE IM BEREICH DER WAFFENENTWICKLUNGEN SIND KAUM GRENZEN GESETZT UND WAS WIR EVENTUELL FÜR ZUKUNFTSVISIONEN HALTEN, IST BEREITS HEUTE REALITÄT.«

INHALTSVERZEICHNIS

ÜBER DAS BUCH

»Fünf ... vier ... drei ... Ich will nicht sterben!«

Der Countdown läuft. Die Welt sieht sich einer nie da gewesenen Bedrohung gegenüber.

Ein alter Pass aus dem Dritten Reich taucht bei einer Online-Auktion auf, kurz darauf wird in Südkorea ein junger Mann brutal gefoltert und ermordet. In anderen Teilen der Welt verschwinden namhafte Wissenschaftler spurlos oder sterben unter mysteriösen Umständen.

Als es dann in Nordkorea zu geheimnisvollen Explosionen apokalyptischen Ausmaßes kommt, ist das Team um Leon Marchand in höchster Alarmbereitschaft. Alles deutet auf eine Verbindung zu einem 1945 verschollenen deutschen U-Boot mit unbekannter Fracht hin. Eine andere Spur führt in die Wüste Nordafrikas. Die Jagd nach Antworten fordert weitere Opfer.

Was verbirgt sich hinter »Projekt Todlicht«? Und welche Rolle spielt dabei die verführerische CIA-Agentin Catherine Smith, die Marchand schlaflose Nächte bereitet? Bleibt am Ende genug Zeit, um eine schreckliche Katastrophe zu verhindern?

»Projekt Todlicht« ist ein weiterer spannender Thriller der Autorin Ilona Bulazel, der die Leser garantiert fesseln wird.

KAPITEL 1

400.000 v. Chr.: Der Speer ist vielleicht nicht die erste von Menschen benutzte Waffe, aber sicherlich eine der ersten, die speziell für den Kampf und das Töten hergestellt wurde. Selbst heute benutzen noch viele Menschen den Speer zur Jagd und zur Verteidigung.

* * *

Hiroto hob abwehrend die Hände. Der Versuch, um Gnade zu betteln, scheiterte – die Kugel drang in seine Stirn ein. Das Geschoss prallte am Knochen ab und schrammte unter der Kopfhaut entlang. Keine Sekunde später trat das Projektil seitlich wieder aus und zerfetzte dabei die Ohrmuschel. Er sank auf die Knie.

Neben ihm rief jemand: »Nicht! Er ist doch keine Gefahr. Er …«

Ein Magazin wurde leer geschossen, damit verstummte auch der, der eben noch gerufen hatte.

Hiroto rutschte währendessen auf den Boden. Sein Körper gehorchte ihm nicht mehr. Das war also der Tod, sein Tod. Warmes Blut lief ihm über das Gesicht. Warum konnte er noch denken? Warum hörte er noch das bedrohliche Rauschen des Meeres und das Kreischen der Seevögel? Diese Fragen beschäftigten ihn mehr als die Angst vor dem Unbekannten, das noch vor ihm lag.

Neben ihm knirschte der Kies. Instinktiv hielt er die Augen geschlossen. Eine Stiefelspitze stieß ihm grob in die Seite, aber das nahm er nicht mehr wahr. Seine Gedanken wurden träge. Ein paar Erinnerungen traten zaghaft in Hirotos Bewusstsein. Vor ihm stand plötzlich die Mutter und winkte ihm zu, so wie sie es früher oft getan hatte, als er noch ein kleines Kind gewesen war. Alles glich einem schönen Traum. Ganz weit entfernt erklang ein dumpfes Geräusch, ein weiterer

Schuss, dann verflüchtigten sich auch die letzten Traumbilder und um ihn herum war nur noch Dunkelheit.

Nordkorea – 1. Mai, Gegenwart

Die monotone Stimme zählte rückwärts, dann erfolgte die automatische Zündung. Eine grelle Lichtsäule schoss nach oben und schien irgendwo in der Atmosphäre zu verschwinden. Die Explosion verlief vollkommen unkontrolliert. Es war, als hätte man den Startschuss zur Apokalypse gegeben.

Die Erde riss auf und ein Krater, so tief, als würde er direkt in die Hölle führen, verschlang Teile der Forschungsstation. Der infernalische Lärm der einstürzenden Gebäude konnte jedoch nicht die grauenvollen Schreie der Sterbenden übertönen. Die Menschen flehten um Erlösung und riefen nach dem Tod, als ihre Haut schmolz, bis nur noch die rohen Knochen zurückblieben. Ein hässliches Zischen und Dampfen begleitete dieses furchtbare Schauspiel. Es klang wie sich auflösendes Eis, das in heißes, brodelndes Fett gekippt wurde. Einigen der Opfer platzten die Lungen. Anderen schoss das Blut unaufhaltsam aus Mund, Nase und Ohren, so als hätten ihre Körper keine Gerinnungsstoffe mehr. Obwohl die Qual nur wenige Sekunden dauerte, war sie von einer so grausamen Intensität, dass sich die Sterbenden den sofortigen Tod herbeisehnten.

Und doch waren die, die so umkamen, die Glücklicheren. Denn wer den Test aus einiger Entfernung verfolgt hatte, musste beim Sterben Geduld haben. Deren leidvolles Stöhnen würde nicht so schnell verstummen.

Das medizinische Personal, das zwanzig Minuten später das Testgelände erreichte, stand hilflos zwischen den Verletzten. Unfähig, Herr des Chaos zu werden, wirkten die Männer und Frauen in ihren weißen Schutzanzügen wie Bühnendarsteller, die ihren Einsatz verpasst hatten.

Der Begriff »Bild des Grauens« wurde der Situation nicht einmal im Ansatz gerecht. Für die meisten der Betroffenen würde es keine Rettung geben. Ihre Herzen schlugen noch und auch ihre Gehirne arbeiteten weiter, sorgten unbarmherzig dafür, dass der Schmerz zu spüren war – aber ihren verstümmelten Leibern konnte niemand mehr helfen. Knochen waren mehrfach gebrochen, Rippen bohrten sich durch den Brustkorb und standen wie Stacheln nach außen. Bei manchen quollen die Augäpfel aus den Höhlen und baumelten an dünnen Gewebefäden. Auch für den Mann, dessen Oberschenkel fast bis zur Brust nach oben gerammt worden waren, konnten die Ärzte nichts mehr tun.

Nur die Menschen in den weiter entfernten Schutzräumen waren unversehrt geblieben. Aber von denen war kein Mitleid zu erwarten. Dieser Fehlschlag bedeutete, dass einer die Verantwortung übernehmen musste. Alleine darauf konzentrierten sich diese Männer und Frauen jetzt.

Kiel, Anfang 1945

Es war eine kalte Nacht. Irgendwo in einiger Entfernung trommelte das Dauerfeuer einer Flugabwehrkanone durch die Dunkelheit. Kapitänleutnant Siegfried Röhmer zog die Schultern zusammen. Der dicke Rollkragenpullover unter der schweren schwarzen Lederjacke ließ ihn die feuchte Kälte leicht ertragen. Als guter Soldat hätte er sich sowieso niemals darüber beklagt; weder über eisige Temperaturen noch über sinnlose Befehle. Und dieser Einsatz war ein Selbstmordkommando.

»Herr Kapitänleutnant?«, erklang hinter ihm die Stimme von Egon Stasse, dem Offizier des MSD, dem *Marine Sonderdienst Ausland.* »Wir wären dann so weit.«

Röhmer nickte kurz. Sein Gesichtsausdruck war hart und unergründlich. Tiefe Falten ließen ihn wesentlich älter als vierzig erscheinen. Manche nannten ihn einen alten Seebären, andere einen unberechenbaren Draufgänger. In Wirklichkeit war der Kapitänleutnant nichts mehr von alldem. Er war kriegsmüde und erschöpft. Zu viele hatte er in den letzten Jahren in den Tod geführt. Die Alliierten waren bereits im letzten Juni in der Normandie gelandet und die Russen marschierten nach Berlin – wie lange würde das Sterben noch weitergehen?

»Ihr Passagier sollte jeden Moment eintreffen.«

Auch diese Aussage nahm Röhmer kommentarlos zur Kenntnis. Er erinnerte sich an den Tag, als er den Befehl erhalten hatte:

»Streng geheim, mein lieber Röhmer! Sie verstehen?«, erklärte ihm Stasse mit einem jovialen Schulterklopfen. Dann teilte man ihm die Einzelheiten mit.

»Mein U-Boot soll als ›Milchkuh‹, als Frachter dienen?«, brüllte er wütend, ohne Rücksicht auf den ebenfalls anwesenden Offizier der Waffen-SS. »Sie verlangen, dass ich mit minimaler Besatzung und Bewaffnung irgendwelche Maschinenteile, oder weiß der Teufel was, nach Japan bringe? Einfacher können wir es dem Feind wohl kaum machen. Das ist doch Selbstmord!«

Während des ganzen Gespräches wandte ihnen der SS-Offizier den Rücken zu. Jetzt räusperte er sich geräuschvoll, starrte jedoch weiterhin aus dem Fenster. Ganz langsam begann er, seinen Kopf nach links und rechts zu bewegen, so als würde er sich vor dem Sport aufwärmen. Anschließend zog der Mann die Schultern hoch und wippte auf den Zehenspitzen. Er schien vollkommen entspannt. Plötzlich, mit einem Ruck, drehte er sich um und Röhmer sah in das entstellte Gesicht eines Dreißigjährigen.

Der SS-Offizier trat nun mit ausladenden Schritten vor den U-Boot-Kommandanten. Ein bösartiges Flüstern drang aus seinem Mund: »Sehen Sie mich an, Kapitänleutnant. Diese Narben trage ich mit Stolz. Sie sind das Zeichen meiner Treue gegenüber dem Führer und meinem Vaterland. Nur wenn wir bereit sind, bis zum Äußersten zu gehen, werden wir siegreich sein. Was können Waffen schon bewirken, wenn der Wille fehlt, sie zu führen?«

Jetzt baute sich der Mann direkt vor Röhmer auf und streckte ihm, unangenehm nah, das fratzenartige Gesicht entgegen.

Die in verschiedenen Rosatönen schimmernde verbrannte Haut wirkte wie speckiges Pergamentpapier. Röhmer sah den Irrsinn in den Augen seines Gegenübers, als dieser weitersprach.

»Sagen Si

Die Worte kam

aber die Drohung

Röhmer spannte

erwiderte: »Ich habe

Sohn fiel bei Stalingr

ersten Bombenangriffe. I

zu gerne gestorben.« Nun

Schritt nach vorne und de

zurück. »Stellen Sie nie wieder

bringen, infrage. Ich ...«

»Ich denke, wir sind uns einig.

Röhmer?«, hatte sich Egon Stasse s

eingemischt, bevor der Streit der beide

eskalieren können.

Röhmer verdrängte die Erinnerung und

bundenen Zorn und konzentrierte sich auf das H

Er sah zu seiner Besatzung. Sie hatten ihm Buben

keine erwachsenen Männer. Er würde wieder einm

befehligen.

Sein leitender Ingenieur und guter Freund Fritz Ha

sah ihn erwartungsvoll an. Mechanisch gab er daraufhin

Kommandos und die Männer gingen an Bord. Ihm wa

untersagt worden, die Besatzung über das Ziel und den Zweck ihrer Fahrt zu unterrichten. Er selbst wusste nur das Nötigste.

»Geheime Reichssache!«, war die Standardantwort des MSD gewesen, wenn er nach Details gefragt hatte.

Unter den Bögen des U-Boot-Bunkers fühlte er sich heute mehr denn je an einen Kanalisationstunnel erinnert und Stasse war eine der heimischen Ratten. Dieser Gedanke ließ für einen kurzen Moment ein boshaftes Lächeln auf Röhmers Gesicht erscheinen. Dann wurde er sofort wieder ernst und dachte an die geheimnisvolle Fracht, die in großen Kisten überall auf dem U-Boot verteilt worden war. Selbst einige der Minenschächte waren zu Frachträumen umfunktioniert worden.

ja. Pünktlich auf die Minute!«, seufzte Stasse
den neben Röhmer.
ern von Absätzen war zuerst zu hören, dann
ei Gestalten aus der Dunkelheit.
war nicht besonders begeistert, auch noch einen
agier an Bord zu haben, darum trat er dem Mann
Freundlichkeit entgegen. Noch schlimmer war
ss dieser in Begleitung kam. Trotz der schlechten
ältnisse hatte der Kapitänleutnant den zweiten Mann
erkannt. Dieses verunstaltete Gesicht, das mit
arben übersät war, konnte man unmöglich vergessen.
ndelte sich um den SS-Offizier, der damals auch in
s Büro gewesen war.
it einem triumphierenden Lächeln begrüßte der nun die
esenden: »Wie es aussieht, ist alles zur Zufriedenheit des
hrers vorbereitet.« Der Mann behandelte Röhmer, als wäre
r Luft. Stattdessen wandte er sich ausschließlich an Egon
tasse. »Das ist Professor Friedrich Maynfeld«, sagte er beinahe andächtig. »Der Führer erwartet, dass man den Professor mit der größtmöglichen Ehrerbietung behandelt. Ich hoffe, wir verstehen uns.«

»Selbstverständlich!«, antwortete Stasse kriecherisch, während Röhmer den Befehl mit einem kaum wahrnehmbaren Nicken bestätigte.

Stasse übernahm es schließlich, die Männer vorzustellen.

Abschätzend betrachtete Friedrich Maynfeld den U-Boot-Kommandanten Röhmer, der ihn an sein Ziel bringen sollte. Schließlich streckte er seine Hand aus. »Sehr erfreut, Herr Kapitänleutnant. Ich hoffe, Sie und Ihre Männer sind sich der Wichtigkeit unserer Mission bewusst.«

Röhmer empfand sofort eine Antipathie gegenüber dem Fremden. Sein Instinkt sagte ihm, dass dieser Professor ein kaltblütiges Aas war. Dafür reichte ein Blick in die gefühllosen Augen des Mannes.

Maynfeld entsprach nicht gerade dem Bild eines typischen Gelehrten dieses akademischen Grades. Das lag vor allem an seinem Alter. Der Wissenschaftler war vermutlich noch keine fünfunddreißig. Nein, ein zerstreuter Professor war Maynfeld wohl kaum.

Der Kerl ist berechnend, dachte Röhmer nicht ohne Sorge.

»Verehrter Professor, ich darf Ihnen im Namen des Führers die besten Wünsche für ein erfolgreiches Gelingen aussprechen?« Der SS-Offizier räusperte sich und fuhr dann feierlich fort: »Ich möchte noch anfügen, dass ich Sie um diese Mission beneide.«

Bei seiner kleinen Ansprache ließ er Röhmer allerdings bewusst unerwähnt.

Stasse beeilte sich, ebenfalls etwas zu sagen. »Fürwahr, Sie sind ein echter Held des Vaterlandes!«

»Aber, aber, meine Herren. Ich tue nur meine Pflicht«, antwortete der Professor salbungsvoll, während der Kapitänleutnant ein Zähneknirschen unterdrückte.

»Deutschland wird für immer in Ihrer Schuld stehen!«, setzte der SS-Offizier nun noch nach.

Unter anderen Umständen hätte Röhmer diese Szene mit einem Kopfschütteln abgetan. Aber das, was er hier gerade hörte, verstärkte seine Besorgnis. Bisher hatte er nicht wirklich geglaubt, dass ein gelungener Transport von Kiel nach Japan kriegsentscheidend sein könnte. Eher war er davon ausgegangen, dass Egon Stasse und sein SS-Freund mit dieser ganzen Aktion die eigene Wichtigkeit herauskehren wollten. Aber so langsam kamen dem Kapitänleutnant Bedenken. Was, wenn diese Fahrt der U-9881 tatsächlich eine entscheidende Rolle für den Sieg spielen könnte? Deutschland lag bereits am Boden, davon war Röhmer überzeugt.

Den Ersten Weltkrieg hatte er als Kind erlebt. Er wusste genau, wie sich eine Niederlage anfühlte. Heute brauchte er sich nur umzuschauen, um zu wissen, dass das Ende nur noch eine Frage der Zeit war. Was also hatte er an Bord, das daran noch etwas ändern könnte? Viele geheimnisvolle Kisten und Behälter teilten mit ihm und seinen Männern den knappen Platz unter Deck. Und jetzt waren sie zu allem Übel das Begleitpersonal für diesen Wissenschaftler, vor dem selbst die Waffen-SS katzbuckelte. Röhmer wollte weder mit der Fracht noch mit diesem aufgezwungenen Passagier etwas zu tun haben.

Das frenetische »Heil Hitler« von Egon Stasse ließ den Kapitänleutnant zusammenfahren. Er murmelte genervt einen entsprechenden Abschiedsgruß. Etwas, das Professor Maynfeld mit großem Interesse registrierte.

Dann wandte sich der Wissenschaftler mit einer gönnerhaften Miene dem SS-Offizier zu, der daraufhin salutierte und in militärischer Manier die Hacken zusammenschlug.

Zentrale des FSB (russischer Geheimdienst)
1. Mai, Gegenwart

Einem grellen Lichtblitz folgte eine weiße Wolke, die sich langsam auf dem großen Flachbildschirm ausbreitete. Die Sequenz lief abgehackt und verzerrt über den Monitor.

»Was zum Teufel war das?« Der Leiter der Abteilung *Aufklärung Nordkorea* hatte einen tiefen Bass. Als seine Stimme nun durch das moderne Konferenzzimmer dröhnte, verstummten die Anwesenden.

»Antworten!«, setzte der Mann gereizt nach.

Jetzt begann das Papiergeraschel, und endlich wagte einer der Analysten zu sprechen. »Wir wissen es nicht …«

Noch bevor sich die Stimme des Abteilungsleiters erneut erhob, fuhr sein Mitarbeiter fort: »Wir haben nur die Satellitenbilder. Es ist eindeutig eine Explosion.«

Der Vorgesetzte betrachtete erneut die Aufnahmen. »Haben wir schon eine Rückmeldung von den Nordkoreanern?«

In diesem Moment wurde die Tür aufgerissen und eine hübsche Frau im schlichten grauen Kostüm stürmte ins Zimmer.

Ohne eine Aufforderung abzuwarten, sprudelte es aus ihr heraus: »Es war ein Unfall!« Dann schnappte sie geräuschvoll nach Luft und sprach weiter: »Eine Chemiefabrik ist in die Luft geflogen, keine Toten, nur ein paar Leichtverletzte.«

»Das glauben die doch selbst nicht«, blaffte ihr Vorgesetzter ungehalten. »Was ist das für eine Chemiefabrik, bei der Radioaktivität austritt?«

»Das ist ja das Verwirrende«, schaltete sich der Analyst wieder ein. »Die Messungen bestätigen zwar den Austritt von Strahlung, aber die Menge ist zu gering für die üblichen Atombombentests. Die seismischen Auswertungen und die

Satellitenbilder lassen allerdings darauf schließen, dass hier eine Detonation provoziert wurde und es sich nicht um einen harmlosen Fabrikunfall handelt.«

»Die Strahlung ist also zu schwach für eine Atombombe, aber eine Bombe könnte es trotzdem sein?«

Der scharfe Ton des Vorgesetzten ließ den Mitarbeiter zusammenzucken. Hilflos hob der die Hände. »Wir können es nicht zuordnen, vielleicht kann man auf diplomatischem Weg mehr erfahren. Immerhin sind unsere Nationen miteinander befreundet.«

Der Abteilungsleiter winkte müde ab. Sollte er sich die Mühe machen und dem jungen Mann erklären, dass es auch zwischen befreundeten Nationen Geheimnisse gab? Schließlich stellte der FSB seine Aktivitäten nicht einfach ein, bloß weil gerade mal Friede, Freude, Eierkuchen mit einem anderen Land herrschte. Er versagte sich jedoch den Kommentar. Sollten die Herren ganz oben entscheiden, wie es weitergehen würde.

1945, einige Wochen nach dem Auslaufen des U-Boots Nr. 9881

»Das Boot ist aufgetankt, Herr Kaleu!«, teilte Fritz Hallster Röhmer mit. Sie hatten eines der Versorgungsschiffe erreicht und den notwendigen Diesel bekommen.

»Gut, dann Kurs halten!«

»Jawoll, Herr Kaleu!«

Damit war der leitende Ingenieur eigentlich entlassen. Aber Hallster machte keine Anstalten, sich aus der Kabine des Kommandanten zu entfernen.

Röhmer, der gerade die Seekarten studierte, blickte auf. Hallsters bekümmerter Gesichtsausdruck entging ihm nicht. Seit Jahren fuhren sie gemeinsam zur See und waren mehr als nur Kameraden.

»Was gibt es, Fritz?«, fragte Röhmer daher und wechselte zum vertraulichen »Du«.

»Ich mache mir Sorgen.«

»Und weswegen?« Röhmer legte die Karten beiseite und bat Hallster, in der engen Kabine Platz zu nehmen.

»Diese Fahrt … unser Gast … das gefällt mir nicht. Wir haben den Funk der Amis abgehört. Sie sagen, der Krieg sei für Deutschland verloren.«

»So, sagen die das?« Röhmer wusste, auf was sein Freund hinauswollte und seufzte. »Du zweifelst an unseren Befehlen?«

»Verstehe mich nicht falsch, Siegfried. Du weißt, dass ich dir überall hin folgen werde.«

Röhmer winkte ab und lehnte sich nach hinten zu seiner Koje. Unter der Matratze zog er eine Flasche hervor. Gemächlich löste er den bröseligen Korken und nahm einen großen Schluck des durchsichtigen Inhalts. Dann reichte er das scharfe Getränk an Fritz Hallster mit den Worten weiter: »Ich habe nie an dir gezweifelt, mein Freund. Also, was genau beunruhigt dich, außer der Tatsache, dass wir vermutlich bald in dieser Blechbüchse sterben werden?«

Hallster verzog das Gesicht und schüttelte sich, als der hochprozentige Schnaps seine Kehle herunterlief. Röhmer hatte ihre Situation perfekt zusammengefasst. Sie waren nun schon seit einigen Wochen unterwegs. Die Nordostpassage hatten sie nicht nehmen können. Seit sich Hitler mit Genosse Stalin im Krieg befand, war dieser Weg nach Japan keine Alternative mehr, zumal die Witterungsverhältnisse mehr als ungünstig gewesen wären. Die Afrika-Route war ihre einzige Möglichkeit und fast genauso gefährlich – die alliierten Kriegsschiffe hatten sich längst in Position gebracht. Bisher war das Glück auf ihrer Seite gewesen und man hatte U-9881 noch nicht versenkt. Allerdings war ihnen das nur durch das sehr vorsichtige Manövrieren gelungen. Die ständigen Tauchfahrten machten sie langsam. Die Vorräte an Bord wurden knapp und die hygienischen Bedingungen waren alles andere als vorbildlich. Die Versorgungsschiffe waren kaum in der Lage, sie ausreichend mit Nachschub zu beliefern. Die Wenigsten kamen überhaupt noch an den feindlichen Flottenverbänden vorbei.

Die meisten Männer an Bord trugen mittlerweile Bärte. Die Luft hing voller menschlicher Ausdünstungen und die Enge setzte einem jeden Tag mehr zu. Niemand beklagte sich – aber das war auch nicht nötig, denn die Gesichter der jungen

Matrosen, die ihre kindliche Zartheit längst verloren hatten, sprachen für sich.

Röhmer sah unverwandt zu dem leitenden Ingenieur, der sich endlich von seinen Gedanken losriss und dem Kaleu eine Antwort gab. »Die ständige Todesangst, das ist eine Sache. Was mir Bauchweh bereitet, ist unser Gast und seine Fracht. Was ist hier los?«

Röhmer nahm erneut einen Schluck aus der Flasche. Zuerst dachte Hallster, er würde keine Antwort bekommen, aber dann begann sein Gegenüber, doch noch zu sprechen. »Sagen dir die Worte ›Geheime Reichssache!‹ irgendetwas?« Noch bevor Hallster auf die Frage reagieren konnte, fuhr Röhmer fort: »Eigentlich weiß ich nicht mehr als du oder der Rest der Mannschaft. Der ganze Kram, der in unseren Minenschächten sitzt, soll zusammen mit diesem Wissenschaftler, Friedrich Maynfeld, kriegsentscheidend sein. Was auch immer das heißt!«

»Pah! So wie ich das sehe, ist der Krieg doch längst entschieden. Wir werden verlieren.«

Röhmer gab einen kehligen Laut von sich. »Sei vorsichtig, mein Freund, sonst stellen sie dich noch vor ein Kriegsgericht.«

Fritz Hallster war wütend. »Dort werde ich wohl nicht mehr lebend ankommen«, sagte er aufgebracht. »Wir werden alle draufgehen, wegen irgendwelchem Schrott, mit dem die Japaner genauso wenig anfangen können wie wir. Und dann dieser Professor. Hast du seine Augen gesehen? Der Typ ist unheimlich. Schleicht durch die Gänge wie ein Gespenst. Plötzlich taucht er irgendwo auf und redet geschwollen daher. Der schwitzt noch nicht einmal, ein richtiger Lackaffe.«

Röhmer lachte bitter. Er teilte Hallsters Einschätzung. Friedrich Maynfeld war ein gefährlicher Zeitgenosse, obwohl er sich während der Fahrt nichts hatte zuschulden kommen lassen.

»Traust du dem Mann?«

»Nein«, gab Röhmer unumwunden zu. »Ich vermeide es, ihm den Rücken zuzudrehen, ich …«

Der Kapitänleutnant wurde von einem lauten Rufen unterbrochen.

Vereinigte Staaten, CIA/Abteilung Nordkorea
1. Mai, Gegenwart

Catherine Smith hatte den Job als stellvertretende Sektionschefin für Nordkorea seit zwei Jahren. Der Weg dorthin war nicht einfach gewesen, aber Catherine hatte skrupellos und mit harten Bandagen gekämpft.

Sie wusste, wie das »Spiel« funktionierte, war aber weit davon entfernt, sich immer an die Regeln zu halten. Sie hatte ihr eigenes Rezept, um ihr Ziel zu erreichen. Ihr Motto lautete: »Wenn man etwas nicht bekommt, dann will man es nicht genug!«

Was vor zwei Jahren noch gut für sie funktioniert hatte, brachte sie allerdings mittlerweile nicht mehr weiter. Als vor sechs Monaten die Stelle des Sektionschefs frei geworden war, hatte man sie übergangen. Stattdessen war ihr ein mäßig intelligenter Typ von außerhalb vor die Nase gesetzt worden.

Catherine war eine ausgesprochen attraktive Frau. Mit ihren dreiunddreißig Jahren zog sie die Männer gewöhnlich in ihren Bann. Das lag auch mit daran, dass sie sich nicht scheute, die eigenen körperlichen Vorzüge gewinnbringend einzusetzen, anstatt sich nur auf ihre geistigen Fähigkeiten zu verlassen. Das hübsche Gesicht und die üppige Oberweite hatten ihr zwar noch keine entscheidenden Türen geöffnet, aber diese zumindest ein paar Zentimeter aufgestoßen.

Auch das Dummchen zu spielen, fiel ihr bei Bedarf nicht schwer. Aber wer Catherine Smith kannte, der wusste, dass sie ein eiskaltes Miststück sein konnte, wenn es darauf ankam.

Die Meldung aus Nordkorea beunruhigte sie – aber das sagte sie nicht, sondern hörte sich nun den Statusbericht an.

»Es war eine Explosion, das steht fest«, sagte gerade Bob, ihr Chef, der links neben ihr saß.

»Und die Ursache?«, warf Catherine nüchtern in die Runde.

»Laut unseren Quellen ein Unfall in einer Chemiefabrik«, antwortete einer der Anwesenden.

»Ich wusste gar nicht, dass die in dieser Ecke Chemiefabriken haben«, sagte Bob nun flapsig und betrachtete die Karte Nordkoreas.

Die Explosion hatte in einer Gebirgsregion im Norden stattgefunden, abseits der größeren Städte.

»Wir wissen noch vieles nicht!«, antwortete ihm Catherine genervt und wandte sich an ein anderes Mitglied ihres Teams, »wie reagieren die Chinesen?«

»Die halten sich zurück, schlucken offiziell die Unfallversion.«

»Und weiß man etwas von den Russen?«, hakte nun Bob nach.

»Die Russen?«, antwortete ihm ein Mitarbeiter. »Die Russen stehen doch momentan auf ›Du und Du‹ mit den Nordkoreanern. Jede Wette, dass die genau wissen, was da passiert ist.«

* * *

Aber dieses Mal lag die CIA daneben. Der FSB war weit davon entfernt, auf dem Laufenden zu sein. Etwas, das so manchen mächtigen Mann in Russland nervös machte. Ein Atombombentest zu Propagandazwecken hätte die Gemüter sicherlich wesentlich weniger erregt. Aber dieses sture Leugnen jeglicher militärischer Aktionen und die fadenscheinige Chemiefabrik-Geschichte ließen die obersten Befehlshaber nicht mehr ruhig schlafen. Folglich gaben sie die Anweisung, die Angelegenheit genauer zu untersuchen.

Die Männer des russischen Geheimdienstes sahen die Order mit gemischten Gefühlen. Dieser Auftrag war besonders gefährlich. Die Nordkoreaner waren Spezialisten im Bewahren von Geheimnissen, und sollte man die Russen beim »Recherchieren« erwischen, dann würde sich das äußerst negativ auf die diplomatischen Beziehungen der beiden Staaten auswirken. Immerhin war man bisher nicht müde geworden, mit dem Russisch-nordkoreanischen-Schulterschluss zu werben.

1945, einige Wochen nach dem Auslaufen des U-Boots Nr. 9881

»Zerstörer voraus!«, hallte es durch das U-Boot.

Die gesamte Besatzung war mit einem Schlag wie elektrisiert. Röhmer stürmte gefolgt von Hallster in die Operationszentrale. Der Gesichtsausdruck des wachhabenden Offiziers war ihm Information genug.

»Alarmtauchen!« Der Schrei des Kommandanten wurde in sekundenschnelle durch das ganze Boot getragen. Jeder, der nicht gerade Wache hatte, rannte in Windeseile zum Bug, um das Abtauchen durch mehr Gewicht im vorderen Bereich zu beschleunigen.

Die Befehle kamen schnell hintereinander. Im Augenblick der Gefahr wusste jeder der Matrosen, was er zu tun hatte.

»Volle Kraft, Ballasttanks füllen!«, brüllten die Offiziere. Das Kommando zur Einstellung der Tiefenruder folgte. U-9881 tauchte in einem extremen Winkel ab, sodass im hinteren Bereich nicht gesicherte Ladung ins Rutschen kam.

Das knirschende Geräusch, das entstand, als sich das U-Boot jetzt entschlossen durch die Wassermassen in die Tiefe schob, ließ den jungen Matrosen das Blut in den Adern gefrieren, obwohl dieses Rumpfknistern längst nichts Fremdes mehr für sie war.

Dann wurde es still, niemand sprach. Wenn nötig, wurde geflüstert. Nur so konnten die deutschen Soldaten verhindern, von der feindlichen Technik aufgespürt zu werden.

Es war nicht das erste Mal, seit sie in jener kalten Nacht in Kiel abgelegt hatten, dass U-9881 in solch eine Situation kam. Bei den ersten Feindkontakten hatten der Kampfgeist und der Wunsch, dem Gegner die Stirn zu bieten, die Männer angetrieben. Mittlerweile sah man jedoch nur noch die Angst in ihren Augen. Die jungen Matrosen konnten nicht mehr verbergen, wie ihnen zumute war. Manche bewegten lautlos die Lippen und sprachen ein stummes Gebet. Andere verkrampften die Körper oder ballten die Hände zu Fäusten, bis die Knöchel weiß hervortraten. Der junge Funkmaat unterdrückte mühsam ein Schluchzen.

Als der Zerstörer über ihnen die Wasserbomben abwarf, schlossen die meisten der Männer die Augen. Um das 90 Meter lange U-Boot begann das Meer zu toben. Ihr metallenes Gefährt erbebte und schien verloren. Durch die Explosionen wurde es wie ein kleines Papierschiffchen hin- und hergeschleudert. Jemand rief »Wassereinbruch«, dann griffen Hände nach Eimern oder großen Schraubenschlüsseln. Jeder tat sein Möglichstes. Mit verbissenen Mienen kämpften die Männer gegen das eindringende Wasser an. Als das Leck endlich unter Kontrolle war, schien auch der Angriff des Zerstörers vorbei zu sein. Sie hatten überlebt, aber der Jubel blieb aus. Stattdessen konnte man das schwere Atmen der Matrosen vernehmen. Sie gaben sich keinen Illusionen mehr hin – heute war es gut gegangen, doch letzten Endes wäre es nur eine Frage der Zeit, bis das Glück sich von ihnen abwenden würde.

Röhmer sah die müden Gesichter der Besatzung und die Hoffnungslosigkeit darin. Ihm ging es nicht anders. Am liebsten hätte er sie alle nach Hause befehligt, aber das war unmöglich. Außerdem musste er, als Kommandant, die Moral der Mannschaft aufrecht erhalten und mit gutem Beispiel vorangehen. Röhmers Blick kreiste nochmals über die Marinesoldaten. Niemand schien seine Verbitterung zu bemerken. Zumindest glaubte der Kapitänleutnant das in jenem Moment.

* * *

Friedrich Maynfeld hatte wie gewöhnlich die Operationszentrale leise verlassen. Sein Gesichtsausdruck entspannte sich. Wieder einmal hatte es dieser Kapitänleutnant Röhmer geschafft. Der Wissenschaftler hätte für die Reise gerne ein bequemeres, zumindest ein sichereres Transportmittel gewählt, aber er hatte nehmen müssen, was er kriegen konnte. Er würde die Fahrt überstehen, seine Pläne realisieren und ein reicher, berühmter, aber auch einflussreicher Mann werden. Seine Mutter hatte ihn oft als »Glückskind« bezeichnet. Aber es gehörte viel mehr dazu als nur pures Glück. Man musste die Chancen erkennen, keine Skrupel haben und mit genug Improvisationstalent gesegnet sein. Letzteres hatte es ihm ermöglicht, bei den Nazis Karriere zu machen. Politik oder Krieg interessierten ihn nur, soweit sie ihm einen Vorteil brachten. Er unterschrieb dort, wo man die besten Konditionen bot. Die Reise nach Japan war eine Option gewesen, aber ihm schwebte eine bessere Alternative vor.

Bei dem Gedanken daran verzog Maynfeld das markante Gesicht zu einem boshaften Grinsen. Sein erster Eindruck von Röhmer war offensichtlich der richtige gewesen. Dieser Mann hatte Zweifel, die er sich zunutze machen könnte. Jetzt brauchte es nur noch einen winzigen Tropfen, der das Fass zum Überlaufen bringen würde, und Maynfeld hätte ein leichtes Spiel mit dem Kapitänleutnant.

KAPITEL 2

40.000-25.000 v. Chr.: Ein »Atlatl« dient dazu, einen Pfeil oder Speer mithilfe eines Wurfarms mit hoher Kraft zu schleudern. Diese Speerschleuder erhöht die Reichweite enorm, gleichzeitig wird das Geschoss mit höherer Wucht ins Ziel befördert. Der »Atlatl«, den man auch als »Steinzeit-Kalaschnikow« bezeichnet, wird später durch Pfeil und Bogen ersetzt.

Büro des »BAS« in Brüssel – 15. Mai, Gegenwart

Leon Marchand saß entspannt an seinem Schreibtisch und sah den Tagesbericht durch. Die letzten Wochen waren ruhig gewesen. Nur die üblichen Verdächtigen. Ein russisches Drogenkartell und ein argentinischer Konzern, die sich ungewöhnlich aggressiv auf den osteuropäischen Markt drängten. Er hatte ein kleines Team mit der Recherche beauftragt. Paul Berens, der erst seit Kurzem zum BAS gehörte, hatte die Koordination übernommen. Paul hatte vor wenigen Monaten entscheidend dazu beigetragen, die gefährlichen Machenschaften aufzudecken, die im Zusammenhang mit der geheimnisvollen »Akte Aljona« standen. Daraufhin hatte ihm Marchand kurzerhand einen Job beim BAS angeboten.

Das »Bureau of Analysis and Statistic«, kurz »BAS« genannt, war nach dem Mauerfall 1989 gegründet worden, um die Entwicklungen im Osten, vor allem in Russland, zu beobachten. Natürlich war das alles streng geheim gewesen und auch heute hatten nur wenige Menschen Informationen über das BAS.

Anfang der Neunziger beschränkte sich die Arbeit vor allem auf das Überwachen von Personen, die aufgrund ihrer Vergangenheit nach 1945 und während des Kalten Krieges interessant waren – beim BAS hießen sie »Rote Lichter«. Heute, über fünfundzwanzig Jahre später, konzentrierte sich die Behörde immer mehr auf das Beobachten der osteuropäischen Märkte und auf das Herausfiltern krimineller Subjekte. Damals wie heute standen ihnen dafür eine umfangreiche Datenbank und der Zugriff auf die Infrastruktur anderer Institutionen und Behörden zur Verfügung. Welche europäischen Regierungen hinter dem BAS standen, wusste auch Marchand nicht genau. Eine Rolle spielte das für ihn nicht, denn er hatte seinen Vorgesetzten, der ihm die Gespräche mit den Politikern abnahm.

Leon Marchand war ein gut aussehender Mann Mitte fünfzig. Das Haar trug er stets militärisch kurz. Ein Überbleibsel aus seiner Zeit bei der Armee.

Das Klopfen an der Tür ließ ihn aufblicken. Jone betrat den Raum und schob sich, wie es seine Gewohnheit war, das kantige schwarze Brillengestell in die graue Haarpracht. Jone war Finne und Marchand schätzte ihn als Mitarbeiter und Freund. Außerdem war der Mann ein wandelndes Geschichtsbuch. Leon würde es bedauern, wenn sein langjähriger Kollege eines Tages in Rente gehen würde.

»Gibt es etwas Neues von diesem Drogenkartell?«, fragte der Leiter des BAS nun interessiert.

Jone, der nächstes Jahr seinen sechzigsten Geburtstag feiern würde, blickte ernst zu seinem Vorgesetzten. »Nein«, antwortete er ein wenig gedehnt.

Marchand horchte auf. Etwas an der Art und Weise, wie dieses »Nein« klang, hatte ihn alarmiert.

»Du wirst es nicht glauben«, fuhr Jone nun fort, »wir haben ein ›Rotes Licht‹.« Und noch bevor sein Chef eine Frage stellen konnte, lieferte der Finne weitere Informationen. »Es geht um Siegfried Röhmer!«

Der letzte Satz klang, als wäre damit alles gesagt, aber Marchand tappte völlig im Dunkeln.

»Tut mir leid, ich habe keine Ahnung, wer das ist. DDR? Stasi?«

Jone schüttelte den Kopf und setzte sich seinem Vorgesetzten gegenüber. Aufgeregt sprach er weiter: »Es geht um *Kapitänleutnant* Siegfried Röhmer.«

Der Leiter des BAS verspürte ein Kribbeln auf der Kopfhaut. Jetzt sagte ihm der Name etwas. Das bedeutete, es musste sich um jemand Brisantes handeln. Bei der Datenmenge, die sie mittlerweile verwalteten, blieben einem nur die »großen Fische« in Erinnerung.

»Marine?«, hakte er nun nach.

»Ja, und zwar *Hitlers* Marine. Was sagt dir U-9881?«

Marchand schnappte nach Luft. Mit einem Schlag wusste er, von wem sein Mitarbeiter sprach und warum Röhmer als »Rotes Licht« in ihrer Kartei schlummerte.

»*Der* Siegfried Röhmer? Der, der mit seinem U-Boot 1945 zu den Russen übergelaufen ist?«

»Genau der«, antwortete Jone mit einem triumphierenden Lächeln.

»Ich weiß nicht, wie viele Geschichten sich um die geheimnisvolle Ladung dieses U-Boots ranken! Es heißt, Röhmer wäre auf dem Weg zu den Japanern gewesen und hätte sich dann kurz vor Kriegsende dazu entschlossen, zu den Russen überzulaufen. Es halten sich hartnäckig Gerüchte, die besagen, dass der Krieg anders ausgegangen wäre, wenn U-9881 Japan jemals erreicht hätte.«

»Ja, ich weiß. In diesem Punkt gleichen sich die Geschichten. Die Fracht des U-Boots wäre angeblich kriegsentscheidend gewesen. Allerdings hat nie jemand feststellen können, was genau die damals an Bord hatten. Laut den noch existierenden Ladelisten gab es eine große Anzahl durchnummerierter Kisten mit unbekanntem Inhalt …«

Leon Marchand war nun neugierig. Ungeduldig fragte er deshalb: »Wie genau ist dieser Kapitänleutnant denn nun auf unserem ›Radar‹ aufgetaucht?«

Jone zog die Brille vom Kopf und setzte sie sich wieder auf die Nase. Dann sagte er ernst: »Online-Auktion.«

»Bitte?«

»Tja, wer hätte das gedacht. Sein Soldbuch, sprich sein Pass, ist bei einer Online-Auktion angeboten worden und er sieht echt aus. Hier …«

Marchand nahm den Ausdruck, den ihm Jone von der Website gemacht hatte. Dann bemerkte er die fremden Schriftzeichen unter der Abbildung des Passes.

»Was ist das? Chinesisch?«

»Koreanisch«, antwortete Jone angespannt.

Marchand hob überrascht eine Augenbraue. »Wie kommt der Pass nach Korea?«

»Keine Ahnung, eventuell hat das gar nichts zu bedeuten.«

»Was wissen wir sonst noch über diesen Röhmer und sein U-Boot?«

»Die Alliierten glaubten damals, die Ladung hätte etwas mit Hitlers Atomprogramm zu tun. Es gab sogar Spekulationen, die davon ausgingen, dass Stalin mit den Kisten von U-9881 sein eigenes Atomprogramm vorangetrieben hätte. Allerdings haben die Russen nie bestätigt, dass das U-Boot samt Ladung in ihren Besitz gekommen ist.«

»Warum sollten sie auch?«, antwortete Marchand nachdenklich. »Zudem wäre diese Forschung mittlerweile längst überholt.«

»Du denkst, diese Angelegenheit spielt für das BAS heute keine Rolle mehr?«

»Siegfried Röhmer spielt für uns heute vielleicht keine Rolle mehr, aber eine Ladung kriegsentscheidendes Material? Ganz privat hoffe ich auf den guten, alten ›dummen‹ Zufall. Soll heißen, es hat nichts zu bedeuten, dass dieser Pass als ›Schnäppchen‹ im Internet angeboten wird. Ganz privat vertraue ich auch darauf, dass das U-Boot längst von den Russen verschrottet wurde und die Ladung keine Gefahr mehr darstellt. Aber als Leiter dieser Abteilung kann ich mir Hoffen und Vertrauen nicht erlauben. Deswegen möchte ich doch noch ein bisschen mehr erfahren. Also, was haben wir noch?«

Dieses Mal grinste Jone zufrieden. »Ich habe unsere Computerleute darauf angesetzt. Wir haben die Adresse des Verkäufers in Südkorea.«

Philippinen, am gleichen Tag in einem Hotelresort auf der Insel Cebu

Gerrit genoss seinen Aufenthalt auf den Philippinen. Das Hotel war erstklassig, das Essen lecker und die Temperaturen fantastisch. Er hatte Bedenken wegen möglicher Unwetter gehabt – aber offensichtlich blieb sein Ferienort verschont.

Die Taifun-Hochsaison hatte, genau so, wie es ihm von der netten Reisebüromitarbeiterin in Brüssel versprochen worden war, noch nicht begonnen.

Sein Kollege Jone hatte ihn mit der Frage »Haben dir unsere Ausflüge nicht gereicht?« aufgezogen und damit natürlich auf ihren letzten Fall angespielt.

Gerrit musste zugeben, dass ihm der Nervenkitzel bereits fehlte. Er fühlte sich nicht dafür geschaffen, rund um die Uhr am Schreibtisch zu sitzen. Das war ihm hier in seinem Urlaub nur noch bewusster geworden. Er würde mit Marchand sprechen müssen. Seit ihrem Abenteuer letztes Jahr hatte sich für ihn alles verändert.

Gerrit war neunundzwanzig Jahre alt und Brite. Den Job beim BAS verdankte er seinen Computerkenntnissen. Ihm machte seine Arbeit Spaß, keine Frage, aber ihm fehlte das gewisse Etwas dabei. Ein tiefer Seufzer entfuhr ihm, während er nach seinem Mai-Thai griff und beherzt an dem Strohhalm sog. Offensichtlich war das zwei jungen braun gebrannten Amerikanerinnen nicht entgangen, die nun kichernd in seine Richtung blickten.

Gerrit war selbst an der Strandbar akkurat frisiert und glatt rasiert. Zu seinem Bedauern hatte er die für viele Engländer typischen rotblonden Haare und sehr helle Haut. Damit war er dazu verdonnert, sich vor allem auf die Schattenplätze der feudalen Hotelanlage zu beschränken. Die jungen Frauen kicherten immer noch. Gerrit grinste jungenhaft zurück und machte gerade Anstalten, sich den Damen zuzuwenden, als der Anruf kam.

»U-9881?«, Gerrit vergaß sofort den Mai-Thai und die beiden Strandschönheiten und bahnte sich eilig den Weg durch die zahlreichen Feriengäste.

»Ich bin allein, wir können reden«, sagte er etwas theatralisch, als er in seinem Hotelbungalow ankam.

Leon Marchand, am anderen Ende der Leitung, musste schmunzeln, enthielt sich allerdings eines Kommentars. Er hatte längst bemerkt, dass sein Mitarbeiter nach der »Aljona-Sache« anfing, sich im normalen Büroalltag zu langweilen. Er hätte Gerrit gerne im Team behalten, befürchtete aber, dass dieser sich in nächster Zeit einen aufregenderen Job suchen würde. Nun, vielleicht konnte ihn dieser Spezialauftrag davon überzeugen, dass das BAS doch das Richtige für ihn war.

»Hör zu, was hältst du von ein paar Tagen Sonderurlaub in Südkorea?«

Gerrit war sofort Feuer und Flamme. »Klar, Boss, ich bin schon am Packen!«

Marchand erklärte seinem Mitarbeiter, was sie herausgefunden hatten, und gab ihm die Adresse in Sokcho. Eine Stadt an der Ostküste Südkoreas, direkt am Japanischen Meer und nicht weit entfernt von der Grenze zu Nordkorea.

Der Verkäufer von Röhmers Pass hatte einen *Nickname* benutzt, aber für die Computerspezialisten war es ein Leichtes gewesen, seine reale Adresse herauszufinden. Ein gewisser Lim Mok hatte die Wohnung angemietet – traditionell stand im Koreanischen der Nachname vor dem Vornamen.

»Ich will wissen, woher der Pass stammt und ob er echt ist!«

»Geht klar«, antwortete Gerrit eifrig, der sich sein Handy hinter das Ohr geklemmt hatte und bereits während des Gesprächs seine Kleider achtlos in den Koffer warf.

»Versuche, ihm den Pass abzukaufen. Dein Budget sollte dafür ausreichen.«

»Privatjet?«, fragte der junge Mann nun hoffnungsvoll.

»Nicht übertreiben. Linienflug, erster Klasse, mein Freund, das sollte reichen. Du bist knappe fünf Stunden in der Luft. Am Flughafen in Seoul steht ein Mietwagen bereit. Ich will alle sechs Stunden Meldung.«

»Geht klar!« Gerrit war die Aufregung anzuhören.

Marchand hatte das Gefühl, noch eine Warnung aussprechen zu müssen, darum sagte er: »Wenn dir irgendetwas komisch vorkommt, dann verschwinde in dein Hotel. Wir gehen momentan davon aus, dass nichts hinter diesem plötzlichen Auftauchen des Passes steckt – trotzdem möchte ich, dass du vorsichtig bist. Außerdem solltest du die Zeit während des Flugs nutzen und die Unterlagen lesen, die dir Jone per E-Mail geschickt hat.«

Das dritte »Geht klar!« unterdrückte der junge Mann gerade noch, stattdessen verabschiedete er sich mit einem nüchternen »Ich melde mich, sobald ich in Seoul gelandet bin«.

Südkorea, 16. Mai

Am frühen Morgen saß Gerrit im Flieger Richtung Seoul. Er hatte mittlerweile alles gelesen, was er von Jone erhalten hatte. Dem Finnen war es sogar gelungen, Kopien der alten Fracht- und Besatzungslisten von U-9881 aufzutreiben.

Obwohl der junge Brite die Anfangszeiten des BAS nicht miterlebt hatte, da war er schließlich noch ein Säugling gewesen, wusste er natürlich um die ursprüngliche Bedeutung dieser Behörde. Eigentlich war es darum gegangen, keine bösen Überraschungen mit den neuen Freunden im Osten zu erleben. Daher sollten auch alle ehemaligen Gegenspieler im Auge behalten werden. Die älteren Kollegen, wie Jone zum Beispiel, hatten ihm erzählt, welche Geheimnisse damals zutage gefördert worden waren. Der Verbleib des Kapitänleutnants Siegfried Röhmer, seiner Mannschaft und U-9881 gehörte allerdings nicht dazu.

Mit einer wohligen Gänsehaut lehnte sich Gerrit in seinem breiten Erste-Klasse-Sitz zurück und dachte über Jones E-Mail nach. Dieses U-Boot hatte also eine geheime Ladung transportiert. Man munkelte, dass die Nazis zusammen mit der Fracht auch einen ihrer besten Physiker nach Japan geschickt hätten. Allerdings tauchte in den Papieren des Bootes nirgendwo ein entsprechender Name auf.

Was, wenn Röhmer damals doch nicht zu den Russen übergelaufen war? Wo war dann das U-Boot geblieben? Lag es vielleicht auf dem Meeresgrund, oder hatten es sich doch die Amerikaner gekrallt? War die Behauptung, der Kapitänleutnant hätte Stalin seine Aufwartung gemacht, nur ein geschicktes Täuschungsmanöver? Wie dem auch sei, jedenfalls war der junge Brite froh, dass ihn Marchand mit den Nachforschungen betraut hatte.

Nach der Landung in Seoul setzte er sich sofort in den Mietwagen und machte sich auf den Weg nach Sokcho. Allerdings stellte sich das als schwieriger heraus, als er angenommen hatte. Seoul war nicht nur irgendeine Großstadt, hier war das Herz von Südkorea und entsprechend pulsierte die Metropole.

Als er bemerkte, dass er sich verfahren hatte, und das Navi einschaltete, war die Sprachwiedergabe auf Koreanisch. Aber auch die emotionslose englische Version lotste ihn noch gefühlte dreitausend Kilometer kreuz und quer durch die City, bis er endlich die richtige Stadtautobahn erreichte. Gerrit stöhnte, sein Missgeschick war ihm peinlich. Glücklicherweise verlief die restliche Fahrt ohne weitere Zwischenfälle und er fand problemlos die Adresse in Sokcho.

Die Wohngegend war alles andere als ansprechend. Ein bisschen erinnerte sie ihn an die Außenbezirke von Birmingham oder Manchester.

Um nicht zu sehr aufzufallen, ließ er den Wagen nicht direkt vor dem mehrstöckigen Haus stehen, sondern parkte ein Stück entfernt neben einem kleinen Lebensmittelgeschäft.

Zu Fuß machte er sich auf den Weg. Die Einwohner des Viertels hielten ihn vermutlich für einen Touristen, der sich verlaufen hatte.

Das Haus, in dem Lim Mok lebte, wirkte etwas heruntergekommen. Die Eingangstür hing schief in den Angeln und ließ sich nicht richtig schließen. Auch die Fassade hätte einen neuen Anstrich vertragen können. Am Eingang gab es keine Namensschilder, allerdings hätte Gerrit mit den koreanischen Schriftzeichen sowieso wenig anfangen können. Ihm blieb also nichts anderes übrig, als sich zu Moks Wohnung durchzufragen.

Eine Frau mittleren Alters fegte gerade den Gehweg. Obwohl sie während ihrer Arbeit ein mürrisches Gesicht machte, reagierte sie äußerst freundlich auf den Briten.

Sie bemühte sich, sein Anliegen zu verstehen, und konnte ihm in gebrochenem Englisch die Auskunft geben, dass Mok im dritten Stock wohnen würde: linke Seite, zweite Tür.

Zuvorkommend informierte sie Gerrit noch darüber, dass vor ungefähr einer halben Stunde schon einmal nach Herrn Lim gefragt worden sei. Die beiden Männer habe sie ebenfalls nach oben geschickt, allerdings seien das keine Ausländer gewesen.

Gerrit wurde hellhörig. Offensichtlich war dieser Lim Mok heute bei Fremden sehr begehrt. Freunde konnten die Männer kaum gewesen sein, sonst hätten sie nicht nach dem Weg zu seinem Appartement fragen müssen.

Er bedankte sich freundlich, bemerkte aber, wie sich seine Muskeln anspannten. Die Baseballkappe, die er auf dem Kopf trug, zog er tiefer ins Gesicht. Für alle Fälle kramte er sein Handy aus der Tasche und startete die Videoaufzeichnung. Unauffällig umschloss er das kleine Smartphone mit der Handfläche und hielt es vor sich.

Das Treppenhaus war menschenleer und der Geruch von würzigem Essen zog durch die Gänge, während der BAS-Mitarbeiter den dritten Stock erklomm. Vor Moks Wohnung blieb er stehen und lauschte. Im Inneren hörte er ein eigenartiges Rumoren – es klang, als würde jemand Möbel verschieben. Dann vernahm er gedämpfte Stimmen. Die koreanische Sprache war für ihn fremd, alles klang unrhythmisch und hart. Irgendetwas polterte im Inneren der Wohnung auf den Boden. Gerrit zuckte zusammen und dachte an Marchands Anweisungen. Jedoch wäre es ihm in diesem Moment unmöglich gewesen, einfach zu gehen. Seine Neugier war zu groß. Hinter der Tür hörte er plötzlich eilige Schritte, die auf ihn zukamen.

Mit angehaltenem Atem sprang er zur Seite und schnellte um die nächste Ecke. Vorsichtig spähte er aus seinem Versteck und schob das Handy ein wenig nach vorne. Zwei Männer verließen die Wohnung von Lim Mok. Sie sprachen nicht miteinander, sondern huschten wie Schatten vorbei und verschwanden.

Instinktiv hatte es der Brite vorgezogen, den beiden nicht entgegenzutreten. Jetzt hoffte er, dass das kein Fehler gewesen war, schließlich hätte ja einer von ihnen der gesuchte Mok sein können.

Er wartete ein paar Minuten und schlich dann zur Wohnung. Erneut versuchte er, etwas zu hören, und bemerkte dabei, dass die Tür nur angelehnt war.

Mit klopfendem Herzen schob er sie leise auf und schlüpfte schnell hindurch. Im Inneren war es dunkler als im Treppenhaus.

Gerrit trat in ein kleines Wohnzimmer und wollte sich schon mit einem freundlichen »Hallo« bemerkbar machen, als er begriff, was hier geschehen war.

Mit Entsetzen starrte der BAS-Mitarbeiter auf den Toten am Boden. Wie es aussah, hatte er Lim Mok gefunden.

In diesem misshandelten Zustand war das Alter eines Menschen nur schwer zu erkennen. Gerrit konnte es kaum glauben, dass Lim erst fünfundzwanzig Jahre alt gewesen sein sollte.

Im Gesicht des toten Koreaners hing noch ein Fetzen breites Klebeband. Offensichtlich war es als Knebel benutzt worden, damit die Nachbarn die Schreie nicht hören konnten. Er war noch nicht lange tot. Sein Gesicht glänzte feucht von den Tränen, die er vor Angst und Schmerz vergossen hatte. Der Geruch von menschlichen Ausscheidungen hing in der Luft. Es fiel Gerrit schwer, nicht in Panik zu geraten, als ihm bewusst wurde, was man dem Mann angetan hatte.

Noch nie zuvor hatte er ein Folteropfer gesehen. Auch wenn man die Berichte darüber kannte, so war es doch etwas vollkommen anderes, im gleichen Raum mit einem so grausam geschundenen Körper zu sein.

Lim Moks Peiniger hatten ihm mit Stöcken die Fußsohlen blutig geschlagen. Vor Gerrits innerem Auge spielte sich eine schreckliche Szene ab: Er stellte sich vor, wie man Mok immer und immer wieder schlug, bis die Haut aufplatzte und die harten Stöcke die freiliegenden Knochen malträtieren konnten. Zwischendurch riss man ihm das Klebeband vom Mund, um Antworten zu erzwingen, die er nicht geben konnte, nur um dann mit dieser sadistischen Prozedur fortzufahren. Gerrit glaubte sogar, die vom Knebel gedämpften Schmerzensschreie hören zu können, sowie Moks leises Wimmern und Flehen.

War es so gewesen? Hatte man von dem Koreaner Informationen gefordert? Ging es etwa um den Pass des einstigen Kapitänleutnants Siegfried Röhmer? Oder war hier ein Bestrafungsritual durchgeführt worden – vielleicht ein Kredithai, der Schulden eintrieb? Gerrit verwarf seinen letzten Gedanken. Geldeintreiber brauchten lebendige Kunden. Tote konnten Schulden nicht zurückzahlen. Außerdem hatten die Mörder in der Wohnung etwas gesucht. Die polternden Geräusche von vorhin erklärten sich, wenn man einen Blick auf die ausgeleerten Schubladen und durchwühlten Schränke warf. In der Wohnung herrschte wildes Chaos.

Gerrit fasste einen Entschluss. Er würde selbst noch einmal nachsehen. Vielleicht stieß er auf etwas Brauchbares. Allerdings war das nicht der Fall. Vermutlich hatten die Mörder bei ihrer Suche mehr Erfolg gehabt.

Als der Brite zwanzig Minuten später so unauffällig wie möglich die Wohnung von Lim Mok verließ und die Stufen zum Ausgang hinabstieg, hatte er weiche Knie. Zum Glück war die nette Nachbarin von vorhin nicht mehr auf der Straße. Wenn sich erst einmal die Polizei der Sache annehmen würde, dann wäre er sicherlich schnell der Verdächtige Nummer eins. Vielleicht war es aber auch verkehrt gewesen, die südkoreanischen Behörden nicht sofort zu verständigen. Jetzt spielte das jedoch keine Rolle mehr.

Er würde entgegen dem ursprünglichen Plan sofort nach Seoul zurückfahren und von dort aus Marchand anrufen. Länger hier in Sokcho zu bleiben, schien ihm nicht besonders klug.

Nur unter größter Anstrengung gelang es Gerrit überhaupt, den Schlüssel ins Zündschloss zu stecken, so sehr zitterten seine Finger. Auf der Rückfahrt war er dankbar, dass das Navi von Zeit zu Zeit etwas sagte – das half ihm, sich nicht so alleine zu fühlen. Der Schock saß tief und plötzlich wünschte sich der junge Mann zurück an seinen Schreibtisch, der momentan einsam in dem hellen Büro in Brüssel stand.

* * *

Während sich Gerrit das Zahnputzglas mit Gin Tonic im Verhältnis 2:1 füllte und es sich wie eine kalte Kompresse an die Stirn hielt, ertrug er stumm die Schimpftirade von Leon Marchand, die gerade per Handy über ihn hereinbrach.

Sein Chef war sauer. »Was habe ich dir gesagt? Kein Risiko! Ab ins Hotel, wenn etwas merkwürdig ist! Waren das nicht meine Worte?«

Gerrit murmelte eine Entschuldigung und wartete, bis sein Vorgesetzter Dampf abgelassen hatte.

»Herrgott, du bist nicht ausgebildet für so etwas!« Leon Marchand fühlte sich verantwortlich. »Du nimmst die nächste Maschine zurück, pack alles zusammen und bewege dich schnellstens zum Flughafen.«

Statt darauf zu reagieren, stellte Gerrit eine Frage: »Konntet ihr mit dem Video etwas anfangen? Kann man die Gesichter der Typen erkennen?«

Marchand schnaufte gut vernehmlich in den Hörer. Kurz schwieg er, dann wurde er sachlich. »Ja, die Aufnahme ist brauchbar. Wir versuchen unser Glück. Außerdem hat die Polizei in Sokcho mittlerweile die Leiche von Lim Mok gefunden. Wir haben jemanden in der britischen Botschaft in Seoul, der uns auf dem Laufenden halten wird. Bis jetzt suchen sie dich jedenfalls noch nicht.«

Es folgte eine kurze Pause, dann sprach Marchand erneut: »Das mit dem Video war gute Arbeit.«

Gerrit entspannte sich ein wenig und ergriff seine Chance: »Ich sollte die Schwester aufsuchen. Vielleicht weiß sie etwas.«

Im Appartement des Toten hatte er Fotos und die Adresse von einer gewissen Lim Sang in Seoul gefunden. Wie sich herausstellte, die Schwester des Opfers. Röhmers Pass blieb allerdings weiter verschwunden.

Marchand wusste, dass Gerrit recht hatte. Wenn sie an der Sache dranbleiben wollten, dann musste sie ihr nächster Weg zu der Schwester führen. Allerdings fürchtete er um die Sicherheit seines Mitarbeiters.

»Leon, ich bin doch nun mal schon hier. Was, wenn mehr dahintersteckt? Ich sollte mit der Schwester reden. Außerdem könnte die Frau in Gefahr sein. Wenn wir sie gefunden haben, dann können das die anderen auch.«

Marchand schwieg so lange, dass Gerrit bereits befürchtete, dass das Gespräch abgerissen sei. Dann plötzlich erklang erneut die Stimme des Vorgesetzten. »Du gehst auf direktem Weg zur britischen Botschaft. Dort bleibst du, bis ich dir neue Anweisungen gebe.«

»Und die Frau? Was, wenn die Mörder bei ihr auftauchen?«

»Das regle ich!«, antwortete der Leiter des BAS mit Nachdruck.

Leon Marchand beendete das Gespräch mit ungutem Gefühl und machte sich schnurstracks auf den Weg zu seinem Vorgesetzten.

Der war einigermaßen überrascht von dem, was ihm vorgetragen wurde. Allerdings war der Mann kein Dummkopf und er verließ sich auf Marchands Urteilsvermögen.

Er hielt sich nicht mit langen Reden auf, sondern fragte nur: »Was brauchen Sie?«

Marchand war erleichtert. Auf seinen Boss war eben Verlass. »Wir brauchen jemanden, der die Schwester des Toten, diese Lim Sang, überwacht. Vielleicht können uns die Deutschen aushelfen. Die haben in ihren Botschaften immer ein paar Sicherheitsleute extra. Man muss denen aber unmissverständlich klar machen, dass der Schutz der Frau höchste Dringlichkeit hat. Wir schicken die Bilder von Gerrits Video rüber. Das Überwachungsteam soll sofort eingreifen, wenn die Mörder bei der Schwester auftauchen. Und ich will Gerrit solange bei den Briten unterbringen, damit er nicht in eine Mordermittlung hineingezogen wird.«

»Wäre es nicht besser, ihn abzuziehen?«

»Ehrlich gesagt hatte ich das eigentlich auch vor. Aber ihn vor Ort zu haben, um mit der Schwester zu sprechen, ist natürlich ein riesiger Vorteil.«

»Vielleicht haben diese beiden Killer bei Lim Mok alles gefunden, was sie suchten, und sind längst wieder in dem Rattenloch verschwunden, aus dem sie gekrochen sind«, sagte der Vorgesetzte mit einem tiefen Seufzer.

»Ja, und vielleicht hat das alles gar nichts mit diesem Kapitänleutnant Röhmer und seinem Pass zu tun.«

Ein trauriges Lächeln umspielte jetzt den Mund von Marchands Boss, als er sagte: »Tja, vielleicht!«

Leon war froh, dass das BAS mit solch weitreichenden Kompetenzen und Verbindungen ausgestattet war. Die beiden Botschaften würden natürlich helfen, dafür konnte sein Vorgesetzter schon sorgen.

Zurück in seinem Büro beriet er sich mit Jone.
Der Finne wollte seinen Chef beruhigen und sagte: »Wir sollten die Möglichkeit nicht außer Acht lassen, dass der Mord an Lim Mok nichts mit dessen Online-Auktion und dem Pass von Röhmer zu tun hat.«
Marchand sah ihn dankbar an. »Ja, aber sind wir doch einmal ehrlich – wir glauben doch beide längst nicht mehr an pure Zufälle. Ich denke, wir sind da an etwas dran.«
Jone widersprach nicht. Letzten Endes sah er es wie sein Vorgesetzter. Das Stochern im Wespennest hatte begonnen und die gefährlichen »Biester« schwärmten bereits aus.

* * *

An der Ostküste von Nordkorea
20. Mai, Gegenwart, nachts

Der verrostete Geländewagen fuhr mit quietschenden Reifen um die Kurven. Der Auspuff stieß schwarze Rauchwolken aus und Chin fragte sich zum wiederholten Mal, wie er sich nur hatte auf so etwas einlassen können.
Mit zusammengepressten Lippen lenkte er das Fahrzeug über die schmale Landstraße und drückte seinen Fuß fest auf das Gaspedal, bis er die Höchstgeschwindigkeit erreicht hatte. Seine Hüfte schmerzte. Er fuhr mit der Hand an die Stelle und sog scharf die Luft ein, als seine Finger die Wunde berührten. Man hatte auf ihn geschossen, ihn gejagt wie ein wildes Tier. Hektisch sah er in den Rückspiegel. Es schien, als wären die Lichter hinter ihm verschwunden. Sollte es ihm tatsächlich gelungen sein, die Verfolger abzuhängen?

Chin arbeitete in einer der neuen Fabrikanlagen Nordkoreas. Eines Tages, das war vor ungefähr drei Jahren gewesen, hatte ihm ein Ausländer ein Angebot gemacht und ein großes Bündel Devisen auf den Tisch gelegt. Er hatte nicht widerstehen können. Eine ganze Zeit lang lief es richtig gut für ihn. Die Bündel kamen regelmäßig und er brauchte noch nicht einmal etwas dafür tun.

Chin war Mitte zwanzig und Computeradministrator. Er war einer von vielen und besaß weder die richtigen politischen Verbindungen noch geniale Fähigkeiten, die ihn zur Elite des Landes hätten aufsteigen lassen können. Aber dafür hatte er seit drei Jahren genügend Geld, um sich ein schönes Leben zu machen.

Alles war großartig gewesen, bis man von ihm vor wenigen Tagen die Gegenleistung für die schönen »Geschenke« forderte. Plötzlich und völlig unerwartet hatte man ihn aktiviert. Eigentlich war das, was man von ihm verlangte, nicht schwer. Er sollte ein bisschen spionieren.

Anfangs hatte er sogar richtig Spaß daran. Als Erstes fand er einen Weg, an dem Sicherheitssystem des Hauptrechners vorbeizukommen. Aber schnell stellte sich heraus, dass sich die für seine Auftraggeber interessanten Daten dort nicht befanden. Man wollte Informationen über die Forschungsprojekte der Anlage. Da ihm niemand sagen konnte, nach was genau er suchen musste, war er massiv unter Druck geraten.

In der Firma war man bereits wegen seiner neugierigen Fragen misstrauisch geworden. Auf das unabhängige Computernetzwerk der Forschungsabteilung bekam er keinen Zugriff, der ausgeklügelte Verschlüsselungsalgorithmus war nicht so leicht zu umgehen. Also hatte er beschlossen, dem Bereich einen persönlichen Besuch abzustatten – in der Hoffnung etwas Brauchbares auf gutem, altmodischem Papier zu finden. Dafür wollte er sich die in Nordkorea allgegenwärtigen Elektrizitätsprobleme zunutze machen. Niemand wunderte sich hierzulande über einen Stromausfall. Er würde einfach während seiner Nachtschicht den Hauptschalter umlegen, zu den Büros der Forschungsabteilung hetzen und diese durchsuchen. Nachts waren nur die Produktionshallen in Betrieb. Die Forschungsgebäude lagen im Dunkeln und auch von der Computerabteilung musste für gewöhnlich nur ein Mitarbeiter anwesend sein.

Sein Plan ging auf. Wie gewöhnlich wurde der Stromausfall von den anwesenden Arbeitern mit einem Schulterzucken zur Kenntnis genommen. Chin schlüpfte unbemerkt ins Nebengebäude und machte sich an die Arbeit. Durch die fehlende Elektrizität funktionierten auch die veralteten Schließanlagen nicht mehr. Schnell fand sich der junge Koreaner zurecht und sein Weg führte ihn direkt in die Räume des Abteilungsleiters. Die Schreibtischschublade war zwar verschlossen, aber Chin entdeckte den Schlüssel nach kurzem Suchen unter einer kleinen Topfpflanze.

Als er wenig später die Unterlagen auf dem Tisch ausbreitete, wusste er, dass er einen Volltreffer gelandet hatte. Die kleine Taschenlampe im Mund beeilte er sich, die Papiere mit dem Handy, das man ihm gegeben hatte, zu fotografieren.

Jedoch überließ man entgegen Chins naiver Annahme die Forschungsbüros nicht sich selbst. Bevor sich der junge Mann verstecken konnte, wurde die Tür aufgerissen. Die Wachen schrien aufgeregt: »Wir haben einen Spion!«, und befahlen dem vermeintlichen Feind, sich sofort auf den Boden zu legen. Chin sah ihre Waffen und dachte daran, wie schrecklich es im Gefängnis sein würde. Als Nächstes kamen ihm die grausamen Bilder von öffentlichen Hinrichtungen in den Sinn.

Seine Entscheidung war getroffen. Lieber wollte er das Risiko eingehen, erschossen zu werden, als die Folter oder das Gefängnis ertragen zu müssen. Er sprang nach vorne und stürmte an den Wachen, die von dieser Reaktion völlig überrumpelt waren, vorbei. Eine Sekunde später eröffneten die Männer das Feuer. Chin wurde getroffen, stolperte aber tapfer weiter. Zuerst fühlte er keinen Schmerz, dann fing die Wunde an zu brennen, und es war, als würde ein stumpfes Messer seinen Oberschenkel aufschlitzen.

Die Kugel steckte immer noch in seiner Hüfte. Nur ein Gedanke trieb ihn jetzt an: Er musste zum Übergabepunkt. Seine Auftraggeber würden ihn mitnehmen und sich um ihn kümmern. In Nordkorea konnte er unmöglich bleiben.

Chin verdrängte die Erinnerung daran, dass er das Handy während seiner Flucht verloren hatte. Immerhin war er in der Lage gewesen, sich einiges, was dort auf den geheimnisvollen Papieren gestanden hatte, zu merken. Auch jetzt flüsterte er den Inhalt der Unterlagen ständig vor sich hin, damit er nichts vergaß.

Wieder glitt sein Blick in den Rückspiegel. Waren das die Lichter von Autoscheinwerfern?

Dem jungen Koreaner lief der Schweiß von der Stirn. Ihm war heiß, so als hätte er Fieber. *Reiß dich zusammen!*, versuchte er, sich zu ermahnen, als er einen lauten Knall hörte.

Ungläubig sah Chin auf seine Hände, die hektisch am Steuer zerrten, aber keine Kontrolle mehr über das Lenkrad hatten. Das Auto fing plötzlich an, zu schweben, reagierte auf nichts mehr und auch das Motorengeräusch schien verstummt. Aber die Stille hielt nicht lange an. Der Aufprall war heftig und der Wagen überschlug sich. Chin glaubte, endlose Runden in diesem kantigen Karussell zu drehen. Schließlich rutschte das Auto auf dem Dach über den Asphalt und zog einen Funkenregen hinter sich her.

Der Koreaner wurde gegen die Frontscheibe gepresst und hielt die ganze Zeit über die Augen geschlossen. Er hatte keine Ahnung, was gerade mit ihm passierte. Als der Wagen endlich unbeweglich im Graben lag, schoss so viel Adrenalin durch seinen Körper, dass alle Schmerzen vergessen waren. Der ersten Freude, den Unfall überlebt zu haben, folgte die Erkenntnis, dass seine Verfolger immer noch hinter ihm her waren. Man hatte einen seiner Reifen zerschossen. Der Schütze musste unglaublich gut sein oder verdammtes Glück gehabt haben. So ein Treffer war alles andere als einfach.

Chin wollte sofort aus dem Auto und versuchen, sich zur Küste durchzuschlagen. Die Tür klemmte und er war noch angeschnallt. Der junge Mann spürte, wie Blut an seiner Schläfe entlanglief, ignorierte aber die Verletzung und versuchte sich verzweifelt, aus dem Sicherheitsgurt zu befreien.

Hektisch zog er an der tödlichen Fessel und riss sie dabei aus der Verankerung, die offensichtlich total verrostet war. Mit aller Kraft warf er sich gegen die verbogene Tür. Vermutlich war auch hier das fortgeschrittene Alter des Gefährts seine Rettung. Chin kugelte auf den harten Boden und atmete schwer. Aber ihm blieb keine Zeit für eine Pause.

Das Geräusch eines sich nähernden Fahrzeugs war unüberhörbar. Der Koreaner sprang auf die Beine und stieß einen Schmerzenslaut aus. Die Kugel in seiner Hüfte bohrte sich gnadenlos wie ein dicker Finger immer tiefer ins Fleisch. Schon hörte Chin das Schlagen der Autotüren. Er hinkte schnell von der Straße, die bewaldeten Hügel boten ihm Schutz. Die Küste konnte nicht mehr weit entfernt sein. Fahrig drehte er sich im Kreis. Wo war das Meer?

»Im Namen der Demokratischen Volksrepublik Korea, ergeben Sie sich!«, hörte er eine laute Stimme.

Er zuckte zusammen und zog sich weiter in den Wald zurück. Aber er konnte seine Verfolger immer noch hören – es schien, dass weitere Fahrzeuge dazukamen und sich mittlerweile eine kleine Armee formierte, um ihn zu jagen.

Chin lief los, rannte kreuz und quer durch das Gelände, fiel mehrere Male hin, schlug sich die Knie auf, rappelte sich aber immer wieder hoch. Er glaubte, das Gebell von Hunden und Stimmen dicht hinter sich zu hören. Er wagte es nicht, sich umzudrehen, hoffte darauf, dass ihm sein Verstand lediglich einen Streich spielte und niemand mehr hinter ihm her war. Völlig erschöpft lief er nun bergab. Plötzlich war er sich ganz sicher, das Rauschen des Wassers und das Toben der Wellen zu hören. Laut nach Luft schnappend, rannte er weiter. Ja, er hatte es geschafft. Er fühlte den Kies unter seinen Füßen, schmeckte die salzige Luft und spürte den typischen kühlen Wind auf der Haut. Am Ufer erkannte er jetzt sogar ein Schlauchboot, das musste sein Kontakt sein.

Vor Erleichterung riss er die Arme in die Höhe und begann zu winken. Nur wenige Meter trennten ihn noch von seiner »Rettung«, als ein weiterer Schuss fiel. Chin spürte etwas in seinem Rücken, aber er lief immer weiter und sah mit Entsetzen, dass das Boot bereits ins Wasser gezogen wurde.

»Wartet!«, schrie er heiser. Panik überkam ihn, man konnte ihn doch jetzt nicht zurücklassen.

Wieder spürte Chin einen eigenartigen Druck, dieses Mal am rechten Schulterblatt. Er stolperte ins Wasser, das Schlauchboot schaukelte auf den Wellen und schien sich zu entfernen.

»Wartet«, schrie er noch einmal. Das Meer war kalt und plötzlich hatte er entsetzliche Schmerzen. Sein ganzer Körper fühlte sich wie eine einzige Wunde an. Endlich griffen Hände nach ihm, und er wurde an Bord gehievt. Jemand sagte etwas, aber Chin war kurz davor, das Bewusstsein zu verlieren. Die Wunde an der Hüfte klaffte auseinander und die Einschüsse am Rücken hatten den jungen Koreaner lebensgefährlich verletzt. Jemand tätschelte ihm das Gesicht. Eine Stimme stellte Fragen, die er nicht verstand. Er wollte die Augen schließen, aber man ließ ihn nicht. Die Kälte war mittlerweile unerträglich und er konnte das Zittern nicht unterdrücken.

»Was hast du herausgefunden?«, fuhr ihn die Stimme nun schroff an. »Was geschieht dort?«

Chin begriff und versuchte zu antworten. Sein Mund war trocken und er schmeckte Blut. Mit aller Kraft wollte er die Worte wiedergeben, probierte, sich krampfhaft an das zu erinnern, was er sich so mühsam gemerkt hatte. Aber es gelang ihm nicht. Nur eines war ihm im Gedächtnis geblieben.

Erneut wurde er grob geschüttelt. »Sag, was du herausgefunden hast, sag es!«, drängte man ihn.

Es war nicht mehr als ein Flüstern, als Chin mit seinem letzten Atemzug antwortete: »Projekt Todlicht.«

1945, Anfang Mai

Es sollte nicht lange dauern, bis Friedrich Maynfeld seine Chance bekam. Anfang Mai häuften sich die abgefangenen amerikanischen Funkmeldungen über den Tod Hitlers und die Kapitulation Deutschlands. Vom eigenen Lager erhielten sie dagegen keine Nachrichten mehr. U-9881 war nicht weit von der japanischen Küste entfernt. Noch galt Japan als verbündeter Nazi-Deutschlands. Damit blieb das asiatische Land für Röhmer und seine Mannschaft ein sicherer Hafen.

Maynfeld musste also überzeugend sein. Etwas, das ihm – auch angesichts der Tatsache, dass er quasi die Wahrheit sagen konnte – nicht sonderlich schwerfallen würde. Sein Vorschlag war im Prinzip für alle Beteiligten die beste Lösung. Zudem schien heute ein guter Zeitpunkt, das entscheidende Gespräch zu führen.

In der Nacht hatte es einen weiteren Angriff gegeben. Dabei wurde einer der jungen Matrosen schwer verletzt. Eines der massiven Drehräder hatte sich beim Alarmtauchen gelöst und wurde mit Wucht durch den Bootsrumpf geschleudert. Der Soldat konnte nicht ausweichen, das Metallrad traf ihn direkt ins Gesicht. Sein linkes Auge wurde ausgeschlagen und die schwere Kopfverletzung, zusammen mit dem hohen Blutverlust, hatten ihm qualvolle Stunden bereitet. Schmerzmittel waren in den letzten Kriegstagen Mangelware, folglich konnte der Schiffsarzt dem Kameraden kaum Erleichterung verschaffen. Sein Stöhnen und Jammern hatte die Männer aufgerieben. Als der erlösende Tod endlich eingetreten war, waren selbst die Stärksten unter ihnen gebrochen. Ein Umstand, der Maynfeld jetzt in die Hände spielte.

Mit betont betretener Miene bat er den Kaleu um eine Unterredung. Die ersten Worte galten dem toten Matrosen – es war wie ein Test, der erfolgreich verlief. Die Mimik Röhmers sprach Bände. Maynfeld würde einen Vorstoß wagen.

* * *

»Sie verlangen von mir, zu den Amerikanern überzulaufen und damit mein Land zu verraten?«, stieß Röhmer schließlich hervor, nachdem ihm der Wissenschaftler sein Vorhaben erklärt hatte.

Der Kaleu klang nicht wirklich entsetzt, sodass Maynfeld diese Bemerkung ignorierte und einfach weitersprach: »Der Krieg ist vorbei. Was denken Sie, was Sie und Ihre Männer erwartet, wenn die Amis uns als Gefangene in die Finger bekommen?« Er räusperte sich leise, bevor er eindringlich weitersprach: »Und das wird passieren, früher oder später! Da ist es doch besser, rechtzeitig zu verhandeln.«

Der junge Professor machte ein unschuldiges Gesicht, aber Röhmer hatte dessen Spiel längst durchschaut.

»Für Sie, Herr Maynfeld, wird sicher alles hervorragend laufen. Als Zivilist, keine Uniform, kein Hinweis auf ein Parteibuch oder SS-Kontakte … Aber für mich und meine Männer könnten diese ›Verhandlungen‹ Kriegsgefangenschaft bedeuten. Japan ist nicht mehr weit, warum sollte ich das riskieren?«

»Herr Kapitänleutnant, Sie sind sicher ein hervorragender U-Boot-Kommandant. Aber, so leid es mir tut, vom politischen Kalkül verstehen Sie nichts.« Der Wissenschaftler versuchte ein freundliches Lächeln.

»Aber Sie tun das?«, erwiderte Röhmer mit sarkastischem Unterton.

Maynfeld ließ sich nicht beirren. Bisher hatte er vor Röhmer gestanden und lässig die Hände in die Hosentaschen gesteckt. Jetzt nahm er unaufgefordert Platz und beugte sich ein Stück nach vorne. »Was glauben Sie, wie lange Japan noch durchhalten kann?« Zufrieden lehnte er sich zurück und beobachtete den Kapitänleutnant, der sich dieses Szenario offensichtlich gerade vorzustellen versuchte. Er setzte nach: »Die Japaner werden untergehen, genau wie Deutschland. Wollen Sie und Ihre Männer dann dort sein? In einem fremden Land? Was denken Sie, werden Ihnen die Amerikaner *dann* noch anbieten? Es wird heißen, Sie hätten sich hinter japanischen Kimonozipfeln versteckt. Und wer garantiert Ihnen, dass die Japaner Sie nicht ausliefern, um die eigenen Soldaten zu retten?«

Röhmer kämpfte mit den widersprüchlichsten Empfindungen. Ausgerechnet der unsympathische Maynfeld, gegen den er eine regelrechte Aversion hatte, sollte bei so einem riskanten Unternehmen sein Verbündeter sein. Er hätte den Mann gerne sofort wegen Hochverrats erschossen, aber leider lag dieser schmierige Kerl mit seinen Vermutungen richtig. Der Krieg war ganz offensichtlich verloren, der japanische Hafen nicht wirklich eine Option und davon abgesehen hatte er, Siegfried Röhmer, längst genug vom Kämpfen und Sterben.

»Wer sagt mir, dass meine Männer unversehrt bleiben? Sie?«, fragte er den Wissenschaftler gereizt.

»Ja, ich!« Maynfeld strotzte vor Selbstbewusstsein und genoss das verblüffte Gesicht des Kapitänleutnants.

»Wie?«

»Ich habe den Amis etwas anzubieten. Das reicht für mich, Sie, Ihre Offiziere und die Mannschaft.«

»Was?« Röhmers Stimme klang immer noch unwirsch.

»Mich!«

»Wie bitte?«

»Sie haben richtig verstanden, *mich!* Und ein paar Kleinigkeiten von Ihrem Boot.«

Daraufhin verzog der Kaleu das Gesicht. »Sie wollen denen die Ladung anbieten? Das nenne ich nicht gerade sehr originell.«

Maynfeld fing an, sich über diesen einfältigen Proleten zu ärgern. Allerdings unterdrückte er seinen Zorn.

Alles zu seiner Zeit, Friedrich, dachte er wütend, antwortete aber lediglich mit leichtem Spott in der Stimme: »Sie haben also keine Ahnung, wer ich bin, und was ich mache?« Geräuschvoll stieß der Wissenschaftler die Luft aus und fuhr fort: »Ich möchte, dass Sie sich etwas ansehen ...«

Damit griff Maynfeld zu seiner Aktentasche, die er ständig bei sich trug und mit Argusaugen bewachte. Gemächlich legte er die Unterlagen auf Röhmers Tisch.

Der Kapitänleutnant las mit hochgezogenen Augenbrauen die Überschrift auf den Papieren, die vor ihm lagen. Dort stand: »Todlicht«.

KAPITEL 3

5.000 v. Chr.: Pferde werden domestiziert. Den Zeitpunkt genau zu benennen, ist schwer, außerdem wird davon ausgegangen, dass dies an verschiedenen Orten parallel passierte. Unbestritten ist jedoch, dass der Einsatz von Pferden nicht nur das Transportwesen, sondern auch Kriege massiv beeinflusst hat. Pferde werden bis heute zum Beispiel bei militärischen oder polizeilichen Operationen in unwegsamem Gelände eingesetzt.

Büro des BAS – 25. Mai, Gegenwart

Wie es aussah, verfolgte niemand die Schwester des toten Lim Mok. Das deutsche Überwachungsteam, das mittlerweile abgezogen worden war, hatte die Frau beobachtet, während diese das Begräbnis ihres Bruders in Sokcho vorbereitet hatte. Die Leiche war nicht sofort freigegeben worden und die Beerdigungszeremonie dauerte mehrere Tage. Deshalb war es nicht einfach gewesen, die Schwester in Seoul anzutreffen. Heute war Lim Sang jedoch in ihre Wohnung zurückgekehrt und Gerrit sollte Kontakt aufnehmen.

* * *

Mit den Bildern von Gerrits Handy kam das BAS nicht voran. Obwohl sie auf zahlreiche Personendatenbanken zugreifen konnten, gelang es ihnen nicht, die Identität der Fremden festzustellen.

Jone hockte mit zusammengekniffenen Augen vor dem Bildschirm und sah sich die bearbeiteten Vergrößerungen an, als Paul Berens erschien und ihm freundschaftlich auf den Rücken klopfte.

»Na, alles klar, sind das eure Verdächtigen aus Südkorea?«

Jone nickte.

Paul hatte bis vor Kurzem noch in Russland als Bioinformatiker gearbeitet. Dann war sein Leben komplett aus den Fugen geraten und am Ende war der Vierzigjährige beim BAS gelandet. Marchand hatte ihn zwar zurzeit mit einem anderen Fall beauftragt, aber Paul war natürlich von den Untersuchungen in Südkorea unterrichtet.

»Wie kam es eigentlich zu der Teilung Koreas?«, fragte er nun unvermittelt seinen älteren Kollegen.

Jone, der eine Pause gebrauchen konnte, drehte sich zu Paul um. »Korea war bis 1945 eine japanische Kolonie und hätte eigentlich nach Ende des Zweiten Weltkrieges – Japan war zwischenzeitlich ja besiegt worden – unabhängig werden können. Aber die Siegermächte hatten andere Pläne. Der Norden orientierte sich nach der Teilung an Moskau und kannte keine Gnade mit politischen Gegnern und Andersdenkenden. Der Süden stand unter amerikanischem Protektorat und die Menschen dort litten unter einer Militärdiktatur, bei der es ebenfalls zu Unterdrückungen und Gewalt gegen die Bevölkerung kam. Heute hat sich der Süden zu einer Industrienation entwickelt. Im Norden dagegen gibt es Lebensmittel- und Energieengpässe. Da kann es nachts auch einfach mal dunkel bleiben. Die nordkoreanische Führung in Pjöngjang will ihr Atomprogramm nicht einstellen, verletzt fortwährend die Menschenrechte und verteidigt ihr totalitäres System, weshalb das Ausland an den Sanktionen und Embargos festhält. Ganz schön verfahren.«

Paul verstand und schwieg einen Moment nachdenklich. Dann fragte er: »Und wie kam Röhmers Pass nun nach Südkorea?«

»Genau darauf können wir uns keinen Reim machen. Immerhin haben wir ihn und sein U-Boot bei den Russen vermutet.«

Paul Berens streckte sich in seinem Stuhl, dann räusperte er sich und sagte mit einem Grinsen: »Also, ich bin zwar kein Experte für Korea, aber wenn ich an eurer Stelle wäre, würde ich versuchen, von den Russen zu erfahren, ob U-9881 1945 nun bei denen angelandet ist oder nicht. Und weil wir ja seit Neustem einen guten Kontakt haben, hätte ich mich ans Telefon gesetzt und ...«

Weiter kam Paul nicht, denn zwischenzeitlich war Leon Marchand hinter ihm aufgetaucht. Er hatte die letzten Worte seines Mitarbeiters gehört und vollendete dessen Satz mit einem Seufzer: »... und Boris Sorkin angerufen!«

* * *

Major Boris Iwanowitsch Sorkin war hocherfreut, als sich Leon Marchand bei ihm meldete. Der Major, dem die »Einheit Vier« unterstand, schätzte seinen Kollegen aus Brüssel sehr.

Die »Einheit Vier« war vor einigen Jahren gegründet worden. Ausgestattet mit weitreichenden Befugnissen sollte sie ein wachsames Auge auf ausländische Investoren aus dem Westen haben. Auch und vor allem, wenn diese plötzlich zu eng mit russischen Politikern zusammenarbeiteten.

Sorkin war eines Tages in den Kreml gerufen worden und man hatte ihm diesen Posten gegeben. Nicht, dass er ihn gewollt hätte. Er war eigentlich kein Bürokrat, sondern Soldat. Sein Fürsprecher war ein ehemaliger General aus seiner Zeit beim Militär gewesen, der Sorkin als einen der wenigen ehrenvollen Männer dieser Zeit vorgestellt hatte.

Dann wurde ihm sein sogenannter Vertrauensmann präsentiert. Der Einzige, dem Sorkin Bericht erstatten musste und unter dessen Befehl er stand. Der Major war einigermaßen überrascht gewesen, wer ihm da die Hand geschüttelt hatte. Alles lief unter strengster Geheimhaltung ab. Nur ein kleiner Personenkreis wusste überhaupt davon.

»Schließlich müssen wir den Staat schützen, wenn nötig auch vor sich selbst!«, hatte man ihm gesagt.

Major Sorkin hatte verstanden. Es ging um die Angst vor Verschwörung und Putsch! Also suchte man Männer wie Sorkin, die unbestechlich und nicht der Politik, sondern nur dem Land treu ergeben waren. So hatte er dann auch Marchand kennengelernt.

Mit einer gewissen Unruhe lauschte Boris Sorkin nun den Ausführungen seines Brüsseler Kollegen, der ein sehr gutes Russisch sprach.

»Das hört sich so an, als hätte sich das BAS ein weiteres heißes Eisen aus dem Feuer gezogen«, sagte der Major mit der für ihn üblichen Gelassenheit.

Marchand, am anderen Ende der Leitung, sah das Gesicht von Sorkin mit den braunen, leicht hängenden Augen vor sich. Die ließen ihn immer etwas schläfrig aussehen und vermittelten jenen, die den Russen nicht kannten, den trügerischen Eindruck, Sorkin würde sie nicht durchschauen.

Der Leiter des BAS wusste jedoch aus eigener Erfahrung, mit welchem messerscharfen Verstand dieser Mann arbeitete. Sorkin war durch und durch vertrauenswürdig, und um es altmodisch auszudrücken, ein Mann von Ehre.

»Ich befürchte, Sie haben recht, Boris Iwanowitsch«, antwortete ihm Marchand und verwendete die russische Höflichkeitsform.

Sorkin ließ sich nicht lange bitten, sondern kam direkt zur Sache: »Wie kann die ›Einheit Vier‹, wie kann *ich* helfen?«

»Nun, ehrlich gesagt, mache ich mir mittlerweile etwas Sorgen um den Verbleib dieses U-Boots. Es würde mich beruhigen, wenn ich wüsste, dass es vor vielen Jahren zum Beispiel in einer Werft in Wladiwostok abgewrackt wurde ...«

Sorkin gab einen seltsamen Laut von sich und der Leiter des BAS glaubte fast, sein Gesprächspartner würde kichern, obwohl er sich eine derartige Gefühlsregung von dem stets disziplinierten Major kaum vorstellen konnte.

»Sie denken, Russland hat dieses U-Boot? Wie kommen Sie darauf?« Sorkin schien tatsächlich amüsiert.

»Alle Unterlagen nach Kriegsende deuten darauf hin, dass der Kapitänleutnant Siegfried Röhmer zu Ihren Landsleuten übergelaufen ist.«

»Und es gibt bis heute keine Bestätigung dafür?«

»Nein!«

»Also wenn das BAS bisher nichts gefunden hat, dann kann das entweder bedeuten, dass diese Geschichte auch heute noch ›Streng geheim‹ ist – was mich ein bisschen wundern würde – oder dass Ihre Annahme falsch ist und U-9881 niemals russisches Salzwasser unter dem Kiel hatte.«

»Können Sie das prüfen?«, fragte Marchand nun hoffnungsvoll.

Sorkin hatte bereits eine ziemlich klare Idee davon, wie er an die Daten kommen könnte, allerdings lag ihm noch etwas auf dem Herzen. Darum sagte er: »Ich kann versuchen, zu helfen, aber wenn Russland in irgendeiner Weise betroffen ist, dann muss ich meinen Verbindungsmann informieren. Natürlich mit der größtmöglichen Diskretion. Anders wird es nicht laufen.«

»Einverstanden!«

»Was noch?« Sorkin hatte ein gutes Gespür für Menschen, und er brauchte den Leiter des BAS nicht vor sich zu haben, um zu wissen, dass das noch nicht alles war.

»Wir haben Bilder der Killer, kommen damit aber nicht weiter.«

»Und? Sind die Männer Russen?«

»Sie sind Asiaten, mehr wissen wir nicht. Ich dachte, vielleicht hat das FSB noch ein paar Datenbanken, die hilfreich sein könnten …«

»Einen Versuch wäre es sicher wert. Schicken Sie mir die Bilder, ich sehe zu, was ich machen kann. Sie werden von mir hören.«

Die ehrlich gemeinten Dankesbekundungen wurde Marchand nicht mehr los, denn Major Sorkin hatte bereits aufgelegt.

* * *

Boris Sorkin hatte sich sofort auf den Weg zu Olga Komarowa gemacht. Niemand, der in Russland spezielle und handfeste Informationen brauchte, kam an ihr vorbei. Mit schnellem Schritt betrat der Major die kühlen Räume im Untergeschoss einer Moskauer Behörde, deren Zugang nur ausgewählten Personen vorbehalten war.

Obwohl ihn das Wachpersonal kannte, musste er seinen Ausweis vorzeigen. Auch das war ein Beweis dafür, dass dieser Bereich als äußerst sensibel eingestuft wurde.

Der Major grüßte einen vorbeihastenden Oberst, der für den Nachrichtendienst tätig war, bevor er alleine die düsteren Gänge entlangschritt. Man hatte die Räume aufwendig renoviert, aber dabei keinesfalls Sorkins Geschmack getroffen.

Dieser puristische Stil machte das Gebäude leblos und unheimlich, vermutlich war das Absicht gewesen. Der Major konnte das typische Summen hören, das hier unten allgegenwärtig war. Es kam von den Computern. An diesem Ort befand sich vermutlich das größte Rechenzentrum von ganz Russland. Riesige Server mit Kühlanlagen bildeten das Herz der Einrichtung, der Zutritt war strengstens verboten. Und über allem wachte wie ein dunkler Engel, der seine breiten Schwingen über dem Heiligen Gral ausbreitete, Olga Petrowa Komarowa.

Mit der »Wächterin der Daten« persönlich sprechen zu wollen, war so, als ob man verschiedene Level eines Computerspiels überwinden musste. Sein Weg führte ihn durch mehrere Räume, in denen Informatiker und Softwarespezialisten in langen Reihen saßen und die Augen stur auf ihre Bildschirme richteten. Anschließend folgte die Anmeldung, das Sekretariat, der Wartebereich und erst danach betrat er die Räume von Olga Komarowa.

Nach all der Moderne und der geballten Technik in den Vorzimmern hätte man hier sicher etwas anderes erwartet als Regale voller Akten und Papierbündel. Sämtliche Tischplatten waren übersät mit großen Packen zusammengeschnürter, vergilbter Seiten oder langen Papprollen, in denen vermutlich Karten und Pläne verstaut waren. Mitten in dem Chaos, das an eine Altpapiersammelstelle erinnerte, übersah er beinahe das breite Gesicht, das nun hinter einem Bildschirm hervorlugte. Der Computer war offensichtlich der einzige Vertreter des 21. Jahrhunderts in diesem Raum.

Das breite Gesicht wurde noch breiter, als Olga freudig grinste und rief: »Boris Iwanowitsch, welche Ehre!«

Wie immer war der Ton sarkastisch und schroff. Aber Sorkin wusste, dass die Begrüßung durchaus freundlich gemeint war, und antwortete höflich: »Olga Petrowa, es ist mir eine Freude, Sie zu sehen.«

»Na, das kann ich mir denken, immerhin wollen Sie etwas von mir.«

Die Frau kam nun mit resoluten Schritten auf den Major zu. Sie war höchstens ein Meter sechzig groß und das grobe Tweedkostüm saß stramm um ihren fülligen Körper. Ihr Haar war rot gefärbt und kurz geschnitten. Die grünen Augen der mittlerweile Sechzigjährigen blitzten Sorkin herausfordernd an.

Es gab Gerüchte, dass Olga Petrowa angeboten hätte, nach ihrer Pensionierung umsonst weiter hier zu arbeiten, weil dieses unterirdische Reich ihr Leben wäre. Aber vermutlich war es eher so, dass die Leitung sie niemals gehen lassen würde.

»Wenn Sie persönlich hier erscheinen, dann sicher nicht, um mir Komplimente zu machen.« Sie reckte das Kinn nach vorne und verschränkte die Arme vor der Brust. »Also?«

»Ich brauche Ihre Hilfe in zwei Angelegenheiten«, antwortete Sorkin und zuckte entschuldigend mit den Schultern.

Mit einer entsprechenden Geste forderte sie ihren Gast auf, seine Anliegen vorzutragen.

Sorkin begann mit den beiden Asiaten, die Lim Mok umgebracht hatten. Olga reagierte darauf wie ein Aufziehmännchen. Sie sauste an ihren Computer und ihre Finger flatterten wild über die Tasten.

»Dann wollen wir mal sehen, was wir über dieses Mörderduo haben.«

Schnell lud sie die Videodatei von dem Stick, den der Major dabeihatte, auf ihren Rechner. Dann startete sie den Abgleich mit den Datenbanken. Die erste Suche ergab jedoch keinen Treffer. Aber so leicht ließ sich Frau Komarowa nicht entmutigen. Wie ein Terrier vor einem Fuchsloch stürzte sie sich in die Welt der Informationen. Nach gut dreißig Minuten lehnte sie sich seufzend zurück.

»Nichts!«, sagte sie bedauernd. Man merkte ihr an, dass sie mit diesem Ergebnis keineswegs zufrieden war. Sorkin, der ihr gerade sagen wollte, dass man eben nicht immer einen Treffer landen konnte, wurde ignoriert. Plötzlich schlug sich Olga mit der flachen Hand auf die Stirn und tippte erneut hastig etwas in ihren Computer.

Der Major hörte nur ihr leises Brummen, als die Frau den Bildschirm betrachtete.

Schließlich erschien ein zufriedenes Lächeln auf ihrem Gesicht. »Ich wusste es doch. Irgendwo gibt es immer eine Spur, man muss nur an der richtigen Stelle suchen.«

Sorkin trat nun aufgeregt zu ihr. Olga zeigte ihm die Bilder zweier Männer, die eine nicht zu übersehende Ähnlichkeit mit den Mördern auf Gerrits Video hatten.

»Moderne Phantomzeichnungen. Erstellt mit spezieller Software«, erklärte Olga ihrem Gesprächspartner.

»Sie sind wirklich unschlagbar«, stieß Sorkin anerkennend hervor. »Wer sind die Männer?«

»Hier steht, das seien nordkoreanische Killer. Keine Namen, keine Daten, nur diese Phantombilder. Alles vage.«

»Nordkoreanische Killer? Sind Sie sicher?«

Der Blick, den ihm die Frau zuwarf, beantwortete seine Frage.

»Interessant. Wer ist ihr Arbeitgeber? Die Regierung in Pjöngjang?«

Olga runzelte die Stirn und überflog die wenigen Angaben auf dem Bildschirm. »Scheint so.«

Boris Sorkin vergaß für einen Augenblick, dass er nicht alleine war, und lief vor sich hin brütend auf und ab. Wenn die Männer wirklich im Auftrag der nordkoreanischen Regierung unterwegs waren, stellte sich doch die Frage, warum man sie auf diesen Südkoreaner, Lim Mok, angesetzt hatte. Oder anders herum, wieso war dieser so wichtig für das Regime im Norden? Das erinnerte Sorkin an sein zweites Anliegen.

Als er seine Bitte vorgetragen hatte, gab Olga Petrowa einen überraschten Laut von sich. »Das ist mal etwas anderes. Jetzt wird es altmodisch.« Wie, um das Gesagte zu unterstreichen, scannte sie mit geschürzten Lippen die großen Aktenberge in ihrem Büro. »Dafür brauche ich mehr Zeit. Ich muss nämlich Papier wälzen. Versprechen kann ich aber nichts. Unter uns, ich habe so meine Zweifel, dass ich nach all den Jahren noch Unterlagen über ein deutsches U-Boot aus dem Zweiten Weltkrieg finde.«

»Ich bin sicher, wenn das jemand kann, dann Sie.«

Olga gluckste vergnügt und verabschiedete ihn mit dem Versprechen, sich schnellstmöglich zu melden.

Seoul, in der Wohnung von Lim Sang, Schwester des ermordeten Lim Mok – 25. Mai

Als Gerrit direkt vor Lim Sang stand, sah er sofort, dass diese Frau in den letzten Tagen einiges durchgemacht hatte. Sang war ausgesprochen hübsch und man konnte auf ihrem feinen Gesicht die ersten Lachfältchen erkennen. Sie wirkte wie ein fröhlicher Mensch, den das Schicksal nun besonders hart gebeutelt hatte. Ihre Augen waren vom vielen Weinen um den Bruder gerötet. Gerrit wusste mittlerweile, dass in Korea meist weiß als Farbe der Trauer gewählt wurde. Unter anderem trugen die Frauen einen weißen Trauerflor im Haar, genauso wie es Lim Sang gerade tat.

Misstrauisch hatte sie den Europäer beäugt und die Tür nur einen Spaltbreit geöffnet. Gerrit hatte sich verbeugt, seinen Ausweis vom BAS gezeigt, mit dem die junge Frau wenig anfangen konnte, und dann versucht, seine guten Absichten überzeugend darzulegen. Schließlich wurde er hereingebeten. Gerrit streifte seine Schuhe ab und schlüpfte in die bereitstehenden Gästehausschuhe.

Sang studierte Sprachen und hatte keine Mühe, sich mit ihm auf Englisch zu unterhalten. So nah wie möglich an der Wahrheit erklärte er, dass seine Behörde auf den Pass von Siegfried Röhmer aufmerksam geworden sei und er, bevor er eine Gelegenheit gehabt hätte, darüber mit Mok zu sprechen, von dessen Tod erfahren musste.

Sang sah Gerrit mit großen Augen an und erschrak. Bevor er weitersprechen konnte, stieß sie einen spitzen Schrei aus und verschwand im Wohnzimmer.

Kurze Zeit später hörte man sie immer wieder den gleichen Satz auf Koreanisch sagen, bis sich der BAS-Mitarbeiter ein Herz fasste und ebenfalls den Raum betrat.

Erschrocken blickte Sang nun auf. Tränen liefen ihr über das sanfte Gesicht.

»Er ist weg, er hat ihn genommen, diesen verdammten Pass. So ein Dummkopf!« Lim Sang deutete verzweifelt auf einen zerdrückten Pappkarton, der auf dem Tisch vor ihr lag.

»Er hatte den Pass von Ihnen?«, fragte Gerrit nun erstaunt.

Die junge Frau setzte sich erschöpft auf ein weiches Bodenkissen »Er hat ihn sich genommen, dieser Dummkopf.«

Gerrit sah sich in dem kleinen Zimmer um. An einem Haken hing ein *Hanbok*, die traditionelle koreanische Tracht. Vermutlich hatte die junge Frau das Kleidungsstück bei der Trauerfeier getragen. Es gab ein schmales Sofa, den Tisch mit dem Pappkarton und mehrere Kissen, die vor dem Fernseher lagen. Traditionell bevorzugten viele Koreaner diese Art des Sitzens. Der BAS-Mitarbeiter räusperte sich unsicher.

»Verzeihen Sie bitte«, sagte Lim Sang verlegen. Sie hatte ihre gastgeberischen Pflichten vergessen und bat Gerrit nun höflich, Platz zu nehmen. Noch bevor der Engländer etwas entgegnen konnte, fragte sie: »Wurde mein Bruder etwa deshalb getötet? Unsere Polizei meinte, er habe schlechten Umgang gehabt.«

»Hatte Ihr Bruder denn schlechten Umgang?«, hakte Gerrit nun nach, um möglichst viel über den Toten zu erfahren.

Sang sagte traurig: »Mok hatte es nicht einfach. Unsere Eltern sind früh gestorben und wir lebten lange Zeit bei unseren Großeltern in Sokcho. Aber Mok kam nie über den Verlust hinweg. Er suchte immer nach Wegen, seinen Kummer zu besiegen.«

»War er denn in Schwierigkeiten?«

Die junge Frau lächelte müde. »Mok war immer in Schwierigkeiten und in chronischer Geldnot. Er hatte viele Ideen, aber die meisten waren von vorneherein zum Scheitern verurteilt.« Mit ängstlicher Miene sah sie auf. »Verstehen Sie mich nicht falsch, ich liebte meinen Bruder. Er war kein schlechter Mensch, aber irgendwie gelang es ihm nie, richtig Fuß zu fassen. Alkohol, Glücksspiel und so weiter. Ja, mein Bruder hatte schlechten Umgang«, sagte sie nun wütend, »aber deswegen hatte er diesen Tod noch lange nicht verdient. Er war trotz allem ein guter Mensch.«

Einen Moment lang schwiegen beide, dann fragte Lim Sang in ruhigerem Tonfall: »Wird Ihre Behörde den Mörder meines Bruders finden? Mir wurde nämlich gesagt, dass die Chancen dafür äußerst schlecht stehen.«

Gerrit fühlte sich etwas in die Enge getrieben, andererseits bekam er gerade eine Chance geboten, mehr zu erfahren.

Er antwortete: »Wir werden es auf alle Fälle versuchen, das verspreche ich. Aber Sie müssen uns sagen, was Sie über diesen alten Pass wissen. Den Pass des Kapitänleutnants Siegfried Röhmer.«

»Sie haben meine Frage noch nicht beantwortet: Wurde mein Bruder deshalb getötet?«

Kurz zögerte der Engländer, dann entschloss er sich, dieser unglücklichen jungen Frau eine ehrliche Antwort zu geben. »Ich bin mir fast sicher, dass es so war.«

Lim Sang fing an, leise zu weinen. Dann straffte sie die Schultern, bot Gerrit Tee an und war bereit, seine Fragen zu beantworten.

»Wo haben Sie den Pass her?«, begann der BAS-Mitarbeiter das Verhör mit der dringlichsten Frage.

»Von meinem Großvater Hiroto …«

* * *

Mai 1945 – U-9881

Als Maynfeld mit seinen Ausführungen am Ende war, fragte sich Röhmer, ob er nun ein Genie oder den Teufel höchstpersönlich auf seinem U-Boot hatte. Dieser Professor war sicher einer der intelligentesten Menschen der Erde. Röhmer hatte keine Zweifel mehr daran, dass sich die Alliierten auf ein Geschäft einlassen würden. Maynfeld wäre wohl tatsächlich in der Lage, etwas für ihn und seine Mannschaft auszuhandeln – und wenn es nur die unbeschadete Heimkehr nach Deutschland wäre. Da dieser Punkt nun geklärt war, wandte sich der Kommandant einem anderen zu. Entscheidend für das Gelingen der Aktion war Maynfelds Zuverlässigkeit. Die allerdings bereitete Röhmer Sorgen.

»Ich werde mich mit meinen Offizieren besprechen«, gab er zur Antwort und versuchte, dabei emotionslos zu wirken.

Aber sein Gesprächspartner wusste, wie die Dinge standen. Der Kaleu war beeindruckt und von Maynfelds Vorschlag durchaus angetan.

Falls Röhmer einen Aufschrei der Empörung erwartet hatte, dann blieb dieser jedenfalls aus. Seine Offiziere waren sich einig. Es sollte aufhören, und zwar sofort, egal auf welche Weise. Die Forderungen, die sie für sich stellen wollten, waren klar. Freies Geleit in die Heimat, keine Kriegsgefangenschaft und für die, die nicht mehr zurückwollten, die Möglichkeit eines Neuanfangs in den Staaten. Dafür erhielten die Amis das U-Boot samt Ladung und Friedrich Maynfeld, dessen Bedingungen vermutlich wesentlich umfangreicher sein würden.

Die Mannschaft bekäme die Information über den »Handel« erst kurz vor dem Zusammentreffen mit den Amerikanern. Es galt jetzt, einen kühlen Kopf zu bewahren und Unruhe an Bord zu vermeiden.

Der kleine Stab der Offiziere war sich einig. Noch am selben Tag wurde ein Funkspruch abgesetzt. Sehr zu Röhmers Erleichterung war das Interesse an dem Wissenschaftler und der mitgeführten Fracht so groß, dass die Amerikaner schon nach kurzer Bedenkzeit auf alles eingingen.

»Du tust das Richtige«, flüsterte Fritz Hallster und klopfte ihm auf die Schulter. »Ich will nur noch nach Hause!«

Röhmer atmete durch, von seiner Mannschaft würde niemand mehr sterben müssen.

* * *

Zum Treffpunkt östlich der Philippinen würden sie nicht mehr lange brauchen. Alles schien wie am Schnürchen zu laufen. Röhmers Zuversicht wuchs mit jeder Seemeile, die sie zurücklegten.

Als er an diesem Morgen in der Operationszentrale stand, wurden seine Überlegungen jedoch jäh unterbrochen, als er den Lauf einer Luger im Nacken spürte.

»Herr Kapitänleutnant Siegfried Röhmer, ich entziehe Ihnen hiermit das Kommando über U-9881 und verhafte Sie wegen Befehlsverweigerung und Hochverrats!« Mit fester Stimme erteilte der Soldat mit der Waffe weitere Befehle.

Es handelte sich um den Ersten Wachoffizier, ein Mann namens Müller, der Röhmer nie als überzeugter Nazi in den

Sinn gekommen wäre. Zudem hatte er vor wenigen Tagen bei ihrer Besprechung keinen Einwand erhoben, als es darum ging, zu den Amerikanern überzulaufen. Offensichtlich war Röhmer zu blauäugig gewesen. Zu glauben, die Aussicht auf eine sichere Heimkehr wäre jedem Soldaten wichtiger als alles andere, war ein großer Fehler gewesen. Ein anderer Offizier stellte sich jetzt hinter Hallster und hielt diesen mit festem Griff. Müller war also nicht alleine. Keine Minute später wurde dem Kaleu klar, dass sich auch sein Oberfunker und der Schiffsarzt gegen ihn gestellt hatten. Letzterer führte nun ihren Gast, Friedrich Maynfeld, mit vorgehaltener Waffe in die Operationszentrale.

Noch bevor die verdutzte Mannschaft reagieren konnte, brüllte Müller: »Wir wurden vom Kapitänleutnant verraten! Ich übernehme ab sofort das Kommando!« Damit sah er zu seinen Mitverschwörern.

Unschlüssig blickten die Soldaten nun zwischen Müller und ihrem bisherigen Kommandanten hin und her. Fest stand, dass es niemand auf eine Schießerei ankommen lassen wollte.

Hallster ergriff noch vor Röhmer das Wort: »Herrgott Müller! Der Krieg ist verloren, wir werden sterben oder in Kriegsgefangenschaft kommen. Und ich weiß nicht, was davon das Schlimmere ist. Der Kapitänleutnant hat sich entschieden, seine Männer zu retten!«

»Indem er unseren Führer Adolf Hitler verrät und damit auch Deutschland?«, brüllte Müller zurück.

»Der Führer ist tot, Deutschland am Boden, du hast die Meldungen doch gehört!«

»Feindpropaganda! Alles Lügen! Ich habe einen Eid geleistet. Wir sind Soldaten und haben unsere Befehle. Ich bringe euch alle vor das Kriegsgericht«, schrie der Offizier immer lauter.

»Du gottverdammter Narr.« Hallster verlor die Geduld. Ohne ein weiteres Wort riss er sich von seinem Bewacher los und stürzte sich auf Müller, der die Waffe blitzschnell von Röhmers Nacken auf den mit den Armen rudernden Ingenieur richtete und abdrückte.

Der Schuss hallte wie ein Donnerschlag durch das U-Boot. Für eine Sekunde glaubten die Männer, eine heftige Explosion hätte das Boot auseinandergerissen.

Fritz Hallster lag auf dem kalten Metall, die Kugel steckte in seinen Eingeweiden und das Blut verteilte sich langsam auf dem Boden.

Der Kapitänleutnant stürzte zu seinem Freund. »Los, kommen Sie her, helfen Sie ihm!«, blaffte er den Schiffsarzt an, der mit offenem Mund und der Waffe in der Hand immer noch hinter Maynfeld stand.

Aber für Fritz Hallster kam jede Hilfe zu spät. Der sterbende Ingenieur wollte etwas sagen, sich von seinem langjährigen Freund verabschieden – aber das war ihm nicht mehr vergönnt. Sein Körper krampfte sich ein letztes Mal zusammen, dann entspannten sich seine Glieder und er lag ruhig da, die Augen starr nach oben gerichtet. Fritz Hallster war tot. Gestorben durch die Hand eines deutschen Soldaten. Röhmer wollte aufspringen, war vor Wut außer sich, aber Maynfeld kam ihm zuvor.

Der Wissenschaftler, dessen Pläne so unerwartet durchkreuzt wurden, reagierte wie ein in die Enge getriebenes Raubtier, dem sich plötzlich ein möglicher Fluchtweg bot. Mit einer schnellen Handbewegung riss er dem Schiffsarzt hinter sich die Waffe aus der Hand und feuerte damit auf Müller. Der Körper des Ersten Wachoffiziers fiel mit ungläubig aufgerissenen Augen nach hinten. Aus der kreisrunden Eintrittswunde in der Stirn lief ein blutiges Rinnsal, während am Hinterkopf die Gehirnmasse herausspritzte.

»Wer will sich noch gegen unseren Plan stellen?«, kreischte Maynfeld nun wie ein Wahnsinniger und fuchtelte mit der Waffe vor den Gesichtern der Anwesenden herum.

Röhmer sah den Irrsinn in den Augen des Wissenschaftlers aufblitzen und bereute bereits seine Entscheidung, sich auf dessen Plan eingelassen zu haben. Hätte er nicht zugestimmt, dann würden Fritz Hallster und auch Müller noch leben.

Der Kaleu stand auf, trat auf Maynfeld zu und streckte ihm mit kaltem Blick die Handfläche entgegen.

Es war nicht nötig, etwas zu sagen. Friedrich Maynfeld atmete tief durch, übergab mit einem spöttischen Grinsen die

Waffe an den Kommandanten und sagte überheblich: »Ich dachte, Sie hätten Ihre Untergebenen besser im Griff.«

Röhmer machte einen Schritt nach vorne und verlor die Beherrschung. Doch noch bevor er den Wissenschaftler am Kragen packen konnte, kam der panische Ruf eines Besatzungsmitglieds.

»Die Japaner …«, der Mann stotterte, bevor er fortfuhr, »die wollen an Bord kommen!«

Sie befanden sich südöstlich von Taiwan. Ohne Vorwarnung war ein japanisches Kriegsschiff vor ihnen aufgetaucht und morste U-9881 an. Offensichtlich warteten die asiatischen Verbündeten der Deutschen bereits ungeduldig auf die Ladung und den angekündigten Professor.

Der Kaleu fragte sich, woher die Japaner ihre momentane Position kannten. War es ihnen etwa gelungen, den Funkspruch an die Amerikaner abzufangen? Oder steckte Müller dahinter?

Röhmer fuhr sich mit der Hand über das Gesicht. Er musste sich Zeit verschaffen. »Morsen Sie zurück, dass wir direkt den japanischen Hafen anlaufen werden. Ein Stopp wäre zu gefährlich.« Vielleicht würde er mit diesem Täuschungsmanöver durchkommen.

Die Nachricht wurde übermittelt und kurz darauf flimmerten die Lichtsignale vom japanischen Zerstörer zurück. Offensichtlich ließ man sich nicht auf Röhmers Taktik ein. U-9881 hatte keine Wahl und musste längsseits gehen.

Vom japanischen Kriegsschiff brüllte jemand Befehle. Es wurde verlangt, dass jedes entbehrliche Besatzungsmitglied an Deck zu erscheinen hatte. Auch Röhmer stand bei seinen Matrosen auf dem nassen Bootskörper. Zum Glück war die See ruhig – ganz im Gegensatz zu dem Kapitänleutnant.

Seoul, in der Wohnung von Lim Sang
25. Mai, Gegenwart

Gerrit saß gespannt neben Lim Sang und forderte sie nun auf, die Geschichte ihres Großvaters Hiroto zu erzählen.

»Als junger Mann war er einer dieser Studentensoldaten, die von den Japanern zwangsverpflichtet wurden. Er hat Sprachen studiert, müssen Sie wissen. Genau wie ich. Später war er als Übersetzer und Lehrer für Englisch tätig. Außerdem sprach er fließend Japanisch und sogar ein gutes Deutsch. Diese beiden Sprachen hat er aber nie benutzt, weil sie ihn zu sehr an den Krieg erinnert haben.«

Die junge Frau zuckte leicht mit den Schultern, als wollte sie sagen: So war er eben und wir haben das respektiert. Dann lächelte sie und fuhr fort: »Jedenfalls fand ihn meine Großmutter im Mai 1945 mit einer schweren Kopfverletzung nicht weit entfernt von der Küste. Er lag einfach auf der Straße. Vermutlich stammte aus dieser Zeit auch die Lederjacke.«

Lim Sang öffnete den Deckel des Pappkartons und zeigte Gerrit das abgewetzte Kleidungsstück.

»Nach seinem Tod habe ich die Sachen an mich genommen. Er hatte sie in dieser Schachtel unter dem Bett versteckt. Und in der Jackentasche hat sich der deutsche Pass befunden! Als ich Mok davon erzählte, war er gleich hellauf begeistert und witterte ein gutes Geschäft – für solche Dinge gibt es einen florierenden Markt. Er wollte den Pass verkaufen, aber ich war dagegen. Mein Gefühl sagte mir gleich, dass dieses Dokument nur Unglück bringen wird. Ich denke, mein Bruder hat ihn sich dann einfach genommen.«

Es fiel ihr schwer, ein Schluchzen zu unterdrücken. Tapfer sprach sie jedoch weiter: »Bevor Sie fragen: Mein Großvater hat nie erzählt, was damals passiert ist. Wir wussten nur, dass er es irgendwie geschafft hatte, aus der Armee der Japaner zu entkommen, und schließlich an der koreanischen Küste gefunden wurde. Das war übrigens auch nicht weit entfernt von seinem Geburtsort. Der lag allerdings im heutigen Nordkorea. Jedenfalls pflegte ihn meine Großmutter wieder gesund, die beiden verliebten sich und heirateten. Mittlerweile war das Land geteilt worden, und Großvater Hiroto blieb hier im Süden, kurz hinter der Grenze.«

Gerrit hatte Bilder der Demarkationslinie entlang des 38. Breitengrades gesehen. Wie Chirurgen hatten die Siegermächte das Skalpell angesetzt und die koreanische Halbinsel nach dem Zweiten Weltkrieg in zwei Hälften zerteilt.

»Und Ihr Großvater hat nie darüber gesprochen, was ihm widerfahren ist, oder wie er zu dem Pass kam?«

»Nein, den Pass habe ich ja erst nach seinem Tod gefunden und außerdem hat er immer behauptet, sich nicht erinnern zu können, was damals mit ihm passiert ist. Meine Großmutter hat einmal gesagt, dass Hirotos Überleben ein Wunder, eine göttliche Fügung gewesen wäre. Immerhin wurde er durch einen Kopfschuss schwer verletzt.«

»Er hat einen Kopfschuss überlebt?«, fragte Gerrit sichtlich beeindruckt.

»Ja, der Arzt hat damals vermutet, dass die Kugel am Knochen entlanggestreift sei. Mein Großvater hatte ein verletztes Ohr und zeitlebens Probleme mit seiner rechten Seite. Manchmal gehorchte ihm sein Arm nicht. So hat er es zumindest ausgedrückt. Also begann er, zu zeichnen.«

Als Sang das fragende Gesicht des Europäers sah, fügte sie erklärend hinzu: »Quasi als Therapie. Das langsame und exakte Führen des Pinsels half ihm, seine Motorik zu verbessern. Hier, das ist *sein* Bild. Ich habe es heimlich aufgehoben.«

Die junge Frau entrollte ein DIN-A3 großes Blatt. Gerrit nahm es vorsichtig in die Hand.

»Großvater Hiroto hat immer Maulbeerpapier verwendet für seine Tuschezeichnungen und natürlich Naturfarben.« Die Erinnerung machte Lim Sang traurig. »Er ist erst vor sechs Monaten gestorben. Und jetzt Mok …« Sie schluckte und kämpfte gegen die Tränen an.

»Was heißt, das war *sein* Bild und wieso musste es heimlich aufgehoben werden?«, fragte Gerrit schnell, den die eigenartige Formulierung neugierig gemacht hatte.

»Nun, Großvater hat immer nur an einem Bild gearbeitet. Wenn es fertig war, dann hat er es vernichtet und ein neues angefangen.«

»Ist das nicht ein wenig ungewöhnlich?«

»Schon, aber weil er immer das gleiche Motiv gemalt hat, hätte es vielleicht auch keinen Sinn gemacht, die Bilder aufzuheben.«

»Immer das gleiche Motiv? Warum?«, fragte Gerrit irritiert.

»Ich habe ihn natürlich danach gefragt und er meinte, dass er lediglich male, um seine Finger zu trainieren. Die Kritzeleien würden ihn jedoch schmerzlich an seine Gebrechen erinnern, daher wollte er sie nicht aufheben. Auch wir Kinder durften keine der Zeichnungen behalten. Das hier war das letzte Bild, das er vor seinem schweren Schlaganfall angefertigt hat. Ich habe es nicht übers Herz gebracht, es zu vernichten, auch wenn das sein Wunsch gewesen wäre. Stattdessen möchte ich es rahmen lassen, sozusagen als Erinnerung an ihn.«

»Ein schöner Gedanke«, murmelte Gerrit und betrachtete die Zeichnung nun etwas genauer. Er hatte keine Ahnung von Kunst. Das Einzige, was er über ein Bild sagen konnte, war, ob es ihm gefiel oder nicht. Hirotos Bild zeigte steile Klippen, die aus einem dunklen Meer aufragten. Die Wellen brachen sich an den vorgelagerten Felsformationen. Dadurch wirkte die Szene unheimlich und bedrohlich.

Lim Sang schien ein gutes Gespür für Gerrits Empfindungen zu haben. Mit einem verständigen Lächeln sagte sie: »Er hat auf seinen Bildern nie die Sonne scheinen lassen. Ich habe immer geglaubt, er brächte damit seinen körperlichen Schmerz zum Ausdruck, aber mittlerweile ...« Sie brach ab und Gerrit sah fragend zu der jungen Koreanerin.

Lim Sang zuckte verlegen mit den Schultern. »Na ja, er hatte die ganze Zeit diesen Pass unter dem Bett versteckt. Er muss sich doch an mehr erinnert haben, als er mir anvertraut hat. Bisher waren seine Bilder für mich einfach nur Landschaftsmalereien, Fingerübungen, nichts weiter. Aber wenn ich jetzt darüber nachdenke, dann könnten sie auch einen tiefen Schmerz ausdrücken. Sich nicht erinnern zu können, war vielleicht Hirotos Wunsch gewesen. Aber so wie es aussieht, war ihm der nicht erfüllt worden. Nur, warum hat er über seine Erlebnisse geschwiegen?«

Gerrit verspürte den Drang, ein paar tröstende Worte zu sagen, hatte aber keine Idee, was in dieser Situation passend wäre.

Er wiederholte etwas, das er einmal von Jone gehört hatte: »Der Krieg lässt Menschen auf vielfache Weise leiden. Manchmal hilft den Betroffenen auch das Schweigen, um vergessen zu können.«

Die junge Frau nickte und starrte auf das Bild ihres Großvaters, bevor sie sagte: »Ich hoffe sehr, dass er seinen Frieden gefunden hat. Armer Hiroto.«

»Könnte er sich vielleicht einem Freund anvertraut haben?«

Lim Sang schüttelte den Kopf. »Nein, da bin ich mir ziemlich sicher. Er hat allen die Geschichte von der Amnesie erzählt. Vielleicht wusste Großmutter Bescheid, aber sie hat nie etwas gesagt. Leider ist sie bereits vor zehn Jahren verstorben.«

»Haben Sie sonst noch etwas gefunden?« Gerrit spähte interessiert zu dem Karton.

»Nur die Jacke mit dem Pass.« Sie seufzte und griff nach dem Kleidungsstück. »Warum hob er diese Dinge auf? Ich habe mich das schon die ganze Zeit gefragt. Die Jacke und der Pass gehörten einem deutschen Soldaten. Deutschland war ein Verbündeter Japans und die Japaner waren Koreas Unterdrücker. Somit waren auch die Deutschen unsere Feinde. Was für eine Bedeutung hatten diese Dinge also für meinen Großvater?«

Gerrit fragte sich langsam, ob Hiroto vielleicht ein ganz anderer Typ gewesen war, als diese junge Frau und ihre Familie bisher angenommen hatten. Menschen bewahrten Gegenstände aus unterschiedlichsten Gründen auf. Es musste nicht immer ein sentimentales Motiv geben. Der Mann hätte genauso gut Kollaborateur sein oder finanzielle Ziele verfolgen können. Jetzt, nachdem Röhmers Pass auf dem »Markt« aufgetaucht war, schien es ja offensichtlich, dass es Personen gab, die daran ein großes Interesse hatten. Wer konnte schon wissen, was dem Alten zu Lebzeiten für Ideen gekommen waren. Aber das behielt der Engländer für sich. Stattdessen fragte er höflich: »Darf ich ein Foto machen?«

Lim Sang fand die Bitte zwar merkwürdig, stimmte aber freundlich zu.

Gerrit fotografierte mit seinem Handy den Pappkarton, die alte Lederjacke, deren Taschen er gründlich durchsucht hatte, und zum Schluss Hirotos letzte Zeichnung. Er wusste nicht, ob ihnen das weiterhelfen würde, aber so war er wenigstens nicht gezwungen, mit leeren Händen vor Marchand zu treten.

Am Ende ihres Gesprächs zeigte er die Handyfotos der Männer, die vermutlich für Moks Tod verantwortlich waren. Er behielt die Einzelheiten für sich und fragte Sang lediglich, ob sie den beiden schon einmal begegnet wäre. Die junge Frau verneinte das, wirkte aber beunruhigt und hakte nach. »Haben die etwas mit dem Tod meines Bruders zu tun?«

»Davon gehe ich aus, aber noch tappen wir völlig im Dunkeln, was deren Identität angeht. Die Ermittlungen laufen noch.«

»Ich hoffe, Sie finden diese Monster!«, antwortete sie und musste wieder gegen die Tränen ankämpfen.

Ein bisschen bedrückt verabschiedete er sich schließlich von der jungen Frau. Sein Flug nach Brüssel war für heute Abend gebucht. Gerne hätte er noch mehr Zeit mit Lim Sang verbracht, denn er empfand große Sympathie für die hübsche Koreanerin.

KAPITEL 4

500 v. Chr.: Das »Blide« oder auch »Trebuchet« genannte Gerät ist eine Form des Katapults. Man nimmt an, dass die ersten dieser Schleudern in China entwickelt worden sind. Sie wurden noch mit reiner Muskelkraft betrieben und konnten Gewichte von über 100 Kilogramm bis zu 60 Meter weit katapultieren.

Spätere, modernere Entwicklungen bedurften nur noch einer kleinen Bedienmannschaft und konnten höhere Gewichte schießen. Neben einfachen Steinen wurden manchmal auch Leichen als Geschosse verwendet.

U-9881, südöstlich von Taiwan – Mai 1945

Als der japanische Kommandant an Bord von U-9881 kam und vor Röhmer trat, musterte er den Deutschen mit abschätziger Miene. Dann sagte er etwas zu dem jungen Mann an seiner Seite, augenscheinlich ein Übersetzer, der daraufhin in gutem Deutsch Röhmer ansprach: »Wo ist der Professor?«

»Er ist unten«, antwortete der U-Boot-Kommandant wahrheitsgemäß. »Es hieß schließlich, dass nur die Mannschaft an Deck kommen sollte.«

»Wie viel Mann sind noch unten?«, stellte der Übersetzer die nächste Frage. Man sah ihm an, dass er sich an der Seite des japanischen Kommandanten unwohl fühlte. Röhmer schätzte ihn auf etwa achtzehn Jahre. Die Stimme des jungen Asiaten war brüchig und seine Hände zitterten, so als hätte er große Angst. Röhmer wunderte sich über dieses Verhalten, vergaß darüber aber nicht, zu antworten.

Der japanische Befehlshaber schien vorerst mit der Auskunft zufrieden und forderte den Kaleu nun auf, ihm unter Deck zu folgen, damit er die Ladung inspizieren konnte. Die Matrosen im Freien beäugten die Szene unsicher.

Die kleine Gruppe Männer, die als Notbesatzung unter Deck geblieben war, hatte versucht, zusammen mit Maynfeld die Leichen zu verstecken. Die Toten waren, so schnell es eben ging, in die freien Torpedorohre geschoben worden. Respekt und die letzte Ehre würde man ihnen später erweisen. Jetzt hofften die deutschen Soldaten, dass die Japaner doch nichts von ihren Plänen mit den Amerikanern wussten und alles noch ein gutes Ende nehmen würde.

Neben dem Kommandanten des Zerstörers und dessen Übersetzer begleiteten drei weitere japanische Soldaten Röhmer unter Deck.

Als der Kapitän des japanischen Kriegsschiffs auf Maynfeld traf und sich nach einem kurzen Wortwechsel davon überzeugt hatte, dass dieser tatsächlich der erwartete Wissenschaftler war, gab er einem seiner Soldaten einen Befehl, woraufhin der mit raschen Schritten davoneilte. Etwas, das bei Röhmer ein ungutes Gefühl auslöste.

Der junge Übersetzer schien unter der Enge auf dem U-Boot zu leiden. Sein Atem ging unverhältnismäßig schnell und ein dünner Schweißfilm bedeckte das ängstliche Gesicht. Immer wieder blickte er in Richtung Ausgang.

Der japanische Kommandant trat nun flankiert von seinen beiden Soldaten auf Röhmer zu. Plötzlich sagte er auf Deutsch: »Verräter!« Die Worte spie er regelrecht aus, dann spuckte er angewidert auf den Boden.

Im gleichen Augenblick wurde auf Deck das Feuer eröffnet. Röhmer wollte nach oben, aber die Japaner hielten ihn zurück. Der Kapitänleutnant hörte seine Männer sterben. Die unverkennbaren Salven von Maschinengewehrfeuer ließen keinen Zweifel daran, dass über ihnen gerade ein kaltblütiges Erschießungskommando die Besatzung von U-9881 liquidierte. Nun würde er keinen mehr von ihnen lebend nach Hause bringen können. Verzweifelt versuchte er sich, die Gesichter der Matrosen, ihre Namen und ihren Rang ins Gedächtnis zu rufen. Aber es gelang ihm nicht. Jeder Schuss, der abgegeben wurde, traf ihn wie ein harter Schlag. Sein Blick wanderte zu den restlichen Besatzungsmitgliedern unter Deck – sie gaben ihm die Schuld, das konnte er an ihren

Gesichtern ablesen. Nur Maynfeld stand scheinbar gelassen da.

Endlich wurde das Feuer eingestellt.

Das eigenartige Fauchen des japanischen Kommandanten, als dieser jetzt anfing, Röhmer zu beschimpfen, riss den Kaleu aus der Hoffnungslosigkeit, die er mittlerweile empfand.

Der Übersetzer tat sich schwer damit, einen ihm Fremden in dieser Art und Weise beleidigen zu müssen. Allerdings hätte er es niemals gewagt zu schweigen. Also gab er die Worte seines Vorgesetzten so genau wie möglich wieder: »Sie haben Ihr Land und damit auch Ihre Verbündeten verraten. Dieses U-Boot ist für Japan bestimmt ...«

Ein Geräusch unterbrach den jungen Mann.

Röhmer wusste, was das laute Platschen bedeutete. Die Japaner warfen die Leichen seiner Matrosen über Bord. Ohne anständiges Begräbnis würden ihre Körper nun auf dem Meeresgrund verrotten.

Der Kapitänleutnant verspürte eine unglaubliche Wut. »Warum haben Sie meine Männer getötet? Die hatten mit der Sache nichts zu tun.«

Aber der japanische Kommandant hielt nichts von Gnade. »Keine Sorge, Sie werden Ihren Soldaten bald folgen. Aber zuerst entladen wir dieses U-Boot.« Ein gemeiner Zug bildete sich um seine Mundwinkel, als er fortfuhr: »Ein japanisches Sprichwort besagt, dass für den Diener selten das Glück, aber stets das Unglück seines Herrn bestimmt ist. Ihre Männer hatten einen ehrenvollen Tod.«

»Einen ehrenvollen Tod? Feige dahingemetzelt wie Schafe auf der Schlachtbank. Sie kranker Mistkerl! Das waren noch halbe Kinder.«

Der Übersetzer stierte verlegen auf den Boden, während er die Worte des Kaleus weitergab.

Als der japanische Kapitän deren Bedeutung verstand, nickte er kaum wahrnehmbar mit dem Kopf. Daraufhin holte einer der Soldaten neben ihm aus und schlug Röhmer mit voller Wucht ins Gesicht. Der Kapitänleutnant ging in die Knie. Dabei entdeckte er unter dem Kartentisch Müllers Luger, offensichtlich hatten seine Leute die Waffe beim Beseitigen der Leichen übersehen. Er verschwendete keinen

Gedanken an seine eigenen Überlebenschancen. Stattdessen griff er nach der Pistole und sprang auf die Füße. Der erste Schuss traf den japanischen Kommandanten in die Schulter, der nächste in die Brust.

Der Übersetzer warf sich auf den Boden, die japanischen Soldaten hoben ihre Waffen. Einer von ihnen hatte eine Maschinenpistole, mit der er jetzt wie ein Wahnsinniger um sich schoss. Die Hülsen prasselten auf den metallenen Untergrund.

»Luke schließen«, schrie Röhmer, während er zielte. Einer seiner Matrosen reagierte.

Noch bevor von oben weitere Japaner in das U-Boot eindringen konnten, vernahm der Kapitänleutnant das rasselnde Geräusch des Drehrads, mit dem der Ausstieg verriegelt wurde.

»Sofort abtauchen!«, brüllte er.

Der Kugelhagel machte es unmöglich, die Deckung zu verlassen. Die wenigen Besatzungsmitglieder sahen sich fragend an, als sie Röhmers Befehl vernahmen.

»Abtauchen!«, dröhnte seine Stimme erneut durch das Boot. Seine letzte Kugel traf schließlich den japanischen Soldaten mit der Maschinenpistole, den anderen übernahm der Steuermann. Mit einem der großen Schraubenschlüssel riss der den Gegner von den Füßen. Der erste Schlag traf in die Kniekehlen, der zweite Hieb zerschmetterte dem Japaner den Schädel.

Keuchend blickten sich die Männer an. Eine Sekunde später registrierten sie das Hämmern an der Ausstiegsluke – ihnen blieb nicht viel Zeit.

»Abtauchen, abtauchen! Volle Kraft voraus!«

Endlich war der erste Schock vorbei und die Männer lösten sich aus ihrer Starre. Von einer Sekunde zur anderen erwachte die Operationszentrale erneut zum Leben. Die wenigen Besatzungsmitglieder schienen überall gleichzeitig zu sein. Einer der Matrosen rannte in den Maschinenraum, ein anderer übernahm das Tiefenruder. Für einen Fremden hätte das Ganze vielleicht ungeschickt und chaotisch ausgesehen, aber diese Männer wussten genau, was sie taten. Über sich hörten sie die Japaner, die mittlerweile versuchten, die Luke mit schweren Stahlröhren aufzubrechen. Wie lange würde es noch dauern, bis einer von ihnen auf die Idee käme, eine Granate oder Sprengstoff einzusetzen?

Die Matrosen hatten das Gefühl, dass sich die Ballasttanks langsamer füllten als ein Glas ohne Boden. Es schien, als würde eine Ewigkeit vergehen, bis ihr U-Boot endlich beinahe senkrecht in die kalte See eintauchte.

»Die werden uns nicht gehen lassen, Herr Kaleu«, sagte der Steuermann mit stoischer Ruhe.

Röhmer nickte lediglich. Er hatte keine Ahnung, was er jetzt tun sollte. Ihre Situation aussichtslos zu nennen, wäre die Untertreibung des Jahrhunderts gewesen. Eine Handvoll Männer sollte ein U-Boot dieser Größe steuern? Das Ganze auch noch unter Feindkontakt? Das war Wahnsinn!

Mit Höchstgeschwindigkeit preschte U-9881 durch die Wassermassen. Allerdings war das noch nicht schnell genug.

»Sie hängen uns am Arsch!«, schrie einer der Matrosen, der in seiner Panik alle Regularien vergaß.

Röhmer gab den Befehl zur Kurskorrektur, um die Verfolger abzuschütteln.

Auch Maynfeld hatte man einen Posten zugeteilt. Der Wissenschaftler zeigte keine Sekunde einen Anflug von Angst.

Anders stand es um den jungen Übersetzer, der mit den Japanern an Bord gekommen war. Er hatte wie durch ein Wunder die Schießerei überlebt, obwohl er die ganze Zeit über ohne Deckung auf dem Boden gekauert hatte. Selbst von einem Querschläger war er verschont geblieben. Nun hockte er wie ein Häufchen Elend in der Ecke, klammerte sich an eines der Rohre und hatte das Gefühl, jeden Moment in dieser Enge zu ersticken.

Die Mannschaft nahm keine Notiz von ihm, sie hatten andere Probleme. Offensichtlich hatte der japanische Zerstörer seine Flotte informiert – man machte Jagd auf sie. Ungeduldig warf Röhmer die Seekarten auf den Tisch. Seine Männer erwarteten einen Ausweg von ihm, aber er war ratlos. Plötzlich gab es einen harten Schlag. Die Matrosen wurden von den Füßen gerissen.

»Treffer! Wir sind getroffen!«, schrie einer von der Besatzung. »Schaden im Maschinenraum!«, war die nächste schlechte Nachricht, dann folgte die Meldung über zwei Schwerverletzte, die im Heck eingeklemmt worden waren.

Die Männer fluchten derb. Röhmer wusste, dass sie verloren waren, trotzdem würde er alles versuchen. Mit der Härte und Entschlusskraft, die von einem Kommandanten erwartet wurde, gab er den Befehl: Kursänderung – alle fünf Minuten. Dann schickte er einen Matrosen nach hinten, um den Verletzten beizustehen. Bei der knappen Besatzung konnte er niemanden entbehren, daher gab er einem anderen das Zeichen, den Übersetzer zu holen. Innerhalb weniger Sekunden schleifte man diesen an einen der Tische und gab ihm die Anweisung, die Anzeige vor sich im Auge zu behalten. Mit bebenden Lippen nickte der junge Mann und signalisierte so, dass er verstanden hatte.

Wieder wurde das U-Boot durch eine heftige Explosion hin- und hergeschleudert. Offensichtlich war ganz in ihrer Nähe eine Wasserbombe detoniert. Die Japaner trieben sie vor sich her und versperrten den Weg in Richtung der Amerikaner.

»Was jetzt, Herr Kaleu?«, fragte ihn der Steuermann.

Röhmer schüttelte den Kopf. »Das Boot ist beschädigt. Wassereinbruch, kaputte Ventile und verklemmte Kolben. Keine Ahnung, wie lange wir noch durchhalten.« Er zeigte auf die Karten. Mittlerweile hatten sich die anderen um ihn herum versammelt. Mit dem Zeigefinger deutete er auf ihre momentane Route. »Aufs offene Meer schaffen wir es nicht. Die Japaner sind quasi überall und die Amis können wir nicht erreichen.« Mit wütender Miene sah Röhmer zu der Funkeinrichtung, die durch den Schusswechsel komplett zerstört worden war.

»Wir ergeben uns und schlagen den Japanern einen Handel vor«, meldete sich nun Friedrich Maynfeld das erste Mal zu Wort.

Röhmer konnte seine Verachtung für diesen Mann kaum verbergen, der sein Fähnchen so einfach in den Wind hängte.

»Verstehe«, sagte er mit beißender Ironie, »Sie werden Ihre herausragenden Fähigkeiten als Wissenschaftler anbieten und natürlich davonkommen. Aber ich glaube kaum, dass die Japaner meine Männer und mich am Leben lassen werden. Und ganz ehrlich gesagt habe ich so meine Zweifel, dass Sie sich tatsächlich nachdrücklich genug für uns einsetzen werden!«

Maynfeld zuckte lässig mit den Schultern und erwiderte: »Seien Sie kein Narr. So wie es jetzt aussieht, ist das unsere einzige Chance. Wenn wir alle in diesem Kahn absaufen, ist damit niemandem geholfen.«

Dieses Mal antwortete der Steuermann auf Maynfelds Vorschlag: »Bevor ich mich freiwillig in die Hände dieser japanischen Teufel begebe, sterbe ich lieber im Kampf. Aber vorher«, jetzt sah er in Richtung des Übersetzers, »nehme ich von denen so viele wie möglich mit ins Grab. Und mit dir fang ich an!« Damit machte der Matrose ein paar bedrohliche Schritte zu dem Asiaten, der abwehrend die Hände in die Höhe riss.

»Du wirst für meine toten Kameraden bezahlen, du mieser Japse!« Der Steuermann griff sich erneut den schweren Schraubenschlüssel.

»Nein«, schrie der Übersetzer verzweifelt, »ich bin doch überhaupt kein Japaner! Außerdem kann ich helfen.« Dabei sah er flehentlich zu dem Kapitänleutnant.

Röhmer griff jetzt ein und schickte seinen Matrosen mit einem scharfen Befehl zurück auf dessen Posten.

»Was soll das heißen? Du trägst doch die japanische Uniform«, wandte er sich nun wenig freundlich an den jungen Fremden.

»Ich bin Koreaner. Die Japaner halten unser Land besetzt. Sie zwingen unsere Frauen, als Prostituierte in ihren Militärbordellen zu arbeiten, und holen koreanische Studenten wie mich aus den Universitäten, um sie zu ihren Soldaten zu machen. Wir müssen japanische Namen annehmen und sind nichts weiter als rechtlose Sklaven. Sie können mir glauben, ich hasse die Japaner mindestens genauso sehr, wie Sie es jetzt tun.«

»Stimmt, Korea ist seit ungefähr 1910 eine japanische Kolonie«, mischte sich Maynfeld ein, der das Gefühl hatte, dass ihnen gleich eine Alternative geboten würde.

An den Koreaner gewandt stellte er schnell die entscheidende Frage: »Sag mir, mein Freund, wie könntest du uns helfen?«

Der junge Mann, der ums nackte Überleben kämpfte, ergriff seine Chance und lief zum Kartentisch. Mit zittrigem Finger zeigte er den deutschen Soldaten eine Route.

»Wir sollen zur koreanischen Küste? Direkt Richtung Japan?«, fragte der Steuermann ungläubig. »Dort werden sie uns doch sofort entdecken! Mit Sicherheit ist das die gefährlichste Strecke.«

»Das sehe ich nicht so«, antwortete ihm der Koreaner so ruhig wie möglich. »Richtung Osten stehen große japanische Marineverbände und im Gelben Meer liegt ein regelrechter Minenteppich. Aber hier«, er deutete nochmals auf die Karte, »im Japanischen Meer wird niemand nach Ihnen suchen. Ich kenne die japanischen Stellungen, schließlich war ich die letzte Zeit an Bord eines Kriegsschiffs. Ich kann Sie an den Gefahren vorbeischleusen. Außerdem ist mir die koreanische Küste in diesem Teilabschnitt vertraut – ich bin in der Gegend aufgewachsen.«

»Und dann?«, hakte Maynfeld nach.

»Ich habe Kontakt zu Menschen, die Ihnen helfen werden.«

»Wie werden uns diese *Menschen* helfen?«, fragte der Wissenschaftler nun misstrauisch.

Der Koreaner war unsicher, bemühte sich aber, mit fester Stimme zu sprechen: »In unserem Land gibt es Männer und Frauen, die die Unterdrückung nicht länger hinnehmen möchten. Die Gruppe der Widerstandskämpfer wird immer größer.«

Röhmer rieb sich nachdenklich das Kinn. Er hielt diesen koreanischen Studenten für einen harmlosen Mann, der einfach ein Opfer der Umstände geworden war. Der Plan, mit ihrem defekten U-Boot bis zur koreanischen Küste zu fahren, war riskant, aber machbar. Wenn alle mit anpacken würden, dann könnte man unterwegs zumindest die größeren Schäden notdürftig reparieren, Hauptsache, das Boot hielt noch die Strecke bis zu ihrem Ziel durch. Die Japaner würden sie kaum in den koreanischen Küstengewässern vermuten.

Allerdings fehlten Röhmer noch weitere Informationen, also fragte er nicht ohne eine gewisse Skepsis: »Und warum sollten uns diese Partisanen helfen?«

»Nun«, der Koreaner hob die Hände, »Sie tauschen Ihr Leben und das Ihrer Männer gegen die Ladung!«

»Du weißt, was wir an Bord haben?«, stieß Maynfeld überrascht hervor.

»Ich war als Übersetzer bei den Japanern, ich habe die Gespräche gehört ...«

Maynfelds Gedanken rotierten, er wollte seine Forschungen eigentlich nicht so billig einer Gruppe idealistischer Träumer überlassen. Aber er schwieg, zuerst musste er sich in Sicherheit bringen.

Röhmer und seinen Männern erschien der Vorschlag des Koreaners wie ein rettender Strohhalm, auch wenn die Reise sehr gefährlich werden würde. Die Entscheidung fiel dem Kaleu nicht schwer und er befahl die Kursänderung. Im Stillen betete er dafür, dass die japanische Flotte sie aus den Augen verloren hatte. Zumindest hatten sie keine Schraubengeräusche mehr gehört.

»Ich weiß, wo wir das U-Boot verstecken können«, beeilte sich der Koreaner zu erklären und fuhr erneut mit dem Finger über die Karte. »Es gibt eine Höhle, ungefähr hier! Ich bin mir sicher, dass dort für Ihr Boot genug Platz ist.«

Röhmer sah auf die Karte. »Das könnten wir schaffen.«

Die Männer nickten, sie wollten einfach an die Rettung glauben.

Seoul – 25. Mai, Gegenwart

Lim Sang war alleine in ihrer Wohnung zurückgeblieben. Es hatte gutgetan, mit jemandem zu reden. Der Engländer war wirklich nett und sie vertraute ihm. Wenn überhaupt, dann würde Gerrit und seine Behörde die Mörder ihres Bruders aufspüren, davon war die Koreanerin überzeugt. Lim Sang trug gerade das gebrauchte Teegeschirr Richtung Küche, als es erneut an der Haustür klopfte. Ihr Gesicht nahm einen freundlichen Ausdruck an. Vielleicht hatte der junge Brite etwas vergessen?

Geschickt nahm sie das Tablett in die eine Hand und öffnete mit der anderen die Tür.

Die Brutalität, mit der sie plötzlich von kräftigen Händen erfasst wurde, ließ ihr keine Möglichkeit, zu reagieren. Das Geschirr flog scheppernd vor ihre Füße. Die Porzellantassen gingen zu Bruch und auf dem Boden bildete sich ein feuchter Fleck, als die hauchdünne Teekanne in tausend Stücke zerbarst. Lim Sang wollte schreien, aber schon spürte sie das Klebeband auf ihrem Mund. Sie erkannte ihre Angreifer. Es waren die Männer von den Handyfotos, die ihr Gerrit gezeigt hatte. Einer der beiden riss ihre Arme nach hinten auf den Rücken und zerrte sie ins Wohnzimmer. Der andere hatte die Tür geschlossen und kam nun mit einem grausamen Gesichtsausdruck auf sie zu.

»Was weißt du über das U-Boot?«, schrie er sie an und fletschte dabei die Zähne wie ein tollwütiges Tier. Lim Sang roch seinen Schweiß. Der Akzent, mit dem er sprach, war nordkoreanisch, das hörte sie sofort.

Der zweite Angreifer riss an ihren Füßen und zog ihr die Schuhe aus. Die junge Frau hatte Angst wie nie zuvor in ihrem Leben. Sie versuchte, zu schreien, aber das Klebeband erstickte ihr Rufen um Hilfe. Mit weit aufgerissenen Augen starrte sie auf die festen Stöcke in den Händen ihrer Peiniger. Voller Panik dachte sie an Mok, ihren Bruder. Gleich würde auch sie schreckliche Qualen ertragen müssen. Aber Lim Sang wollte nicht sterben, versuchte, um ihr Leben zu kämpfen, und stemmte sich mit aller Kraft gegen ihre Angreifer. Man wollte sie auf den Boden drücken. Ständig wiederholten die Männer die Frage nach dem U-Boot.

Eine Faust traf sie im Gesicht und es knirschte laut, als das Nasenbein brach. Blut lief ihr über den Mund. Der nächste Schlag verletzte das linke Auge. Immer noch wehrte sich Lim Sang verbissen, bis sie sich endlich losreißen konnte. Ohne sich umzusehen, rannte sie in Richtung Tür und zerschnitt sich dabei die nackten Fußsohlen an den spitzen Scherben des zerbrochenen Tee-Services.

Es war ein trauriger Versuch, denn die Koreanerin hatte keine Chance. Die vier Haken des Tasers bohrten sich mühelos durch das dünne Oberteil und verhakten sich im

Rücken. Dabei verletzten sie die Haut links und rechts der Wirbelsäule. Diese kurzen Einstiche spürte die junge Frau kaum, dafür aber die 50.000 Volt, die kurz darauf durch ihren Organismus schossen. Geschüttelt von Krämpfen wurde sie zurückgerissen. Ihre Blase entleerte sich und Lim Sang verlor jegliche Kontrolle über den eigenen Körper. Es schien, als könnten ihre Lungen keinen Sauerstoff mehr aufnehmen und als würde gleichzeitig ein unsichtbares Gewicht Sangs Brustkorb zusammendrücken. Die Augäpfel drehten sich nach oben, bis man nur noch das Weiße sah, dann fiel die junge Frau reglos zu Boden. Lim Sang war tot.

»Verdammt, wir hätten sie lebend gebraucht!«, sagte nun einer der Männer ärgerlich.

»Unfälle passieren … Vermutlich ein schwaches Herz«, antwortete sein Partner kaltschnäuzig, während er anfing, ungeduldig die Wohnung zu durchsuchen. Dabei griff er nach Hirotos letztem Bild. Ohne sonderliches Interesse knüllte er es zusammen und warf es in die Ecke.

»Nichts als Müll und wertloser Kitsch!«, kommentierte er seine Suche und bedachte die Räume von Lim Sang mit einem verächtlichen Blick.

* * *

Nordkorea – 26. Mai, Gegenwart

Man würde nicht noch einmal den gleichen Fehler machen wie vor knapp einem Monat. Allerdings hatten die Wissenschaftler aus der Katastrophe auch ein paar interessante Schlussfolgerungen ziehen können. Das hatte dazu geführt, dass der Versuchsaufbau dieses Mal vollkommen anders gestaltet worden war. Plötzlich war eine neue Debatte über die Zielsetzung entstanden und die Sicherheitsvorkehrungen waren drastisch erhöht worden. Der große Führer selbst war bisher zwar noch nicht zu einer Inspektion da gewesen, aber das Erscheinen der hochkarätigen Stabsmitglieder sprach für sich.

Jeder wissenschaftliche Mitarbeiter hätte ein Misslingen als die Folge des eigenen Versagens gewertet. Entsprechend engagiert hatten die Männer und Frauen die letzten Wochen rund um die Uhr gearbeitet. Das neue Testgelände war nicht weit entfernt von dem Terrain, das man letztes Mal ausgewählt hatte. Dies war mit Bedacht geschehen – denn hier in diesem zerklüfteten Waldgebiet auf einer der Hochebenen gab es keine Anwohner. Schließlich wollte man unschuldige Opfer vermeiden.

Die zitternden Gestalten jedoch, die nun gefesselt an verschiedenen Positionen des Testareals hockten und ihren bevorstehenden Tod fürchteten, galten nicht als unschuldig. Sie hatten ihr Schicksal verdient. Schließlich handelte es sich um die Wissenschaftler, die am 1. Mai so kläglich versagt hatten. Anstatt wie letztes Mal in einem sicheren Schutzraum der Explosion beizuwohnen, sollten sie heute, zugegebenermaßen nicht ganz freiwillig, dem Experiment als Probanden dienen. Ihr Schluchzen und das Flehen um Gnade wurden nicht gehört. Das Gebäude war viel zu weit entfernt.

Dort herrschte große Aufregung. Knapp hundert Wissenschaftler und mindestens ebenso viele weitere Mitarbeiter hielten sich momentan in der Zentrale auf. Außerdem gab es noch die Männer aus Pjöngjang, die mit unbeweglichen Mienen das Experiment beobachteten.

Als dieses Mal der Countdown bei »eins« ankam, schlossen einige der Verantwortlichen die Augen und hofften so, die Gefahr eines Fehlschlags vertreiben zu können.

Für eine Sekunde war es totenstill – dann änderte sich alles. Die Welt würde künftig nicht mehr die gleiche sein …

U-9881 vor der koreanischen Küste, 1945

Mit größter Vorsicht manövrierte die Besatzung U-9881 in Richtung Japanisches Meer.

Röhmers Gebete, unentdeckt zu bleiben, waren erhört worden. Jede mondlose Nacht war wie ein wunderbares Geschenk gewesen. Dann hatten sie im aufgetauchten Zustand volle Fahrt machen können.

Auch in dieser Nacht blieb der leuchtende Himmelskörper hinter einer dicken Wolkenschicht verborgen. Sie befanden sich nun in der Nähe ihres Ziels an der koreanischen Ostküste.

Röhmer war im Heck gewesen. Die zwei Schwerverletzten hatten es nicht geschafft. Das Sterben hörte nicht auf und ihm blieb nur noch eine Handvoll Männer, die es zu retten galt.

Sollten sie die Höhle tatsächlich erreichen, sah ihr Plan vor, den Eingang zuzusprengen.

Der Koreaner, der sich als Hiroto vorgestellt hatte, würde den Kontakt mit den Rebellen arrangieren. Röhmer war bei dem Gedanken, ihre Fracht könnte in die falschen Hände gelangen, nicht wohl. Allerdings, so musste er sich eingestehen, bezweifelte er, dass es für diese Ladung jemals die »richtigen Hände« geben würde. Außerdem hoffte er darauf, dass sich Maynfeld nicht auf eine Zusammenarbeit mit den Widerstandskämpfern einlassen würde. Und ohne den Professor und seine Unterlagen war das Material lange nicht so brisant.

Mit höchster Konzentration steuerten die wenigen Besatzungsmitglieder das U-Boot Richtung 38. Breitengrad. Irgendwo dort musste sich die Höhle befinden …

Hiroto war angespannt. Es stimmte, er wusste von der Höhle, kannte die Gewässer und konnte den Männern helfen, sich vor den Japanern zu verstecken. Was seine Verbindungen zu den Widerstandskämpfern betraf, so hatte er an diesem Punkt die Wahrheit etwas überstrapaziert. Denn richtige Kontakte bestanden zwischen ihm und den Freiheitskämpfern nicht. Aber wenn er erst einmal wieder in seiner Heimat wäre, dann würde sich schon alles zum Guten wenden. Er hatte dem Kapitänleutnant sein Wort gegeben, zu helfen, und dieses Versprechen würde er auch einlösen.

Hiroto starrte auf die Anzeige, wie es ihm dieser grobschlächtige Steuermann erklärt hatte. Als er von den Deutschen nach seinem Namen gefragt worden war, war ihm ganz selbstverständlich sein japanischer Name »Hiroto« über die Lippen gekommen. Seine Eltern hatten ihm einen anderen, einen koreanischen Namen gegeben, aber wie viele seiner Landsleute hatte er sich der japanischen Besatzungsmacht gefügt, aus Angst vor Repressalien. Vielleicht würde er sich eines Tages einfach wieder umbenennen.

Dann kam ihm ein anderer Gedanke: Vielleicht würde er sich aber weiter und voller Stolz »Hiroto« nennen. Damit könnte er dann allen beweisen, dass sein koreanisches Erbe tief in ihm verwurzelt war und dass daran auch ein Name nichts ändern würde.

Maynfeld nutzte einen unbeobachteten Moment, um sich noch einige »nützliche Dinge« zu besorgen. Als er seine Unterlagen zusammen mit einer Fracht- und einer Besatzungsliste des U-Boots in der Aktentasche verstaut hatte, war er fest entschlossen, sich an seinen ursprünglichen Plan zu halten. Er würde sich das eigene Genie teuer bezahlen lassen. Friedrich Maynfeld hatte nichts zu verschenken.

Nordkorea – 26. Mai, Gegenwart

Das gleißende Licht presste sich mühsam durch das Erdreich und bildete für wenige Augenblicke eine weiße Haube über dem Testgelände. Dann folgte ein abgehacktes Knacken, das an einen Riss in einer Eisdecke erinnerte, der sich langsam, aber unaufhaltsam seinen Weg bahnte, um schließlich die gefrorene Masse aufzubrechen, als wäre sie aus hauchdünnem Glas. Dieses Geräusch dauerte nur wenige Sekunden, dann folgte eine ohrenbetäubende Explosion. Trotz der unterirdischen Zündung blieb die Oberfläche nicht verschont.

Zuerst sah man die wellenförmige Bewegung des Bodens. Plötzlich jedoch, mit einer Kraft, die man sonst nur von Naturgewalten kannte, stürzte der ganze Bereich in sich zusammen und versank wie ein Tanker auf hoher See. Innerhalb kürzester Zeit wurden jahrhundertalte, dicke Baumstämme samt ihrer Verwurzelung herausgerissen – der bewaldete Landstrich knickte ein und rutschte in einer Lawine aus Gesteinsbrocken und Erde ins Zentrum der Explosion. Der tiefe Krater verschlang alles, was in seine Nähe kam. Die wenigen Aufbauten, die extra für diesen Test hierhergebracht worden waren, klappten wie ein Kartenhaus in sich zusammen. Der Explosionsradius war hingegen aller Berechnungen größer als erwartet.

Eine gewaltige Hitze breitete sich über dem Gebiet aus. In der Mitte des Kraters bildete sich innerhalb kürzester Zeit ein See aus geschmolzenem Gestein und an manchen Stellen züngelten Flammen nach oben. Gierig schnalzten sie über den Rand des Erdtrichters und gaben sich erst zufrieden, als um sie herum nur noch Asche übrig war.

Die Wissenschaftler, die man direkt am Explosionsherd platziert hatte, waren verschwunden. Leichen gab es keine. Nur die Gefangenen, die ein Stück entfernt auf ihr Ende hatten warten müssen, lebten noch. Aber der Tod schlich bereits um ihre entstellten Leiber wie eine hungrige Hyäne um das stinkende Aas.

Die glühende Hitze hatte die Haut schwarz verbrannt. Und obwohl ein leichtes Zucken der Körper ein Rest von Leben erahnen ließ, war dies lediglich die reflexartige Kontraktion der Muskulatur und keinesfalls ein ernst zu nehmender Kampf gegen den Tod. Die hohen Temperaturen hatten die Augen der Opfer platzen lassen, sodass ihre Gesichter verkohlten Holzmasken glichen. Die Ärzte im Labor würden bei der Obduktion weitere grausame Details entdecken. Unter anderem war zu erwarten, dass das klägliche Etwas, das von diesen armen Geschöpfen noch übrig war, erheblich unter der elektromagnetischen Strahlung gelitten hatte.

Der Jubel in der Zentrale war frenetisch. Sie alle waren zu Helden geworden. Der Besuch aus der Hauptstadt schien zufrieden, und die Wissenschaftler waren mit Stolz erfüllt.

Was den Männern aus Pjöngjang allerdings entging, war das kurze Geflüster hinter ihren Rücken.

»Wir sollten es ihnen sagen«, wisperte einer der wissenschaftlichen Assistenten seinem Vorgesetzten zu.

Dieser schüttelte kaum wahrnehmbar den Kopf. »Ich will keinesfalls der Nächste sein, der auf irgendeinem verlassenen Gelände pulverisiert wird, weil er nicht die richtigen Ergebnisse geliefert hat.«

»Aber wir werden es niemals kontrollieren können! Nicht, wenn es auf diese Weise verwendet werden soll.«

»Schon möglich, aber vermutlich wird es nie zum Einsatz kommen. Das heißt, keiner wird etwas bemerken.«

Der andere hätte daraufhin gerne erwidert: »Und wenn doch?«, schwieg aber und betete dafür, dass sein Vorgesetzter recht behalten würde.

KAPITEL 5

800-1300 n. Chr.: Das Schwarzpulver wird erfunden. Die Entdeckung des explosiven Gemisches wird oft den Chinesen zugesprochen, verschiedene Quellen beziehen sich jedoch auf frühere Entwicklungen in Arabien. Diese bahnbrechende Erfindung führt direkt zu den ersten einfachen Schusswaffen, beispielsweise der »Feuerlanze«, zu Raketen und primitiven Bomben. Schnell werden ausgefeiltere Waffen entwickelt, um das Schwarzpulver effektiver nutzen zu können.

U-9881 an der koreanischen Küste – Mai 1945

Hiroto hielt Wort. Er lotste U-9881 durch die feindlichen Linien und dann an der Ostküste Koreas entlang durch das Japanische Meer. Ab und an konnten sie in der Ferne die Lichter anderer Schiffe sehen, blieben aber unentdeckt.

Die Grotte bot ihnen ein perfektes Versteck. Was auf den ersten Blick nicht mehr zu sein schien als ein kleiner Spalt im Felsen, entpuppte sich als gewaltige unterirdische Höhle. Trotzdem war das Manöver nicht einfach, schon gar nicht mit einem nur noch halb funktionstüchtigen Boot. U-9881 berührte so nah an der Küste fast den Meeresboden. Mit viel Geschick steuerten die Männer das U-Boot an den unterseeischen Felsen vorbei. Der Matrose im Turm schwitzte Blut und Wasser, während er die Positionen der heimtückischen Gesteinsbrocken an den Steuermann weitergab.

»Das ist wie einen Elefanten durch ein Nadelöhr quetschen«, stöhnte der und rieb sich mit einem dreckigen Tuch über das nasse Gesicht.

Röhmer klopfte ihm anerkennend auf die Schulter: »Das machst du gut!«

Seine Männer hatten Hervorragendes geleistet und waren am Ende ihrer Kräfte. Die letzten Tage hatten sie wenig geschlafen. Jeder musste gleichzeitig mehrere Positionen übernehmen. Wer in der Lage war, half im Maschinenraum aus. Die anderen schickten unentwegt Stoßgebete in den Himmel und flehten darum, dass die Motoren die letzten Seemeilen durchhalten würden.

»Dieses U-Boot wird nur noch von Glück und Spucke zusammengehalten«, hatte einer der Männer einen Tag zuvor geflucht.

Umso größer war jetzt der Jubel, als die Besatzung aus dem U-Boot klettern konnte. Der überseeische Teil der Höhle war nicht besonders hoch. Links und rechts boten schmale Felsvorsprünge eine Möglichkeit, sich zum Ausgang zu hangeln.

Röhmer gab den Befehl, ein paar Lebensmittel – viel Brauchbares war ohnehin nicht übrig – und Trinkwasser einzupacken. Außerdem sollten Öllampen und Pistolen mitgenommen werden. Der Steuermann kümmerte sich zusammen mit einem anderen Matrosen um die Sprengung des Eingangs. Besser hätten sie das U-Boot vor den Japanern nicht verstecken können.

Alles ging sehr schnell. Keinesfalls wollten die Männer zu lange an der Küste bleiben. Vorsichtig kletterten sie zum Ausgang und bewegten sich dann an den Felsen entlang zu einem kleinen Strand.

»Zu Fuß ist diese Höhle jedenfalls nicht besonders gut zu erreichen«, kommentierte Maynfeld ihre rutschige Kletterpartie.

»Das ist richtig!«, bestätigte ihm Hiroto. »Außerdem ist der Strand komplett unter Wasser, wenn die Flut kommt. Niemand wagt sich her. Die Höhle kennen die Wenigsten. Von Land aus kann man sie nicht sehen und von der Seeseite wirkt sie nur wie ein harmloser Spalt im Felsen.«

Die Matrosen drehten sich um und sahen noch einmal zurück zu der unscheinbaren Öffnung, an der gerade die Sprengladungen angebracht wurden.

»Ich habe keine Ahnung, ob das reicht«, rief der Steuermann nun zu Röhmer herüber und hob fragend die Schultern.

Der Kapitänleutnant machte ein Zeichen, das so viel bedeutete wie: *Das wird schon funktionieren.*

In vermeintlich sicherem Abstand gingen der Steuermann und sein Kamerad in Deckung.

»Ich hoffe, der weiß, was er tut«, seufzte einer der Matrosen und steckte sich die Finger in die Ohren, als von zehn rückwärts gezählt wurde.

Die Detonation war infernalisch. Das Geröll über der Felsspalte kam ins Rutschen und stürzte ins Meer. Die Öffnung brach komplett in sich zusammen und wurde mit Unmengen von Gestein zugeschüttet. Dieser Eingang würde vermutlich für immer verschlossen bleiben. Eine dicke Staubwolke verwehrte den Männern aber vorerst den Blick. Der Tag brach gerade erst an, sodass zu hoffen blieb, dass niemand etwas von ihrer Sprengung mitbekommen hatte. Aber das war Röhmers geringste Sorge. Er vermisste den Steuermann und dessen Helfer.

Mit einer fahrigen Bewegung fuhr er sich durchs Gesicht, er befürchtete das Schlimmste. Als sich der Staubnebel endlich lichtete, keuchte er: »Um Gottes willen!«

Von seinen beiden Besatzungsmitgliedern fehlte jede Spur. Den Felsvorsprung, an den die beiden sich bei der Zündung gekauert hatten, gab es nicht mehr. Entweder waren sie unter dem Gestein begraben worden, oder die Wucht der Explosion hatte sie ins Wasser geschleudert.

Gerade, als er die Meeresoberfläche nach den beiden absuchen wollte, hörte er hinter sich einen Schuss.

Röhmer wirbelte herum. Die Pistole war mit rauchendem Lauf gegen Hiroto gerichtet.

Verzweifelt schrie der Kaleu: »Nicht, er ist doch keine Gefahr. Er …«

Weiter kam Röhmer nicht. Die Kugel traf ihn genau ins Herz, der Tod trat praktisch sofort ein. So blieb ihm zumindest erspart, mit anzusehen, wie der Rest seiner Mannschaft sterben musste.

Maynfeld hatte die Magazine zweier *Luger P08* leer geschossen. Eigentlich hätte ihm auch weniger Munition gereicht, aber er wollte auf Nummer sicher gehen, obwohl er ein hervorragender Schütze war. Diese Tatsache und das Überraschungsmoment hatten ihm die »Eliminierung der Störfaktoren«, wie er die Ermordung seiner Begleiter nannte, leicht gemacht.

Den Entschluss hatte er schon auf dem U-Boot gefasst. Keinesfalls wollte er seine Forschungen irgendwelchen Partisanen schenken, die auch noch mit den Russen paktierten. Sozialismus zahlte sich schließlich nicht aus. Maynfeld war kein Freund des Kollektiveigentums. Darum hatte er eingegriffen, bevor es zu spät gewesen wäre. Jetzt musste er nur noch mit den Amerikanern Kontakt aufnehmen. Wäre doch gelacht, wenn er nicht irgendeinen hilfsbereiten Einheimischen auftreiben könnte.

Die Amerikaner würden sicherlich nicht zögern, ihn sofort hier herauszuholen, immerhin hatte er ihnen etwas anzubieten. Erfreulicherweise musste er sich nun nicht mehr um die Besatzung eines U-Boots kümmern. Der Deal mit den Amis wurde dadurch erheblich unkomplizierter. Dummerweise war das Funkgerät an Bord nicht mehr funktionstüchtig gewesen, aber er würde schon eine Möglichkeit finden. Jetzt musste er nur einen kühlen Kopf bewahren. Er wusste, wo das U-Boot mit der wertvollen Ladung lag, hatte immer noch seine Unterlagen bei sich und – was noch viel wichtiger war – er konnte jederzeit auf das wertvolle Wissen zurückgreifen, das ausschließlich in seinem genialen Gehirn existierte. Er, Professor Friedrich Maynfeld, würde auch dieses Mal erfolgreich sein.

* * *

Telefonat zwischen Sorkin und Marchand
27. Mai, Gegenwart

»Sind Sie sicher?«, fragte Leon Marchand nun bereits das zweite Mal.

»Absolut!«, antwortete ihm Boris Sorkin ruhig.

»Aber wie können Sie sicher sein? Vielleicht hat Ihre Mitarbeiterin nicht richtig gesucht, oder die Sache ist so geheim, dass man selbst Sie nicht eingeweiht hat …«

»Mein lieber Freund, Sie kennen doch diese Zukunftsvisionen, in denen ein einziger Mensch alle Computer dieser Welt beherrscht und sich zum ultimativen Anführer erklärt?«

Marchand war verwirrt und fragte ungeduldig: »Wie bitte?«

»Nun, wenn es einmal so eine Welt geben sollte, dann wird Olga Petrowa der Mensch sein, der hinter all diesen Rechnern sitzt.« Sorkin räusperte sich und sein Tonfall wurde ernst, als er fortfuhr: »Wenn mir diese Frau sagt, wir haben das U-Boot nicht, dann ist das eine absolut zuverlässige Aussage.«

»Aber wenn es zu geheim ist?«, hakte Marchand noch einmal nach.

»Ist es nicht!«, sagte Sorkin nun bestimmt. »Ich habe nämlich eine andere, sehr interessante Information erhalten.«

Marchand unterdrückte den Impuls, etwas zu sagen, und wartete geduldig darauf, dass der Russe weitersprach.

»Olga ist wahrhaft ein echter Spürhund. Ihr ist es gelungen, ein Papier aufzutreiben, das der russische Geheimdienst nach Kriegsende verfasst hat. Darin ging es um deutsche Forschungsprojekte und deren Verbleib. Interessanterweise taucht dabei auch U-9881 auf. Der Vermerk dahinter dürfte Sie überraschen.«

»Spannen Sie mich nicht auf die Folter, Major«, sagte Marchand aufgeregt.

»Nun, hier steht, dass es einen Funkspruch gegeben hat. Und zwar, als sich Ihr U-Boot im Mai 1945 im Pazifischen Ozean befand. Der Funkspruch ging laut unseren Aufzeichnungen an die Amerikaner. Man bot denen etwas mit dem Namen ›Todlicht‹ an. Wissen Sie, was das sein könnte?«

»Nein, überhaupt nicht!«

»Also, ich denke, Sie suchen im Moment auf der falschen Seite«, schloss Sorkin seinen Bericht ab.

»Die Amerikaner? Sind Sie sicher?« Marchand besann sich und formulierte die Frage um. »Woher wussten Ihre Leute von dem Funkspruch?«

Der Russe seufzte: »War klar, dass Sie das fragen würden. Diese Informationen stammen aus dem Logbuch eines japanischen Zerstörers, der 1945 in russische Hände gefallen ist. Der japanische Kapitän ist laut den Eintragungen bei dem Versuch, U-9881 aufzuhalten, gestorben. Einzelheiten sind nicht bekannt. Jedenfalls konnte das U-Boot entkommen und hat vermutlich direkt Kurs zur amerikanischen Flotte genommen.«

Marchand schwieg lange und verdaute das Gehörte. Wenn die Amerikaner die Ladung hatten, dann war ja alles in Ordnung, oder? Der Leiter des BAS hatte ein ungutes Gefühl, obwohl diese Lösung eigentlich plausibel wäre. Südkorea stand nach dem Zweiten Weltkrieg unter amerikanischer Verwaltung. Der Pass hätte also auf diesem Weg ins Land kommen können.

Immer noch rätselte Marchand über die Zusammenhänge. Wie aber war Röhmers Ausweis in den Besitz von Hiroto gelangt?

Gerrit, der mittlerweile aus Seoul zurück war, hatte bereits von seinem Gespräch mit Lim Sang berichtet.

»Ich habe noch etwas für Sie«, erklang plötzlich Sorkins Stimme.

»Tut mir leid, ich war in Gedanken.«

»Die beiden Männer, die Ihr Mitarbeiter vor der Wohnung von Lim Mok gefilmt hat, das sind nordkoreanische Killer.«

»Das wird ja immer besser«, stöhnte der Leiter des BAS und fuhr sich hektisch über das kurz rasierte graue Haar.

Sorkin wollte gerade antworten, brach aber mitten im Satz ab und rief: »Ich melde mich später wieder!« Dann legte er auf.

Während Marchand in Brüssel verdutzt über das jähe Ende des Gesprächs war, blickte Sorkin nicht weniger überrascht auf den Mann, der gerade leise wie ein Schatten in das Büro des Majors gehuscht war.

»Was ist passiert?«, fragte er seinen Besucher ernst und ohne lange Vorreden. Wenn sein Verbindungsmann sich persönlich blicken ließ, dann ging es nicht um einen Fall von Korruption oder Betrug.

»Ich darf mich setzen?«, fragte der Mann nun höflich.

Sorkin entschuldigte sich sogleich für seine schlechten Manieren und bot einen Stuhl an.

»Entschuldigen Sie sich nicht, Major. Sie haben diese Position, weil Sie ein loyaler Mann sind. Höflichkeiten erwarte ich von dem Kellner in meinem Lieblingsrestaurant, nicht vom Leiter der ›Einheit Vier‹«, antwortete ihm sein Gast mit einem gewinnenden Lächeln.

Die Männer setzten sich und Sorkin spürte die Anspannung, die ihn plötzlich erfasste.

»Was haben Sie mit Nordkorea zu schaffen?«, fragte sein Gegenüber direkt.

Sorkin hob überrascht die Augenbrauen. »Nordkorea?«

»Ich muss zugeben, ich war einigermaßen überrascht – als ich in Olga Komarowas Büro stand, etwas über Nordkorea erfahren wollte, und sie mir ganz nebenbei eröffnete, dass Major Boris Sorkin ebenfalls ein Anliegen in diese Richtung hatte. Und dann diese Geschichte mit dem U-Boot?«

Sorkin antwortete mit einem Schulterzucken. Er wusste, dass er einem sehr mächtigen und gegebenenfalls auch sehr gefährlichen Menschen gegenübersaß. Als Freund hätte er seinen Verbindungsmann niemals bezeichnet, trotzdem herrschte zwischen ihnen ein unausgesprochenes Einvernehmen. Nicht zuletzt, weil sie beide das gleiche Ziel hatten, nämlich dem Wohl ihres Landes zu dienen. Also begann der Major, auch ohne Umschweife zu erzählen, was es mit Leon Marchands Anruf vor wenigen Tagen auf sich hatte.

Büro des BAS, Brüssel – eine Stunde später

Leon Marchand hatte gerade Jone und Gerrit auf den neusten Stand gebracht, als sie die Nachricht von Lim Sangs Ermordung erreichte. Die britische Botschaft in Seoul schickte ihnen den vorläufigen Polizeibericht und Tatortfotos.

Gerrit wurde bleich und rang um Fassung. »Wir hätten das Überwachungsteam nicht abziehen dürfen. Das ist unsere Schuld, meine Schuld, ich ...« Seine Stimme brach und er stürmte aus dem Raum.

»Scheiße!«, fluchte Marchand ungehalten.

»Herzversagen aufgrund des Einsatzes einer Distanz-Elektroimpulswaffe?«, las Jone den Bericht und blickte fragend zu Marchand.

»Taser«, antwortete der erklärend. »Was geht hier vor? Der Pass von Siegfried Röhmer taucht auf und zwei Südkoreaner werden brutal ermordet. Und mit Sicherheit war das beide Male dieses nordkoreanischen Killerduo. Dann erfahren wir von den Russen, dass U-9881 bei den Amerikanern gelandet ist.«

»Das wissen wir allerdings nicht«, unterbrach ihn Jone.

»Stimmt, das ist nur eine Vermutung, aber mittlerweile eine naheliegende. Ich muss zum Chef, das sollte abgeklärt werden. Ist das U-Boot und dessen Ladung sicher in den USA, hat sich die Sache für das BAS wahrscheinlich erledigt.«

»Und Sang, hat sich die dann auch für uns erledigt?« Gerrit war etwas gefasster zurückgekehrt und hatte Marchands letzten Satz gehört.

Der Vorgesetzte sah seinen Mitarbeiter forschend an. »Wir können in der Sache im Moment nichts unternehmen.« Noch bevor es Gerrit möglich war, etwas zu erwidern, hob Marchand die Hand und sprach weiter: »Aber wir werden unsere Informationen über die nordkoreanischen Killer an die Ermittler vor Ort weitergeben, falls man uns abzieht.«

Gerrit schnaufte verächtlich und verschanzte sich hinter seinem Schreibtisch, während sich Marchand auf den Weg zu seinem Vorgesetzten machte.

Dessen Sekretärin sah ihn besorgt an. »Er musste dringend weg!«

»Schlimm?«

Die Frau rollte vielsagend mit den Augen und Marchand verstand. Er würde warten müssen. Offensichtlich war etwas passiert.

Als er nun zurück zu seinem eigenen Büro marschierte, fragte er sich, warum Major Sorkin sich seit ihrem letzten Telefonat noch nicht zurückgemeldet hatte. Das abrupte Ende des Gesprächs verhieß vermutlich auch nichts Gutes.

Büro des BAS – 28. Mai, Brüssel, Gegenwart

Spät in der Nacht war Marchand von seinem Vorgesetzten über das kurzfristig angesetzte Treffen heute Morgen informiert worden.

»Einzelheiten später!«, hatte ihm sein Boss in dem für ihn typischen Telegrammstil am Telefon mitgeteilt. Wenn dessen Angewohnheit, die Sätze auf ein Minimum zu kürzen, so stark hervortrat, dann war das ein sicheres Zeichen dafür, dass irgendetwas gewaltig im Argen lag.

Marchand ärgerte sich über die kurzfristige Abberufung. Er wollte sich mit den Informationen von Sorkin befassen und mit seinem Vorgesetzten darüber sprechen, aber der hatte ihn bisher abgewimmelt.

Nun lief der Leiter des BAS unruhig auf und ab, fragte sich zum x-ten Mal, wann denn nun endlich Sorkin zurückrufen würde, und machte sich außerdem schwere Vorwürfe, weil er die Überwachung von Lim Sang gestoppt hatte.

Das Treffen sollte im Sicherheitsbereich stattfinden. Jeder, der dort hineinwollte, wurde besonders streng kontrolliert. Diese Besprechungszimmer wurden vor allem genutzt, wenn ein hochrangiger Politiker zu einem Briefing erschien.

Marchand war in einem unleidlichen Zustand – etwas, das die erste Begegnung mit Catherine Smith nicht einfacher machen sollte. Als die Tür aufging und eine schlecht gelaunte, dafür äußerst attraktive Blondine das Zimmer betrat, blickte Marchand auf.

»Ich hätte gerne einen Kaffee. Keinen Cappuccino, Frappé oder Latte, nur schwarzen Kaffee. Meinen Sie, dass Sie das hinkriegen?«, blaffte sie auf Englisch in Marchands Richtung und warf aufgebracht einen Packen Akten auf die polierte Tischplatte.

»Und Sie sind?«, fragte der Leiter des BAS daraufhin und zischte die Worte gefährlich leise durch die Zähne.

Die Blondine sah auf und schien den Fremden das erste Mal richtig wahrzunehmen. Mit einem schnellen Blick erfasste sie seinen gut geschnittenen Anzug, die teure Seidenkrawatte und den Chronografen am Handgelenk, der sicher mehr als der Monatsverdienst eines einfachen Sachbearbeiters gekostet hatte. Der Mann war älter als sie, aber smart. Der weiche, französische Akzent und die stechenden graugrünen Augen waren äußerst sexy.

Plötzlich entspannte sich das verkniffene Gesicht der Frau und mit einem engelsgleichen Lächeln und ausgestreckter Hand ging sie auf Marchand zu.

»Die haben Ihnen also nicht gesagt, dass ich komme. Catherine Smith, CIA, Sektion Nordkorea«, stellte sie sich vor.

Marchand konnte nicht umhin, einen kurzen Blick auf die eng anliegende Bluse der Amerikanerin zu werfen. Diese Catherine Smith war eine schöne Frau, aber auch eine Spur zu selbstgefällig. Sie schien nicht auf die Idee zu kommen, sich bei Marchand für ihr forsches Auftreten von eben zu entschuldigen.

Stattdessen sagte sie: »Ich hatte einen entsetzlichen Nachtflug. Diese kurzfristigen Aktionen sind zum Kotzen.«

Endlich ergriff Marchand ihre Hand. Sie hatte lange, schlanke Finger.

»Leon Marchand, BAS«, sagte er nicht besonders freundlich.

Wieder schenkte sie ihm ein Lächeln, das allerdings nicht die geringste Spur von Herzlichkeit hatte. »Also, wann können wir anfangen?«

Noch bevor Marchand antworten konnte, öffnete sich die Tür erneut und eine weitere Frau betrat den Raum. Das Wort unauffällig beschrieb sie umfassend. Ihr braunes, halb langes

Haar war im Nacken zusammengebunden, der dunkle Hosenanzug verbarg ihre weiblichen Attribute und sie trug fast kein Make-up. Dafür schleifte sie zwei dicke Aktentaschen mit sich, die sie nun mit einem lauten Stöhnen auf den Tisch stellte.

»Das ist meine Mitarbeiterin, Hester Miller«, sagte Catherine gelangweilt, dann fuhr sie einen Ticken freundlicher fort, »und das ist Leon Marchand, unser Gastgeber!«

Der ironische Unterton in ihrer Stimme reizte den Leiter des BAS bis aufs Blut. Er schüttelte Hester die Hand und sah in deren Gesicht ein schelmisches Grinsen. Ihre hellblauen Augen schienen ihn zu scannen.

»Sehr erfreut«, begann Hester, die er auf ungefähr dreißig Jahre schätzte, das Gespräch. »Ich bin eigentlich mehr so etwas wie der Experte.«

Marchand konnte gerade noch verhindern zu fragen »Experte für was?«. Das hätte noch gefehlt, – dass alle erfahren würden, dass er, der »Gastgeber«, nicht wusste, um was es eigentlich ging.

Aber die Überraschungen sollten nicht aufhören, denn im nächsten Moment öffnete sich erneut die Tür und niemand geringerer als Major Boris Sorkin höchstpersönlich stand plötzlich im Raum.

Die Begrüßung der Männer war herzlich, und noch bevor Marchand sich auch noch darüber ärgern konnte, dass ihn niemand über Sorkins Besuch informiert hatte, erschien endlich sein Vorgesetzter.

Mit einer entschuldigenden Geste wandte er sich an Marchand. »Ich wurde aufgehalten, tut mir leid!«

Dann bat er die Anwesenden Platz zunehmen. »Sie wissen vermutlich alle, warum wir hier sind.« Wieder folgte ein bedauernder Blick zu Marchand, dann fuhr der Mann fort: »Die Regierungen Ihrer Länder sind übereingekommen, eine Taskforce zu bilden, um den jüngsten Ereignissen auf den Grund zu gehen. Diese Einheit wird vorerst unter der Leitung des BAS, als Vertreter der EU, stehen.«

Catherine Smith verzog daraufhin verächtlich die Lippen, was wohl ihre ablehnende Haltung bezüglich der Rollenverteilung ausdrücken sollte.

Marchands Vorgesetzter tat so, als hätte er das nicht bemerkt, und sprach weiter: »Leon Marchand wird also die Koordination übernehmen. Unter diesen besonderen Umständen brauche ich Sie sicher nicht darauf hinzuweisen, wie wichtig die Geheimhaltung ist. Offiziell existiert diese Taskforce nicht, also arbeiten Sie entsprechend diskret. Ihre Regierungen haben ausdrücklich darum gebeten, jegliche diplomatische Verwicklungen mit Nordkorea zu vermeiden.« Es folgte ein kurzes Räuspern, dann wandte sich Marchands Vorgesetzter direkt an Sorkin. »Major, ich denke, ab hier sollten Sie übernehmen. Ich werde mich an dieser Stelle verabschieden.«

Marchand blickte überrascht auf, aber schon war sein Chef verschwunden.

Sorkin, der wieder einmal wirkte, als wäre er kurz davor einzunicken, richtete sich auf und sagte: »Leon, Sie sollten Ihr Team dazuholen. Wir werden Unterstützung brauchen!«

* * *

Keine zehn Minuten später saßen auch Gerrit und Jone mit im Raum. Der überdimensionale Flachbildschirm an der Wand war eingeschaltet und die Deckenstrahler gedimmt.

Sorkin kramte sein bestes Englisch hervor. »Unsere Leute haben seit ein paar Wochen verstärkt Aktivitäten der Nordkoreaner beobachten können.«

Mit einem bitteren »Ha!« unterbrach ihn Catherine Smith. »Aktivitäten? Eine Explosion mit einer Sprengkraft von 50 Megatonnen TNT-Äquivalent ist wohl mehr als nur eine *Aktivität*.«

Marchand sah fragend von einem zum anderen und hörte mit größter Besorgnis die nun folgenden Berichte über die beiden Explosionen in Nordkorea. Sowohl die Russen als auch die Amerikaner konnten dafür keine eindeutige Erklärung finden. Aber beide gingen von geheimen Waffentests aus.

»Eine Atombombe?«, fragte nun Gerrit, aber die anderen schüttelten die Köpfe.

»Dafür gab es zu wenig Strahlung«, antwortete Catherine.

»Dann vielleicht eine Wasserstoffbombe, oder etwas in der Art. Es gibt doch sicher ein ganzes Sortiment an Bomben, die solche Auswirkungen haben könnten«, warf nun Jone ein, der mit besorgter Miene die Satellitenbilder studierte, die man nach der letzten Explosion am 26. Mai gemacht hatte. Das Wort *Mondlandschaft* schien zutreffend. Es war, als hätte die Erde alles verschlungen, was an dieser Stelle jemals existiert hatte. Die verwüstete Fläche war fast so groß wie eine Kleinstadt. Dieses Gelände konnte weder Mensch noch Tier in absehbarer Zukunft ein Zuhause bieten.

»Was glauben Sie? Dass wir nach Brüssel reisen, weil wir nicht selbst auf diese Idee gekommen sind?«, entgegnete Catherine nun in schnippischem Ton.

Jone wollte schon etwas Entsprechendes erwidern, doch Sorkin kam ihm zuvor.

Mit schneidender Stimme wandte er sich an die CIA-Mitarbeiterin. »Offensichtlich sind Sie nach Brüssel gekommen, weil Ihnen, genau wie uns, Antworten fehlen. Aber eines ist gewiss: Sie sind nicht hier, weil wir Ihren Umgangston so schätzen!«

»Ach, meinen Umgangston schätzen Sie nicht. Aber den der Nordkoreaner? Wer stärkt denn diesem Schurkenstaat ständig den Rücken?« Die Amerikanerin war wie eine Tigerin aufgesprungen und fuhr nun ihre Krallen in Sorkins Richtung aus.

»Und wer hat euch das Recht gegeben, zu definieren, wer gut und wer böse ist?« Der Major war nun ebenfalls aggressiver geworden, und Marchand sah sich gezwungen, einzugreifen.

»Das reicht!« Seine Stimme war laut, hart und duldete keinen Widerspruch. »Wir sind hier, um uns gegenseitig zu unterstützen. Ob es nun allen gefällt oder nicht, ich leite diese Taskforce. Ich dulde keine Diskussionen dieser Art.« Er sah mahnend in die Runde, dann wandte er sich an Catherine und sagte: »Also bitte, Sie wollten meinem Mitarbeiter eine Frage beantworten.«

Im ersten Moment sah es so aus, als würde die Frau nicht einlenken. Mit großen Augen starrte auch Hester gespannt auf ihre Begleiterin. Sorkin blickte ebenfalls zu Catherine.

Es war eindeutig, dass er keine Sympathien für die CIA-Mitarbeiterin empfand – und das hatte nichts mit den alten Feindbildern zu tun.

Catherine gab sich einen Ruck. Sie würde ein anderes Mal zurückschlagen. Nun sagte sie freundlich: »Die Signaturen und Messwerte sprechen weder für eine Wasserstoffbombe noch für irgendeine Bombe, die wir kennen. Das wird Ihnen mein russischer Kollege sicher bestätigen.« Sie würdigte Sorkin, der zustimmend nickte, keines Blickes. »Die seismischen Daten, die Geoaktivität, die Art der Schockwellen, die Strahlungswerte, das alles stellt uns vor ein Rätsel. Und unsere Experten halten die Erklärungen der Nordkoreaner für Unsinn. Das war weder ein Unfall in einer Chemiefabrik noch Sprengungen für ein Großbauprojekt.«

»Wir fürchten also eine neue Bombe?«, hakte Jone etwas zweifelnd nach.

Catherine und Sorkin bestätigten das.

»Aber wieso ist diese Bombe jetzt so bedeutend? Wir wissen, dass Nordkorea Atombombentests macht. Wir kennen die Bedrohung. Verstehen Sie mich nicht falsch, aber was macht diese neue Bombe so gefährlich?«

Dieses Mal antwortete Sorkin: »*Wanja*, 1961!« Als der Russe die fragenden Gesichter von Hester und Gerrit sah, holte er etwas aus.

»Wanja war der Deckname für die AN602, besser bekannt als die *Zar-Bombe*.«

Jetzt übernahm Catherine. »Die Zar-Bombe wurde 1961 von den Russen gezündet. Das war die größte Explosion, die künstlich, also durch Menschenhand, verursacht wurde. Der Atompilz war mehr als 60 Kilometer hoch. Diese Wasserstoffbombe hatte eine Sprengkraft von circa 50 Megatonnen TNT, genauso wie die zweite Explosion in Nordkorea.«

»Und Sie denken, die Nordkoreaner haben jetzt so eine Bombe?«, mischte sich Marchand ein.

»Schlimmer!«, war die Antwort seiner Gäste.

Dieses Mal schienen die Amerikanerin und der Russe einer Meinung zu sein.

Sorkin signalisierte Catherine, dass er den Sachverhalt erklären würde. Dazu öffnete er eine Datei auf seinem

Rechner, der mit dem großen Monitor verbunden war, und zeigte den anderen eine Reihe von Satellitenbildern. Sie waren gestochen scharf. Man konnte gut erkennen, dass es Aufnahmen von einer Baustelle waren. Es gab Maschinen, Fahrzeuge und eine größere Anzahl Arbeiter.

Sorkin begann mit seinen Erklärungen: »Nach der ersten Explosion am 1. Mai haben wir unsere Satelliten verstärkt über diesem Gebiet eingesetzt. Nicht weit entfernt von dem Areal, das durch die erste Explosion verwüstet wurde, begannen kurz darauf diese Bauarbeiten und Bohrungen. Wie man sieht, wurde ein Loch gegraben. Und nun kommen wir zu dem Punkt, der uns Sorgen macht. Die Zar-Bombe hatte enorme Ausmaße. Mit einem Gewicht von 27 Tonnen war sie acht Meter lang und maß zwei Meter im Durchmesser. Nichts, was sich so einfach transportieren lässt. Und jetzt sehen Sie genau hin …«

Sorkin vergrößerte nun mehrere Bilder, auf denen man erkennen konnte, wie sich ein kleiner Konvoi, der militärisch bewacht wurde, dem Bohrloch näherte. Die nächste Aufnahme zeigte eine Gruppe Männer, die mit einem Gabelstapler etwas von einem der Wagen hob. Es war rechteckig und hatte in etwa die Ausmaße eines modernen, großen Kühlschranks mit Eiswürfelspender und sonstigen Extras.

»*Das* kleine Ding hat diese gewaltige Explosion ausgelöst?«, fragte Marchand besorgt.

»Ja, davon gehen wir aus«, schaltete sich Catherine ein.

»Das heißt, die Nordkoreaner haben etwas mit der Sprengkraft dieser Zar-Bombe, das man quasi in der Handtasche transportieren kann?«

»So sieht es aus!«, antwortete Sorkin. »Wir wissen nicht, was es ist, oder wie es funktioniert. Wir wissen nur, dass es eine verheerende Wirkung hat und so klein ist, dass man es schnell in einem einfachen Transporter überall hinfahren kann. Vorbei an Verkehrskameras oder einem unaufmerksamen Zollbeamten.«

Marchand hatte begriffen. Große Bomben, die man mit gewaltigem Aufwand von A nach B transportieren musste, waren eine Sache – aber das hier war eine Anschlagswaffe. Kein Wunder, dass die Russen und die Amerikaner so schnell bereit gewesen waren, ihre Kräfte zu bündeln. Allerdings beschäftigte ihn nun noch etwas anderes. »Wie kommt das BAS ins Spiel?«

»Wir müssen herausfinden, was genau die Nordkoreaner haben, um geeignete Gegenmaßnahmen zu ergreifen. Nur so können wir eine Katastrophe verhindern«, antwortete ihm Sorkin. »Solange wir nicht wissen, wie das Ding funktioniert, sind wir wehrlos.« Und mit einem Blick auf Catherine sagte er: »Wir alle!«

Marchand verstand, aber das war immer noch keine Antwort auf seine Frage. Doch noch bevor er sich wiederholen musste, meldete sich das erste Mal Hester Miller zu Wort: »Ich denke, hier komme ich ins Spiel.«

Korea, in der Nähe des 38. Breitengrads – 1945

Die Männer gaben sich stumme Zeichen und gingen in Deckung. Nicht weit entfernt schien jemand auf dem verlassenen Feld unterwegs zu sein. Vielleicht ein einheimischer Bauer, das beunruhigte die Kämpfer nicht. Aber wenn es einer dieser verhassten japanischen Besatzer war, dann wollten sie ein Exempel statuieren. Sein Leichnam wäre den anderen eine Warnung.

Die Schritte kamen näher. Es hörte sich nicht nach einer Gruppe von Männern an – das war gut und würde ihnen gegebenenfalls ein Gefecht ersparen. Eine Minute später tauchte der Fremde vor ihnen auf. Einigermaßen überrascht erkannten sie, dass der Mann kein Asiate war und zivile Kleidung trug.

Maynfeld hatte sich an der Sonne ausgerichtet, wollte nach Süden gehen und die Hauptstraßen meiden. Schon bald lief er jedoch orientierungslos über weite, brachliegende Felder ohne eine Spur von Zivilisation. *Wie ärgerlich!*, dachte der Wissenschaftler gerade, als ihn völlig unerwartet drei Männer umzingelten und mit ihren Bajonetten bedrohten.

Instinktiv hob er die Hände, dabei ließ er die Aktentasche jedoch nicht los. Einer der Angreifer brüllte ihn an. Maynfeld verstand nicht, was der Mann sagte, und versuchte es mit ein paar Brocken Englisch. Schnell wurde ihm klar, dass das die falsche Entscheidung gewesen war. Vermutlich hätte ihm Russisch mehr Sympathien eingebracht – hatte er doch von diesem Hiroto gehört, dass die koreanischen Partisanen Verbindungen zu den Russen pflegten.

Man durchsuchte ihn und schon wedelte einer der Rebellen mit Maynfelds Pass. An den Gesichtern der Männer konnte der Wissenschaftler ablesen, dass er nun erst recht in großen Schwierigkeiten steckte. Offensichtlich hatten sie erkannt, dass er ein Deutscher war. Man stieß ihn zu Boden und zwang ihn, in die Knie zu gehen. Die Hände band man dem Wissenschaftler auf den Rücken.

Wie aus dem Nichts tauchte ein weiterer Mann auf, offensichtlich der Anführer der Gruppe. Er war höchstens Anfang dreißig, strahlte aber eine starke Autorität aus. Man zeigte ihm den Pass und die Aktentasche.

Maynfeld blickte auf und wollte seine Chance nutzen. Der Befehlshaber studierte die Papiere. Auch wenn er die Sprache nicht verstand, so waren die Hakenkreuzsymbole auf der Lade- und der Besatzungsliste für den Mann aussagekräftig genug. Er wusste, dass diese Unterlagen aus Deutschland stammten, und damit von den Verbündeten seiner Feinde, den Japanern.

Dieses Mal kramte der Wissenschaftler tief in seinem Gedächtnis und sagte in schlechtem Russisch: »Ich kann Ihnen ein gutes Angebot machen!«

Der Angesprochene hatte verstanden und starrte erst ungläubig, dann belustigt zu seinem Gefangenen, bevor er in schallendes Gelächter ausbrach. Schließlich übersetzte er das eben Gehörte für seine Begleiter, die ebenfalls amüsiert schienen.

Auf ein Zeichen hin verstummten die Männer und der Anführer trat nun dicht an Maynfeld heran. Mit einem Ruck riss er dessen Kopf nach hinten und hielt ihm eine Pistole an die Schläfe. »Du willst mir ein Angebot machen? Du Wurm! Wir haben genug von Leuten wie dir, die Menschen Angebote unterbreiten, die nur für sie selbst gut sind. Was könntest du mir geben, was ich nicht bereits habe?«

Mit der Waffe deutete er auf die Aktentasche, während er den Kopf des Wissenschaftlers nun wieder grob nach vorne stieß. Die Unterhaltung war für ihn beendet und er drehte sich zum Gehen um.

Nach wenigen Schritten wurde er von Maynfeld zurückgerufen. »Warten Sie, ich habe noch mehr! Etwas Außergewöhnliches, ich mache Ihnen einen guten Preis …«

Der koreanische Partisan blieb nicht einmal stehen. Fast gelangweilt drehte er sich im Gehen um, schoss Friedrich Maynfeld zwei Mal ins Gesicht und sagte zu seinen Gefolgsleuten: »Schmeißt diesen Faschisten in den Fluss und bringt seine Aktentasche ins Hauptquartier.«

Als die Männer die Leiche des Wissenschaftlers beseitigten, sagte einer von ihnen: »Er hätte um sein Leben betteln sollen, dann wäre er vermutlich nicht gestorben.«

»Ja, offensichtlich war ihm aber das eigene Leben nicht wert genug, darüber zu verhandeln.«

Besprechung der Taskforce im Büro des BAS
28. Mai, Gegenwart

Marchand sah überrascht zu Hester Miller, die sich nun etwas aufrichtete und fragte: »Was sagt Ihnen der Begriff ›Todlicht‹?«

Marchand hob erstaunt den Kopf und sah zu Sorkin: »Dieser Funkspruch …«

Hester lächelte freundlich und fuhr fort: »Im Jahr 1945 wurde unsere Flotte im Pazifik angefunkt. Ein deutsches U-Boot mit der Nummer 9881 war auf dem Weg nach Japan, als der Krieg bereits so gut wie verloren war. Im Mai des gleichen Jahres wollten sich der Kapitänleutnant und seine Besatzung ergeben. Von den Deutschen wurden Bedingungen gestellt und im Gegenzug hätte unsere Regierung eine – wie es hieß – ›kriegsentscheidende Technik‹ erhalten. Ein Wissenschaftler namens Friedrich Maynfeld soll an Bord gewesen sein. Über ihn ist nur wenig bekannt. Gerüchten zufolge war der Mann ein Experte auf dem Gebiet der Teilchenphysik. Jedenfalls wurde unseren Befehlshabern etwas angeboten, das den Namen ›Todlicht‹ trug.«

Die Männer vom BAS gaben sich keine Mühe, ihre Anspannung zu verbergen.

»Aber wie kommen Sie darauf, dass dieses *Todlicht* und die Explosionen in Nordkorea in irgendeinem Zusammenhang stehen?«

»Wir hatten einen Spitzel in einer von deren Fabriken, in der auch Forschungen im Bereich Hochenergietechnik stattfinden. Nach der ersten Explosion wurde der Mann aktiviert«, sagte Sorkin.

»Und konnte er Antworten liefern?«, hakte Jone gespannt nach.

»Er wurde enttarnt und ist in den Armen eines unserer Außenagenten gestorben. Auf die Frage, was er entdeckt hätte, antwortete er lediglich ›Projekt Todlicht‹.«

»*Projekt Todlicht?*«, fragte Marchand.

»Genau. Unsere Leute haben versucht herauszufinden, was das heißt. Man stieß auf mich und meine Nachforschungen für das BAS. Mit dem 1945 abgefangenen Funkspruch an die Amerikaner schloss sich der Kreis und wir haben Kontakt mit den USA aufgenommen, die ja ebenfalls wegen der Explosionen alarmiert waren. Inoffiziell fand ein Krisengespräch statt und schließlich schickte man mich nach Brüssel. Nordkoreanische Killer töten Lim Mok, den Mann, der den Pass des Kapitänleutnants Siegfried Röhmer im Internet versteigern will. Röhmer wiederum war Kommandant von U-9881, auf dem etwas namens *Todlicht* transportiert wurde. Gleichzeitig haben wir zwei Explosionen und ein Informant gibt uns mit seinem letzten Atemzug einen weiteren Hinweis. Das sind keine Zufälle mehr.«

»Unsere Regierungen wollen, dass wir das klären. Und zwar gemeinsam, deswegen sind wir hier«, ergänzte Catherine. »Hester ist unsere Expertin in dieser Sache. Sie hat während ihres Studiums eine Arbeit über die Forschungen des Dritten Reiches geschrieben.«

»Ich bin Analystin«, fügte Catherines Begleiterin fast entschuldigend an.

»Und was ist nun dieses Todlicht?«, fragte Marchand etwas ungeduldig.

»Wir wissen es nicht. Das U-Boot hat die amerikanischen Truppen nie erreicht. Lange Zeit glaubte man, es wäre alles nur ein Täuschungsmanöver der Deutschen gewesen, und dass sie mit dem Funkspruch die Alliierten mit einer angeblich neuen Technologie in die Irre führen wollten. Aber jetzt …«

Der Leiter des BAS rieb sich mit den Händen über das Gesicht, bevor er ruhig sagte: »Wir müssen also ein seit 70 Jahren verschwundenes U-Boot finden und alles über den Verbleib der Besatzung und der Ladung in Erfahrung bringen. Vermutlich werden wir jedoch nie erfahren, wie der deutsche Pass in den Besitz von Hiroto kam.«

Koreanische Küste – 1945

Hiroto spürte etwas Kaltes an seinen Beinen. *Ich bin doch tot*, dachte er ohne Traurigkeit, *wie kann ich da etwas fühlen?*

Die weisen Männer in seinem Dorf waren davon überzeugt, dass man im Jenseits kein Leid und keinen Schmerz mehr empfinden konnte. Sie hatten sich getäuscht. Hiroto spürte einen stechenden Kopfschmerz und die Kälte ließ ihn erschaudern. Seine Augen waren geschlossen, er war müde. Wann wäre es denn nun endlich vorbei?

Etwas Nasses berührte seine Finger. Er lag im Wasser und sein Herz hämmerte gegen die Brust. Langsam begriff der junge Mann, dass er noch am Leben war, obwohl dieser Deutsche auf ihn geschossen hatte. Die Kugel war doch in Hirotos Schädel eingedrungen.

Eine salzige Welle schwappte über das Gesicht des Koreaners. Endlich öffnete er die Augen und schnappte nach Luft. Wieder schlugen die Wassermassen über ihm zusammen. Die Flut hatte den kleinen Küstenstreifen, auf dem er lag, erreicht.

Plötzlich entwickelte Hiroto neue Kraft. Sein Wille war stark. Er würde nicht eine Kugel überleben, um dann im Meer zu ertrinken. Die Schmerzen waren heftig, als er versuchte, seine Arme und Beine zu bewegen. Ihm wurde schlecht, und er musste gegen die aufsteigende Übelkeit ankämpfen. Alles um ihn herum schien sich zu drehen. Den Blick auf den Boden gerichtet, kniete er nun auf allen vieren.

Einen Moment verharrte er in dieser Position und keuchte, als hätte er gerade einen steilen Berg bestiegen. In der nächsten Sekunde schreckte er jäh zurück und konnte einen leisen Aufschrei nicht unterdrücken. Hiroto sah mitten in das seltsam leere Gesicht eines Matrosen. Erst jetzt erkannte er, dass der Mann tot war.

Die Flut holte sich gerade ganz gemächlich wie ein Tier, das sich aus einem großen Napf die besten Leckereien heraussuchte, die Leiche. Ohne Hast trieb der Körper hinaus aufs Meer, gefolgt von den Überresten der anderen Besatzungsmitglieder, die von Maynfeld so hinterhältig ermordet worden waren.

Der verletzte Koreaner kam auf die Beine. Er zitterte und musste sich übergeben. Sein rechter Arm gehorchte ihm nicht und auch das rechte Bein schien irgendwie steif zu sein. Mühsam machte er einen Schritt nach vorne, als er den Kapitänleutnant sah.

Es war, als hätte sich die Flut den Kommandanten bis zum Schluss aufgehoben. So wie es sich eben gehörte: Der Kapitän war immer der Letzte, der ging.

Röhmers Körper lehnte gegen die Felsen. Es war ein trauriger Anblick. Hiroto stolperte zu dem Toten.

Er hatte keine Wahl, wenn er überleben und sich vor der Kälte schützen wollte – also zog er dem Kaleu die Lederjacke aus und schlüpfte umständlich hinein. Immer noch hatte er Schwierigkeiten mit seiner rechten Körperseite.

Lange konnte er hier nicht mehr bleiben, denn die Flut streckte ihre nassen Fühler immer weiter aus. Die wärmende Jacke fest um sich geschlungen, stapfte der Koreaner den schmalen Strand entlang und fand irgendwann eine Stelle für den Aufstieg. Durch seine Verletzungen stark beeinträchtigt, brauchte er eine Ewigkeit, um die rutschigen Felsen zu überwinden. Oben angekommen, zitterte er vor Anstrengung, kalter Schweiß bedeckte seine Stirn. Aber Hiroto gönnte sich keine Pause, denn er wollte schnell fort von hier. Weg von den Toten, weg von den japanischen Verfolgern und weg von diesem verfluchten U-Boot.

Hoffentlich blieb dieses unheilvolle Gefährt für immer in der Höhle eingeschlossen. Mit tiefem Hass dachte er an Friedrich Maynfeld und wünschte sich nichts sehnlicher, als dass dieser Teufel eines Tages für seine begangenen Taten bestraft werden würde.

Bevor er sich auf den Weg machte, warf Hiroto einen letzten Blick auf das Meer. Er konnte eine Felsformation ausmachen, von der jetzt, nachdem die Flut eingesetzt hatte, noch drei kantige Spitzen in die Höhe ragten. Sie sahen aus wie die Köpfe von Ertrinkenden, die verzweifelt nach Luft schnappten. Der Rest der Felsen blieb bis zum Gezeitenwechsel unter dem Wasser verborgen.

KAPITEL 6

1415 n. Chr.: Die Schlacht von Azincourt bezeichnet den Höhepunkt des Einsatzes von Langbögen. Leichte, mit diesen Bögen bewaffnete Truppen setzten sich über weite Distanzen gegen die schweren Reiter der französischen Kräfte durch. Die eingesetzten Langbögen hatten Zuggewichte von über 100 Pfund und konnten, so Berichte aus der Vergangenheit, auch zehn Zentimeter dicke Holzplanken durchschlagen; speziell ausgebildete Einheiten waren in der Lage, pro Mann und Minute zehn Pfeile zu verschießen.

Paris, nicht weit des Champs-Élysées
28. Mai, Gegenwart

Professor Yves Manol hatte sich nicht die Mühe gemacht, die Kleider auszuziehen, als er gestern mitten in der Nacht nach Hause gekommen war. Der Akademiker leitete in einer der renommierten Pariser Universitäten die Abteilung Mikroelektronik. Er gehörte zu den Koryphäen auf seinem Gebiet, manche hielten ihn sogar für den Besten. Gestern Abend hatte man ihm einen Ehrenpreis für seine Arbeit überreicht und ihn dadurch um die zeitige Nachtruhe gebracht. Vollkommen erschöpft hatte sich der Achtundfünfzigjährige die Schuhe abgestreift, sich ein Glas des teuren Calvados eingeschenkt, den ihm ein Freund regelmäßig aus der Normandie mitbrachte, und sich dann auf das Sofa gelegt. Nach zweimaligem Nippen an dem starken Apfelschnaps war er in einen tiefen Schlaf gefallen und erwachte erst gegen fünf Uhr morgens durch ein ungewohntes Geräusch.

Manol stöhnte, als er versuchte, sich aufzurichten. Er war kein junger Mann mehr, der eine unbequeme Nacht auf einer durchgesessenen Couch ohne Rückenschmerzen überstand. Umständlich hievte er sich hoch.

Der intensive Geruch des Calvados stieg ihm in die Nase. Der Professor wunderte sich gerade darüber, dass die Reste in dem benutzten Glas von gestern solch eine Wirkung hatten, als ihm auch schon bewusst wurde, dass noch ein anderer, beißender Duft in der Luft lag.

Das Fenster, ich muss das Fenster öffnen, dachte Manol automatisch – aber es war bereits zu spät. Ein feuchtes Tuch wurde ihm auf Mund und Nase gepresst. Der schlanke Körper des Mannes kippte auf das Sofa zurück. In der Wohnung hörte man jetzt ein leises Murmeln. Hände griffen nach dem Bewusstlosen und stemmten ihn hoch. Innerhalb kürzester Zeit hatte man den Aufzug und die dunkle Tiefgarage des Hauses hinter sich gelassen. Der Professor würde die nächsten Stunden nicht wieder zu sich kommen.

Beijing (Peking), Hauptstadt von China, in der »Verbotenen Stadt« – 28. Mai, Gegenwart

Die ehemaligen Anlagen der chinesischen Kaiser im Zentrum der Hauptstadt waren heute eine beliebte Touristenattraktion. Auf der circa 70 Hektar großen Fläche mit ihren fast neunhundert Palästen drängte sich um diese Zeit eine Vielzahl von Menschen. Herrn Wu Tian war das egal. Er genoss seinen regelmäßigen Ausflug hierher. Immer einmal in der Woche, am gleichen Tag, verbrachte der Vierzigjährige exakt eine Stunde zum Entspannen in der »Verbotenen Stadt«. Man hätte die Uhr danach stellen können. Gemächlich drehte Tian dann seine Runden, dachte über die vergangene Woche nach und tankte Kraft für seine Aufgaben.

Voller Engagement arbeitete er mit anderen Kollegen an Forschungen im Bereich der Hochenergiephysik. Er war dabei einer der herausragenden Köpfe, aber Tian blieb bescheiden und sah das, was man bisher erreicht hatte, nicht als seinen eigenen Verdienst, sondern als Leistung des Teams an. Seine Tage waren streng organisiert und bis auf den Ausflug zur »Verbotenen Stadt« verbrachte er seine Zeit ausschließlich in den Laboren und der kleinen Wohnung, die auf dem Betriebsgelände lag. Gerade schritt er am Palast der Himmlischen Reinheit vorbei, als zwei Männer auf ihn zukamen. Tian wollte höflich zur Seite treten, aber man versperrte ihm den Weg.

»Doktor Wu Tian?«, fragte der eine nun mit einem fremdländischen Akzent.

Tian verbeugte sich, als er einen unangenehmen Schmerz am Arm fühlte. Ein dritter Mann hatte sich der kleinen Gruppe genähert und stützte jetzt den Chinesen, der anfing, leicht zu schwanken.

Ein Passant hatte bemerkt, dass etwas nicht stimmte, und eilte hilfsbereit herbei.

Mit den Worten »Unserem Freund ist etwas unwohl« wurde er jedoch abgewimmelt. Die drei Fremden beeilten sich, mit Wu Tian in ihrer Mitte vorbei an der Halle der Höchsten Harmonie zum Ausgang zu gelangen.

Tians Beine trugen ihn noch, aber er konnte kaum sprechen, lallte unzusammenhängende Worte und nahm alles um sich herum nur noch verschwommen wahr. Sein Verstand rief ihm zu: »Schrei um Hilfe, versuche zu fliehen!«, aber sein Körper gehorchte den Entführern wie eine Marionette ihrem Meister.

Der Chinese glaubte, in einem bösen Traum gefangen zu sein, unfähig sich der Gefahr zu entziehen. Als man ihn wie eine lebensgroße Puppe auf den Rücksitz des wartenden Wagens verfrachtete, spürte er einen weiteren Einstich. Die Nadel war ihm erneut grob durch sein Jackett in den Arm gerammt worden. Sein Protest ging unter, die Zunge fühlte sich taub an und seine Augenlider waren unendlich schwer. In der nächsten Sekunde wirkte die Betäubung und Tian schlief ein.

England, ein kleiner Ort 25 km von Cambridge entfernt – 28. Mai, Gegenwart, später Abend

Doktor Susan Baker war auf ihrer üblichen Joggingrunde. Hätte sie sich nicht als brillante Chemikerin im Bereich der Nanotechnik einen Namen gemacht, dann wäre sie vermutlich Profisportlerin geworden. Susan liebte es, spät abends zu laufen.

Zu dieser Zeit hatte sie Platz und musste weder den Hunden noch ihren Besitzern ausweichen.

Das kurze, dunkle Haar klebte ihr bereits am Kopf. Sie hatte sich heute für die Zwanzig-Kilometer-Strecke entschieden, die sie mühelos meisterte. Das Dämmerlicht sorgte für ausreichend Sicht, und es gab wenige Ecken, hinter denen man der eifrigen Sportlerin hätte auflauern können. Nichtsdestotrotz führte sie zur Sicherheit ein Pfefferspray mit sich.

Auch an diesem Abend verschwendete sie keine Gedanken an eine drohende Gefahr, was sich allerdings als ein Fehler herausstellen sollte. Susan kämpfte sich die letzten Kilometer nach Hause und sog die Luft lautstark ein. Die leichte Steigung ließ die Muskulatur ihrer Oberschenkel brennen.

Wie aus dem Nichts tauchte der Mann plötzlich vor ihr auf. Susan stoppte abrupt, ihr Herz raste und sie wich instinktiv einen Schritt zurück.

Keuchend rief sie: »Mein Gott, haben Sie mich erschreckt.«

Es kam keine Antwort, keine Entschuldigung, nicht einmal ein Lächeln zeichnete sich auf dem Gesicht des Fremden ab, der nun langsam aus dem Dunkeln trat.

Sie geriet in Panik und machte einen Schritt zur Seite. Aber der Mann folgte ihrem Beispiel und hinderte sie dadurch am Vorbeikommen.

»Was soll das denn?«, blaffte sie nun laut, um zu demonstrieren, dass sie sich nicht einschüchtern ließ.

Gleichzeitig versuchte sie, die Reißverschlusstasche ihrer Jogginghose zu öffnen. Ihre Finger tasteten nach dem Pfefferspray. Der Fremde kam näher, jetzt hörte sie auch noch Schritte hinter sich.

»Lassen Sie mich sofort vorbei!«, forderte sie nun ungehalten und hoffte immer noch darauf, dass alles nur ein Missverständnis war.

Was in der Theorie so leicht schien, wurde in der Praxis zum Härtetest. Susan zögerte viel zu lange. Der Fremde streckte bereits den Arm nach ihr aus. Erst jetzt riss sie die Hand hoch und drückte auf die Spraydose. Mit einem Zischen verteilte sich ein feiner Nebel.

Parallel dazu machte sie einen Satz nach rechts, um so an dem Angreifer vorbeizukommen.

Das Reizgas richtete mehr Schaden an, als dass es half – Susan hatte eine ordentliche Ladung selbst abbekommen. Sie hustete, ihre Augen brannten und ein Würgereiz überkam sie. Jemand hielt sie von hinten an den Haaren. Hektisch drückte sie erneut auf die Dose, aber dieses Mal erstarb das Zischen innerhalb weniger Augenblicke. Ihre einzige »Waffe« war leer. Verzweifelt warf sie den Behälter nach den Angreifern. Dann schlug sie wild um sich. Mit einem Ruck konnte Susan ihren Kopf aus dem festen Griff befreien, schmerzhaft rissen dabei mehrere Haarbüschel aus. Das Adrenalin in ihrem Körper gab ihr Kraft. Sie witterte eine Chance, machte einen Sprung zur Seite und rannte los. Susan war trainiert, die nächsten Häuser nicht weit. Hinter sich hörte sie Stimmen, verstand aber nicht, was gesprochen wurde.

Ihre Lungen brannten, sie spurtete in vollem Tempo die Hauptstraße entlang. Bald würde man ihre Schreie bemerken und nach dem Rechten sehen. So schnell würde sie sich nicht zum Opfer machen lassen.

Susan hatte keine Ahnung, ob die Männer immer noch hinter ihr waren, denn sie hielt den Blick stur nach vorne gerichtet. Plötzlich glaubte sie, Motorengeräusche zu hören, und hoffte auf Rettung. Sie würde das Fahrzeug anhalten. Das Rattern des Autos kam immer näher, es musste fast auf ihrer Höhe sein. Mit hochgerissenen Armen sprang die junge Frau am Straßenrand entlang. Für eine Sekunde spürte sie unglaubliche Erleichterung und das Gefühl, dass nun alles gut werden würde, dann riss sie entsetzt die Augen auf – der Wagen fuhr ungebremst auf sie zu.

Den Aufprall hätte niemand überleben können. Susans Körper wurde mehrere Meter durch die Luft geschleudert und prallte dann hart auf den Boden. Das Rückgrat brach, außerdem zersplitterten die Oberschenkelknochen an mehrere Stellen. Die inneren Blutungen, die gequetschten Organe und das massive Schädel-Hirn-Trauma machten eine Rettung unmöglich. Susan Baker hatte verzweifelt gekämpft und schließlich doch verloren.

Brüssel – 28. Mai, Gegenwart, abends

Es war bereits spät, als die kleine Gruppe den Sicherheitsbereich des BAS verließ. Gerrit und Jone verabschiedeten sich zusammen mit Sorkin, der in seiner Botschaft Quartier bezogen hatte. Hester Miller war bereits vor drei Stunden in ihr Hotel gefahren. Bei den Strategiegesprächen hatte man ihre Anwesenheit nicht benötigt und die junge Frau wollte ohnehin noch in Ruhe einige Akten durchsehen.

Nun stand Leon Marchand völlig unvermittelt alleine mit Catherine Smith im Eingangsbereich des BAS.

Die Amerikanerin hatte wieder ihr sanftes Engelsgesicht aufgelegt. Marchand war bereits aufgefallen, dass die CIA-Mitarbeiterin ein äußerst facettenreiches Wesen sein konnte. Etwas, das ihn im Laufe des Tages irritiert und manchmal sogar zur Weißglut gebracht hatte. Allerdings musste er sich eingestehen, dass ihn diese Frau, die zu hundert Prozent in die Kategorie »schwer durchschaubar« fiel, ungemein reizte.

»Monsieur Marchand?«, fragte sie ihn nun unschuldig und riss ihn damit aus seinen Gedanken.

»Leon«, erwiderte er automatisch und hätte sich dafür ohrfeigen können. Was sollte das werden? Er war ein Mann Mitte fünfzig, der gerade einmal wieder die Welt retten sollte. Wie passend war es da, einen heißen Flirt zu beginnen?

»Leon, Sie schulden mir immer noch einen Kaffee. Oder sind Sie etwa böse auf mich?« Ihr Lächeln war bezaubernd und die herrische Zicke von heute Morgen war komplett verschwunden.

»Kein Cappuccino, kein Frappé oder Latte, einfach nur schwarzen Kaffee«, antwortete er charmant und doch auch mit einer Spur Sarkasmus.

Catherine warf den Kopf zurück, sodass ihr das blonde Haar weich über die Schultern fiel. Dann lachte sie vergnügt und hakte sich bei dem Leiter des BAS unter.

»Kommen Sie, ich brauche frische Luft und einen Drink. Zeigen Sie mir Brüssel bei Nacht!«

Marchand spürte den Druck ihrer Hand auf seinem Arm, bemerkte die leichte Berührung ihres Körpers und nahm den Duft der Frau wahr.

Sein Verstand riet ihm, Catherine Smith umgehend in ihrer Unterkunft abzuliefern und dann schnellstens nach Hause zu fahren, um kalt zu duschen.

Jedoch lief der Abend nicht so ab. Letzten Endes wussten beide, was passieren würde.

Sie hatten zwei, drei Drinks gehabt, die Unterhaltung war amüsant gewesen, so als würden sie sich schon lange kennen. Gegen Ende hatten sie die Gespräche immer mehr mit Zweideutigkeiten gespickt. Als sie gegen Mitternacht die einzigen Gäste in der Hotelbar waren, stand die Amerikanerin auf und sagte: »Ich denke, die wollen schließen. Vielleicht finden wir noch einen Abschiedsdrink in meiner Minibar.«

Das war natürlich totaler Unsinn, Bars in teuren Häusern waren rund um die Uhr besetzt. Aber Marchand widersprach nicht. Trotz seiner guten Vorsätze konnte er seit einer Stunde an nichts anderes mehr denken als an den nackten Körper von Catherine Smith. Lachend stieg sie mit ihm in den Aufzug. Noch bevor sich die Türen schlossen, legte er seine Hände in ihren Nacken und zog sie an sich. Sanft küsste er sie auf den Mund – würde sie ihm nachgeben oder doch noch in letzter Sekunde einen Rückzieher machen? Aber die Amerikanerin hatte nicht vor, die Nacht alleine zu verbringen. Eine Hand an Leons Krawatte zog sie ihn zu sich, drückte ihren Oberkörper an seine Brust und erwiderte den Kuss. Es war eine leidenschaftliche Umarmung und irgendwie geriet ab diesem Zeitpunkt alles außer Kontrolle. Catherine zerrte an Leons Hemd. Knöpfe sprangen ab und zielsicher wanderten ihre Hände an den Reißverschluss seiner Hose.

Sie spürte seine Erregung und seufzte lustvoll. »Ich bin sicher, wir werden eine Menge Spaß haben.«

Die Frau brachte ihn um den Verstand. Seine Hände wanderten über ihre weichen Brüste und er hörte ihr leises Stöhnen. Als der Fahrstuhl endlich das richtige Stockwerk erreichte, stürzten sie wie Betrunkene zur Zimmertür. Endlich allein riss sich Catherine die Kleider vom Leib. Sie trug darunter schwarze Spitzenunterwäsche und Marchand wähnte sich im Himmel. Mit wenigen Handgriffen hatte er sich seiner Hose entledigt.

Catherine zog ihn mit sich aufs Bett. Sie warf sich auf ihn, rieb ihren wohlgeformten Körper über seine Haut, machte alle möglichen unanständigen Dinge mit ihrem Mund und ließ sich im Gegenzug auf die gleiche Art verwöhnen. Catherine Smith wusste anscheinend in jeder Beziehung genau, was sie wollte. Manche ihrer Vorlieben gehörten zwar nicht zu Leons Gewohnheiten, aber die Wildheit und die Leidenschaft dieser Frau machten ihn so an, dass er selbst ihrer Neigung zu härterem Sex nachgab. Er packte sie grob an den Haaren und sie stöhnte laut, schrie nach mehr und umklammerte mit ihren Beinen so fest seine Hüften, dass er beinahe keine Luft mehr bekam. Es war ein gefährliches Spiel zwischen Lust und Qual. Seine Hände lagen um ihren Hals, als sie beide zum Höhepunkt kamen.

Leon Marchand hatte soeben eine seiner obersten Regeln gebrochen – er hatte eine Affäre mit einer Arbeitskollegin angefangen. Erschöpft legte er sich neben Catherine, die ihren schweißnassen Körper nun an ihn schmiegte.

»Das war besser als schwarzer Kaffee«, sagte sie unschuldig und beide mussten lachen.

Eine Weile hielt er sie im Arm und streichelte mechanisch ihr Haar. Er fing an, Catherine zu mögen.

»Was wohl dein Freund Sorkin zu uns sagen würde?«, brach sie das Schweigen. Der spöttische Unterton war nicht zu überhören.

»Ich denke, das würde ihn kaum interessieren«, antwortete ihr Marchand, der nicht die geringste Lust hatte, sich in diesem Augenblick über den russischen Major den Kopf zu zerbrechen.

Sie richtete sich auf und sagte: »Wir sollten ihm nicht trauen.«

»Ist das dein Ernst?«

»Ja, allerdings.«

Leon hätte am liebsten laut geflucht. Warum war es ihm nicht vergönnt, einfach ein paar Stunden zu entspannen? Er richtete sich nun auch auf und erwiderte: »Ich habe keinen Grund, dem Major zu misstrauen.«

»Du bist vielleicht voreingenommen. Aber überlege doch einmal: Die Russen sind Partner der Nordkoreaner. Was, wenn die nur ihre Spielchen treiben, um für ihre koreanischen Freunde an Informationen zu kommen?«

»Nicht Sorkin!«, erwiderte Leon nun bestimmt.

Mit einem ungehaltenen Brummen stand er auf und suchte seine Kleider zusammen. Catherine schien sich darüber nicht zu wundern. Als er fertig angezogen vor dem Bett stand und den Blick auf ihren nackten Körper gerichtet hatte, bereute er bereits, dass er sich von ihr hatte provozieren lassen und nicht liegen geblieben war. Sorkins Loyalität hätte er auch noch am nächsten Tag verteidigen können.

Zum Abschied küsste er die junge Frau auf den Mund. Sie erwiderte seine Umarmung, bat ihn aber nicht, zu bleiben.

»Wir sehen uns morgen«, sagte sie stattdessen, rekelte sich verführerisch auf dem Laken und meinte in geschäftsmäßigem Ton: »Du solltest dich vor Major Boris Iwanowitsch Sorkin in Acht nehmen. Nur ein Rat unter Kollegen.«

Nordkorea – 29. Mai, Gegenwart

Der staatliche Sicherheitsbeauftragte des Projekts Todlicht war zufrieden. Er hatte die leidige Personalfrage wie gewünscht geklärt. Die ausländischen Wissenschaftler würden sich bald ihrem Schicksal ergeben und bereit sein, sich dem nordkoreanischen Team anzuschließen. Zugegeben, dazu brauchte es gewisse Überredungskünste, aber am Ende zählte nur das Ergebnis. Das mit der englischen Frau, dieser Chemikerin, war bedauerlich, aber so etwas war unvermeidbar. Seine Männer schossen eben manchmal über das Ziel hinaus. Trotzdem waren momentan alle zufrieden. Nicht zuletzt, weil ihnen ganz unerwartet vor wenigen Monaten ein kleines Singvögelchen ins Netz gegangen war. Der Kapitalismus konnte durchaus eine feine Sache sein. Einen Informanten zu rekrutieren, war keine große Angelegenheit, solange der an Geld interessiert war. Viel schwerer wurde es, wenn ein Idealist auf der anderen Seite stand.

Der Sicherheitsbeauftragte zuckte mit den Schultern – dieser Kontakt mit dem Codenamen Bumerang hatte sich ihnen aus freien Stücken angeboten. Eine durchaus erfreuliche Tatsache. Betrüblich war allerdings, dass man im Ausland ihren Experimenten mittlerweile so viel Beachtung zukommen ließ, dass man bereits eine Taskforce gebildet hatte. Bumerangs letzter Bericht war diesbezüglich sehr aufschlussreich gewesen. Angeblich sollte ein gewisser Leon Marchand die Untersuchungen leiten.

Man musste das Treiben seiner Feinde immer im Auge behalten. Zuerst galt es, sich einen Überblick über die Fähigkeiten des Gegners zu verschaffen. Das war die Ausgangsbasis für alle späteren Entscheidungen. War derjenige mittelmäßig oder sogar schlecht in seinem Job, dann ließ man ihn weiter das machen, was er sowieso nicht konnte. Hatte man es allerdings mit einem Spezialisten zu tun, der sein Handwerk verstand, erschien es oftmals sinnvoll, sich von dessen *Anwesenheit* zu befreien. So oder so, auf diesen Leon Marchand würde man ein Auge haben. Schließlich schadete es nicht, mehr über den Mann zu erfahren. Welche Stärken und Schwächen machten ihn aus? Und wie konnte man sich die zunutze machen?

Brüssel – 29. Mai, Gegenwart

Als Hester Miller an diesem Morgen ihre verschlüsselten E-Mails checkte, wurde sie unruhig. Sie hoffte, man würde von ihr nicht mehr erwarten, als sie tatsächlich leisten konnte. Wie hatte sie sich auch nur auf so etwas einlassen können? Hester stöhnte. Das war natürlich eine dumme Frage. Letzten Endes war es ihre eigene Entscheidung gewesen und sie hatte gute Gründe dafür gehabt. Jetzt überflog sie noch einmal die wenigen codierten Zeilen:

+++ Brauchen weitere Informationen. Wichtig sind das Verhalten und die Kooperationsbereitschaft der Zielperson. Gibt es Auffälligkeiten, Veränderungen oder Schwächen? Sofortige Rückmeldung wird erbeten, wenn es auch nur den geringsten Hinweis gibt, dass die Zielperson unseren Interessen schaden könnte. Benötigen täglichen Bericht. +++

Hester wusste, was von ihr erwartet wurde. Mit einem Seufzer löschte sie die E-Mail und fragte sich zum wiederholten Mal, ob sie nicht doch zu viel für sich gewollt hatte.

Zentrale des BAS
29. Mai, Gegenwart, nachmittags

Als sich die Taskforce an diesem Nachmittag erneut traf, war die Stimmung angespannt. Jedes Mitglied der Gruppe hatte versucht, weitere Informationen zusammenzutragen. Man griff auf Kontakte und Verbindungen zurück, forderte Gefallen ein und tätigte die verschiedensten Telefonate.

Vor dem Besprechungszimmer wäre Marchand beinahe mit Catherine, die ihren Blick fest auf den Inhalt einer Aktenmappe geheftet hatte, zusammengestoßen.

»Ach, Sie sind es, Monsieur Marchand«, säuselte sie belustigt und schob sich an ihm vorbei.

Leon war perplex, versuchte sich aber, unauffällig zu verhalten, denn schon tauchte Sorkin vor ihm auf. Der Russe schien nichts bemerkt zu haben und nickte zur Begrüßung lediglich leicht mit dem Kopf.

Wie so oft war es auch heute Jone, der die ersten Informationen liefern konnte. Er war schon früh im Büro gewesen und hatte seither fieberhaft nach weiteren Hinweisen gesucht. Niemand unterbrach ihn, als er mit seinem Bericht begann.

»Wir haben mittlerweile eine Ahnung davon, wie unser Hiroto an den Pass von Siegfried Röhmer gekommen sein könnte«, begann der BAS-Mitarbeiter seine Ausführungen. Es war mucksmäuschenstill und Jone sprach weiter: »Dank Major Sorkin und seiner Kollegin Frau Olga Komarowa haben wir herausgefunden, dass Hiroto auf dem japanischen Zerstörer gewesen sein muss, der 1945 diesen Funkspruch von U-9881 aufgefangen und dann versucht hat, das Boot zu stoppen. Ihre Leute haben einen tollen Job gemacht. Die Besatzungsliste des japanischen Zerstörers war sicher nicht einfach aufzutreiben.«

Sorkin nahm das Lob gerne an, Olga hatte wieder einmal gezaubert. Aber half ihnen diese Information auch?

»Die Frage, wie Hiroto an den Pass gekommen ist, bleibt aber immer noch«, ergänzte der Major deshalb.

»Vermutlich wurde er von den Japanern als Dolmetscher eingesetzt«, entgegnete Jone.

»Das ist wahrscheinlich«, übernahm jetzt Gerrit das Wort. »Seine Enkelin hat mir erzählt, dass er sowohl Japanisch als auch Deutsch sprechen konnte.«

»Ihr meint also, es gab einen Kontakt zwischen Hiroto und Röhmer?« Marchand wartete auf eine Antwort.

Seine Mitarbeiter wechselten kurz einen Blick, dann sagte Jone: »Das nehmen wir an. Wir wissen, dass die Japaner das U-Boot stoppen wollten und ihr Kapitän dabei getötet wurde. Was da genau passiert ist, werden wir wohl nie mit Bestimmtheit sagen können. Schließlich haben die Japaner nach Kriegsende nicht gerade damit hausiert, dass sie auf irgendwelche Geheimwaffen von den Deutschen gewartet haben. Unterlagen wurden vernichtet und die Soldaten schwiegen. Wir müssen also Vermutungen anstellen. Am naheliegendsten wäre meiner Meinung nach, dass Hiroto tatsächlich auf Siegfried Röhmer getroffen ist.«

»Und dann?«, fragte Catherine mit zweifelndem Gesicht, bevor sie mit einem bissigen Unterton fortfuhr: »Dann hat sich Hiroto den Pass von Röhmer zeigen lassen, und als ihm kalt wurde, hat dieser ihm seine Jacke angeboten?« Sie sprach nicht weiter und das verächtliche Schnalzen mit der Zunge zeigte deutlich, was sie von Jones Theorie hielt.

Obwohl Marchand eigentlich damit gerechnet hatte, dass Sorkin sofort gegen diese grobe Unverschämtheit der CIA-Mitarbeiterin vorgehen würde, schwieg dieser und setzte eine unergründliche Miene auf.

Der Leiter des BAS hätte sich heute die Einmischung des Majors gewünscht. Jetzt musste er selbst Stellung beziehen, was ihm schwerfiel. Die letzte Nacht war ihm noch deutlich vor Augen, sie hatten eine Menge Spaß zusammen gehabt und Catherine war unersättlich gewesen. Nun benahm sie sich wieder wie ein verfluchtes Miststück und Marchand hätte ihr am liebsten auf der Stelle den Hals umgedreht.

»Ich weiß nicht, wie das die CIA macht, aber bei uns spielen wir immer mehrere Möglichkeiten durch, wenn es um die Lösungsfindung geht.«

Catherine sah Marchand mit ihren blauen Augen an und lächelte amüsiert in seine Richtung.

»Nun, wenn das so ist, dann spielen Sie ruhig weiter, Monsieur Marchand.«

Ihm blieb eine Antwort erspart, denn Sorkin stellte eine Frage, so als hätte er den kurzen Wortwechsel gar nicht gehört. »Denken Sie, Hiroto war ein Gefangener von Röhmer?«, wandte er sich an Jone.

»Entweder das, oder die haben sich zusammengetan. Jedenfalls ist das U-Boot verschwunden. Die Japaner haben es weder versenkt noch in ihren Besitz gebracht, so viel wissen wir. Röhmer und seine Besatzung wollten zu den Amerikanern, dort sind sie nie angekommen und die Russen …«, er machte eine entsprechende Handbewegung in Sorkins Richtung, »wissen ebenfalls nichts von dem Verbleib des Bootes. Nach all den Jahren finden nun in Nordkorea zwei Explosionen statt. Die erste ist überirdisch, die zweite unterirdisch, beide verheerend. Auf den Satellitenbildern sieht man grelle Lichtblitze. Was auch immer dieses Todlicht ist, es war anscheinend an Bord von U-9881. Und laut ihrem toten Agenten haben es jetzt die Nordkoreaner. Die einzige logische Konsequenz ist doch, dass das U-Boot in die Hände der Nordkoreaner gefallen ist.«

»Das ist eher unlogisch«, stieß Catherine hervor, war aber etwas freundlicher in ihrem Ton.

Marchand, der heute nicht in der Lage war, klar zu denken, wollte gerade Jones Theorie verteidigen, als ihm Sorkin zuvorkam und Catherine überraschenderweise zustimmte. »Sie hat recht, das ist unlogisch!«

Es war Hester Miller, die als Erste nach dem »Warum« fragte.

»Wegen der Morde an Lim Mok und seiner Schwester«, entgegnete der Major ruhig. »Man hat zwei Profikiller zu dem Enkel von Hiroto geschickt und den jungen Mann grausam gefoltert. Warum? Nur, weil er den Pass von Kapitänleutnant Siegfried Röhmer verkaufen wollte?«

»Aber vielleicht sollte niemand die Verbindung zu U-9881 finden? Die Nordkoreaner wollten das geheim halten«, warf Gerrit ein.

Sorkin nickte bedächtig. »Sicher, ich gehe jede Wette ein, dass die das geheim halten möchten. Aber diese Morde waren nicht gerade sehr dezent. Wenn es nur um den Pass gegangen wäre, dann hätte man dem jungen Mann eine Pistole an den Kopf gehalten, ihn gezwungen die Online-Auktion zu stoppen, den Pass verbrannt, Lim Mok irgendwo erschossen und anschließend verscharrt. Das, was in Südkorea mit den Enkeln von Hiroto passiert ist, war kein unauffälliges Spurenverwischen. Darum ist es überhaupt nicht gegangen. Die haben bei Lim Mok und seiner Schwester Sang etwas gesucht – und das war nicht der Pass.« Sorkin lehnte sich zurück und seine Augen schlossen sich bis auf zwei schmale Sehschlitze.

»Das U-Boot!«, rief Gerrit, er hatte verstanden. »Die sind hinter dem U-Boot her und glaubten, dass Lim Mok etwas darüber wusste.«

»Nur das macht Sinn«, antwortete ihm Catherine. »Warum sonst die Folter? Die brauchten Informationen, wichtige Informationen.«

»Also schön«, schaltete sich jetzt Hester Miller ein. »Nehmen wir an, die haben U-9881 nicht, aber nutzen die Technologie, die an Bord war. Wie sind die Nordkoreaner da drangekommen?«

»Vielleicht jemand von der Besatzung, eventuell sogar Röhmer selbst, oder Hiroto? Unterlagen oder Pläne haben vermutlich den Besitzer gewechselt oder dieser Wissenschaftler, der angeblich an Bord war, zeigte sich kooperativ«, schlug Jone vor.

»Aber wir bleiben dabei, dass die Nordkoreaner nicht im Besitz des U-Boots sind?«, forschte Hester weiter.

»Ich sehe das so, ja«, bekräftigte Catherine ihre Haltung, und auch die anderen schienen sich auf diese Hypothese festzulegen.

»Aber wenn die Nordkoreaner dieses Todlicht bereits haben, wozu brauchen die dann noch das U-Boot?«, bohrte Hester weiter.

Endlich äußerte sich auch Leon Marchand zu dem Thema: »Weil die befürchten, wir könnten es vor ihnen finden. Wissen wir, was es ist, können wir Gegenmaßnahmen ergreifen. Dieses U-Boot ist ein potenzieller Verräter.«

»Aber ist das nicht reichlich aussichtslos, nach all den Jahren danach zu suchen?«

»Wir müssen es probieren, das ist unsere einzige Chance mehr zu erfahren. Es sei denn, der Major hat noch einen weiteren Agenten hinter den feindlichen Linien«, antwortete Catherine und durchbohrte Sorkin dabei mit ihren Blicken.

»Ich bin nur ein Vertreter der russischen Interessen, nicht der Leiter des FSB. Ganz sicher wird man mir keine Einzelheiten verraten.« Sein Ton wurde nun leicht ironisch. »Ich stehe ganz am Ende der Nahrungskette, aber ich bin sicher, dass unsere Taskforce alle nötigen Informationen erhalten wird, die der russische Geheimdienst in dieser Sache findet.«

Bevor Catherine etwas entgegnen konnte, schaltete sich erneut Hester ein: »Aber Sie hatten bereits einen Agenten vor Ort? Ich meine, das ist faszinierend! Nordkorea ist eine Blackbox. Man weiß quasi kaum etwas über das Land. Die schirmen sich ab, sind auf der Hut und äußerst vorsichtig. Wie haben Sie das also geschafft?«

Marchand sah überrascht auf. Die Direktheit von Hesters Frage zeugte entweder davon, dass die junge Frau ein absoluter Neuling war und in ihrer Naivität tatsächlich auf eine ehrliche Antwort hoffte oder dass dies ein ausgekochter Versuch war, Sorkin zu überrumpeln und in eine Falle tappen zu lassen.

Der Major lehnte sich jedoch entspannt zurück und es war fast so, als wäre ihm ein feines Lächeln über das Gesicht gehuscht, als er antwortete: »Ich habe keine Ahnung, meine Liebe.«

Hester errötete und verstand. »Oh, ich bin wohl in ein Fettnäpfchen getreten. Ich wollte nicht indiskret sein«, antwortete die junge Frau nun entschuldigend.

Marchand glaubte, dass es ehrlich gemeint war. Schnell übernahm er das Gespräch, Hester war ihm dankbar dafür.

»Unser oberstes Ziel steht fest. Wir müssen herausfinden, was ›Todlicht‹ ist, um uns davor schützen zu können. Wenn wir davon ausgehen, dass die Nordkoreaner die Technologie bereits haben und das U-Boot nur suchen, damit wir nicht erfahren, was hinter ihrer neuen Waffe steckt, dann liegen wir weit zurück. Die Zeit ist nicht auf unserer Seite. Also machen wir uns an die Arbeit. Durchforsten wir alles nach diesem ›Todlicht‹. Wir bündeln unsere Recherchemöglichkeiten.«

An Catherine und Sorkin gewandt sagte er: »Sprechen Sie mit Ihren Vorgesetzten, wir können jede Hilfe gebrauchen.«

Als das Treffen beendet war, gab Marchand Jone die Anweisung, sich die Seerouten im Pazifik genauer anzusehen, und Gerrit sollte versuchen, mehr über Hirotos Leben herauszufinden. Notfalls müsste er nochmals die Botschaften in Seoul um Hilfe bitten.

* * *

Catherine verließ kurz nach dem Meeting die Behörde. Es war schon spät und sie wollte im Hotel noch einige Telefonate führen. Als sie an Marchand vorbeiging, streifte sie leicht seine Schulter und flüsterte: »Sehen wir uns noch?«

Leon nickte verlegen und die attraktive Amerikanerin rauschte zufrieden davon.

Plötzlich stand Boris Sorkin neben ihm. Der Major schwieg zunächst, dann räusperte er sich und sagte völlig wertfrei: »Sie sollten aufhören, mit dieser Frau zu schlafen. Das trübt Ihr Urteilsvermögen, mein Freund.«

Marchand wollte etwas erwidern, aber der Russe war schon verschwunden. Der Leiter des BAS fühlte sich wie ein unartiges Kind, das man gerade mit den Fingern in der Keksdose ertappt hatte.

Als Marchand in dieser Nacht das Hotelzimmer von Catherine Smith verließ, bemerkte er nicht, dass er dabei beobachtet wurde. Hester Miller, die ihre Suite gegenüber hatte, linste mit einem Stirnrunzeln durch den Türspion. Ein leises Seufzen entschlüpfte ihren Lippen, als sie dachte: *Das wird die Angelegenheit nicht einfacher machen.*

30. Mai, Gegenwart, nachmittags

Hester stürmte gefolgt von Catherine in den Raum, der mittlerweile zu ihrem zweiten Zuhause geworden war. Sorkin und das Team des BAS waren bereits versammelt.

»Ich denke, wir haben etwas!«, sagte Hester Miller nun aufgeregt und ohne lange Vorrede. »*Das Licht des Todes!*«

Marchand schnappte sich die Aktenmappe, die die Amerikanerin mit Schwung auf den Tisch geknallt hatte.

Mit wenigen Handgriffen schloss sie ihren Laptop an den großen Monitor an und öffnete eine Datei. Für alle sichtbar erschien nun das Konterfei eines Mannes auf dem Bildschirm. Der Typ war um die sechzig und hatte ein teigiges Gesicht. Seine Backen hingen wie die Lefzen eines alten Jagdhundes nach unten und die wenigen rötlichen Haare klebten an dem großen runden Kopf. Seine Augen verschwanden fast zwischen den Fettwülsten. Über seiner Oberlippe prangte eine seltsame Narbe, so als hätte man irgendwann einmal versucht, ihm die Nase abzuschneiden.

»Mein Gott, wer ist das?«, fragte Jone leicht entsetzt.

»Das«, antwortete Hester nun triumphierend, »ist unsere heiße Spur. *Sir Randolph Baxter*. Wobei das ›Sir‹ nicht echt ist, eher ein Spitzname.«

»Sir Randolph Baxter, Brite, lebt zurzeit in Marokko und ist seines Zeichens Waffen- und Drogenhändler«, ergänzte Catherine sachlich, lehnte sich dabei lässig auf ihrem Stuhl zurück und schlug anmutig ein Bein über das andere.

Marchand versuchte, sie nicht zu beachten, sondern lenkte seine ganze Aufmerksamkeit auf die Akte vor sich. »Wie passt der Mann bei uns rein?«

Hester ergriff wieder das Wort: »Baxter handelt mit allem, was illegal ist. Vorzugsweise mit Waffen und Drogen. Wie Sie vorgeschlagen haben, ließen wir eine großflächige Recherche laufen und landeten einen Treffer. Dieser Mann soll laut unseren Informationen etwas auf den Markt gebracht haben, das den Namen ›Licht des Todes‹ trägt.«

»Wow!«, rief Gerrit aus und auch Jone und Marchand waren beeindruckt.

Nur Sorkin zeigte keinerlei Begeisterung. Dafür fragte er nun ungläubig: »Und Sie sind sicher, dass das etwas mit unserer Untersuchung zu tun hat?«

Fast beleidigt blickte Hester in seine Richtung. »Wie meinen Sie das?«

»Sie sagten ›Licht des Todes‹, nicht ›Todlicht‹. Und überhaupt, wie soll dieser Mann an die Ladung von U-9881 gekommen sein?«

Die junge Frau sah nun Hilfe suchend zu Catherine, die jedoch nicht reagierte.

Hester wirkte ein wenig halsstarrig, als sie ihre Theorie rechtfertigte. »Spielt der *exakte* Name denn wirklich so eine Rolle? Entscheidend ist doch, dass das eine Spur sein könnte. Wir wissen nicht, wo das U-Boot seinerzeit gelandet ist – warum also sollten wir Randolph Baxter als möglichen Besitzer ausschließen?«

»Das ist wahr«, mischte sich Jone ein. »Selbst wenn dieser Mann nicht das U-Boot hat, kann es ihm vielleicht gelungen sein, an die Ladung zu kommen.«

»Genau«, fuhr Hester fort. »Und das ist noch nicht alles!« Dieses Mal konnte sie sich ein triumphierendes Grinsen in Richtung Sorkin nicht verkneifen. »Es gibt vielleicht eine Verbindung zu Nordkorea.«

Daraufhin pfiff Gerrit anerkennend und fing sich dafür von Marchand einen tadelnden Blick ein.

»Was für eine Verbindung?«, blaffte dieser ungeduldig. Er war unzufrieden mit dem Verlauf ihrer Ermittlungen. Bisher hatte er als Leiter des BAS und dieser Taskforce kaum etwas beisteuern können. Im Gegenteil, er war zerstreut und ständig mit seinen Gedanken woanders. Das musste sich dringend ändern. »Was für eine Verbindung?«, wiederholte er.

Hester überging seinen schroffen Ton. »Sir Randolph Baxter war 1996 in Atlanta, USA, bei den Olympischen Sommer-Spielen.«

»*Der* fette Kerl?«, sagte Gerrit überrascht.

»Oh, der Mann war und ist ein begnadeter Schütze. Aber er trat damals nicht aktiv auf, sondern als einer der englischen Kotrainer. Jedenfalls gab es während den Spielen Kontakt zur nordkoreanischen Delegation.«

»Das ist alles? Ein kurzes Zunicken zwischen Sportlern in der Umkleidekabine? Darauf beruht Ihre Spur?« Sorkin sprach aus, was Marchand dachte.

»Zugegeben, das ist dünn, aber trotzdem nicht ausgeschlossen. Bei solchen Veranstaltungen reisen immer eine Menge Sicherheitsleute mit«, antwortete Hester. »Nehmen wir nur für eine Minute an, dass damals ein Kontakt entstanden ist. Baxter hat womöglich die Reise benutzt, um sein Geschäft aufzubauen und erste Kunden zu akquirieren. Heute ist er jedenfalls dick im Geschäft und seine Klienten sind entweder Diktatoren oder Junkies.«

»Woher haben Sie die Information über das ›Licht des Todes‹?«, fragte Marchand nun unvermittelt. Dabei sah er nicht auf, sondern heftete seinen Blick immer noch auf die wenigen Notizen in der Akte.

Hester kam ins Stottern: »Das sind Informationen von der NSA. Mehr weiß ich leider selbst nicht.«

Marchand stöhnte: »Und wie zuverlässig sind diese Informationen?«

»Die CIA nimmt sie ernst, gibt jedoch keine Garantien ab.«

KAPITEL 7

1750-1800 n. Chr.: Durch die Erfindung des Schwarzpulvers wurde der Einsatz von Raketen möglich. Die Chinesen haben im Krieg gegen die Mongolen bereits im Jahr 1232 solche Flugkörper benutzt, jedoch fand man erst einige Hundert Jahre später eine mehr oder wenige regelmäßige Verwendung für diese Fernwaffen. Bis zum heutigen Tag sind Raketen ein fester Bestandteil der Kriegsführung. Es gibt sie in verschiedenen Größen und Ausführungen - vom raketengetriebenen Geschoss bis hin zu Interkontinentalraketen mit nuklearen Sprengköpfen.

Flug nach Marokko – 31. Mai, Gegenwart, abends

Gerrit saß angespannt im Flieger Richtung Marokko. Alles war sehr schnell gegangen, sie hatten schließlich keine Zeit zu verlieren. In Casablanca würde ihnen der marokkanische Geheimdienst dabei helfen, Kontakt mit Baxter aufzunehmen. Die Marokkaner wussten genau, wer Sir Randolph war und was er tat. Offensichtlich hatten sie bisher aber keinen Grund gehabt, ihn auszuweisen. Trotz allem stand er unter Beobachtung.

Marchand war von Gerrits Einsatz keinesfalls begeistert gewesen. Ähnlich hatte es auch Sorkin gesehen, der sich daher, sogar mit Catherines ausdrücklicher Zustimmung, angeboten hatte, die Mission selbst zu übernehmen.

Gerrit hatte dagegen gehalten: »Ein Mann wie Baxter würde das zu schnell durchschauen. Wer weiß: Vielleicht sind Sie, Major, ihm sogar bekannt?« Nach langem Hin und Her hatte man sich schließlich darauf geeinigt, dass ein unbekanntes Gesicht besser wäre.

»Denken Sie daran: Wenn Sie enttarnt werden, bringt Sie der Mann um«, waren die wenig ermutigenden Abschiedsworte des Russen gewesen.

In einer Stunde würde Gerrit in Casablanca landen.

Nordkorea – 31. Mai, Gegenwart, abends

Es war wie Fliegen. Der alte Mann erinnerte sich an seine Kindheit. Er und die anderen Jungen des Dorfes waren im Sommer von den Klippen gesprungen. Das war nicht ungefährlich gewesen, aber der dringende Wunsch, die Mutprobe zu bestehen, ließ keine Zeit für Vorsicht. Dieser Sprung damals hatte ihn viel Kraft gekostet. Mit seinen fünf Jahren war er kleiner und schmächtiger als die anderen Kinder gewesen. Aber er hatte es trotzdem gewagt. Der Weg nach unten schien sich unendlich hinzuziehen, genau so wie heute, siebzig Jahre später.

Wie viele Stockwerke lagen nun schon hinter ihm? Er sah die Bürotüren, die weißen Wände und die Statue des ehemaligen Staatsoberhauptes. Seine Hände umklammerten den Besenstiel. Hätte er doch nur den Mund gehalten und seine Augen und Ohren verschlossen. Was hatte es ihn zu kümmern, wer in welchem Büro herumschlich? Aber für solche Überlegungen war es nun zu spät.

Das Meer hatte damals wie eine dunkle, glitzernde Höhle vor ihm gelegen und er hatte das kühle, einladende Nass schon vor dem Eintauchen auf der Haut gespürt.

Dieses Mal war es anders. Der weiße Marmor schien nicht gewillt, den Aufprall zu mildern. Hart schlug der Mann auf dem Boden auf. Knochen brachen und der Tod trat sofort ein.

Der zerschmetterte Körper lag nun eigenartig verrenkt in der großen Halle. Der Besenstiel war immer noch von einer Hand fest umschlossen, langsam floss dunkelrotes Blut über die schneeweißen Fliesen.

Schritte waren zu hören, dann folgten Rufe. »Der Hausmeister ist gestürzt, wir brauchen einen Arzt!«

Einige Türen öffneten sich. Um diese Zeit waren nur noch wenige Menschen in dem acht Stockwerke hohen Gebäude mit der Glaskuppel.

Die Büros waren spiralförmig angeordnet und von der Halle, in der jetzt die Leiche lag, konnte man direkt bis zum durchsichtigen Dach sehen. Ganz oben, im achten Stock, spähte jemand über die Brüstung, verbarg sich aber dann sofort wieder in einer dunklen Nische.

Oberst Yun wischte sich den Schweiß von der Stirn. Das kleine Wägelchen mit den Reinigungsutensilien stand verwaist neben ihm. Mit zitternden Händen tastete der Oberst nun seine Jacke ab und fischte ein Taschentuch heraus. Er musste sich beruhigen, die anderen durften ihm seine Gefühle nicht anmerken. Mit schnellen Schritten schlüpfte er ins Treppenhaus und konnte unbemerkt im vierten Stock, wo sein Büro lag, wieder auf die Galerie treten. Er sah nach unten. Mittlerweile hatte sich eine Gruppe Menschen um den Körper geschart. Im achten Stock öffneten sich die Aufzugtüren, dann rief jemand: »Hier stehen noch seine Putzsachen, er muss über das Geländer gestürzt sein!«

Oberst Yun atmete durch. Wenn er Glück hatte, würde sich niemand die Mühe machen, diese Version anzuzweifeln.

Marokko, Casablanca – 1. Juni, Gegenwart

Gerrit war am Vortag angekommen. Sein Hotel lag direkt am Meer neben zahlreichen anderen Ferienunterkünften für Touristen und ausländische Geschäftsreisende. Casablanca war eine der marokkanischen Handelsmetropolen, vieles hier mutete sehr westlich an. Im Großen und Ganzen konnte man von einer gelungenen Kombination aus Tradition und Moderne sprechen.

Gerrit machte sich auf den Weg. Da Französisch neben Arabisch Amtssprache war, hatten die meisten Hotelangestellten einen leichten Akzent, wenn sie Englisch redeten. Das erinnerte den jungen Mann daran, sich bei Marchand zu melden. Sie hatten vereinbart, alle fünf Stunden in Kontakt zu treten.

Der junge Brite war quasi auf sich alleine gestellt – der marokkanische Geheimdienst würde vorerst im Hintergrund bleiben und vor allem Informationen liefern. Darum hatte man sich auch dafür entschieden, Gerrit nicht offiziell zu begrüßen. Heute Morgen sollte er sich zur »Hassan-II.-Moschee« begeben, dort wollte man mit ihm Kontakt aufnehmen.

Der Taxifahrer, den das Hotel gerufen hatte, brachte ihn ohne Umwege zum Ziel. Obwohl Gerrit nicht zum Sightseeing hier war, musste er kurz innehalten und den prächtigen Bau bewundern. Das Minarett ragte über zweihundert Meter in die Höhe. Der helle Boden um das Gebäude herum glänzte in der Sonne und das dunkle Grollen des Atlantiks ließ diesen Ort noch beeindruckender erscheinen.

Gerrit folgte den Touristen, die zum Eingang drängten. Man bot hier Führungen in verschiedenen Sprachen an. Die größte Gruppe stand unter dem Schild »English«, aber auch die Franzosen waren zahlreich vertreten. Die Italiener waren zu zehnt und es gab sogar ein deutsches Ehepaar, dem nun ein exklusiver Rundgang bevorstand.

Als sich die »English-Speaker« in Bewegung setzten, schloss sich Gerrit an. Er hielt sich weiter hinten, konnte aber den marokkanischen Fremdenführer sehr gut verstehen. Die Größe der Innenräume war gewaltig, über 20.000 Menschen fanden hier Platz.

»Man kann das Dach öffnen!«, sagte plötzlich jemand neben ihm. Der Mann trug ein typisch marokkanisches Gewand und lächelte dem BAS-Mitarbeiter zu.

»Ich bin Ihr Fahrer.« Während er sprach, zeigte er unauffällig seinen Ausweis. »Nennen Sie mich Alim.«

Gerrit stellte sich ebenfalls vor und betrachtete sein Gegenüber neugierig. Alim war ungefähr im gleichen Alter wie er selbst, etwas kleiner, hatte humorvolle Augen und einen dunklen Teint.

»Wir sollten die Führung mit zu Ende machen«, schlug er jetzt vor und sie folgten den anderen durch die riesigen Hallen mit den kunstvollen Ornamenten.

»In Moscheen gibt es keine Bilder«, sagte Alim, so als hätte Gerrit danach gefragt. »Bilder lenken die Gläubigen beim Beten ab, daher die Ornamente.«

Gerrit nickte und zuckte kurz zusammen, als um ihn herum ein Blitzlichtgewitter entstand. Man hatte eben den Besuchern gestattet, zu fotografieren.

Wieder schaltete sich Alim ein: »Wir freuen uns, wenn die Touristen Erinnerungsfotos mit nach Hause nehmen. Dieser Ort ist viel zu schön, als dass man ihn vor der Welt verstecken könnte.«

Eine halbe Stunde später saß Gerrit mit Alim in einem roten Kleinwagen. Ähnliche hatte er schon am Morgen gesehen.

»Das sind Taxis. Sie können Sie einfach herwinken und sich dann fahren lassen. Achten Sie aber auf den Preis, der wird nämlich ausgehandelt.« Sein Begleiter grinste vielsagend und der junge Brite verstand.

Um in Ruhe sprechen zu können, fuhren sie an die Küste.

Alims Gesichtsausdruck wurde ernst, als er schließlich sagte: »Sie wollen sich also tatsächlich mit Sir Randolph Baxter treffen?«

»Ich habe keine Wahl, die Angelegenheit ist zu wichtig«, antwortete ihm Gerrit.

Der Marokkaner sah ihn lange an. Sein Blick war besorgt und er seufzte traurig. »Ich hoffe, Sie wissen, auf was Sie sich einlassen.«

Nordkorea – 1. Juni, Gegenwart

Oberst Yun versuchte, sich auf seine Arbeit zu konzentrieren. In der Behörde herrschte Aufregung. Vor wenigen Tagen hatte man einen Spion enttarnt, wie es hieß. Die Nachricht machte ihn nervös. Heute Morgen war der offizielle Bericht eingetroffen. Natürlich ohne zu erwähnen, nach was der vermeintliche Staatsfeind eigentlich gesucht und wo diese Enttarnung stattgefunden hatte. Die Formulierungen waren allgemein gehalten und gespickt mit Propaganda.

Der Oberst war wütend. Man hatte die Leiche eines jungen Mannes namens Chin gefunden. Sie war ans Ufer gespült worden, von Einschusslöchern durchsiebt. In dem Bericht stand, dass er über das Meer hatte fliehen wollen.

Wieder fehlte die Angabe, an welchem Küstenabschnitt sich dieses Drama ereignet hatte. Vielleicht hatte jemand am Ufer als Fluchthelfer bereitgestanden? Im Nachhinein ließ sich lediglich feststellen, dass dieser junge Mann für Devisen bereit gewesen war, sein Leben zu riskieren. Viel mehr Informationen gab es nicht, dafür deutliche Warnungen: Jeder Feind der Nation würde rücksichtslos verfolgt werden.

Oberst Yun verzog das hagere, fast asketische Gesicht. Er war ein hochgewachsener Mann Ende dreißig. Wie viele seiner Landsleute hatte er versucht, beim Militär Karriere zu machen. Anfangs war es nicht schlecht für ihn gelaufen. Er war ein treuer Anhänger der Partei und des Systems gewesen. So hatte man ihn erzogen, das war das, was er kannte.

Wenn man ihn fragen würde, wann sich für ihn etwas geändert hatte, wäre er nicht in der Lage, eine präzise Antwort zu geben. Der Begriff »schleichender Prozess« kam ihm in den Sinn.

Es waren so viele Begebenheiten gewesen, nicht alle dramatisch, aber in ihrer Gesamtheit beunruhigend. Degradierungen bei Widerworten und Strafversetzungen kompetenter Kollegen waren schon schlimm genug, aber manchmal verschwanden Menschen auch einfach. Die Hinrichtung eines Freundes, der zu kritisch gewesen war, hatte das Fass dann zum Überlaufen gebracht. Während andere wegsahen und jegliche Zweifel unterdrückten, wurde Oberst Yun aufmerksamer. Als er dann bei seiner letzten Dienstreise nach China von einem Russen angesprochen worden war, kam eines zum anderen. Man bat ihn, die Augen und Ohren offen zu halten. Geld hatte er übrigens strikt abgelehnt.

Dann war er vor wenigen Tagen kontaktiert worden. Es ging um Explosionen und um ein Projekt namens »Todlicht«. Der Oberst wusste sofort, dass das keine Lügen waren. Auch wenn er, verglichen mit anderen, nur ein unbedeutendes Mitglied der Armee war – er arbeitete im Innendienst für die Abteilung Materialbeschaffung –, hatte er doch bemerkt, dass irgendetwas vor sich ging. Sicherheitsstufen waren erhöht worden, es gab zusätzliche Kontrollen und Überprüfungen, und die letzten Inspektionsreisen des Staatsoberhauptes waren, angeblich wegen einer Grippe, abgesagt worden.

Der Oberst war also alarmiert gewesen und bereit, mehr darüber herauszufinden.

Gestern Abend hatte er einen unschuldigen, neugierigen Mann töten müssen. Yun versuchte, das Gesicht des alten Hausmeisters zu vergessen. Dessen Blick, als er ihn über das Geländer warf, ließ ihn einfach nicht los. Blieb nur zu hoffen, dass die Sache dieses Opfer wert war.

Jedenfalls hatte er eine Spur gefunden, doch ihr nachzugehen, würde nicht einfach werden. Denn dazu musste er sich erneut Zugang zum achten Stock verschaffen. Wenn ihn der Hausmeister nicht unterbrochen hätte, dann wüsste er sicher längst mehr über diese geheimnisvollen Explosionen, die die Russen für gefährliche Waffentests hielten.

Marokko – 1. Juni, Gegenwart, abends

Alim hatte seinen britischen Gast am Abend in eines der marokkanischen Spezialitätenrestaurants geführt. Hier wollte er ihm Sir Randolph Baxter vorstellen.

Die Inneneinrichtung des Lokals war einem Beduinenzelt nachempfunden, so wie man es aus alten Monumentalfilmen kannte. Eine Bauchtänzerin bewegte sich verführerisch zu arabischer Musik und schlängelte ihren Körper an den Gästen vorbei. Das Publikum war gemischt, aber überwiegend schienen hier Ausländer zu verkehren. Es war warm und die Luft stickig. Am Nebentisch rauchte jemand eine dicke Zigarre und der Dampf der Wasserpfeifen zog wie feiner Nebel über die weichen Sitzpolster.

Gerrit aß kaum von seiner Tajine, einer Art Schmortopf. Er war zu nervös.

»Denken Sie daran, dass mich Baxter für einen bestechlichen Beamten hält, der sich gerne ein paar Dirham dazuverdient. Seien Sie in seiner Gegenwart nicht zu freundlich zu mir, ich bin nur ein Handlanger.«

Gerrit hatte verstanden. Alim war es gelungen, sich im Dunstkreis dieser schillernden Figur aufzuhalten, ohne Misstrauen zu erwecken. Gelegentlich erwies er Baxter eine Gefälligkeit. Nichts Bedeutsames, nur so viel, um Einblick in dessen kriminelle Organisation zu bekommen.

Dabei interessierten sich die Marokkaner besonders für die Drogengeschäfte. Jedenfalls wollte Alim Sir Randolph heute einen neuen Kunden präsentieren. Gerrit sollte auf diese Art herausfinden, was es mit dem »Licht des Todes« auf sich hatte.

»Sie müssen sich entspannen«, zischte ihm Alim zu. »Baxter ist ein Bluthund, der riecht Ihre Angst auf zehn Kilometer Entfernung.«

Der junge Brite wollte entrüstet widersprechen, überlegte es sich dann aber anders und sagte stattdessen: »Vielleicht taucht er heute gar nicht auf.«

Alim grinste und lehnte sich zurück. »Keine Sorge, der kommt. Der Mann hat seine festen Gewohnheiten.«

Wie zur Bestätigung wurde in diesem Augenblick geräuschvoll die Tür des Lokals aufgestoßen, und zwei Männer in schwarzen Anzügen betraten den Raum. Ein Kellner lief eilfertig auf die beiden zu und verbeugte sich mehrmals.

»Ah, es scheint loszugehen!«, raunte Alim seinem Gast zu.

Die Bediensteten schwirrten wie fleißige Bienen hin und her. Auf einer Empore wurden zusätzliche Kissen aufgeschichtet und Tische gerückt. Der Oberkellner brachte ein silbernes Tablett mit einer Karaffe, dann erschien endlich der berüchtigte Randolph Baxter – flankiert von weiteren Männern in schwarzen Anzügen und vier jungen Damen in teuren Pelzen. Gerrit kannte den Mann ja bereits von den Fotos, aber ihn jetzt so in natura zu sehen, war noch einmal etwas anderes. Sir Randolph betrat den Raum, als würde ihm die ganze Welt gehören. Seine Gesten waren großkotzig und zeugten von unglaublicher Arroganz. Der jungen Bauchtänzerin tätschelte er im Vorbeigehen mit seinen kurzen dicken Fingern den Hintern. Dann hievte sich der mindestens zweieinhalb Zentner schwere Engländer die wenigen Stufen zu seinem Sitzplatz empor. Dort ließ er sich schwitzend auf die vorbereiteten Kissen fallen und thronte nun breitbeinig zwischen seinen Begleiterinnen.

Der Kellner schenkte ihm von der samtenen Flüssigkeit aus der Karaffe ein und Baxter griff herrisch nach dem Glas.

Dann wedelte er ungeduldig mit der fetten Hand, um dem Bediensteten zu verstehen zu geben, dass der nun gehen könnte. Der Kellner verbeugte sich und verschwand.

Randolph Baxter mochte zwar einen trägen und unbeweglichen Körper haben, aber ein Blick in seine kleinen Knopfaugen verriet den wachen Geist hinter dieser gewaltigen Körpermasse.

Gerrit wusste nicht, was ihn mehr einschüchterte: Der scheinbar scharfe Verstand des Mannes oder die Grausamkeit, die dieser Kerl ausstrahlte. Noch nie zuvor hatte der BAS-Mitarbeiter jemanden mit einem solch widerlichen Grinsen gesehen. Jedes Mal, wenn Baxter das Gesicht zu einem Lächeln verzog, glich es einer dämonischen Fratze. Nicht zuletzt war es die Narbe auf der Oberlippe und seine kleinen spitzen Zähne, die fast komplett vom roten Zahnfleisch überdeckt wurden, die ihn aussehen ließen wie einen angreifenden Hai.

Außerdem fiel Gerrit auf, dass der Mann sich auf übertriebene, fast schon alberne Art und Weise mit teurem Schmuck ausstaffiert hatte. Nicht zu übersehen waren der handtellergroße Chronograf und die breiten goldenen Ringe an seinen dicken Fingern. Diamantenbesetzte Manschettenknöpfe zierten das kostbare Seidenhemd, das bereits die ersten Schwitzflecken abbekommen hatte. Die Schuhe waren vermutlich italienisch und eine Maßanfertigung. Aber die Krönung war die schwere Goldkette, die Baxter um den Hals trug und deren massive Glieder sich in dem üppig aus dem Hemd quellenden, rötlichen Brusthaar des Mannes regelrecht vergruben.

»Hören Sie auf, ihn anzustarren!«, zischte Alim und Gerrit drehte sich mit einem leisen Ächzen um. Keinem Foto und keiner Beschreibung wäre es je gelungen, Baxters gefährliches Wesen auch nur annähernd wiederzugeben, man musste ihn selbst erlebt haben.

Nordkorea – 1. Juni, Gegenwart, abends

Oberst Yun war kein Mensch, den man leicht manipulieren konnte oder der sein Fähnchen in den Wind hing. Die meisten, die ihn kannten, hätten ihn als stillen, bescheidenen Typ beschrieben. Als jemanden, der immer mit Bedacht agierte und sich die Worte, die er aussprach, vorher gründlich überlegte.

Der Russe, der ihn aktiviert hatte, musste sich keiner großen Überredungskünste bedienen. Letzten Endes hatten die Tatsachen die Entscheidung leicht gemacht. Weder Geld noch Ruhm beanspruchte der koreanische Oberst für sich. Ihm ging es einzig und allein um das Wohl Nordkoreas. Über die Jahrhunderte hatten die Koreaner ständig unter dem Einfluss ausländischer Mächte gestanden. Die lange Kolonialzeit hatte das Land geprägt. Er wünschte sich die Wiedervereinigung. Natürlich war ihm klar, dass sich die beiden Landesteile vollkommen unterschiedlich entwickelt hatten. Nach dem Zweiten Weltkrieg verwalteten die Amerikaner den Süden und die Russen agierten im Norden.

Oberst Yun fürchtete eine Wiederholung der Geschichte. Er wollte keinen Krieg. Aber genau das könnte schnell passieren, wenn die anderen Nationen weiterhin glaubten, die Führung in Nordkorea würde geheime militärische Tests durchführen und eine neue, bedrohliche Massenvernichtungswaffe produzieren. Er musste alles in seiner Macht Stehende tun, um eine blutige Auseinandersetzung zu verhindern.

Wie hatte der Russe damals in Beijing zu ihm gesagt? »Schließlich müssen wir den Staat schützen, wenn nötig auch vor sich selbst!«

* * *

Der Tod des Hausmeisters war für die Angestellten der Behörde ein bedauerlicher Zwischenfall. Momentan galt ihre Aufmerksamkeit ganz und gar dem tragischen Ende des alten Mannes. Nicht wenige der Mitarbeiter machten sich die Mühe, zum achten Stockwerk hinaufzusteigen. Selbstverständlich benutzten sie die Treppe.

Es wäre unschicklich gewesen, mit dem Aufzug zu fahren, der schließlich nur für dienstliche Belange zur Verfügung stand. Trotzdem trieb sie irgendetwas hinauf und veranlasste sie dazu, ihren Kopf gefährlich weit über die Brüstung zu recken. Der eine oder andere warf sogar kleine Papierkügelchen nach unten und verfolgte deren Flugbahn. Vermutlich stellten sie sich beim Blick in den Abgrund mit einem Schaudern vor, wie es wohl wäre, hinabzustürzen, ohne die geringste Chance auf Rettung.

Für Oberst Yun bedeutete dieses plötzliche Interesse an der obersten Etage jedoch erhebliche Störungen seiner eigenen Pläne, hatte er doch einen Hinweis bezüglich eines Projekts mit dem Namen »Todlicht« gefunden. Um diesen aber weiter verfolgen zu können, musste er nochmals in den achten Stock, dieses Mal jedoch in das Büro der stellvertretenden Leiterin.

Yun wartete wieder bis zum Abend. Mit einer lauten Beschwerde über den unaufgeräumten Eingangsbereich verabschiedete er sich vom Personal an der Pforte. Erfahrungsgemäß blieben den Menschen unerfreuliche Ereignisse länger im Gedächtnis als glückliche Momente. Folglich hatte er sich auch für Kritik und nicht für freundliches Lob entschieden. Der erste Schritt war getan. Man würde später bestätigen, dass er das Gebäude verlassen hatte. Nun musste er nur wieder zurück, und zwar unbemerkt. Allerdings war das nicht wirklich ein Problem. Er kannte die Gewohnheiten der Wachleute am Empfang und so schlüpfte er eine halbe Stunde später geschickt am Tresen vorbei, als die beiden gerade damit beschäftigt waren, eine Teepause zu machen.

Um diese Zeit war nur noch eines der Schreibbüros besetzt, sozusagen ein Notdienst. Die anderen Mitarbeiter waren bereits nach Hause gegangen.

Während er angespannt die vielen Stufen nach oben stieg, dachte er daran, was für eine fabelhafte Sache die Bürokratie einer Planwirtschaft doch sein konnte. Was er sonst immer verflucht hatte, war jetzt ein hilfreicher Verbündeter.

Seine Behörde war für die Beschaffung und Verteilung von Gütern an das Militär und dessen Einrichtungen zuständig. Während er im vierten Stück so banale Dinge wie Stiefel und Hosen für die Soldaten organisierte, wurden ganz oben »Sonderprojekte und Forschungsanlagen« ausgestattet. Somit war es nur logisch, dass auf einem der vielen Formulare auch das gesuchte Projekt Todlicht auftauchen würde. Er musste also nur den grünen, roten oder blauen Durchschlägen folgen, um auf weitere Informationen zu stoßen.

Am Büro der stellvertretenden Leiterin angekommen, glaubte Yun, seinen eigenen Herzschlag zu hören. Als er das Zimmer betrat, stieß er auch noch geräuschvoll gegen einen Stuhl und hätte am liebsten laut geflucht. Mit angehaltenem Atem lauschte er in den Gang und wartete auf das Geräusch von Schritten, aber erfreulicherweise passierte nichts.

Mit wenigen Handgriffen hatte er den wackeligen Aktenschrank geöffnet. Das Ablagesystem kannte er gut genug, deshalb wurde er auch sofort fündig. Und wieder hatte ihn ein banales Formular weitergebracht. Er wusste jetzt, wer der Sicherheitsbeauftragte des Projekts war, und fand auch dessen Büroadresse hier in der Hauptstadt. Offensichtlich saß der Mann in einem der Verwaltungsgebäude auf dem Universitätsgelände. Yun war sehr mit sich zufrieden, schloss den Schrank und wollte gerade die Tür öffnen, als er laute Stimmen hörte.

»Ich bin gleich wieder hier, ich muss nur schnell noch eine Akte heraussuchen.«

Oberst Yun geriet in Panik. Das war die stellvertretende Leiterin und offensichtlich war die Frau nicht alleine. Grimmig starrte er zur Tür. Was sollte er nur tun? Er konnte sie und ihre Begleitung nicht einfach über die Brüstung werfen. Fieberhaft dachte er darüber nach, welche Entschuldigung er für sein Hiersein anbringen könnte. Aber da Oberst Yun die Frau nur vom Sehen kannte, war das schwierig. Die Schritte näherten sich, er vernahm lautes Getrampel. *Das passt ja!*, dachte Yun automatisch, denn die Frau war nicht gerade für ihre Eleganz bekannt.

Der Oberst war unfähig, eine vernünftige Lösung zu finden. In seiner Panik kamen ihm nur wirre Gedanken. Hektisch blickte er sich im Raum um. Plötzlich schoss eine Erinnerung durch seinen Kopf. Das Wummern schwerer Schuhe kam noch ein Stück näher.

Das Schiebefenster!, dachte er verzweifelt, rannte darauf zu, schob die Scheibe zur Seite und sprang, ohne zu zögern, durch die Öffnung.

Marokko, Casablanca
1. Juni, Gegenwart, abends

Gerrit hatte die letzten zwei Stunden vermieden, einen Blick in Richtung Randolph Baxter zu werfen. Alim bemühte sich um leichte Konversation und erzählte seinem Gast vom Königreich Marokko und den Veränderungen der letzten Jahre. Der Engländer hörte nur mit halbem Ohr zu.

Marchand und Sorkin hatten ihn gebrieft und versucht, auf diese Situation vorzubereiten. Er würde noch nicht einmal komplizierte Lügen erzählen müssen, trotzdem schien jetzt nichts mehr so einfach, wie es sich in Brüssel angehört hatte.

Randolph Baxter saß immer noch auf seinem Platz. Mittlerweile hatte er ein umfangreiches Abendessen zu sich genommen und intensiv dem Alkohol zugesprochen. Zwischendurch hörte man von ihm ein heiseres Röcheln, anders konnte man das ätzende Geräusch, das Baxters Lachen verursachte, nicht beschreiben.

Alim lächelte seinem Gegenüber aufmunternd zu. »Ich denke, ich kann jetzt meine Aufwartung machen!«

Gerrit nickte und trank einen großen Schluck Wasser, dabei dachte er an Sorkins Ratschläge. »Wenn Sie nicht trinkfest sind, dann trinken Sie nicht, schon gar nicht mit einem Typen wie Baxter!«

In diesem Moment bereute der junge Brite, dass er sich so vehement für diesen Einsatz angeboten hatte. Nicht ohne Neid stellte er sich den Major vor, der vermutlich die ganze Sache lässig und mit einem traumhaften Ruhepuls durchgestanden hätte.

Als ihm Alim auf die Schulter tippte, zuckte er zusammen.

»Er möchte Sie kennenlernen. Bleiben Sie einfach ganz ruhig.«

Mit weichen Knien folgte Gerrit dem Marokkaner an den Tisch des Waffen- und Drogenhändlers. Aus der Nähe sah der noch abstoßender aus.

»Mein Freund Alim sagte mir, dass Sie auch Brite sind?«, fragte Baxter scheinbar interessiert.

Gerrit räusperte sich und nickte.

»Setzen Sie sich, trinken Sie etwas mit mir! Alim, mein Freund, wir sehen uns sicher später noch.«

Baxter schien trotz des vielen Alkohols vollkommen klar. Weder war seine Aussprache schleppend, noch gab er unzusammenhängende Sätze von sich. Nach der unvermittelten Verabschiedung von Alim zeigte er sich die ganze Zeit über freundlich – aber der Schein trog, denn nichts davon war ernst gemeint. Kurz nachdem sich der Marokkaner zurückgezogen hatte, gab Baxter den kichernden Damen um sich herum ein Zeichen und die vier verschwanden artig auf die Toilette.

Sir Randolph lehnte sich behaglich in seinen Kissen zurück. Das Seidenhemd spannte über dem dicken Bauch und der Reißverschluss seiner Hose stand halb offen. Aus einer Schale fischte er umständlich eine Dattel, die er sich genüsslich in den Mund steckte. Unappetitlich kaute er darauf herum, bis er den abgelutschten Kern wieder zwischen den dicken Lippen hervorzog. Er bedeutete Gerrit, sich einen Schluck Whisky einzuschenken, und prostete seinem Gast zu.

Es vergingen mehrere Minuten, bevor Baxter wieder zu sprechen begann.

Eine weitere Dattel lutschend sagte er: »Sie wollen also bei mir einkaufen.«

Es klang belustigt, aber das Haifischgrinsen ließ nicht den geringsten Zweifel daran, dass Baxter in Wahrheit keinerlei Sinn für Humor hatte.

Gerrit nahm all seinen Mut zusammen, dachte an die tote Lim Sang und ihren Bruder und versuchte, so gelassen wie möglich zu antworten: »Sir Randolph, wir sind keine Schuljungen, die sich gegenseitig erst noch abschätzen müssen. Ich habe einen Käufer, der sich für etwas interessiert, das Sie angeblich beschaffen können. Wenn das so ist, dann werde ich Ihnen ein Geschäft vorschlagen. Wenn nicht, dann trinke ich nur noch diesen entsetzlich guten Scotch aus und Sie sehen mich nie wieder.«

Damit griff er ebenfalls in die Schale mit den Datteln, angelte nach einer der Früchte und hoffte, dass er es mit den coolen Sprüchen nicht übertrieben hatte.

Baxter schwieg und bohrte förmlich seine grausamen Augen in Gerrits Gesicht. Mit einem Mal erklang wieder sein typisches Röcheln und er schlug sich auf den breiten Oberschenkel. »Mein lieber Freund, Sie sind entweder verdammt gerissen oder verdammt dumm, aber das amüsiert mich. Also los, ich gebe Ihnen fünf Minuten. Was wollen Sie von mir und wer sind Sie?« Den letzten Satz sprach der Mann weniger freundlich, sondern eher bedrohlich aus.

»Ich bin im Auftrag einer Organisation hier, die sich für eines Ihrer *Produkte* interessiert. Es geht um etwas, das als das ›Licht des Todes‹ bekannt ist.« Gerrit glaubte, für einen Moment eine Regung auf Baxters Gesicht wahrzunehmen, aber dann erstarrte es wieder und wurde zu einer undurchdringlichen Maske. Der BAS-Mitarbeiter sprach schnell weiter: »Ich kann Ihnen nicht sagen, wer meine Auftraggeber sind. Aber vielleicht so viel: Wir sind keine fanatischen Spinner.«

»Nein, natürlich nicht. Wer ist das schon«, antwortete Baxter so, als spräche er mit einem kleinen Kind. »Wir müssen alle nur tun, was wir tun müssen.«

»Meine Auftraggeber zahlen gut, sogar sehr gut.«

Sir Randolph winkte ab. »Geschenkt! Das ist schließlich das Mindeste, was man von einem Kunden erwarten kann.«

Gerrit wollte sich weiter erklären, so wie es ihm Marchand geraten hatte, aber dazu kam er nicht mehr, denn Baxter unterbrach ihn: »Ich befürchte, ich kann in dieser Angelegenheit nichts für Sie tun.«

Der BAS-Mitarbeiter war unschlüssig. Sollte er den Mann weiter bedrängen oder einfach gehen?

»Sie finden zurück an Ihren Tisch?«, nahm ihm Sir Randolph die Entscheidung ab.

Mit einem kurzen Nicken erhob sich Gerrit und lief staksig zurück zu Alim, der mittlerweile an der Bar stand und mit der Bauchtänzerin flirtete.

»Alles in Ordnung?«, fragte der nun besorgt, als er das Gesicht des jungen Briten sah.

Gerrit antwortete nicht auf die Frage, sondern bedeutete dem Marokkaner, ihm nach draußen zu folgen.

Alles war nach Plan gelaufen.

Wie Marchand gesagt hatte: »Das sind Profis, die sind sehr vorsichtig, fast schon paranoid. Die werden sicher nicht einfach irgendetwas ausplaudern. Aber das macht nichts, denn unser Ziel ist es, Baxter aufzuschrecken. Der Mann wird wissen wollen, wieso ihn ein Wildfremder nach dem ›Licht des Todes‹ fragt. Vielleicht nimmt er Kontakt mit den Nordkoreanern auf, jedenfalls werden ihn die Marokkaner ab sofort rund um die Uhr beschatten.«

Vor der Tür griff Alim zum Handy und schickte eine kurze SMS an sein Büro. Damit startete die gezielte Überwachung von Sir Randolph Baxter.

»Kommen Sie«, sagte der Marokkaner gutmütig. »Der ›Köder‹ hat sich einen starken Mokka verdient.«

Gerrit seufzte. Genau so hatte er sich auch während des Gesprächs mit Baxter gefühlt, wie ein Wurm am Angelhaken.

Nordkorea – 1. Juni, Gegenwart, abends

Die Nachtluft war kühl und der Wind schlug ihm unfreundlich entgegen. Mit mehr Glück als Verstand fand er Halt. Die Gondel der Fensterreiniger, an die er sich zum Glück erinnert hatte, fing seinen Sprung auf. Das Schicksal hatte offensichtlich noch Pläne mit Oberst Yun, sonst hätte sein Sprung unten auf dem Asphalt acht Stockwerke tiefer geendet.

Im Zimmer wurde das Licht angeschaltet. Yun kauerte sich auf den Boden des wackeligen Verstecks und hoffte, dass man ihn nicht sehen konnte. Er hörte gedämpftes Gemurmel.

»Die müssen dringend dieses Fenster reparieren!«

Dann verstand er nichts mehr, denn die Scheibe wurde zugezogen.

Die Frau schien eine Ewigkeit zu brauchen. Das Bürolicht fiel trübe nach draußen. Mittlerweile frischte der Wind auf, und die Gondel fing gefährlich an, zu schwingen.

Immer wieder schlug sie gegen das Mauerwerk und der Oberst gewann so langsam den Eindruck, dass ihn ein bockiger Esel abwerfen wollte.

Der Wind brachte Regenwolken mit und Yun spürte die ersten dicken Tropfen. Der Boden der Gondel war aus glattem Holz und wurde durch die Nässe rutschig. Wenn er nicht bald zurück ins Büro gelangte, wäre er vollkommen durchnässt und würde verräterische Pfützen im Gebäude hinterlassen.

Endlich erlosch das Licht im Inneren und der Oberst wagte es, das Fenster zu öffnen. Mit einem Seufzer der Erleichterung stellte er fest, dass die Scheibe nachgab.

Das Zurückklettern kostete ihn einige Mühe. Beinahe hätte er dabei den Halt verloren und war daher erleichtert, als er den Boden des Büros unter seinen Füßen spürte. Eines wusste er: Bei seiner nächsten Unternehmung wäre er besser vorbereitet.

Marokko
2. Juni, Gegenwart, kurz vor Sonnenaufgang

Gerrit hatte eine unruhige Nacht. In seinen Träumen tauchte Randolph Baxter plötzlich in Szenen aus alten Horror-filmen auf. Schweißgebadet schoss der junge Brite in die Höhe. Noch bevor sich seine Augen an das Dämmerlicht gewöhnen konnten, spürte er eine Hand auf seinem Gesicht und bekam keine Luft mehr. Träumte er etwa immer noch? Nein, das war kein Traum, der Ruf des Muezzins drang durch das geöffnete Fenster. Gerrit roch den Schweiß von Männern und spürte Faustschläge auf seinem Körper, als er sich weiter aufrichten wollte. Im nächsten Moment traf ihn ein Knüppel hart an der Schläfe, sodass er schließlich ohnmächtig wurde.

Was danach geschah, erlebte Gerrit nur schemenhaft und zerhackt, so als würde man in einem Buch nur jede zwanzigste Seite lesen. Er lag unter einer Decke. Der Platz war hart und eng, die Luft schlecht. Sein Körper wurde durchgeschüttelt, er hörte gedämpfte Motorengeräusche, dann wieder ein Hupen und weit entfernte Stimmen. Immer wieder verlor er das Bewusstsein. Als Hände nach ihm griffen, um ihn hochzuziehen, musste er sich übergeben.

Der Geschmack von Galle blieb in seinem Mund zurück.

Mühsam versuchte er, die Augen zu öffnen, als man ihn einen Weg entlangschleifte. Das dunkle Kellerloch, das man für ihn als Verlies ausgesucht hatte, war fensterlos und kalt. Gerrit fror, als er zu sich kam, verspürte Hunger und vor allem Durst. Irgendwer stellte ihm einen Becher Wasser in die Zelle, den er gierig austrank. Danach fiel er in einen tiefen, unnatürlichen Schlaf und verlor jegliches Zeitgefühl.

KAPITEL 8

1776 n. Chr.: Der Amerikaner David Bushnell baut das erste U-Boot, das in einem Krieg eingesetzt wird. Die »Turtle« mit nur einem Mann Besatzung ist aus Holz und soll gegnerische Schiffe mit einer Explosivladung versenken. Sie kommt auch tatsächlich zum Einsatz, kann ihre Mission jedoch nicht ausführen. Die ersten Schritte Richtung Unterwasserkrieg sind getan und das U-Boot entwickelt sich zu einer der gefährlichsten Waffen.

Nordkorea – 3. Juni, Gegenwart, nachmittags

»Die Zeit drängt!« lautete die Nachricht, die man ihm hatte zukommen lassen. Oberst Yun fühlte sich unter Druck gesetzt. Er verstand selbstverständlich, dass Eile geboten war, aber unüberlegte Hast konnte zu Fehlern führen und schließlich zu seiner Enttarnung. Damit wäre nichts gewonnen. Allerdings hatte der Oberst keine Wahl. Die Aktion würde gefährlich werden, aber sie war notwendig.

Das Verwaltungsgebäude auf dem Universitätscampus, in dem der Sicherheitsbeauftragte von Projekt Todlicht seine Büros hatte, war im Gegensatz zum Rest des Geländes gut bewacht. Yun hatte sich den Bau angesehen, obwohl er dafür nicht viel Zeit gehabt hatte. Es gab entsprechende Sicherheitsvorkehrungen: Da waren der Wachdienst und ein Pförtner, der die Ausweise der Besucher kontrollierte. Nachts war zwar die Pforte nicht besetzt, aber dafür drehten außerhalb des Gebäudes Männer vom Sicherheitsdienst ihre Runden.

Somit hatte sich der Oberst für einen anderen Weg entschieden: Er wollte sich zuerst einmal in der Privatwohnung des Sicherheitsbeauftragten umsehen. Schließlich war es durchaus möglich, dass es dort Unterlagen gab. Wer solch eine Position innehatte, der arbeitete gelegentlich auch von zu Hause aus. Einen Versuch war es zumindest wert.

Die Adresse herauszufinden war einfach gewesen, dazu hatte er dem Mann gestern Abend nur folgen müssen. So wusste er auch, dass es keine Ehefrau oder Kinder gab.

Die Wohnung des Sicherheitsbeauftragten lag in einem der begehrtesten Viertel von Pjöngjang. Natürlich gab es auch in dieser modernen Wohnanlage Wachpersonal.

Yun hatte sich für einen »Besuch« bei Tag entschieden, schließlich konnte er davon ausgehen, dass der Sicherheitsbeauftragte zu dieser Zeit in seinem Büro war. An den Wachen kam er vorbei, indem er sich einer Gruppe Hausfrauen mit Kindern anschloss und unauffällig mit der lärmenden Schar im Inneren verschwand. Er hatte die Uniform an, damit zweifelte niemand an der Rechtmäßigkeit seines Hierseins. Die Wohnung fand er sofort, zog das Stemmeisen aus seiner Aktentasche und hebelte damit das Schloss auf. Sollte es ruhig wie ein Einbruch aussehen. Später wollte er noch die Tür eines anderen Appartements beschädigen, das verwischte die Spuren und man würde glauben, die Einbrecher hätten wahllos in den leeren Wohnungen gestöbert.

Yuns Körper schmerzte, so sehr hatte er sich vor Anspannung verkrampft. Nein, dieses Leben war nichts für ihn. Seine Nerven waren mittlerweile bis zum Zerreißen gespannt, er schlief praktisch überhaupt nicht mehr und wirkte seit den letzten Tagen noch ausgemergelter als zuvor.

Mit einem Schweißfilm auf der Stirn betrat er die Räume. Es gab sogar ein separates Arbeitszimmer, der Schreibtisch war nicht verschlossen – doch der Oberst fand keinen einzigen Hinweis. Vergebens mühte er sich ab und wollte nicht wahrhaben, dass es hier nicht einmal einen einzigen kleinen Papierschnipsel mit einer brauchbaren Information gab. Ein Blick auf die Uhr sagte ihm, dass es Zeit war, die Aktion abzubrechen. Schnell zog er ein paar Schubladen heraus, verteilte den Inhalt auf dem Boden, steckte noch eine Handvoll Gegenstände ein, die ein Gelegenheitsdieb vermutlich ausgewählt hätte, und verschwand unbemerkt. Sein Plan hatte nicht funktioniert. Jetzt musste er einen anderen, einen gefährlicheren Weg gehen.

Irgendwo in Marokko – 4. Juni, Gegenwart

»Nun wissen wir also, dass du verdammt dumm bist, mein britischer Freund!«

Gerrit blinzelte, als man ihm den schwarzen Sack vom Kopf zog. Er kniete auf dem Boden, die Hände auf dem Rücken gefesselt. Seine Zunge fühlte sich pelzig an und er hatte unglaublichen Durst. Der Raum, in dem er sich befand, war weiß gefliest und hatte in der Mitte einen Ablauf. Der junge Engländer war nicht allein. Neben Randolph Baxter, der breitbeinig vor ihm stand, waren noch fünf weitere Männer anwesend. Mit einem Ruck griff der Waffenhändler nach Gerrits Kopf und riss ihn nach hinten, dann brachte er seine Lippen ganz nahe an das Ohr seines Gefangenen. Während er sprach, spürte Gerrit die Speichelspritzer auf seiner Haut und roch den stinkenden Atem.

»Du hättest abreisen sollen, solange es noch möglich gewesen wäre«, zischte Baxter nun wütend und stieß Gerrit grob zur Seite. »Was glaubt ihr denn, mit wem ihr es zu tun habt?« Er redete sich in Rage, sein Gesicht nahm eine ungesunde rote Farbe an, sein Blick war kalt und seine Oberlippe zitterte vor Zorn. »Niemand taucht einfach bei mir auf und stellt Fragen über Dinge, die ihn nichts angehen!«

»Hören Sie, ich bin im Auftrag von mächtigen Leuten hier. Die werden nach mir suchen«, rief Gerrit aus. Er war verzweifelt, hatte Angst und fürchtete um sein Leben.

»So so, *mächtige* Leute …« Baxter gab ein schmatzendes Geräusch von sich, um seine Verachtung zum Ausdruck zu bringen. »Ich sehe allerdings niemanden, der nach dir sucht«, sagte er spöttisch und drehte dabei belustigt den Kopf in alle Richtungen. »Ich werde es dir einfach machen …«

Gerrit sah, wie einer der Handlanger Sir Randolph einen großen länglichen Koffer reichte. Die fetten Finger mit den dicken Ringen ließen geräuschvoll die beiden Schlösser aufschnappen.

»Da ist ja mein Prachtstück«, stieß Baxter erfreut hervor und drehte sich schnell zu seinem Gefangenen herum. »Weißt du, was das ist?«

Gerrit betrachtete die Waffe in Sir Randolphs Hand.

Das futuristische Gehäuse war ihm bekannt, es handelte sich um ein österreichisches Sturmgewehr.

Bevor sein Gefangener jedoch antworten konnte, stieß Baxter einen Laut der Begeisterung aus und fuhr fort: »Das hier ist etwas ganz Besonderes, mein Freund.« Um seine Aussage zu unterstreichen, drückte er nun seine schwulstigen Lippen an das Kunststoffgehäuse, so als wollte er eine Geliebte küssen. Die Vorstellung des Waffenhändlers war bizarr und beängstigend zugleich. Dann wandte er sich wieder zu Gerrit. »Weißt du, was *Flechette-Munition* ist?«

Der BAS-Mitarbeiter kannte die Antwort. Abfällig sagte er deshalb: »Pfeilförmige Geschosse ...«

»Da hat jemand aufgepasst, das gefällt mir. Dann weißt du ja sicher auch, was so ein Ding im weichen Gewebe eines Menschen anrichten kann, nicht wahr?« Wieder wartete Baxter nicht auf die Antwort, sondern sagte schwärmerisch: »Flechette-Munition überwindet mühelos Schutzwesten, dringt schmerzhaft in den Körper ein und fetzt schließlich durch die Eingeweide. Das kleine Schätzchen ist dabei sehr eigenwillig.«

Gerrit wusste, worauf sein Gegenüber anspielte. Das Geschoss verformte sich im Körper und verursachte im Vergleich zu normalen Projektilen wesentlich größere Wundkanäle, da es sich wie ein Angelhaken verbog. Die Verletzungen, die diese Munition verursachte, konnten verheerend sein.

»Ich mag diese Waffe«, sinnierte Baxter weiter, »sie gibt mir ein gutes Gefühl.« Völlig unvermittelt schnellte der schwere Leib des Mannes herum. Sein Tonfall änderte sich, und als er Gerrit nun den Lauf an die Schläfe hielt, geiferte er wie ein tollwütiger Kettenhund: »Was denkst du? Wird sie dir auch gefallen?«

Der junge Mann schloss die Augen. Er hatte in diesem Moment nicht den geringsten Zweifel daran, dass er sterben würde. Seine Gedanken galten der toten Lim Sang. Noch einmal sah er die hübsche Koreanerin vor sich. Noch einmal saß er in der kleinen Wohnung in Seoul, trank Tee und hörte Hirotos Geschichte. Dann dachte er an das Bild, Hirotos letztes Bild. Das Gefühl, alles zu verstehen, überwältigte Gerrit für einen Moment, dann verlor er das Bewusstsein.

Nordkorea – 5. Juni, Gegenwart, später Abend

Oberst Yun hatte seine Hausaufgaben gemacht. Jetzt saß er schon seit drei Stunden in dem kalten Keller der Universität und schalt sich einen Narren. Wenn man ihn hier entdecken würde, dann wäre alles vorbei. Eigentlich war der Plan viel zu waghalsig und unter anderen Umständen hätte Yun sich niemals darauf eingelassen. Es gab einfach zu viele »Wenn« und »Aber«.

Der Oberst veränderte ein wenig seine Sitzposition, um die verkrampften Muskeln zu entspannen. Die Ecke, die er sich ausgesucht hatte, bot nicht einmal genug Platz für eine streunende Katze, dafür aber umso mehr Sichtschutz. Wenigstens konnte er darauf hoffen, dass sich niemand in diesen feuchten Teil des alten Kellers verirren würde. Hinter den Heizungsrohren hatte er ein einigermaßen sicheres Versteck gefunden. Wieder sah er auf die Uhr. So langsam konnte er es wagen, die ersten Vorbereitungen zu treffen. Und dann würde sich zeigen, ob die alten Tricks wirklich etwas taugten.

Oberst Yun war mit Herzklopfen in einem unbeobachteten Moment in den Keller der Universität geschlüpft und hatte sich über Nacht einschließen lassen. Zuvor aber war es ihm gelungen, die Baupläne des Gebäudes in die Finger zu bekommen. Jetzt ruhte seine ganze Hoffnung auf einem Stück Ziegelmauer, das angeblich die Universität und das Verwaltungsgebäude voneinander trennte. Diese mögliche Verbindung wollte er benutzen, um in das Büro des Sicherheitsbeauftragten für das Projekt Todlicht zu gelangen. Mehr als gründlich hatte Yun die alten Blaupausen studiert und auch die Unterlagen über die verwendeten Baumaterialien. Der Zugang zu diesen Dokumenten war für jemanden in seiner Position nicht allzu schwer.

Bis eben hatte er nicht gewagt, den Keller genauer zu inspizieren. Zu groß war das Risiko, von einem der Gebäudehandwerker entdeckt zu werden. Immer wieder hatte er ihre entfernten Schritte gehört und jedes Mal war er vor Angst beinahe gestorben. Zudem drehten gelegentlich die Nachtwächter ihre Runden. Seit einer ganzen Weile war es jedoch ruhig. Somit schnappte sich der Oberst nun seine Taschenlampe und machte sich auf den Weg.

Er folgte einem langen Gang. Hier unten quietschten noch nicht einmal ein paar Ratten, nur Yuns vorsichtige Schritte unterbrachen die Stille. Dann endlich schien der Oberst, sein Ziel erreicht zu haben. Nach einer Biegung stand er vor der gesuchten Wand. Mit zittrigen Fingern streifte er über das Mauerwerk und stieß erleichtert die Luft aus. Tatsächlich hatte man hier Ziegelsteine verwendet.

Es dauerte eine Weile, bis Yun die Steine mit seinem Stemmeisen herauslösen konnte. Mehr Werkzeug als die kurze Metallstange hatte er in seiner Aktentasche nicht hineinschmuggeln können. Schließlich brauchte er auch noch Platz für den Schutzoverall und die Handschuhe.

Der Oberst kam nicht so schnell voran wie geplant. Seine Anspannung wuchs und er verdrängte den Gedanken daran, dass ihn auf der anderen Seite vielleicht einer der Wachleute empfangen könnte. Als endlich genug Steine herausgehebelt waren, hatte sich Yun seinem Schicksal ergeben. Zum Umkehren war es mittlerweile zu spät – er würde das, was er angefangen hatte, zu Ende bringen.

Vorsichtig leuchtete er mit der Taschenlampe durch die Öffnung. Alles schien ruhig und das Glück war offensichtlich auf seiner Seite, denn er kam direkt hinter einer großen Heizungsanlage heraus, die ihm eine perfekte Deckung bot. So schnell würde also niemand das Loch in der Wand entdecken. Das Stemmeisen in der einen, die Taschenlampe in der anderen Hand machte er sich auf den Weg zur Tür. Laut seinen gemachten Beobachtungen patrouillierten die Wachen nur außerhalb des Gebäudes. Ob das auch wirklich so war, würde er gleich feststellen. Mit zusammengekniffenen Augen drückte er die Türklinke, sie gab nach.

In der düsteren, kleinen Lobby war es still. Eine Hand über dem Strahl der Taschenlampe, damit man ihn von außen nicht sehen konnte, schlich Yun Richtung Treppenaufgang. Wieder hatte er Glück. Eine Wandtafel gab Auskunft darüber, wo sich die Büros der verschiedenen Mitarbeiter befanden. Das des Sicherheitsbeauftragten lag im ersten Stock.

Immer zwei Stufen auf einmal nehmend, hastete Yun nach oben. Auch das Büro war unverschlossen. Offensichtlich war man von der Uneinnehmbarkeit des Gebäudes überzeugt.

Sofort nach Betreten des Zimmers öffnete Yun die Schränke und Schreibtischschubladen. Er fand schnell eine interessante Akte mit krakeligen koreanischen Schriftzeichen, deren Bedeutung die Worte »Projekt Todlicht« waren. Sie enthielt krisselige Schwarz-Weiß-Fotografien und Lebensläufe von vier ausländischen Personen, einer Frau und drei Männern sowie eine unverständliche Notiz über einen gewissen Bumerang. Schnell hielt er alles mit seiner kleinen Kamera fest, dann legte er die Unterlagen zurück. Nach weiteren zwanzig Minuten hektischer Suche musste der Oberst allerdings feststellen, dass sich keine anderen Hinweise in diesen Räumen befanden. Vergebens suchte er nach einem Computer, dafür fand er aber einen Wandtresor. Ärgerlich presste Yun die Lippen aufeinander. Vermutlich waren die wirklich interessanten Dinge im Safe. Wie hatte er überhaupt so naiv sein können und glauben, dass diese sensiblen Projektdaten einfach so in einer Privatwohnung oder gut zugänglich hier im Büro lagen?

Yun musste seine Nachforschungen an dieser Stelle abbrechen. Er hatte keine Ahnung, wie man einen Tresor aufbrach, und würde sich ganz sicher heute Nacht nicht darin versuchen.

Die Durchsuchung hatte seine ganze Aufmerksamkeit gefordert und er war leichtsinnig geworden. Nun fehlte die Zeit, zu reagieren. Dieses Mal gab es keine rettende Servicegondel vor dem Fenster. Man würde ihn verhaften und töten – an mehr konnte Oberst Yun nicht denken, als er sah, dass von außen die Türklinke nach unten gedrückt wurde.

Büro des BAS, Brüssel
5. Juni, Gegenwart, abends

»Wann hat man ihn gefunden?« Sorkin bemühte sich, seine Frage sachlich klingen zu lassen, aber ein Blick auf die Bilder, die eben hereingekommen waren, ließ auch seine Stimme zittern.

Jone hatte seit der Nachricht aus Marokko kein Wort mehr gesprochen, sondern wie ein Besessener die Datenbanken nach Hinweisen durchsucht. Marchand brachte es nicht fertig, ihm zu sagen, dass das momentan sinnlos war. Er selbst hatte das Gefühl, kaum atmen zu können.

Er hatte einen Mann in den Tod geschickt, an etwas anderes konnte er momentan nicht denken.

»Wann hat man ihn gefunden?«, wiederholte Sorkin seine Frage. Dieses Mal schwang ein Unterton mit, der so viel sagen sollte wie: Mann, reißen Sie sich zusammen!

»Gegen Mittag, vor einem der Armenviertel in Casablanca.« Marchand versuchte, seine Gefühle beiseitezulassen und sich auf die Arbeit zu konzentrieren.

Hester, die gerade die Berichte der Marokkaner studierte, sah sich Hilfe suchend um, bis sich Marchands und ihr Blick trafen. Etwas unwirsch riss er der jungen Frau die Ausdrucke aus der Hand und übersetzte laut den französischen Text ins Englische: »Fünf Einschusswunden. Die Geschosse haben mehrere Organe verletzt, regelrecht zerfetzt. Das erste Projektil wurde aus nächster Nähe abgefeuert. Die Waffe war direkt an der linken Schläfe aufgesetzt worden. Die Experten sagen, dass Flechette-Munition verwendet wurde.«

»So etwas Exotisches passt zu diesem Baxter«, warf Sorkin ein.

»Wieso tut er das? Ihm muss doch klar sein, dass nun die gesamte marokkanische Polizei hinter ihm her ist«, hakte Hester nach.

»Größenwahn! Da wäre er nicht der Erste, der sich für unbesiegbar hält«, antwortete der Major.

Langsam drehte sich Marchand um. »Ich habe das nicht vorhergesehen.«

»Natürlich nicht, das hätte niemand gekonnt«, entgegnete Sorkin.

»Das ist der Job, die wussten, auf was sie sich einlassen«, sagte Catherine ungerührt.

Marchands Stimme schwoll an: »Eure Informationen waren ›Bullshit‹! Kein Hinweis darauf, dass der Mann ein mordender Psychopath ist. Ihr habt ihn uns als geldgierigen Händler verkauft, der in Ruhe seine Geschäfte führen will.«

Dass seine Vorwürfe ungerecht waren, wusste er, aber er musste sich einfach Luft machen und diese unpassende Bemerkung der Amerikanerin hatte in ihm ein Ventil geöffnet.

»Was denken Sie, wie so etwas läuft, Monsieur Marchand? Wenn wir alles über eine Person wüssten, dann wäre unser aller Job wesentlich einfacher.« Catherine ärgerte sich über den Angriff. »Und außerdem sind doch die Marokkaner schuld! Die haben schließlich die Überwachung verpatzt.«

Marchand ging nicht darauf ein, das würde er später klären. »Ich schwöre, ich schnappe mir den Verantwortlichen und dann gnade ihm Gott.«

»Meine Güte, solche Dinge passieren, wir sind doch alle Profis!«, schleuderte sie ihm entgegen.

Leon Marchand starrte in das wütende Gesicht der CIA-Mitarbeiterin und konnte nicht glauben, dass jemand so gefühllos sein konnte.

»Das wird den Hinterbliebenen des jungen Mannes kein Trost sein«, antwortete er mit schneidender Stimme.

Im Raum war es still. Wie Kampfhähne, bereit zum Angriff, standen sich Catherine und Marchand nun gegenüber.

Überraschenderweise lenkte die Amerikanerin ein. »Sie haben natürlich recht, es tut mir leid.«

Der Leiter des BAS stieß geräuschvoll die Luft aus, er hatte die Kontrolle verloren. Etwas, das in der momentanen Situation nicht passieren durfte. Mit einem traurigen Kopfschütteln betrachtete Leon Marchand erneut die Bilder von Alims Leichnam.

Nordkorea – 5. Juni, Gegenwart, nachts

Der Mann, der nun das Büro betrat, blieb erschrocken stehen, als er den Fremden entdeckte. Er wollte nach seiner Waffe greifen, aber Oberst Yun war schneller. Er hatte keine Wahl, wenn er überleben wollte. Das Stemmeisen traf den Sicherheitsbeauftragten des Projekts Todlicht so fest am Kopf, dass er wie ein gefällter Baum nach vorne stürzte. Blut floss aus der Wunde, der Schädelknochen war gebrochen und das Gehirn irreparabel verletzt. Yun wusste, dass der Mann tot war. Er schleifte den Leichnam hinter den Schreibtisch.

Je später man seine Überreste fand, desto besser. Obwohl sich sein Fluchttrieb von Minute zu Minute verstärkte, besaß der Oberst noch die Geistesgegenwart, die Taschen des Toten zu durchsuchen. Aber der Mann hatte nichts bei sich.

Yun keuchte, die Obergrenze seiner Belastungsfähigkeit war längst überschritten. Er kam schnell auf die Beine, stürmte zur Tür und umklammerte die ganze Zeit über das Stemmeisen. Wer konnte schon wissen, ob zwischenzeitlich nicht noch jemand das Gebäude betreten hatte.

Der Sicherheitsbeauftragte hatte vorhin im Flur das Licht eingeschaltet. Yun machte es schnell aus und verzichtete darauf, seine Taschenlampe zu verwenden. Er tastete nach dem Treppengeländer und stolperte die Stufen nach unten. Hinter der Heizungsanlage durchquerte er die Maueröffnung. Die Ziegelsteine lagen verstreut auf dem Boden, einige hatten Bruchstellen. So gut es ging, setzte Yun die Steine wieder in die Öffnung, dann scharrte er mit dem Fuß die bröseligen Reste zur Seite. In einer Ecke fand er ein paar alte Kisten, die er vor das geflickte Mauerwerk stapelte. Schließlich zog er den Overall aus und verstaute ihn zusammen mit dem Stemmeisen in der Aktentasche. Die Uniform darunter war zwar etwas zerknittert, aber zumindest frei von Blutspritzern. Nun kam der schlimmste Teil der Aktion, das erneute Warten.

Oberst Yun kauerte sich wieder in sein altes Versteck. In zwei Stunden begann über ihm der Universitätsbetrieb, dann wären auch die Nachtwächter verschwunden. Erst wenn die Pforten für die Studenten geöffnet würden, könnte er sich nach oben wagen. So lange saß er hier in der Falle. Sollte also vorher jemand die Leiche im anderen Gebäude entdecken und auf das Loch in der Wand stoßen, dann wäre er ein toter Mann.

Marokko
6. Juni, Gegenwart, vor Sonnenaufgang

Gerrit hatte starke Kopfschmerzen, die er dem Schlag mit dem Sturmgewehr verdankte. Als man ihn auf die Rückbank eines Wagens verfrachtete, wusste er nicht, wie lange er mittlerweile schon in den Händen von Randolph Baxter war.

Man hatte ihn einfach in diesem Kellerverlies liegen lassen. Das Wasser, das man ihm gab, war mit irgendwelchen Narkotika versetzt – aber Gerrit musste trinken, der Durst war zu groß.

Obwohl er einen Sack über dem Kopf hatte, bekam er mit, dass eine Gruppe von Fahrzeugen sich mit ihm als Gefangenen auf den Weg gemacht hatte. Was plante Baxter?

Als man ihn aus dem Wagen zerrte, fiel er auf weichen Sand. Noch war die Sonne nicht aufgegangen und eisige Kälte kroch Gerrit unter die Kleider. Er hatte eine dunkle Ahnung, was seinen Aufenthaltsort anging, und als man ihm den Sack vom Kopf riss, konnte er erkennen, dass er richtig lag.

Baxter war mit seiner Geisel also in die Wüste gefahren.

Während der Gefangenschaft hatte es mehrere Situationen gegeben, in denen Gerrit überzeugt gewesen war, dass man ihn töten würde. Bald war das Warten auf den Tod und die damit verbundene Angst so unerträglich geworden, dass der junge Brite, um nicht verrückt zu werden, in einen eigenartigen Zustand der Gelassenheit verfallen war. Jetzt, in dieser Wüste, war er an dem Punkt angelangt, an dem er nur noch darauf hoffte, dass es möglichst bald vorbei sein würde.

Baxter tuschelte mit seinen Männern, aber der BAS-Mitarbeiter zeigte weder Angst noch Wut über die Peiniger. Er sah auf den Boden, glaubte, dass sich direkt vor seinen Knien etwas bewegte, hoffte beinahe darauf, dass es ein todbringender Skorpion war, und ergab sich dem Schicksal vollkommen.

Jemand riss an seinem Kopf.

»Du wolltest doch das ›Licht des Todes‹ kaufen«, erklang Baxters unangenehme Stimme. »Ich habe mir überlegt, es dir zu schenken! Ist das nicht schön?«

Als Gerrit darauf nicht reagierte, schüttelte der, der ihn an den Haaren hielt, grob seinen Kopf hin und her.

Die anderen lachten und auch der Waffenhändler gab sein typisches heiseres Röcheln von sich.

»Was auch immer die Europäer oder Marokkaner glauben, mein Freund, ein Sir Randolph Baxter lässt sich von niemandem das Geschäft versauen.«

Er trat jetzt dicht an Gerrit heran. »Die Welt bietet mir genug Platz, auch wenn ich zugegebenermaßen gerne in Marokko geblieben wäre. Aber es gibt gastfreundlichere Länder für einen Mann wie mich.« Nun fuhr er sich mit der Zunge über die dicken Lippen und beugte sich noch ein Stück weiter zu seinem Gefangenen. Seine Stimme klang wie das Züngeln einer Schlange. »Wer mir in die Quere kommt, stirbt!«

Gerrit schrie auf. Der stechende Schmerz in seinem Nacken traf ihn völlig unerwartet. Alles um ihn herum verschwamm, dann kippte er zur Seite.

Zuerst fühlte er Wärme, dann breitete sich ein wohliges Prickeln in seinem Körper aus. Er hatte Halluzinationen, sah leuchtende Farben und geometrische Formen. Schöne Erinnerungen erwachten vor seinem geistigen Auge zum Leben. Doch dieses Gefühl hielt nicht lange an. Plötzlich ergriff erneut die Kälte von ihm Besitz. Es war, als würde er nackt auf Eis liegen. Die bunten Bilder verschwanden.

Gerrit blieb allein in der Wüste zurück. Die Fahrzeuge mit Baxter und seinen Leuten schienen nie hiergewesen zu sein.

Dann kamen die Schmerzen – unerträgliche Schmerzen. Gerrit krümmte sich und wurde von Spasmen geschüttelt. Die gefesselten Hände ließen ihm keine Bewegungsfreiheit. Er streckte die Beine von sich, aber die Krämpfe im Unterleib hörten nicht auf. Ein Feuer schien in seinen Eingeweiden zu wüten. Dann wanderte der Schmerz durch seinen Körper. Nicht schnell und bestimmt, sondern gemächlich wie ein alter Mann, der einen langen Korridor entlangschlurfte. Im Brustkorb hatte er offensichtlich sein Ziel erreicht. Gerrit glaubte, eine riesige Hand würde sich um sein Herz legen und langsam zudrücken. Der Brite warf sich von einer Seite auf die andere, als könnte er den Druck so mildern, aber es wurde immer schlimmer.

»Oh Gott, lass es endlich vorbei sein! Ich kann nicht mehr …«, rief er verzweifelt und Tränen rannen ihm über die Wangen.

Dann sah er ein weißes, grelles Leuchten, das ihn blendete, und Gerrit wusste, dass er es gefunden hatte: das Licht des Todes.

Brüssel, Wohnung von Leon Marchand
6. Juni, Gegenwart, nachts

Seit Gerrits Verschwinden war Marchand nicht mehr zu Hause gewesen. Eigentlich wollte er selbst nach Marokko fliegen und Casablanca nach seinem Mitarbeiter durchkämmen, aber schließlich hatte er einsehen müssen, dass er damit niemandem helfen würde.

Über alle möglichen Kanäle versuchten sie, Randolph Baxter aufzuspüren. Er war momentan der Schlüssel. Sowohl Gerrit als auch ihre Nachforschungen betreffend.

Wenn Baxter wirklich über das Projekt Todlicht Bescheid wusste, und es vielleicht sogar an die Nordkoreaner geliefert hatte, dann mussten sie den Mann finden. Marchand hatte diesen Kriminellen gründlich unterschätzt. Wieder fing er an, über Gerrit nachzudenken. Die Vorstellung, sein Mitarbeiter läge wie dieser arme Alim irgendwo in einem Straßengraben, machte ihn krank. Man hatte den Marokkaner nicht nur brutal ermordet, sondern zuvor auch noch gefoltert.

Marchand hatte kurz mit dem Vorgesetzten von Alim gesprochen. Der Mann war tief betroffen und kaum in der Lage gewesen, sachlich zu bleiben. Die verhunzte Überwachung versuchte er gar nicht erst schönzureden. Stattdessen übernahm er die volle Verantwortung und machte sich die schwersten Vorwürfe. Viel blieb dem Leiter des BAS daher nicht dazu zu sagen. Und auch die Tatsache, dass Alim kaum etwas gewusst hatte, was er hätte preisgeben können, spielte jetzt keine Rolle mehr.

Marchand hatte sich eben rasiert, geduscht und ein frisches Hemd angezogen. Er wollte gleich wieder ins Büro, da klingelte es an der Haustür.

Als Leon öffnete, stand Catherine Smith vor ihm. Es hatte geregnet und ihre Kleidung war durchnässt. Mit einem schüchternen Lächeln fragte sie: »Können wir reden?«

Das nasse Haar und der sanfte Blick ließen sie wie ein verirrtes Kätzchen aussehen. Leon gab die Tür frei und ging zum Badezimmer.

Catherine betrat zögernd die Wohnung. Es war, wie sie es sich vorgestellt hatte. Nüchtern, fast schon steril, aber trotzdem geschmackvoll. Im offenen Wohnbereich blieb sie stehen, bis Marchand mit einem Handtuch zurückkam.

Er schien nicht gewillt, den guten Gastgeber zu spielen, und sagte direkt: »Also, was willst du? Ich habe nämlich nicht viel Zeit, ich muss zurück ins Büro.« Und dann fiel ihm noch etwas anderes ein. »Wie bist du überhaupt an diese Adresse gekommen?«

Catherine lächelte und erwiderte: »Schon vergessen? Ich bin von der CIA.«

Marchand ging nicht darauf ein. Ihm war nicht nach Scherzen zumute.

»Verzeih, ich hoffe, du bist deshalb nicht sauer.«

Ihr Gegenüber winkte ab und bat sie, zur Sache zu kommen.

»Ich möchte mich noch einmal persönlich bei dir entschuldigen. Es tut mir leid, dass ich so herzlos reagiert habe.« Sie zuckte mit den Schultern. »Ich habe mir das so angewöhnt und jetzt ist es schwer, dieses Verhalten abzulegen.«

»Verstehe«, sagte Leon knapp. Er wusste, dass auch er zu weit gegangen war, als er Catherine bei der gestrigen Besprechung so abgekanzelt hatte. Seither waren sie nicht mehr alleine miteinander gewesen. Eigentlich hätte er sich über ihre guten Absichten freuen müssen. Aber der Ärger war noch nicht ganz verflogen, obwohl er sie nach wie vor anziehend fand.

»Nein, du verstehst gar nichts«, reagierte sie schroff. »Wenn ich etwas erreichen will, dann muss ich so sein.«

»Gemein? Herzlos?«

»Das ist unfair«, warf sie ihm vor. »Ich mache meinen Job, genau wie du. Einem Mann hättest du meine Äußerungen sicher nicht vorgeworfen. Was, wenn Sorkin das Gleiche gesagt hätte?« Das Kätzchen war verschwunden, stattdessen fuhr die Tigerin in Catherine wieder einmal ihre Krallen aus.

Marchand stieß ungeduldig die Luft aus. »Ein Mitarbeiter von mir wird vermisst und ich will nicht hören, dass er selbst daran schuld ist, weil er sich diesen Job ja nun mal ausgesucht hat. Ich will das nicht hören, selbst wenn es stimmt. Und ehrlich gesagt, es wäre etwas anderes gewesen, wenn Sorkin das gesagt hätte. Und weißt du auch, warum?« Er ließ sie nicht antworten, sondern sprach schnell weiter. »Weil ich mit Sorkin nicht schlafe. Aber von dir hätte ich einfach mehr …« Er rang nach Worten.

»Mitgefühl erwartet?«, ergänzte sie seinen Satz schnippisch.

Als Marchand zustimmte, verzog Catherine verächtlich den Mund. Offensichtlich spürte sie, dass ein neuer Streit unmittelbar bevorstand, und sie lenkte ein. »Es tut mir leid. Ich habe Mitgefühl, zeige es aber nicht, sonst wird mir das als Schwäche ausgelegt.«

»Das ist deine Philosophie? Ist das nicht ein bisschen extrem?«

Catherine schälte sich aus ihrem nassen Mantel und griff mit einem »Darf ich?« zu der Flasche Cognac auf dem Tisch.

Marchand nickte und reichte ihr zwei Gläser.

»Ich müsste schon längst Sektionschefin sein. Aber nein, man hat mir einen absoluten Vollidioten vor die Nase gesetzt. Und das nur, weil ich eine Frau bin, ein zartes Wesen, das zu viel Mitgefühl hat.«

»Ich denke, du übertreibst. Dir steht karrieretechnisch doch noch alles offen.«

Catherine nahm einen großen Schluck aus dem Cognacschwenker. »Glaubst du, ich will das ewig machen? Ich kann nicht auf Dauer von einem kleinen Beamtengehalt leben. Und wenn die Beförderungen ausbleiben …« Sie trat auf Marchand zu. »Dann muss ich mich eben in der freien Wirtschaft umsehen. Ich werde ganz bestimmt nicht alt und grau werden, mit nichts außer meinen Erinnerungen an eine mittelprächtige Karriere bei der CIA.«

Wieder tat sie einen Schritt nach vorne. »Verzeihst du mir?«

Ihr Gesicht war jetzt dicht vor dem seinen. Marchand konnte ihr herbes Parfum riechen, dann trafen sich ihre Lippen. Er hatte seinen Ärger vergessen und genoss es, den Körper dieser Frau zu spüren. Sie drängte sich an ihn und er konnte ihr nicht widerstehen.

Innerhalb weniger Sekunden hatte sich Catherine ihr Oberteil ausgezogen und er küsste ihre Brüste. Dieses Mal war sie ganz sanft und überließ ihm die Führung. In dieser Nacht ging es um mehr als nur Sex, denn die Zärtlichkeiten, die sie austauschten, waren voller Gefühl und Zuneigung. Danach schmiegte sich Catherine eng an Leon, so als würde sie bei ihm Schutz suchen.

»Das war schön«, hauchte sie und schlang ihre Arme fester um seinen Körper.

Marchand küsste sie auf die Stirn und wollte gerade etwas erwidern, als sein Handy klingelte. Der Zauber war vorbei. Mit einer Hand hielt er das Telefon, mit der anderen fing er an, seine Kleider überzuziehen.

Sein angespannter Gesichtsausdruck, als er dem Anrufer zuhörte, entging Catherine, die bereits in ihr Höschen schlüpfte, nicht.

Als das Gespräch endete, rief Marchand hektisch: »Wir müssen sofort los, man hat Gerrit gefunden.« Und mit einer unglaublichen Erleichterung sagte er leise: »Der Junge lebt!«

KAPITEL 9

1851-1861 n. Chr.: In Belgien werden die ersten Maschinengewehre entwickelt. Anfangs noch als einfacher Hinterlader ausgeführt und über eine Kurbel bedient, verfügen heutige MGs über Elektromotoren als Antriebssysteme und können mehrere Hundert bis tausend Schuss pro Minute abfeuern. Über die Jahrhunderte hinweg war und blieb diese Waffe eine wichtige Komponente bei allen Armeen. Ob als tragbare Version für das Gefecht auf kurze Distanzen oder eingebaut in einen hochmodernen Kampfjet als Maschinenkanone, ist das Maschinengewehr durch seine Effektivität eine schreckliche Waffe auf den Schlachtfeldern der Welt geworden.

Brüssel, Militärkrankenhaus
7. Juni, Gegenwart, abends

Marchand saß an Gerrits Bett. Dass er das überhaupt konnte, verdankte man dem glücklichen Umstand, dass eine Gruppe abenteuerlustiger Jeepfahrer sich am gestrigen Morgen für eine kleine Wüstenrallye entschieden hatte und dabei auf den schwer verletzten Gerrit gestoßen war. So wurde der BAS-Mitarbeiter gefunden, bevor er ein Opfer der Wüste werden konnte. Starke Dehydrierung, Gehirnerschütterung, Hämatome und gefährliche Verbrennungen am Nacken, der linken Gesichtshälfte und den Händen lautete die vorläufige Diagnose der Ärzte. Zum Glück war das meiste von Gerrits Haut durch die Kleidung geschützt gewesen, sonst wären die Folgen der Sonnenbestrahlung weitaus schlimmer ausgefallen.

Die Behörden in Marokko hatten sofort reagiert, als man seine Identität festgestellt hatte. Die Überführung von Marrakesch nach Brüssel war schnell und problemlos verlaufen. Gerrit war kaum imstande gewesen, etwas zu sagen.

Trotzdem konnten sich die Ärzte aus dem Wenigen zusammenreimen, dass man ihm etwas gespritzt hatte.

»Ich habe es gesehen«, wiederholte er bei seiner Einlieferung immer wieder, »ich habe es gesehen, das Licht des Todes.«

Damit der Patient zur Ruhe kommen konnte, verabreichte man ihm ein leichtes Beruhigungsmittel. Trotzdem rechnete Marchand damit, dass er in der nächsten Stunde mit seinem Mitarbeiter sprechen konnte.

Als der Arzt den Kopf zur Tür hereinstreckte, sprang der Leiter des BAS auf.

Der Mediziner bat ihn, mit auf den Gang zu kommen. Sie waren in einem Militärkrankenhaus, der Arzt war kein Zivilist und stellte daher auch nicht die üblichen Fragen. Wenn er hinzugezogen wurde, dann galt es nicht, einen Blinddarm zu entfernen.

»Unser Verdacht hat sich bestätigt, man hat ihm etwas injiziert.«

Marchand wollte nachhaken, aber der Arzt hob die Hand, um zu signalisieren, dass er noch mehr hatte.

»Ich rede nicht von Betäubungsmitteln, die wir übrigens auch reichlich in seinem Blut nachweisen konnten. Nein, er hat einen ganz speziellen Chemiecocktail erhalten.«

»Drogen?«

»Ja, aber vermutlich etwas völlig Neuartiges.«

»Und was?«

»Tja, darüber kann ich nur Vermutungen anstellen.«

»Bitte sagen Sie mir, was Sie denken.«

Der Arzt spitzte die Lippen, suchte nach den richtigen Worten und sagte dann beinahe entschuldigend: »Ich denke, diese Substanz simuliert den Moment des Todes. Den Übergang vom Irdischen zum Himmlischen, wenn Sie so wollen.«

»Was?« Marchand war verblüfft. »Wozu, um Gottes willen?«

Der Arzt war versucht auf Marchands Bemerkung bezüglich Gott einzugehen, ließ es dann aber sein und sagte stattdessen: »Die Zusammensetzung der Droge, soweit wir das aufschlüsseln konnten, der körperliche Zustand Ihres Kollegen, die Ergebnisse des EKG, EEG …« Er bemerkte Marchands Ungeduld und kürzte seine Ausführungen ab: »Unsere Untersuchungen eben und das, was uns Gerrit bisher erzählen konnte, bestätigen meine Theorie.«

»Aber wer will denn freiwillig den Tod erleben?«

Der Mediziner seufzte. »Was soll ich sagen? Menschen machen verrückte Dinge. Und bei einem Nahtoderlebnis passiert im Körper so einiges. Das ist ein Trip, den man nicht vergisst. Es werden viele Rezeptoren angesprochen. Alles passiert gleichzeitig und dazu noch am Limit. Endorphine, Adrenalin, Herzrasen, Halluzinationen und am Ende das gleißende Licht, das den Weg ins Jenseits ausleuchtet. Keine Frage, so was lässt sich verkaufen.«

»Das Licht des Todes …«, stieß Marchand resigniert hervor.

»So heißt das Zeug?«

»Ja, das nehmen wir an.«

»Nun, Gerrit hat eine Injektionswunde im Genick. Ich denke, so wurde ihm die Droge verabreicht. Vermutlich in einer sehr hohen Dosis. Das kann natürlich zu Nebenwirkungen führen. Schmerzen, Krämpfe, Ohnmacht.«

»Kann man daran auch sterben?«

»Natürlich, wenn der Körper überfordert wird.«

»Und das Suchtpotenzial?«

»Gewaltig. Zumindest was die psychische Abhängigkeit angeht. Ein Kick der besonderen Art fürs Sofa. Neben so etwas können reale Erlebnisse schnell verblassen. Natürlich hängt das auch von der Verfassung des Konsumenten ab.«

»Aber Gerrit ist nicht gefährdet?«, fragte Marchand nun besorgt.

Der Arzt lächelte gutmutig. »Nein, sicher nicht. Aber er braucht unbedingt Ruhe.«

»Ich muss aber noch einmal mit ihm sprechen, das ist wichtig!«

»Ich weiß. Wer bei mir landet und überlebt, der ist meistens ein wichtiger Zeuge oder Informant. Aber bitte, nur was unbedingt nötig ist!«

Marchand nickte und bedankte sich. Die letzten Worte des Mediziners gaben ihm zu denken. Wie viele starben wohl täglich im Dienst für eine gute Sache und niemand erfuhr jemals von ihrem Opfer?

Ein Räuspern riss ihn aus seinen Grübeleien.

»Alles in Ordnung?« Es war Major Sorkin. Hinter ihm erschienen Hester und Catherine.

Marchand warf Letzterer einen Blick zu, den Sorkin scheinbar nicht bemerkte, Hester jedoch mit einem Augenrollen registrierte. Dann brachte er die anderen auf den neuesten Stand.

»Das ›Licht des Todes‹ ist also eine Droge«, stellte Hester überflüssigerweise fest.

»Baxter handelt mit Waffen und Drogen. Es war ein absoluter Anfängerfehler, sich darauf festzulegen, dass das ›Licht des Todes‹ eine Waffe sei, bloß weil das so gut zu unseren Ermittlungen gepasst hat. Ich hätte auf Ihre Einwände hören sollen, Major. Wie Sie gesagt haben: Nicht einmal der Name hat übereingestimmt«, ging Marchand hart mit sich ins Gericht.

»Also ist Randolph Baxter raus, weil er nichts mit dem Projekt Todlicht zu tun hat? Er kommt davon, obwohl er Gerrit das angetan hat?«, fragte Hester schrill, die sich ebenfalls schuldig fühlte, weil sie darauf gedrängt hatte, diesem Hinweis nachzugehen.

»Die Marokkaner haben seine Spur bis nach Marrakesch verfolgt, dort hat er Gerrit in der Wüste zurückgelassen und sich vermutlich Richtung Algerien aus dem Staub gemacht. Auch wenn wir uns jetzt nicht mit Baxter befassen können, dann heißt das noch lange nicht, dass er davonkommen wird«, antwortete ihr Sorkin und sah dabei zu Marchand.

»Ganz sicher wird er das nicht«, stimmte der Leiter des BAS mit einem grimmigen Blick und einem kurzen Nicken zu.

Bevor noch jemand etwas sagen konnte, erschien der Arzt und gab Marchand ein Zeichen. Gerrit war zu sich gekommen und konnte befragt werden. Während die anderen nur kurz bei ihrem Kollegen hereinschauten und dann zurück ins Büro gingen, setzte sich Marchand erneut an das Krankenlager seines Mitarbeiters.

Gerrit drehte vorsichtig den Kopf und verzog schmerzhaft das Gesicht.

»Es tut mir leid«, eröffnete sein Chef das Gespräch.

Der junge Mann ächzte, als er versuchte, sich ein Stück aufzurichten.

»Nicht deine Schuld! Außerdem geht es mir gut.« Es war nur ein Flüstern und keinesfalls aufrichtig, das wussten sie beide.

Gerrit sah grauenvoll aus. Seine von der Sonne verbrannte Haut, die unter den Bandagen leuchtend rot hervorlugte, fing bereits an, sich zu schälen. Ein Auge war komplett zugeschwollen, die Lippen aufgeplatzt und die Nase angebrochen.

Unvermittelt liefen dem jungen Mann nun Tränen über das Gesicht. »Ich dachte, ich würde sterben, ich …« Seine Stimme brach und Marchand drückte behutsam seinen Arm.

»Es war furchtbar, ich hatte entsetzliche Angst«, brach es aus Gerrit heraus. »Und jetzt komme ich mir wie ein Feigling vor.«

»Das ist das Dümmste, das du jemals von dir gegeben hast! Du hast deinen Teil der Mission hervorragend ausgeführt«, blaffte Marchand, der sich sehr bemühen musste, nicht selbst die Fassung zu verlieren. »Die Sache ist schiefgegangen, und du hast Furchtbares durchgemacht, aber überlebt. Nur das zählt.«

»Haben die Marokkaner Baxter geschnappt?« Gerrit war nicht auf dem neusten Stand und hatte auch nur verschwommene Erinnerungen an seine Rettung.

Marchand schüttelte den Kopf.

»Und Alim?« Die Frage traf den Leiter des BAS unvorbereitet. Sein Zögern kündigte die schlechte Nachricht jedoch an und Gerrit stöhnte entsetzt auf, noch bevor er die Antwort erhielt.

»Er ist tot«, sagte Marchand leise.

»War es Baxter?«

»Ja.«

»Wie? Ich meine, wie ist er gestorben?«

Marchand holte Luft, spielte kurz mit dem Gedanken, zu behaupten, die Einzelheiten nicht zu kennen, verwarf die Idee jedoch wieder und antwortete wahrheitsgemäß: »Mit Flechette-Munition erschossen.«

Gerrit stöhnte erneut. »Dieses Dreckschwein, wir müssen ihn kriegen!«

»Das werden wir, aber alles zu seiner Zeit.«

»Du bist hier wegen meiner Aussage, stimmt's? Na ja, ich denke nicht, dass dieser fette Scheißkerl etwas mit dem Projekt Todlicht und den Nordkoreanern zu tun hat.«

Der junge Mann sammelte sich einen Augenblick, dann fing er an, so gut er konnte, seine Erinnerungen an die letzten Tage wiederzugeben.

Als er geendet hatte, lehnte er sich erschöpft zurück. Marchand hatte genug gehört, deshalb sagte er: »Du musst dich jetzt ausruhen. Wenn du etwas brauchst ...«

Wie aufs Stichwort öffnete sich die Tür und Jone betrat das Zimmer, bepackt mit einer kleinen Reisetasche und Plastiktüten.

Der Finne schluckte schwer, als er das zerschundene Gesicht seines jüngeren Kollegen sah, riss sich aber sofort zusammen und plapperte munter drauflos.

Er hatte ein paar Sachen aus Gerrits Wohnung mitgebracht, neben Kleidern und Waschzeug auch Lesestoff und einen Tablet-Computer.

»Ich dachte, das kannst du gebrauchen«, sagte er nun bemüht, seine Stimme so natürlich wie möglich klingen zu lassen.

»Danke, Jone, vielleicht habe ich jetzt ja wirklich einmal die Zeit, ein Buch zu lesen.«

Der Ältere seufzte: »Mir wäre es lieber gewesen, du hättest aus erfreulicheren Gründen deine Liebe zur Literatur entdeckt.«

Gerrit versuchte ein Lächeln, das jedoch misslang.

Der Arzt betrat nun den Raum und unterbrach ihre Unterhaltung. »Ich denke, das reicht für heute. Mein Patient braucht Ruhe.«

Brüssel
7. Juni, Gegenwart, kurz vor Mitternacht

Die Männer verabschiedeten sich. Jone fuhr nach Hause und Marchand wollte noch einmal ins Büro. Als sein Handy klingelte, stellte er erstaunt fest, dass ihn Sorkin anfunkte. Es war bereits kurz vor Mitternacht – das konnte nur bedeuten, dass es wichtig war.

»Leon, wir müssen uns treffen. Kommen Sie sofort in die Botschaft!«

Marchand konnte sein »Warum« nicht mehr aussprechen, denn Sorkin hatte nur diesen einen Satz gesagt und sofort aufgelegt.

Etwas irritiert lenkte der Leiter des BAS seinen Wagen zu dem neuen Ziel. Er wusste natürlich, wo welche Botschaft ihren Sitz in Brüssel hatte. In vielen, vor allem den Europäischen, war er bereits Gast gewesen. Die Russische kannte er noch nicht, was dazu führte, dass er eine gewisse Anspannung verspürte, als er jetzt die »heiligen Hallen« betrat.

Wie so oft in solchen Fällen konnte auch dieses Mal die Wirklichkeit der Fantasie nicht das Wasser reichen. Damit bestätigte sich, was Marchand insgeheim schon lange wusste: Die einzelnen Botschaftsgebäude unterschieden sich lediglich durch die Flagge an der Wand.

Sorkin fing ihn direkt am Eingang ab.

»Hier entlang!«, sagte der Russe und schob Leon bestimmt zu einem der Aufzüge.

Marchand wollte etwas sagen, aber sein Gastgeber legte den Finger auf den Mund und signalisierte ihm damit, zu schweigen.

So langsam wurde es dem Leiter des BAS unbehaglich.

Der Lift hielt im Keller. Der Major gab den Wachen dort ein Zeichen, die öffneten die Tür zu einem weiteren Zimmer.

»Ziehen Sie sich komplett aus. Sie finden alles Nötige da drin«, sagte der Major und schob seinen Gast unsanft in den Raum. In der Mitte stand ein Tisch, auf dem fein säuberlich aufgeschichtet ein Trainingsanzug, Sportschuhe und Unterwäsche lagen.

Der Leiter des BAS tat, was man ihm sagte, und hatte bereits eine ziemlich genaue Vorstellung davon, um was es hierbei ging.

Als Marchand wieder auf den Flur trat, deutete Sorkin auf die Armbanduhr seines Gastes.

»Oh, natürlich!«, sagte der und zog sie sich vom Handgelenk. Einer der Wachen brachte das Schmuckstück fort und Sorkin schien zufrieden.

»Erfahre ich nun endlich, was hier vorgeht?«

Der Major blieb stehen. Es war einer dieser seltenen Momente, bei denen der Russe die Augen weit aufriss und sein Gegenüber regelrecht scannte. Dann sagte er ernst: »Wir haben ein Problem.«

Marchand kannte den Mann mittlerweile gut genug, um zu wissen, dass der niemals ohne triftigen Grund so reagieren würde.

»Sie durchsuchen meine Sachen auf Peilsender und Wanzen, nehme ich an?«

Sorkin nickte und führte seinen Gast nun in ein Besprechungszimmer. Auf einem großen Bildschirm waren die Fotos von vier Personen abgebildet.

Eine Frau und drei Männer.

Marchand bemerkte, wie sein Puls in die Höhe schnellte, als er auf einem der Bilder sich selbst erkannte.

* * *

Zur gleichen Zeit im Krankenhaus versuchte Gerrit, die Schmerzen zu vergessen. Der Arzt wollte ihm stärkere Medikamente geben, aber der junge Mann hatte abgelehnt. Nach den letzten Tagen musste er unbedingt wieder einen klaren Kopf bekommen. Diese zeitweisen Blackouts machten ihn noch verrückt. Er erinnerte sich, dass er in seinem marokkanischen Hotel überfallen worden war, auch an dieses Kellerverlies, die Wüste und schließlich an das grelle Licht. Aber trotzdem schien es ihm so, als hätte er mehrere Tage einfach verloren.

Obwohl er wusste, dass er hier im Krankenhaus in Sicherheit war, gelang es ihm nicht, die Panik loszuwerden.

Sobald er Schritte auf dem Gang vernahm, schreckte er hoch, glaubte im ersten Moment, seine Peiniger würden wieder auftauchen, ihm mit Drogen versetztes Wasser bringen oder zu diesem brutalen Baxter schleifen.

Auch wenn er nur wenige Tage ein Gefangener gewesen war, so hatte sich die Angst doch wie ein Parasit in seinem Inneren festgesetzt. Am liebsten wäre es ihm, wenn man seine Tür verrammeln und die Fenster mit schweren Metallplatten versiegeln würde. Er fürchtete sich bereits jetzt schon davor, eines Tages dieses Zimmer verlassen zu müssen, und schämte sich deswegen. Dieser Baxter hatte ihn zu einem Schwächling gemacht, was sollte nun aus ihm werden?

Als der Arzt einen weiteren Kontrollgang machte und seinen Patienten so aufgewühlt vorfand, verabreichte er ihm ein leichtes Schlafmittel. Er wusste, wie verzweifelt Gerrit war. Der Fachbegriff dafür war *Posttraumatische Belastungsstörung*. Zu viele Männer und auch Frauen, die Ähnliches durchgemacht hatten, hatten schon bei ihm auf der Station gelegen. Er konnte jedoch nur die körperlichen Schmerzen lindern und die Wunden versorgen. Viel wichtiger war die Tätigkeit der Psychologen, die den Opfern halfen, das Erlebte zu verarbeiten. Er konnte nur beten und hoffen, dass dieser junge Mann nicht von der Hölle, durch die er die letzten Tage gegangen war, irgendwann einmal verschlungen werden würde.

Gerrit schloss die Augen, nachdem der Arzt sein Zimmer verlassen hatte, glaubte aber nicht, dass er heute Nacht überhaupt schlafen könnte.

Die Minuten verstrichen langsam, der Raum lag im Dunkeln. Eine der Schwestern hatte auf seine Bitte hin die Vorhänge geschlossen. Jetzt bereute Gerrit das jedoch, denn dadurch war es im Zimmer so finster, dass er tatsächlich nicht einmal die Hand vor Augen sehen konnte. Außerdem war es plötzlich auf unheimliche Weise still. Nicht einmal das leiseste Knistern war zu hören. Er schloss die Augen.

Plötzlich drang ein vertrautes Geräusch an seine Ohren. Es war ein fast unmenschlicher Ton, ein eigenartiges Röcheln, heiser und schnarrend.

Der Körper des jungen Mannes spannte sich an. *Baxter!*, dachte er und geriet in Panik. Er konnte nichts sehen, hörte dafür aber immer wieder dieses Röcheln. Er hatte keine Wahl, er musste aus dem Bett. Als er sich aufrichten wollte, bemerkte er, dass man ihn fixiert hatte. Seine Hände und Füße waren an das Gestell gefesselt. Jetzt schwoll das Röcheln an. Gerrit versuchte zu schreien, irgendwer musste doch hier sein? Aber seine Stimme versagte, er konnte nicht einmal mehr sprechen. Die Angst schnürte ihm die Kehle zu und dann wurde es von einer Sekunde zur anderen hell. Beißendes weißes Licht blendete den jungen Mann, er kniff die Augen zusammen, aber das half nichts.

Das Licht war so grell, dass ihm bereits Tränen über das Gesicht liefen, dann hörte er plötzlich ganz leise die Stimme von Randolph Baxter. »Nun wissen wir also, dass du verdammt dumm bist, mein britischer Freund!«

Gerrit versuchte erneut zu schreien, als er den Lauf einer Waffe vor sich sah. Baxter hatte ihn also gefunden und würde ihn töten. Es war wie damals in der Wüste – er dachte an Lim Sang, an Seoul und das Bild, Hirotos letztes Bild. Gerrit riss an den Fesseln und kam mit einem Ruck frei, sein Oberkörper schnellte nach oben und endlich konnte er schreien.

Das grelle Licht war verschwunden, diffuses Dämmerlicht erfüllte dafür den Raum. Zwei Schwestern rannten ins Zimmer und wollten Gerrit helfen.

»Nur ein Traum!«, sagte die eine fürsorglich und wiegte ihn wie ein kleines Kind. »Nur ein Traum«, flüsterte sie immer wieder und schaffte es schließlich, ihren Patienten zu beruhigen.

Gerrit sank erschöpft zurück in die Kissen. Die Schmerzen wurden wieder stärker, aber das war gut so. Auf diese Weise wusste er wenigstens, dass er noch lebte und im Hier und Jetzt war. Er hatte geträumt, aber etwas war dabei in seine Erinnerung zurückgekehrt.

»Ich muss telefonieren«, keuchte er.

Die Schwester wollte widersprechen, aber die Entschlossenheit des jungen Mannes und die Vehemenz, mit der er seinen Wunsch äußerte, ließ sie seine Bitte ernst nehmen. Man brachte ihm ein tragbares Telefon und Gerrit wählte Marchands Handynummer.

Brüssel, russische Botschaft
7. Juni, Gegenwart, nachts

»Was hat das zu bedeuten?«, fragte Marchand angespannt.

»Leon Marchand, seit 26 Jahren beim BAS, Belgier. Und ich dachte immer, Sie sind Franzose«, warf Sorkin ein. Dann wurde er wieder ernst und sagte: »Hier stehen jede Menge Details über Ihre Person. Auch, dass Sie der Leiter der Taskforce sind, die das Geheimnis um das Projekt Todlicht aufklären soll.«

»Woher stammen diese Informationen?« Marchand war müde, der Tag hatte ihn einiges an Kraft gekostet. Nun versuchte er, die Zusammenhänge herzustellen, und fragte sich, was ihm bisher entgangen war.

»Bedauerlicherweise aus Nordkorea!«

Diese Nachricht war wie ein Eimer kaltes Wasser. »Was? Woher wissen die das?«

»Das habe ich mich auch gefragt und denke, die Antwort liegt auf der Hand, wenn man diese Notiz betrachtet.«

Der Major reichte ihm einen Computerausdruck. Der koreanische Text war bereits übersetzt worden.

»Wir haben diese Unterlagen beim nordkoreanischen Sicherheitsbeauftragten für das Projekt Todlicht gefunden.«

Geschockt las Marchand die Aufzeichnungen. Die ersten Zeilen enthielten viele Informationen über sein Leben, wobei das Geburtsdatum noch ein harmloses Detail war. Wer auch immer diese Daten gesammelt hatte, war außerordentlich gründlich gewesen. Aber noch viel erschreckender waren die Sätze darunter. Die Namen der Taskforce-Mitglieder wurden aufgelistet, dann folgte ein persönlicher Kommentar:

`+++ Leon Marchand sollte nicht unterschätzt werden. Ich kenne ihn mittlerweile gut genug und denke, ihm könnte es gelingen, besagtes U-Boot für uns zu finden. Von amerikanischer Seite haben wir nichts zu befürchten, bisher haben die keinen Verdacht geschöpft. Allerdings wird der Russe irgendwann zum Problem werden. Erwarte Anweisungen! Bumerang +++`

Marchand schluckte und sah auf. »Verdammt, wer ist ›Bumerang‹?«

Sorkin kratzte sich am Kopf. »Tja, wenn wir das wüssten. Aber eines steht fest, wir haben einen Maulwurf in unseren Reihen und er ist verdammt nahe dran.«

»Keiner von meinem Team!«, erwiderte der Leiter des BAS unvermittelt grob.

Der Major hob die Hand. »Nun, so einfach wird das nicht werden. Momentan kommt jeder infrage, theoretisch sogar Sie.«

»Ich?« Marchands Stimme war beinahe schrill. Er hatte gute Lust, sich auf einen massiven Wortwechsel mit dem Russen einzulassen.

Der aber entgegnete schnell: »Selbst ich könnte der Verräter sein!«

Leon schluckte eine Bemerkung herunter und besann sich auf die Tatsachen. Bisher konnte man selbstverständlich niemanden ausschließen.

»Wir sind in einem Gebäude, in dem viele Menschen ein- und ausgehen. Jemand hätte unsere Taskforce ausspionieren können.«

»Jemand von außerhalb des Teams?« In der Stimme des Russen schwang Zweifel mit.

Marchand gab sich geschlagen: »Sie denken, es ist einer von uns?«

»Ja.«

Sorkins Einsilbigkeit ärgerte Marchand, darum hakte er bissig nach: »Lassen Sie mich raten, Sie halten Catherine Smith für die Schuldige?«

»Ehrlich gesagt, versuche ich mich nicht, von meinen Gefühlen gegenüber Catherine beeinflussen zu lassen.« Der Seitenhieb hatte gesessen. »Aber ich schließe sie nicht aus, genauso wenig wie Hester Miller, Jone oder Gerrit.« Als der Russe Marchands empörtes Gesicht sah, sprach er weiter: »Wer für ein anderes Land spioniert, kann sehr erfindungsreich sein, wenn es darum geht, die eigene Glaubhaftigkeit zu unterstreichen.«

Marchand atmete geräuschvoll aus. »Sie haben recht, wir müssen unvoreingenommen an die Sache herangehen. Was schlagen Sie also vor?«

»Wir behalten diese Information vorläufig für uns und versuchen, dem Maulwurf beziehungsweise *Bumerang* eine Falle zu stellen.«

»Einverstanden. Aber wir müssen auch unsere eigentliche Aufgabe weiterverfolgen. Die Zeit wird knapp und wir wissen immer noch nicht, um was es sich bei dem Projekt Todlicht handelt. Aber wir sind auf der richtigen Spur, dafür haben wir jetzt wenigstens den Beweis.«

»Wie das?«, fragte der Russe neugierig.

»Nun, das geht doch aus dem Schreiben hervor. Die suchen das U-Boot genauso wie wir.«

Die Männer schwiegen und Marchand machte einen Schritt Richtung Bildschirm.

»Wer sind die anderen? Verdächtige? Spione?«

»Deren Lebensläufe waren ebenfalls bei den Unterlagen der Nordkoreaner. Sie sind allesamt Wissenschaftler. Doktor Susan Baker, Engländerin. Doktor der Chemie, Spezialistin für Nanotechnik.« Sorkin leuchtete mit einem Laserpointer auf das Bild der Frau. Dann wanderte das Licht zur Fotografie eines Chinesen. »Doktor Wu Tian, Experte der Hochenergiephysik. Und hier haben wir Professor Yves Manol aus Paris. Der führende Kopf auf dem Gebiet der Mikroelektronik.«

»Wissenschaftler«, murmelte der Leiter des BAS nachdenklich. »Wir sollten mit ihnen Kontakt aufnehmen, vielleicht wissen die etwas Nützliches?«

»Die Idee hatte ich auch, nur leider stellte sich das als etwas schwierig heraus.«

»Wie das?«

»Nun, Susan Baker starb vor knapp zehn Tagen bei einem Autounfall mit Fahrerflucht. Doktor Wu Tian ist seit derselben Zeit verschwunden. Offensichtlich ist er von einem Ausflug in die ›Verbotene Stadt‹ nicht mehr zu seinem Arbeitsplatz zurückgekehrt. Die Chinesen halten sich bedeckt, das sind nur inoffizielle Aussagen. In Paris bin ich nicht weitergekommen. Nur so viel: Es scheint zurzeit unmöglich, mit Professor Manol in Kontakt zu treten. Vielleicht sollte das BAS einmal nachhaken.«

Marchand stieß einen Fluch aus: »Entführungen?«

»Sieht danach aus. Die Frau hat vielleicht versucht zu flüchten. Wer weiß, was da schiefgegangen ist. Und bevor man einen Zeugen riskiert ...« Der Russe hob vielsagend die Augenbrauen.

Leon Marchand betrachtete nochmals die Fotografien. »Wissen die Nordkoreaner, dass wir das Material haben?«

Als der Major nicht sofort antwortete, drehte sich der Leiter des BAS überrascht um. Sorkin verzog ein wenig schmerzhaft das Gesicht. »Es hat Komplikationen gegeben, der nordkoreanische Sicherheitsbeauftragte für das Projekt Todlicht musste beseitigt werden.«

»So ein Mist. Meinen Sie, die ziehen *Bumerang* jetzt ab?«

»Unwahrscheinlich, solange der Kontakt noch nützlich sein kann.«

»Selbst, wenn das Risiko besteht, dass er auffliegt?«

»Selbst, wenn das Risiko bestünde, dass er stirbt.« Und mit einem bitteren Lächeln fügte er hinzu: »So läuft das leider. Das Wohl des Landes steht über dem des Agenten.«

Marchand war nicht so naiv, zu widersprechen. Stattdessen sagte er: »Wir halten das unter Verschluss. Ich werde mich selbst um die Franzosen kümmern, vielleicht erfahre ich mehr über Manol und bei den Engländern hake ich auch nach. Schade, das wäre eigentlich Jones Gebiet.«

»Es ist besser, wenn vorerst niemand weiß, dass wir diese Informationen haben. Immerhin würde das auch unseren Mann in Nordkorea gefährden.«

»Ja, natürlich. Wir ...«

Der Leiter des BAS wurde unterbrochen, als einer der Wachen Marchands Sachen zurückbrachte.

»Alles sauber!«, sagte der Mann knapp.

Marchand griff instinktiv zu seinem Handy und checkte die Mailbox. Er hatte einen Anruf von Gerrit erhalten.

Als Marchand nun Sorkin die Aufnahme vorspielte, wirkten ihre Gesichter angespannt. Trotz der späten Stunde waren beide hoch konzentriert und hellwach.

»Leon, hier ist Gerrit …« Es folgte ein kurzes Räuspern, man hörte an der zittrigen Stimme, wie aufgeregt der junge Mann war. »Mir ist noch etwas eingefallen. Du wirst das vielleicht merkwürdig finden, aber als ich in der Wüste war … mit Baxter … als er mich töten wollte …« Es folgte eine kleine Pause, dann fuhr Marchands Mitarbeiter fort: »Jedenfalls hatte ich in diesem Moment eine Erinnerung und vorhin ist mir das wieder eingefallen. Es hat mit dem Bild zu tun. Hirotos Bild, das mir von Lim Sang gezeigt wurde. Laut ihrer Aussage hat er immer das gleiche Motiv gezeichnet, die Bilder nach ihrer Fertigstellung vernichtet und niemand durfte sie aufbewahren. Lim Sang sagte auch, er hätte nie die Sonne auf seinen Zeichnungen scheinen lassen. Jedenfalls, als ich dort im Sand gekniet habe, und glaubte zu sterben, hatte ich eine Eingebung. Ich dachte an Hiroto und wusste, was er gezeichnet hat. Ich hoffe, du hältst mich jetzt nicht für verrückt – aber ich denke, er hat den Ort gezeichnet, an dem er beinahe gestorben wäre.«

Wieder folgte eine Pause, so als bräuchte Gerrit ein paar Minuten, um sich selbst Mut zum Weitersprechen zu machen. »Er hat das Meer und die Küste abgebildet – das war vielleicht die Stelle, an der er furchtbare Todesangst gehabt hatte. Womöglich hat ihn das U-Boot dort hingebracht und er konnte entkommen. Vielleicht ist es ja immer noch da, auf dem Meeresgrund oder so … Dann wäre das Bild quasi eine Karte, die uns zu U-9881 führen könnte.« Abrupt stoppte der junge Mann und zögerte, bevor er sagte: »Also, irgendwie schien mir das logisch«, und mit einem gequälten Lachen fügte er noch an, »wenn ich aus Therapiegründen malen sollte, würde ich mich wahrscheinlich für Wüstenbilder entscheiden.«

Er räusperte sich noch einmal. »Jedenfalls dachte ich, du solltest das wissen. Tut mir leid, wenn ich dich gestört habe, mir kam es nur mit einem Mal so wichtig vor und jetzt fühle ich mich wie ein Idiot. Also, gute Nacht.«

Die beiden Männer schwiegen einen Moment, dann schüttelte Sorkin den Kopf. »Das kann ich einfach nicht glauben. Dieser Koreaner soll all die Jahre gewusst haben, wo sich das U-Boot befindet, und hat es niemandem gesagt?«

Marchand lächelte milde. »Er wollte vielleicht nicht, dass irgendwer U-9881 findet. Und dass er die Stelle immer wieder gezeichnet hat, das, mein lieber Freund, ist nichts, was man mit dem Verstand erklären sollte.«

»Worauf wollen Sie hinaus?«

»Die menschliche Psyche. Gerrit hat es erkannt, weil er eine ähnliche Situation wie dieser Hiroto erlebt hat. Stellen wir uns doch einmal vor, die Deutschen hätten es mit dem U-Boot bis zur koreanischen Küste geschafft. U-9881 wurde nicht von den Japanern übernommen. Bei den Amerikanern oder Russen ist es ebenfalls nicht aufgetaucht. Wir wissen, dass Hiroto irgendwie von dem japanischen Zerstörer nach Korea gekommen sein muss, und er hatte Röhmers Pass und Jacke bei sich.«

»Also kam er vermutlich zu irgendeinem Zeitpunkt auf das U-Boot der Deutschen«, ergänzte Sorkin.

»Möglich wäre es. Was, wenn das U-Boot Kurs auf die koreanische Küste genommen hätte? Dort wurde es versenkt, Hiroto schwer verletzt, dann schleppte er sich an Land und man fand ihn.«

»Und nach seiner Genesung malte er Bilder von der Stelle, an der das alles passiert ist?«

»Wäre das wirklich so abwegig?«

»Nein. Aber zu glauben, das U-Boot wäre noch dort? In Küstennähe hätte man es doch früher oder später entdeckt!«

»Eben, früher oder später. Denken Sie doch nur an das deutsche U-Boot-Wrack vor der Küste Javas, das wurde erst 2013 von Fischern gefunden.«

»Aber danach hat keiner gesucht. U-9881 hingegen …«

»Man muss aber erst einmal wissen, wo man suchen kann. Wir sollten es probieren, auch wenn es extrem schwierig werden wird.«

Sorkin machte eine billigende Geste. »Einverstanden, versuchen wir unser Glück. Aber wie sollen wir Nachforschungen betreiben, wenn uns dieser Maulwurf namens Bumerang im Nacken sitzt?«

»Wir recherchieren außerhalb der Taskforce, nur Sie und ich wissen davon. Gerrit werde ich sagen, dass er seine Idee vorerst für sich behalten soll. Und vielleicht könnte uns die Russische Föderation ihre Satelliten für die koreanische Küste zur Verfügung stellen.«

»Kein Problem!«

»Wir gleichen Hirotos Zeichnung mit den Satellitenaufnahmen ab. Ich nehme an, Ihren Leuten steht entsprechende Software zur Verfügung. Dann sehen wir weiter. Finden wir keine Übereinstimmung, vergessen wir die Sache. Sollte es aber tatsächlich einen Treffer geben, werden wir uns die nächsten Schritte überlegen. Vorerst halten wir alle anderen raus.«

»Das Gebiet dürfte sich auf den Grenzbereich beschränken.«

»Davon gehe ich aus. Man hat Hiroto in der Nähe des 38. Breitengrades gefunden. Von allzu weit her kann er zu Fuß kaum gekommen sein. Wir fangen mit der Küste in diesem Abschnitt an.«

Als sich Marchand verabschieden wollte, hielt ihn Sorkin kurz zurück. »Sie wissen, dass die Sie im Visier haben?«

Der Leiter des BAS nickte.

»Ich denke, es ist an der Zeit, eine Waffe zu tragen.«

Marchand wollte erst widersprechen, dachte dann aber an den kurzläufigen Revolver, den er sich vor einiger Zeit zugelegt hatte. Der Major hatte recht, sie waren längst über den Punkt der ungefährlichen Informationsbeschaffung hinaus. Die Situation hatte sich bereits zugespitzt und er musste sich im Notfall verteidigen können.

* * *

Hester Miller betrat in dieser Nacht äußerst verwirrt ihr Hotelzimmer. Sie war dem Wagen gefolgt und plötzlich vor der russischen Botschaft gelandet. Marchand hatte sich vermutlich mit Sorkin getroffen. Ob die beiden Bescheid wussten und sich deshalb außerhalb des BAS verabredet hatten? Sie seufzte und warf ihren Laptop an. Auch das würde sie melden müssen. Ein Wunder, dass man sie nicht entdeckt hatte. Einmal war sie versehentlich so dicht aufgefahren, dass ihre Zielperson sie eigentlich hätte sehen müssen.

Die Amerikanerin dachte an Gerrit. Sie fühlte sich für das, was passiert war, verantwortlich. Immerhin stammte die Baxter-Information von ihrer Behörde.

Morgen würde sie ihm einen Besuch abstatten. Vielleicht wollte er mit jemandem sprechen und womöglich wusste er sogar, was Marchand und Sorkin ausbrüteten.

Brüssel, Büro des BAS – 9. Juni, Gegenwart

»Die Amerikaner haben sich beschwert. Sagen Sie es mir Marchand, zu Recht?«

Marchands Vorgesetzter schien nicht begeistert zu sein, seinem besten Mann eine Strafpredigt halten zu müssen.

»Wir sind in der letzten Zeit vielleicht etwas zurückhaltend gewesen.«

»Wer ist *wir*? Und was heißt zurückhaltend?«

Marchand hielt es für das Beste, die Wahrheit zu sagen. Er erzählte von dem dringenden Verdacht, einen Maulwurf im Team zu haben, und von ihren Vermutungen bezüglich Hirotos Bild.

Sein Vorgesetzter war nicht glücklich, das zu hören. »Solange wir keine Beweise haben, dass eine der Amerikanerinnen unser Bumerang ist, können wir die beiden nicht von unseren Untersuchungen ausschließen. Wenn ich etwas Dementsprechendes verlauten lasse, haben wir ruckzuck die schönsten diplomatischen Verwicklungen am Hals. Selbst wenn ich behaupte, wir vermuten den Verräter in den eigenen Reihen und haben deswegen Informationen zurückgehalten.« Kurz runzelte er die Stirn, denn ihm war noch etwas eingefallen.

»Woher wissen die überhaupt von Ihrer Solonummer mit Sorkin?«

Marchand sah nachdenklich zu seinem Gesprächspartner. »Das würde mich auch interessieren.«

»Dachte, Sie können gut mit der Smith? Also, bringen Sie das in Ordnung und finden Sie den Maulwurf.«

Marchand war rot angelaufen. Zum einen aus Verlegenheit, zum anderen aber auch aus Zorn. Wie stellte sich sein Vorgesetzter das vor? Mit einem kurzen Gruß verließ er das Büro und suchte nach Sorkin.

* * *

»Das war zu erwarten. Aber ich denke, wir brauchen nicht mehr lange. Ich habe gute Nachrichten. Wir könnten eine Übereinstimmung haben.«

Marchand sah fragend zu dem Major.

»Wir haben vielleicht die Stelle gefunden, die Hiroto gezeichnet hat.«

»Das ist ja fantastisch!«

»Vermutlich liegt der infrage kommende Küstenabschnitt auf der nordkoreanischen Seite.«

»O. k., das heißt, es wird kompliziert. Und was jetzt?«

»Meine Leute werten die geologischen Ergebnisse noch aus. Und obwohl es sehr heikel ist, schicken wir noch jemanden für eine visuelle Bestätigung hin. Versuchen Sie, die Amerikaner hinzuhalten.«

Marchand nickte und legte sich bereits eine Strategie zurecht. Als sein Handy klingelte, stellte er erfreut fest, dass Gerrit am anderen Ende der Leitung war.

Nach dem üblichen Abfragen des Gesundheitszustandes kam der Brite schnell zur Sache. »Ich weiß nicht, ob das wichtig ist. Aber du hast doch gesagt, ich soll mit niemandem über Hirotos Bild reden.« Er zögerte, sprach dann aber weiter. »Gestern hatte ich Besuch von Hester Miller. Sie war wirklich nett und alles, aber dann hat sie mir Fragen gestellt. Über dich, Sorkin und den Fall. Und ob ich glauben würde, dass man das U-Boot noch finden könnte.«

»Was hast du geantwortet?«, hakte Marchand nach und konnte nicht vermeiden, dass in seiner Stimme Besorgnis mitschwang.

»So gut wie nichts. Außer, dass ich dir zutraue, das U-Boot zu finden. War das falsch?«

»Nein, alles in Ordnung. Hauptsache, du hast ihr nichts von dem Bild erzählt!«

»Natürlich nicht. Aber was ist hier eigentlich los? Dass ich nicht mit Hester sprechen darf, das kann ich mir noch irgendwie erklären, aber was ist mit Jone?«

Marchand seufzte. Er wäre froh, wenn diese Heimlichtuerei bald vorbei sein würde. »Ich kann dir das jetzt nicht erklären. Vorerst zu niemandem ein Wort. Und Gerrit, es war richtig, mich anzurufen.«

Nach dem Gespräch machte sich Marchand auf den Weg zu Cathrine. Sie stand gerade vor einem der Kaffeeautomaten, als er sie grob am Arm packte und in eine Ecke zog.

»He, was soll das denn?«, fuhr sie ihn an.

»Hast du Beschwerde eingereicht?«, erwiderte er wütend und hielt sie immer noch fest.

Mit einem Ruck befreite Cathrine ihren Arm. »Hör zu«, zischte sie, »ich habe meinen Vorgesetzten Rede und Antwort zu stehen. Die fragen mich, wie weit wir sind und was wir unternehmen. Und ich kann darauf nur antworten, dass ich es nicht weiß. Das sieht nun mal so aus, als würdet ihr etwas zurückhalten.« Sie strich sich eine Haarsträhne aus dem Gesicht und holte Luft.

Marchand schnaubte. »Mittlerweile solltest du wissen, dass es Situationen gibt, in denen man Material erst sichten muss, bevor man damit hausieren geht.«

»Uns bleibt keine Zeit, Material zu sichten, alles muss auf den Tisch gelegt werden«, rief die CIA-Mitarbeiterin nun leidenschaftlich.

Marchand ging nicht darauf ein, sondern sagte lediglich: »Wir sehen uns in einer halben Stunde im Besprechungszimmer.«

Damit drehte er sich um und verschwand Richtung Büros. Das »Blöde Kuh« konnte er sich gerade noch verkneifen.

* * *

Bei dem anschließenden Meeting berichtete Marchand den anderen von den mutmaßlichen Entführungen durch die Nordkoreaner. Er hatte zwischenzeitlich ein paar Telefonate geführt und die Franzosen konnten den Verdacht, dass Professor Manol gekidnappt wurde, leider bestätigen. Auch mit den Engländern war er in Kontakt getreten. Falls Jone sich wunderte, warum sein Chef ihn bei den Recherchen nicht hinzugezogen hatte, so behielt er das für sich.

»Woher stammen die Informationen?«, fragte Hester aufgeregt, nachdem der Leiter des BAS seine Ausführungen beendet hatte.

»Mich hat ein französischer Kollege angesprochen und kurz darauf erfuhr Major Sorkin von dem Verschwinden des chinesischen Wissenschaftlers. Wir recherchierten ein wenig und stießen auf den Tod von Susan Baxter. Weil mich die Franzosen vorerst um Stillschweigen baten, setze ich das Team erst heute davon in Kenntnis.« Marchand log, ohne rot zu werden. Trotzdem hasste er solche Ränkespiele, denn dafür hatten sie eigentlich keine Zeit.

»Und was machen wir jetzt mit diesen Informationen?«, fragte Catherine in die Runde. »Ich meine, die bringen uns doch überhaupt nicht weiter.«

»Immerhin wissen wir, dass die Nordkoreaner Probleme mit ihrem Projekt Todlicht haben, sonst würden sie nicht versuchen, Experten zu kidnappen«, erwiderte Sorkin.

»Wissen wir das wirklich? Es könnte doch auch sein, dass die Wissenschaftler nur dazu gebraucht werden, die Waffe zu verfeinern, ihr sozusagen den letzten Schliff zu geben«, warf Hester beunruhigt ein.

»Beide Szenarien sind möglich«, kommentierte Catherine das eben Gehörte. »Aber so oder so, wir sollten schnellstens dieses U-Boot aufspüren, denn momentan hinken wir hinterher.«

Marchand und die anderen konnten ihr nur zustimmen.

Jone, der sich einige Notizen gemacht hatte, hob den Kopf und stellte eine Frage: »Und wieso sind wir so sicher, dass die

Nordkoreaner für das Verschwinden der Wissenschaftler verantwortlich sind?«

Sein Chef zögerte und sagte schließlich: »Vieles deutet darauf hin.« Wieder verheimlichte er, dass die Informationen von einem Informanten der Russen stammten.

»Und wissen das die Franzosen und Chinesen? Habt ihr den Engländern gesagt, dass Susan Baker das Opfer eines nordkoreanischen Entführungskomplotts war?« Seine Stimme klang rau.

»Nicht zu diesem Zeitpunkt«, sagte Marchand mit ehrlichem Bedauern. »Wir würden damit unsere Untersuchungen gefährden. Vorerst müssen diese Informationen unter Verschluss bleiben«, sagte der Leiter des BAS bestimmt.

Der Finne stöhnte und schob, wie es seine Gewohnheit war, die Brille nach oben. »Was ist mit einer diplomatischen Lösung? Hat sich eigentlich einmal jemand die Mühe gemacht, mit den Nordkoreanern zu reden? Vielleicht könnte man sich einigen …« Jone wurde immer wütender.

»Ich weiß, dass es momentan diplomatische Kontakte zu Nordkorea gibt«, antwortete ihm Marchand. »Natürlich hat man seine Besorgnis über die beiden Explosionen zum Ausdruck gebracht. Aber das geschieht nicht in der Öffentlichkeit. Die Diplomatie läuft hinter verschlossenen Türen. Und wir sorgen dafür, dass sie am Ende erfolgreich ist. Eines sollte uns allen bewusst sein: Wir wurden zusammengerufen, um eine Eskalation zu verhindern, nicht, um sie vorzubereiten.«

Dann wandte er sich direkt an Jone. »Auch wenn unser oberstes Ziel momentan lautet, herauszufinden, was hinter dem Projekt Todlicht steckt, heißt das nicht, dass wir nicht auch versuchen werden, die vermissten Wissenschaftler zu finden.«

KAPITEL 10

1916 n. Chr.: Während des Ersten Weltkriegs setzt die englische Armee zum ersten Mal Panzer, genannt »Tanks«, ein. Die Erfindung von gepanzerten Fahrzeugen geht jedoch weit in die Vergangenheit zurück. Beispielsweise wurden bereits Streitwagen und Rammböcke entsprechend gesichert, um gegnerischen Angriffen länger standhalten zu können.

Die heutigen Panzer sind natürlich bei Weitem nicht mehr die einfachen Fahrzeuge früherer Zeiten – es sind hochkomplexe Waffensysteme. Schnell, extrem gut gepanzert und mit modernster Elektronik ausgestattet.

Nordkorea – 9. Juni, Gegenwart

Es war kurz vor Mitternacht, als sich Oberst Yun in seiner Wohnung vorbereitete. Erneut benötigte man kurzfristig seine Hilfe. Der Auftrag selbst war dieses Mal relativ einfach. Allerdings lag bei der heutigen Mission die Herausforderung im Weg und weniger im Ziel.

Yun musste nämlich Pjöngjang verlassen, wofür er einen Passierschein brauchte, da es den Nordkoreanern nicht erlaubt war, nach Belieben im Land herumzureisen. In seiner Position wäre ihm das Dokument mit Sicherheit bewilligt worden – aber erstens hätte das zu lange gedauert und zweitens wäre er dann gezwungen gewesen, von seinen Reiseplänen zu erzählen. Also hatte er sich dazu entschieden, einen Passierschein zu fälschen, und sich einen halben Tag Urlaub genommen, mit der Ausrede, er wolle eine Sonderausstellung zum Thema Koreakrieg in einem Museum Pjöngjangs besuchen. Glücklicherweise hatte er einen eigenen Wagen, was keine Selbstverständlichkeit war.

Sein Ziel an der Küste lag etwa vier Autostunden entfernt. Er müsste also bis zum Sonnenaufgang dort sein. Wenn alles glatt lief, wäre er pünktlich wieder in seinem Büro.

Nach den jüngsten Ereignissen hatten ihm seine russischen Kontaktleute nahegelegt, künftig doch immer eine kleine Rückversicherung bei sich zu tragen. Yun tastete zur Innentasche seiner Jacke und fand den Gegenstand, den er suchte. Wirklich beruhigt war er durch ihn allerdings nicht.

Als er vor das Haus trat, hatte es gerade angefangen, zu regnen. Yun schlug den Kragen des Militärmantels nach oben und hastete zu seinem kleinen Auto. Das schlechte Wetter könnte für ihn ein Glücksfall sein. Bei diesen ungemütlichen Bedingungen waren die Wachen an den Kontrollpunkten nicht unbedingt erpicht darauf, sich lange im Freien aufzuhalten.

Tatsächlich nahm der Regen noch zu und die abgewetzten Scheibenwischer, die geräuschvoll über das Verbundglas kratzten, schienen beim Kampf gegen die Wassermassen beinahe zu kollabieren.

An der Stadtausfahrt ging er vom Gas und tuckerte gemächlich auf den Kontrollposten zu.

Die Wache kam unter dem Schutz des Unterstandes hervor und leuchtete in das Fahrzeug. Obwohl der Mann Schlechtwetterkleidung trug, schien er durchnässt zu sein. Die Regentropfen waren auf Oberst Yuns Seite, denn jetzt drehte auch noch der Wind und das Wasser peitschte der Wache ins Gesicht. Ohne sich lange aufzuhalten, registrierte der Mann Yuns Uniform, warf einen flüchtigen Blick auf den Passierschein, drückte einen Stempel darauf und winkte ihn durch.

Der Oberst atmete auf, diese Hürde hatte er geschafft.

Die Fahrt verlief ohne Zwischenfälle. Als er einen Kontrollpunkt in der Nähe des Nationalparks beim Kumgang-Gebirge passierte, reichte der dortigen Wache der Stempel aus Pjöngjang, um von der Korrektheit der Reiseerlaubnis überzeugt zu sein.

Man hatte ihm mitgeteilt, an welchen Küstenabschnitten er seine Aufnahmen machen sollte. Die Kommunikation mit den Russen lief über eine tragbare Sende- und Empfangseinheit, die man ihm zur Verfügung gestellt hatte. Seit der kleine Kasten in seinem Besitz war, fühlte sich Oberst Yun nicht mehr sicher, obwohl er dafür ein hervorragendes Versteck auf dem Dach des Wohnhauses gefunden hatte.

Die ersten Koordinaten erreichte er, als die Sonne aufging. Nachdem Yun von oben das Meer und die aus dem Wasser ragenden Felsen fotografiert hatte, kletterte er nach unten, um dort weitere Aufnahmen zu machen.

Sein zweites Ziel lag noch näher an der demilitarisierten Zone am 38. Breitengrad, der Grenze zu Südkorea.

Auch hier fotografierte er von oben die See und hielt sich an die Anweisung, vor allem die vor der Küste liegenden Felsformationen aufzunehmen. Die Felsgruppe mit den drei imposanten Spitzen, die er jetzt vor sich sah, war wirklich etwas Besonderes. Schnell kletterte Yun hinunter und war froh, dass die momentane Ebbe einen kleinen Küstenstreifen freigab. So konnte er auch von unten Aufnahmen machen.

Die beiden Stellen, die er hatte aufsuchen müssen, waren sich tatsächlich sehr ähnlich. Allerdings hatte er hier den Eindruck, dass ein Teil der Klippen irgendwann einmal abgerutscht war. Jedenfalls deutete der riesige Geröllberg, der bis ins Wasser reichte, darauf hin.

Yun sah auf die Uhr. Er hatte seinen Auftrag erledigt, jetzt musste er schnell zurück.

* * *

In seiner Wohnung angekommen – der Passierschein hatte auch den Prüfungen auf der Rückfahrt standgehalten – beeilte sich der Oberst, die Bilder zu übermitteln. Dann löschte er die Aufnahmen von seiner Kamera und versteckte den Apparat zusammen mit der verräterischen Sendeeinheit wieder auf dem Dach.

Pünktlich erschien er am Arbeitsplatz. Niemand stellte Fragen oder hatte Zweifel an seiner Version. Jedenfalls glaubte Yun das, bis er am Abend in das Personalbüro gerufen wurde.

Der Personalleiter, ebenfalls ein Militärangehöriger, stand in dem Ruf, dem nordkoreanischen Geheimdienst anzugehören. Yun hatte bisher nichts auf solche Geschichten gegeben.

Als er jetzt das Büro des Mannes betrat und einen Blick in dessen rundes Gesicht warf, wusste er augenblicklich, dass er den Gerüchten mehr Beachtung hätte schenken müssen.

»Mein lieber Oberst«, begrüßte ihn der Personalleiter mit falscher Freundlichkeit, »wie geht es Ihnen?«

»Gut«, antwortete der Angesprochene knapp.

»Das freut mich!«, sagte der Personalleiter und machte eine Notiz, bevor er weitersprach.

Oberst Yun bemerkte ein leichtes Grinsen und befürchtete bereits, dass man ihn enttarnt hatte.

»Sie wissen, dass wir alle Teil eines großen Ganzen sind, nicht wahr?«

Yun nickte und fragte sich, warum ihm der Mann jetzt mit dieser Philosophie kam.

»Jeder leistet seinen Beitrag zum Wohle aller!«

»So ist es«, antwortete der Oberst ruhig.

»Nun, dann wissen Sie doch sicher auch, dass jede Störung dieses Konzept gefährden kann?« Der Mann sprang plötzlich auf und schrie wütend: »Oder etwa nicht?« Verärgert trat der Personalleiter nun mit zusammengekniffenen Augen vor den Oberst, endlich kam er zum Punkt. »Sie haben behauptet, eine Ausstellung besuchen zu wollen. Nun, ich selbst war heute Morgen dort und habe Sie, Herr Oberst, schmerzlichst vermisst.«

»Überwacht man mich seit Neustem?«, entgegnete Yun, der sich entschlossen hatte, möglichst selbstbewusst aufzutreten.

»Sollten wir das vielleicht tun?«, fragte sein Gegenüber nun zuckersüß. Dann änderte sich dessen Ton und er fauchte: »Sie haben uns angelogen, warum?«

»Es tut mir leid«, antwortete Yun beherrscht, »aber ich habe verschlafen und dann war es zu spät für die Ausstellung. Sie sehen, es war nicht meine Absicht gewesen, zu lügen, aber so etwas kann eben passieren.«

»Sie haben also verschlafen und waren den ganzen Vormittag über zu Hause?«

»Wie ich gesagt habe!«

»Und wieso war Ihr Auto dann nicht da?«

Yun bemerkte, wie sein Puls raste. Der Kerl hatte ihn in die Enge getrieben. Auf die Schnelle fiel ihm keine gute Ausrede ein, also sagte er: »Vermutlich haben Sie mein Auto nicht gesehen, weil ich es einer Freundin geliehen habe.«

»Und wie heißt die Freundin?«

»Das möchte ich lieber nicht sagen.«

»So, das möchten Sie nicht?« Die Stimme des Personalleiters hatte einen gefährlichen Unterton. »Tut mir leid, Herr Oberst. Ich hatte auf eine bessere Erklärung gehofft, aber so wie es jetzt aussieht, muss ich die Sache nach oben melden.«

Der leicht übergewichtige Mann marschierte wieder zu seinem Stuhl und setzte sich. Er hatte die Angewohnheit die Sätze, die er schrieb, gleichzeitig vor sich hinzusagen. Vermutlich tat er das, um sein Gegenüber in Panik zu versetzen.

»Gelogen ... keine schlüssige Erklärung ... Nachbarn haben ihn in der Dunkelheit fortfahren sehen ...«

Die Satzfetzen genügten Yun, um zu wissen, dass ihn der Mann zur Schlachtbank führen wollte. Vertraulich beugte er sich nun ein wenig vor und sagte: »Gibt es denn keine andere Art, das zu regeln?«

»Ein Bestechungsversuch, Herr Oberst? Nun, das wird Sie den Kopf kosten!«

Yun hätte nicht sagen können, ob er in diesem Moment aus Wut oder Angst handelte, aber er handelte. Seine Finger tasteten nach dem Gegenstand in der Innentasche seiner Jacke und zogen ihn heraus.

»Sie sind erkältet, Herr Oberst?«, fragte der Personalleiter gespielt belustigt, als er sah, wie sein Gegenüber die Kappe von einer kleinen Flasche Nasenspray abdrehte. Dann blickte er wieder auf seine Notizen, weswegen ihm entging, wie sein Besucher mit wenigen Schritten um den Schreibtisch herumkam. Erst als er Yuns Arm unter seinem Kinn und den Druck auf dem Kehlkopf spürte, hatte er die Situation erfasst – aber es war bereits zu spät.

Der Personalleiter begann, sich zu wehren, hatte aber keine Chance. Yun stopfte ihm den Sprayaufsatz in das rechte Nasenloch und drückte fest auf das kleine Fläschchen. Die feine Sprühflüssigkeit verteilte sich sofort in den Atemwegen des Mannes, sein Widerstand ließ augenblicklich nach. Yun lockerte seinen Griff und trat schließlich einen Schritt zur Seite.

Nach wenigen Sekunden war es vorbei. Der leblose Körper des Personalleiters kippte nach vorne. Er würde nie wieder irgendetwas irgendwohin melden können.

Ohne Zeit zu verlieren, durchwühlte Yun die Papiere auf dem Schreibtisch und nahm die Notizen an sich. Dann durchsuchte er seine eigene Personalakte. Als alle Spuren verwischt waren, richtete sich der Oberst auf und verließ das Zimmer, während er beim Hinausgehen einen gut hörbaren Abschiedsgruß rief.

Yun wartete noch eine Weile in seinem eigenen Büro, bevor er an diesem Abend nach Hause ging. Offensichtlich wurde der Personalleiter bisher nicht vermisst. Wahrscheinlich würde man ihn erst in ein paar Stunden oder spätestens morgen früh finden.

Bisher hatte der Oberst drei Menschen töten müssen, um an die notwendigen Informationen zu kommen. Leid tat es ihm nur um den alten Hausmeister.

Das »Nasenspray« hatte ihm einen guten Dienst erwiesen. Die enthaltene Flüssigkeit sorgte dafür, dass innerhalb weniger Sekunden nach Verabreichung der Tod eintrat. Ohne gründliche toxikologische Untersuchung würde jeder Arzt als Todesursache einen Herzinfarkt vermuten. Außerdem schöpfte niemand Verdacht, wenn Yun es in seiner Tasche mit sich herumtrug. Und im Gegensatz zu einer Pistole konnten es auch die Detektoren nicht aufspüren.

Ihm machte die Tatsache, dass er mittlerweile anfing, die Tötungen nicht mehr nur als traurige Notwendigkeit, sondern sogar als Normalität zu empfinden, etwas Angst. Konnte man so schnell abstumpfen? Das andere Problem war, dass sich mit jedem zusätzlichen Toten sein eigener Spielraum verkleinerte. Die Gefahr, enttarnt zu werden, wuchs. Das führte ihn zu einer weiteren Überlegung.

Sollte er das Angebot annehmen, sich, wenn der Einsatz vorbei war, von einem Fluchthelfer außer Landes bringen zu lassen? Noch widerstrebte dem Oberst diese Vorstellung, denn seine Heimat war Nordkorea und die wollte er nicht für immer verlassen.

Nordkorea, Operation Bolonka
13. Juni, Gegenwart, kurz nach Mitternacht

Der Marinehubschrauber nahm im Tiefstflug Kurs zur nordkoreanischen Sicherheitszone im Japanischen Meer. Die Männer in dem Helikopter waren angespannt. Hoch konzentriert folgten sie den Anweisungen ihres Teamleaders. Man hatte sie ausgewählt, weil sie alle Spezialisten auf ihrem Gebiet waren und dazu verrückt genug, sich auf solch ein Himmelfahrtskommando einzulassen. Jetzt gab es kein Zurück mehr, die Operation »Bolonka« hatte begonnen …

Büro des BAS – 12. Juni, zur gleichen Zeit
(Zeitverschiebung: sieben Stunden früher
als in Nordkorea)

»Was geht hier vor?«, schnaubte Catherine Smith, als sie den Besprechungsraum betrat und auf dem Monitor die Karte von Nordkorea sah.

»Bitte nehmen Sie Platz«, sagte Marchand zu den Mitgliedern der Taskforce. Dann räusperte er sich und sagte mit einer Gelassenheit, die er nicht empfand: »Wir haben womöglich U-9881 gefunden.«

Während Catherine mit einem »Was?« aufsprang und Hester ähnlich erstaunt reagierte, schnappte Jone nach Luft und sagte: »Das ist doch nicht möglich! Wie?«

Marchand bat um Ruhe und begann mit seinen Erläuterungen.

Nordkorea, Operation Bolonka
13. Juni, nach Mitternacht

Im Hubschrauber befanden sich sieben Männer, drei gehörten zur Besatzung des Helis. Die anderen vier waren ausgebildete Kampftaucher, sie trugen bereits ihre schwarzen Neoprenanzüge.

Der Rest der Ausrüstung lag in ihrem Sturmboot. Der Hubschrauberpilot, ein schweigsamer Mann, um den sich einige Gerüchte bezüglich seiner Kaltblütigkeit auch in ausweglosen Situationen rankten, gab den Waffentauchern ein Zeichen.

Es ging los. Die See war verhältnismäßig ruhig – trotzdem durfte man nicht vergessen, dass man, so weit von der Küste entfernt, den Wassermassen auf Gedeih und Verderb ausgeliefert war. Alles musste stimmen. Die Operation sollte mit einem exakten Sprung aus dem Helikopter beginnen, der aus dieser Höhe und bei der Dunkelheit nicht ungefährlich war. Dann galt es, die Orientierung nicht zu verlieren und schnellstmöglich das Sturmboot zu erreichen. Ihr Transportmittel wurde als Erstes abgeworfen, sofort darauf sprangen die russischen Kampftaucher aus der Maschine. Der Helikopter drehte ab und kehrte zu dem Trägerboot zurück, von dem aus sie gestartet waren.

Hier war die Grenze zu den nordkoreanischen Gewässern. Es gab eine Sicherheitszone von fünfzig Seemeilen, das entsprach etwa neunzig Kilometern, die man weder mit dem Flugzeug noch mit dem Schiff passieren durfte. Es sei denn, man hatte eine ausdrückliche Erlaubnis der nordkoreanischen Behörden. Sollte man sie also auf ihrem Weg zur Küste entdecken, mussten die Soldaten mit einem Angriff rechnen. Der Abladepunkt war auch die Stelle, an der das Team nach abgeschlossener Mission wieder aufgenommen werden sollte. Ab jetzt waren die vier Männer auf sich gestellt.

Innerhalb kürzester Zeit saßen die Soldaten im Sturmboot und der starke Außenbordmotor brachte sie schnell Richtung Küste.

»Wir wissen nicht, was uns dort erwartet«, sagte der Teamleader nochmals, »also seid auf der Hut!«

Der Mann war nun schon seit zehn Jahren dabei. Einsätze wie dieser waren die gefährlichsten, denn sie hatten keine offizielle Order. Niemand durfte Länderkennungen, Abzeichen oder Identifizierungsplaketten tragen. Sollte man sie gefangen nehmen, dann galten sie als Terroristen, ohne Chance auf Rettung. Ihre Vorgesetzten würden sie in einem nordkoreanischen Folterkeller verrotten lassen. Aber nicht nur das machte die Operation so gefährlich: Auch die Tatsache, dass ihnen niemand sagen konnte, was sie an der nordkoreanischen Küste erwartete, war eine Herausforderung, der sie sich stellen mussten.

Dass Major Boris Sorkin die Operation leitete, beruhigte die Männer. Der Major war einer von ihnen, ein Soldat. Keiner dieser Bürokraten, der, wenn es darauf ankam, nur seinen eigenen Hals retten wollte. Über eine Kommunikationsanlage sollten sie während des Einsatzes mit Sorkin Kontakt aufnehmen. Die satellitengestützte Sende- und Empfangseinheit, die zu ihrer Ausrüstung gehörte, verschlüsselte Bilder, Daten und Sprache, sodass Übertragungen nicht in die falschen Hände gelangen konnten.

Nahe des Ufers saßen die Männer ab und schwammen mit dem Sturmboot in der Mitte zu dem kleinen Küstenstreifen. Jeder schnappte sich seine Kalaschnikow. Das obligatorische Tauchermesser hatten sie bereits an der Wade befestigt, ebenso ein Hüftholster mit einer Unterwasserpistole. Die anderen Gegenstände, die sie mitnehmen mussten, wurden unter ihnen aufgeteilt. Dann legten sie die Atemgeräte an. Das geschlossene System dieser Kreislauftauchgeräte würde sie unsichtbar werden lassen, denn es entstanden bei diesen Apparaturen keine Luftblasen, die an die Oberfläche stiegen. Mit grimmigen Gesichtern griffen sich die Soldaten die Nanothermitgranaten und das C4.

Ihr Auftrag lautete, in das Innere des Berges zu gelangen.

Büro des BAS – 12. Juni, zur gleichen Zeit

»Ihr habt das U-Boot anhand der Zeichnung eines alten Mannes gefunden?« Catherines Stimme klang beinahe hysterisch.

»Alle Achtung, das war gute Arbeit«, war Jones Kommentar, der die Amerikanerin scheinbar ignorierte.

»Gerrit hat uns darauf gebracht«, antwortete Marchand sachlich. Dann fuhr er fort: »Wir wissen natürlich noch nicht, ob es sich wirklich dort befindet, aber die Chancen stehen gut.« Damit deutete er auf die Aufnahmen, die jetzt auf dem großen Monitor angezeigt wurden. »Hier sehen wir den Küstenstreifen, der uns interessiert. Das sind die Satellitenbilder von der Oberfläche und hier haben wir die Aufnahmen, die uns die spektralen Eigenschaften des Abschnitts zeigen.«

»Und was heißt das?«, fragte Jone interessiert.

»Die Experten konnten anhand der Daten eine Art geologische Karte von diesem Teilstück erstellen. Vereinfacht erklärt: Jeder Stoff reflektiert Licht auf eine andere Art. Diese Reaktion kann man messen und damit bestimmen, aus was für Material zum Beispiel ein Berg zusammengesetzt ist. Und das alles aus dem Weltall. Ähnlich läuft das auch mit magnetischen Anomalien.«

»Schön, aber was bedeutet das nun genau?«, hakte Catherine beinahe genervt nach, während sie die bunten Abbildungen betrachtete, die ein Normalsterblicher kaum entschlüsseln konnte.

»Es gibt hier eine Anomalie!« Marchand deutete auf ein paar einsame Farbtupfer. »Die Experten tippen auf etwas Metallisches, das unter diesem Berg liegt.«

Catherine drängte sich an ihm vorbei und stellte sich näher vor die Monitore. Mit zusammengekniffenen Augen starrte sie auf die Bilder und sagte gereizt: »Und wenn es irgendein Rohstoffvorkommen ist?«

»Das schließen unsere Leute aus«, mischte sich jetzt das erste Mal Sorkin ein.

»Ihre Leute?«

»Die Russen haben uns ihre Technik zur Verfügung gestellt und die Untersuchungen übernommen«, antwortete Marchand ruhig.

»Und wieso erfahre ich erst jetzt davon?« Die CIA-Mitarbeiterin dachte nicht daran, ihren Unmut zu verbergen.

»Weil ich das so entschieden habe!«, blaffte Marchand zurück und machte klar, dass er darüber nun keine Diskussion führen würde.

Bevor Catherine etwas erwidern konnte, schnitt ihr Hester das Wort ab, indem sie sagte: »Wie soll das U-Boot denn überhaupt in den Berg gelangt sein?«

Sorkin übernahm die Antwort: »Wir vermuten, dass es dort eine Höhle gibt, die mittlerweile verschüttet ist. Vielleicht ein Bergrutsch, der den Eingang verschlossen hat. Das folgern die Geologen aus den freiliegenden Erdschichten darüber.«

Dass zu dieser Erkenntnis auch die Fotografien von Oberst Yun beigetragen hatten, ließ er unerwähnt.

»Wenn das so ist«, sagte Catherine nun säuerlich, »dann müssen wir überlegen, wie wir dort hinkommen.«

»Das wird nicht nötig sein, denn wir haben bereits ein Team vor Ort. In diesem Moment ist Operation Bolonka angelaufen.«

Nordkorea, Operation Bolonka – 13. Juni

Die vier Soldaten verschwanden lautlos im Wasser. Ihre elektrischen Tauchscooter, die aussahen wie Minitorpedos, brachten sie schnell nach unten an die gewünschte Stelle.

Erleichtert stellte der Teamleader beim Ableuchten des Unterwassergesteins fest, dass es einen Durchgang gab und sie nicht sprengen mussten. Seinen Männern gab er entsprechende Handzeichen, dann schwamm der erste durch den schmalen Spalt.

Den Blick ständig auf die Taucheruhr gerichtet, warteten die anderen darauf, dass ihr Kamerad wieder zurückkam. Schneller als erwartet, sahen sie sein O.-k.-Zeichen und folgten ihm.

Es war nicht ungefährlich, an den scharfen Felsen vorbeizutauchen, aber die erfahrenen Marinesoldaten zwängten geschickt sich und ihre Ausrüstung durch die Lücke im Gestein. Obwohl man ihnen gesagt hatte, was sie dort eventuell finden würden, waren sie von dem Anblick überwältigt.

Hier in der Höhle war es so dunkel, dass selbst die vier starken Strahler der Männer Mühe hatten, die Finsternis zu durchdringen. Unheimlich hallte jedes Geräusch, das sie durch ihre Bewegungen verursachten, von den Felswänden zurück. Der fast neunzig Meter lange Bootskörper von U-9881 lag erstaunlich gut erhalten vor ihnen im Wasser. Das deutsche U-Boot hatte etwas Schlagseite und der Salzfraß am Metall war unverkennbar, aber nichtsdestotrotz wirkte das alte Wrack, als hätte es unermüdlich gegen den Verfall angekämpft. Wie ein Sterbender, der so lange durchhielt, bis er sein letztes Geheimnis doch noch jemandem anvertrauen konnte.

»Dieser Major Sorkin ist ein alter Hund!«, stieß der Einsatzleiter voller Respekt hervor, als er sein Atemgerät abnahm.

»Wir haben es tatsächlich gefunden«, rief der Mann an seiner Seite fasziniert.

Der Teamleader gab seine Anweisungen: »Ihr wisst, was ihr zu tun habt. Wir teilen uns auf: Zwei zum Bug, die anderen beiden fangen achtern an. Wir öffnen, fotografieren und filmen alles, was wir von der Ladung noch finden. Unterlagen werden in die wasserdichten Beutel gepackt. Benutzt die Geigerzähler, wir wissen nicht, ob es an Bord radioaktives Material gibt. Alles klar?«

Die anderen nickten.

»Dann los!«

Büro des BAS – 12. Juni, zur gleichen Zeit

»Habe ich das gerade richtig verstanden?«, hakte Catherine mit rot glühenden Wangen nach. »Hier läuft gerade eine geheime Aktion an der Küste von Nordkorea und wir wissen nichts davon?«

Sorkin zuckte gelangweilt mit den Schultern und sah mit halb geschlossenen Augen zum Bildschirm.

»Was zum Teufel ist das für ein Team?«, schrie die CIA-Mitarbeiterin zornig.

»Russische Spezialkräfte. Experten, die hervorragend in der Lage sind, die Ladung zu inspizieren. Diese Männer sind für solche Infiltrationen hinter feindlichen Linien ausgebildet und haben das nötige Know-how, mit Waffen und Kampfstoffen umzugehen.«

»Wir hätten informiert werden müssen«, sagte nun auch Hester Miller, allerdings war ihr Ton sehr sachlich.

»Ich bin gerade dabei, Sie zu informieren«, entgegnete Marchand mit angespannten Kiefermuskeln.

Während Hester das nicht weiter kommentierte, steigerte Catherine sich immer mehr in die Sache hinein. »Wir hätten vorab informiert werden müssen, verdammt! Warum wird diese Operation nur von Russen durchgeführt?«

»Was ist das denn für eine Frage? Glauben Sie, wir hätten die Zeit gehabt, eine internationale Eingreiftruppe zu formieren und auszubilden? Dieses Team vor Ort ist erfahren und eingespielt. Ich verbürge mich für diese Männer«, schleuderte ihr Sorkin entgegen.

»Ja, und wenn die etwas finden, dann hat Ihr Mütterchen Russland das Exklusivrecht darauf.«

Sorkin wurde lauter: »Reden Sie keinen Unsinn. Wir wollen das U-Boot schließlich nicht bergen. Wie stellen Sie sich das überhaupt vor?«

Marchand griff ein und bemühte sich, im Sinne seines Vorgesetzten, diplomatisch vorzugehen. »Wir haben ein russisches Team dort hineingeschickt, aber die Auswertungen werden allen zur Verfügung gestellt. Darum habe ich doch dieses Treffen einberufen. Es geht nicht darum, etwas zu verheimlichen, es geht nur darum, effektiv zu arbeiten.«

Catherine lief bereits zur Tür. »Ich werde das an meine Dienststelle weitergeben, und zwar sofort.«

Die CIA-Mitarbeiterin rauschte wie eine Furie aus dem Raum, kurz darauf stand auch Hester auf und sagte ein wenig verlegen: »Ich sollte zu Catherine.«

Als die beiden Amerikanerinnen verschwunden waren, ergriff Jone das Wort. Er wandte sich direkt an seinen Vorgesetzten. »Ich habe wohl keine Chance zu erfahren, was hier los ist. Diese Heimlichtuerei hat doch nicht wirklich etwas mit Effektivitätssteigerung zu tun.«

Marchand winkte ab: »Wir reden später!«

Nordkorea, Operation Bolonka – 13. Juni

Über den Turm des U-Boots gelangten die Marinetaucher in den Rumpf. Trotz des erstaunlich guten Zustands des alten Kahns mussten sie vorsichtig sein. Wie, um ihre Besorgnis zu bestätigen, gaben die ersten Stufen nach unten ein schauderhaftes Ächzen von sich. Überhaupt war es die ganze Zeit über so, als würde das Boot versuchen, ihnen etwas mitzuteilen. Überall knackte und knirschte es und manche der Stahlteile rumorten, als wären sie lebendig geworden.

Die Lichtkegel der Lampen wanderten über die Wände und den Boden. Wie lange Gespensterfinger gruben sich die Strahlen durch die Finsternis. Und die Geister der Vergangenheit sollten nicht ausbleiben – sie fanden bereits in der Operationszentrale ein Skelett. Die Fetzen eines Kleidungsstückes umwickelten die bleichen Knochen.

»Seht euch das an, das war eine Uniform. Man kann noch das Abzeichen der kaiserlich japanischen Marine erkennen. Sollen wir das auch aufnehmen?«

»Ja«, antwortete der Teamleader, »ich denke, das könnte Sorkin interessieren.«

Mit Verwunderung sahen sie die Patronenhülsen, die auf dem Boden verstreut lagen. Hier musste ein Schusswechsel stattgefunden haben.

Die zwei Soldaten im Bug fuhren zusammen. Über ihnen waren merkwürdige Geräusche zu hören. Es klang, als würden nackte Kinderfüße durch Regenpfützen hüpfen.

»Was ist das?«, flüsterte nun der jüngere seinem Kameraden zu.

Beide Soldaten waren groß, durchtrainiert und hatten die Statur von Kampfsportlern. Trotzdem ließ sie diese geisterhafte Kulisse nicht kalt.

»Wir sollten weitergehen«, schlug der andere mit gedämpfter Stimme vor.

Zügig streiften sie durch den langen schmalen Gang. Die modernen Atom-U-Boote der russischen Flotte ließen sich kaum mit dieser engen Sardinenbüchse vergleichen.

»Sieh dir das an!«, sagte nun wieder der Jüngere und spuckte mit einem wüsten Fluch auf eine Fotografie. Auf dem Boden vor ihnen lag ein zerbrochener Bilderrahmen mit einer verblassten Aufnahme von Adolf Hitler. »Gut, dass wir das gleich alles in die Luft sprengen«, zischte er zufrieden.

Sie zogen weiter und versuchten, die nachtgleiche Schwärze, die Umgebungsgeräusche und den unangenehmen, stickigen Geruch hier unten zu ignorieren.

Das andere Zweierteam fand im Maschinenraum ein weiteres Skelett, das grotesk verrenkt an dem Dieselmotor lehnte. Hier roch es nach Öl und Schmierfett. Auch diese beiden Soldaten waren sehr angespannt. Die Dunkelheit und die Unübersichtlichkeit in der Enge des Bootskörpers versetzte sie in höchste Alarmbereitschaft.

Trotzdem ging eine gewisse Faszination von dem unheimlichen Wrack aus. Die Kennzeichnungen der Ventile und Drehräder und die Angaben auf den Mess- und Steuergeräten waren natürlich auf Deutsch. Die ausgebreiteten Seekarten schienen noch von Hand erstellt worden zu sein und die damals eingesetzte Technik war weit entfernt von den Errungenschaften der digitalen Welt. U-9881 war ein echtes Museumsstück. Wenn man die Apparaturen von damals mit den Einrichtungen auf modernen U-Booten verglich, dann stellte sich unwillkürlich die Frage, wie dieser alte Stahldinosaurier überhaupt jemals dem Druck der Tiefe hatte standhalten können.

In den verwaisten Kojen lagen noch die persönlichen Gegenstände der Besatzungsmitglieder. Briefe an die Liebste, alte Fotografien, Kinderzeichnungen und unter der Matratze auch mal das Bild eines Pin-up-Girls.

»Was ist aus der Mannschaft geworden?«, murmelte der Teamleader.

»Sie müssen wohl von Bord gegangen sein. Die wenigen Leichen, die wir gefunden haben, deuten zumindest darauf hin.«

Wie aufs Stichwort kam vom anderen Team in diesem Moment die Nachricht, dass es weitere menschliche Überreste in den Torpedorohren gab.

»So wie es aussieht, hatte dieses U-Boot nicht mehr viel Bewaffnung dabei«, kommentierte der Einsatzleiter die Information.

Als die erste grobe Durchsuchung abgeschlossen war, konzentrierten sich die Männer auf ihre eigentliche Aufgabe. Ihr Interesse galt in erster Linie den vielen Kisten, die überall im U-Boot verteilt waren. Sie waren nummeriert und das Hakenkreuz prangte auf den Außenseiten.

Da die Soldaten bereits erleichtert festgestellt hatten, dass sich keine Radioaktivität messen ließ, begannen sie, die schweren Holzkisten zu öffnen. Sie waren morsch, sodass die Männer schnell vorankamen.

Eine besonders große Kiste enthielt einen Metallring mit einem Durchmesser von circa einem Meter fünfzig, um den sich eine Spule wickelte. Interessant war, dass dieser Ring eine trichterförmige Öffnung hatte, die an einen kleinen Rüssel erinnerte. Außerdem fanden sie noch Hochspannungsisolatoren aus Keramik, einzelne Spulen, Kontrollpulte und Steuerkonsolen. Unter anderem gab es mehrere metallene Würfel mit einer Kantenlänge von circa 40 Zentimetern. Alles wurde zügig, aber dennoch sorgfältig gefilmt und fotografiert. An der Innenseite einer der Kistendeckel klebte noch ein alter Konstruktionsplan. Doch weil es nur ein Auszug war, konnte man nicht erkennen, was man hier einst transportiert hatte. Da jedoch die Worte »Todlicht« in altdeutscher Schrift darauf standen, waren sie offensichtlich auf der richtigen Fährte. Das hilfreiche Papier wurde eingetütet. Dann galt es, die Sprengladungen anzubringen.

Büro des BAS – 12. Juni, zur gleichen Zeit

Catherine Smith war in den Konferenzraum zurückgekehrt, Hester folgte ihr etwas später.

Die Amerikanerin hatte sich immer noch nicht beruhigt. »Das wird ein Nachspiel haben«, blaffte sie in Richtung Marchand.

Der reagierte nicht darauf, sondern sah auf seine Uhr.

»Die müssten sich jede Minute melden.«

Jone saß mittlerweile vor dem Empfänger, der direkt mit dem PC verbunden war. Alle Daten, die ihnen die Soldaten aus Nordkorea übermitteln würden, wären damit sofort verfügbar und entschlüsselt.

»Was sagen die Satelliten?«, wandte sich Marchand an Sorkin.

Der Major war live mit einer Abteilung des russischen Geheimdienstes FSB verbunden, die ihm die aktuellen Satellitenbilder vom Einsatzort schickte.

»Wir haben im Moment kein klares Bild. Verfluchte Wolkendecke!«, antwortete der Russe gereizt.

Catherine stand hinter ihm und beobachtete den Bildschirm. Alle waren angespannt, der Streit schien für den Augenblick vergessen. Jetzt ging es nur darum, dass Operation Bolonka erfolgreich zum Abschluss gebracht wurde und die vier Soldaten unversehrt nach Hause kamen.

Nordkorea, Operation Bolonka – 13. Juni

Das Nanothermit sollte die Arbeit des C4 unterstützen. Die Hitze, die bei seiner Entzündung entstand, konnte mühelos Metall schmelzen. Diese Eigenschaft war mehr als hilfreich, wenn es darum ging, die geheimnisvolle Ladung bis zur Unkenntlichkeit zu zerstören. Die anschließende Sprengung mit dem Plastiksprengstoff sollte dann alles in Stücke reißen und so auch die letzten Spuren von U-9881 verwischen. Wenn man das U-Boot schon nicht bergen konnte, dann wollte man wenigstens dafür sorgen, dass es nicht in die Hände der Nordkoreaner fiel. Ob die mit der Ladung nun etwas anfangen konnten oder nicht, spielte keine Rolle, man würde in diesem Fall kein Risiko eingehen.

Als die Sprengladungen platziert waren, machten sich der Teamleader und einer seiner Soldaten auf den Weg zum Strand. Sie mussten ins Freie, um ihre Daten an Sorkin zu übermitteln.

Die Scooter brachten die beiden Männer nach oben. Der Küstenstreifen lag dunkel vor ihnen, alles war ruhig. Schnell wurde die Sendeeinheit aufgestellt und der Einsatzleiter startete den Verbindungsaufbau. Parallel schob er die Speicherkarten der Kameras in die Apparatur.

Sein Kamerad hielt die Kalaschnikow im Anschlag und sicherte die Umgebung.

»Wir sind online!«, flüsterte sein Vorgesetzter.

Die Verbindung war gut. »Wir haben es gefunden, Herr Major, Glückwunsch«, sagte der Soldat nun in sein Headset und hörte die Antwort von Sorkin, der begeistert rief: »Fantastische Arbeit! Und jetzt verschwinden Sie so schnell wie möglich.«

Ohne Probleme wurde das Bildmaterial verschlüsselt und übertragen, und bevor sich der Soldat verabschiedete, setzte er den Major im entfernten Brüssel noch davon in Kenntnis, dass die Sprengladungen platziert waren.

Sorkin wollte gerade etwas erwidern, als Maschinengewehrfeuer wie ein Trommelwirbel die Nordkoreaner ankündigte.

»Feindkontakt!«, rief der Teamleader laut, weitere Schüsse folgten.

»Los, zurück in die Höhle«, schrie er seinem Kameraden zu.

Man hatte das Feuer auf sie eröffnet. Von der Seeseite näherten sich zwei Patrouillenboote, Scheinwerferlicht wanderte über die Felsen. Als ihr Sturmboot von den Angreifern entdeckt wurde, prasselte ein gewaltiger Kugelhagel auf das Transportmittel nieder, bis es komplett zerstört war.

Über ihren Köpfen hörten die russischen Soldaten Motorengeräusche. Oben auf den Klippen musste sich mittlerweile eine kleine Armee in Stellung gebracht haben.

Ausgebildet für solche Situationen zerstörte der Teamleader das Sendegerät, nicht ohne zuvor die Speicherkarten an sich genommen zu haben. Damit war die Anlage für die Nordkoreaner unbrauchbar. Dann hasteten die Russen geduckt zum Ufer und feuerten kurze Salven mit ihren Sturmgewehren auf die immer näher kommenden Boote, bevor sie ins Wasser glitten.

Jetzt galt es, die Nerven zu bewahren. Panik konnten sich die Soldaten nicht erlauben.

Wieder in der Höhle schrie der Einsatzleiter: »Aktiviert die Zünder. Zehn Minuten, das muss reichen und dann raus. Wir werden angegriffen! Das Sturmboot können wir vergessen. Härtetest für die Scooter! Los, dawai!«

Über ein Funksignal wurden das Nanothermit und das C4 scharf gemacht, dann tauchten die Soldaten mit ihren Scootern ins Wasser. Als sich das Team durch den Felsspalt quetschte, traf es auf drei feindliche Taucher. Einer der Russen zog sofort seine Unterwasserpistole und feuerte.

Die Nordkoreaner waren ganz offensichtlich nicht für solche Einsätze ausgebildet. Gegen die auch körperlich überlegenen Russen hatten sie keine Chance. Zwei von ihnen starben sofort, als sie die Projektile der Pistolen trafen, der dritte kämpfte verbissen gegen seine Feinde, bis ihm das Tauchermesser des Gegners den Bauch aufschlitzte. Ihre Leichen sanken auf den Meeresgrund.

Durch den Kampf hatten die russischen Soldaten Zeit verloren. Jetzt galt es, sich schnellstmöglich von hier zu entfernen – ansonsten riskierten sie, bei der Sprengung zu sterben. Über ihren Köpfen an der Wasseroberfläche sahen sie die Umrisse der feindlichen Boote. Direkt an der Küste war das Wasser nur wenige Meter tief.

Lediglich mit Handzeichen signalisierte der Einsatzleiter seinen Männern einen Täuschkörper loszuschicken. Diese »Kriegslist« gehörte bei solchen Einsätzen zu ihrer Standardausrüstung. Einer der Soldaten aktivierte den torpedoförmigen Gegenstand, der nun blubbernd und blinkend an den feindlichen Booten vorbeitrieb und diese hoffentlich auf eine falsche Fährte führen würde.

Die Nordkoreaner schluckten den Köder, die beiden Boote drehten ab und folgten den Luftblasen. So schnell wie möglich bewegte sich das russische Team Richtung offenes Meer. Völlig unklar war, ob sie den Aufnahmepunkt überhaupt erreichen konnten. Ihre Scooter waren nicht für solche Strecken ausgelegt. Außerdem kam noch erschwerend hinzu, dass sie eines dieser Geräte bei dem Unterwasserkampf verloren hatten, sodass jetzt ein Scooter das doppelte Gewicht ziehen musste.

Die Druckwelle der Explosion warf sie heftig nach vorne. Somit wussten die Männer zumindest eines: Ihre Mission hatten sie erfüllt.

Büro des BAS – 12. Juni, zur gleichen Zeit

»Um Gottes willen«, rief Jone entsetzt.

»Sind die Daten angekommen?«, fuhr ihn Sorkin an, der seine Augen nicht von den Monitoren ließ. Sie hatten wieder Sicht. Die Satellitenbilder, die jetzt hereinkamen, lieferten ihnen eine gute Vorstellung von dem, was gerade vorging.

»Ja, die Übermittlung ist abgeschlossen, aber ...« Weiter kam der Finne nicht, denn in diesem Moment wurde die Sprengung übertragen.

»Sie haben es geschafft«, stellte Hester fest und klang dabei etwas überdreht.

Niemand gab ihr darauf eine Antwort. Sorkin hing schon am Telefon und ließ sich mit dem Hubschrauberpiloten verbinden.

»Major!«, meldete sich der Soldat respektvoll, konnte aber nichts mehr anfügen, denn Sorkin kam direkt zum Punkt.

»Wir wissen nicht, ob sie noch rausgekommen sind. Auf den Satellitenbildern sehen wir lediglich, dass ihr Transportmittel zerstört wurde.«

»Schlimme Sache, wir starten sofort!«, sagte der Pilot ernst.

»Sie wissen, dass wir den nordkoreanischen Luftraum nicht verletzen dürfen?«

»Ich kann Sie gerade nicht verstehen, Major, schlechte Funkverbindung ...«

Sorkin stieß die Luft aus. »Viel Glück, Soldat. Und schön den Kopf unten halten!«

»Ich melde mich wieder, Ende!«

* * *

»Was wird das?« Es war Catherines schneidende Stimme, die die Stille durchbrach.

Sorkin sah sie nicht an, sondern starrte weiter auf die Bildschirme vor sich. »Wir hoffen, dass wir unsere Soldaten finden.«

»Indem Sie in den nordkoreanischen Luftraum eindringen?«

»Wer hat gesagt, dass das irgendwer tut?« Sorkin ließ sich nicht aus der Ruhe bringen.

»Sie könnten dadurch einen internationalen Zwischenfall provozieren. Ein Boot mit vier Männern in schwarzen Taucheranzügen ist das eine. Die lassen sich vielleicht noch als unabhängige Terroristen verkaufen. Aber einen Hubschrauber dort reinzuschicken … Stoppen Sie diesen Irrsinn!«

»Wenn das Ihre Soldaten wären, würden Sie dann nicht auch alles tun, um sie herauszuholen?«, schleuderte ihr der Major entgegen. Er hatte seine Beherrschung verloren.

Catherine wollte ihm entsprechend antworten, aber dieses Mal ergriff Hester noch vor Marchand das Wort: »Wie wollen Sie Ihre Männer da draußen überhaupt finden?«

Nordkorea, Operation Bolonka – 13. Juni

Mit den Scootern hatten sie etwa die Hälfte der Strecke bis zu ihrem Aufnahmepunkt geschafft. Der, an dem zwei Männer hingen, war mittlerweile ausgefallen. Sie wussten, dass die Nordkoreaner nach ihnen suchten, und vermutlich würden über ihren Köpfen bald feindliche Hubschrauber kreisen. Zwischenzeitlich waren sie aufgetaucht.

»Vorwärts!«, schrie der Teamleader gegen das Grollen des Meeres an. Er konnte nur eines tun, und zwar seine Männer antreiben. Sie mussten weiter. So weit wie möglich mit den restlichen beiden Scootern, dann schwimmen. Er verdrängte den Gedanken daran, welche Distanz noch vor ihnen lag und wie schnell ihre Verfolger sie einholen würden.

Nach weiteren zehn Seemeilen setzten die beiden letzten Scooter aus. Die »Vorwärts«-Rufe des Einsatzleiters hörten die Männer kaum. Sie gruben ihre Arme in die salzigen Fluten und hatten das Gefühl, nicht von der Stelle zu kommen. Der Neoprenanzug konnte sie nicht ewig vor der Kälte schützen. Je weiter sie sich von der Küste entfernten, desto härter wurde der Überlebenskampf.

Vor fünf Minuten hatten sie ihre Signalgeber aktiviert. Damit sendeten sie ein SOS-Funksignal. Das Rettungsblinklicht blieb vorerst ausgeschaltet.

Büro des BAS – 12. Juni, zur gleichen Zeit

»Man kann sie also über ein Signal orten?«, fragte Hester aufgeregt.

»Ja«, antwortete ihr Marchand, der nur ungern der Überbringer schlechter Nachrichten war. »Aber wenn wir Pech haben, bekommen die Nordkoreaner das Signal ebenfalls angezeigt.«

»Können wir denn gar nichts tun?«, hakte die junge Frau besorgt nach.

Catherine, die sich weiteren Kommentaren bezüglich Sorkins Vorgehen enthalten hatte, sagte auch jetzt nichts dazu. Was ging sie das Ganze überhaupt an? Wenn die Operation scheiterte, musste sich der Major dafür verantworten. Wenn alles glatt lief, würde sowieso nie jemand davon erfahren. Und vielleicht ließen sich die Eskapaden des Russen sogar für ihre Zwecke verwenden.

Ihre Gedanken wurden jäh unterbrochen, als sich der Hubschrauberpilot erneut meldete. Es knackte in den Lautsprechern, als der Mann rief: »Ich habe ein Signal!«

Nordkorea, Operation Bolonka – 13. Juni

»Ich höre etwas«, keuchte einer der Soldaten.

Der Teamleader hob den Kopf. Das Meer um sie herum toste laut, trotzdem glaubte er, die Geräusche eines Helikopters zu erkennen. Einen kurzen Gedanken verschwendete er an das Szenario, dass ein feindlicher Hubschrauber sie hier draußen aufgespürt haben könnte, aber er verwarf diese Möglichkeit sofort wieder. Das Risiko mussten sie nun eingehen.

Der Soldat hatte eigentlich keinen Grund, an eine Rettung zu glauben. Er kannte die Unwägbarkeiten solcher Operationen. Aber es gab immer noch so etwas wie Hoffnung. Hoffnung darauf, dass Major Sorkin den Helikopter nicht abgezogen hatte und dass ihr Pilot und Kamerad auf alle Anweisungen pfeifen und sie hier rausholen würde.

Mit einem beherzten Schlag auf die Schulter aktivierte er das Leuchtsignal an seinem Taucheranzug und schickte ein Stoßgebet in den Himmel. Seine Männer, die ihm blind vertrauten, folgten seinem Beispiel, ohne zu zögern.

Im Hubschrauber rief der Kopilot: »Sichtkontakt!« Der Soldat im hinteren Bereich der Maschine fing nun ebenfalls an, zu rufen: »Da unten, da unten!«

Der Pilot drehte seine Maschine in die entsprechende Richtung. Ohne viele Worte brachte er sich über den vier roten Blinklichtern in Position.

»Hol sie rein!«, befahl er nach hinten, ohne den Blick von seinem Höhenmesser zu nehmen.

Das Kabel wurde heruntergelassen.

Die vier Soldaten mussten alle Energie aufwenden, um von den Wassermassen nicht weggerissen zu werden. Der Rotor des Hubschraubers wirbelte das Meer wie ein überdimensionales Rührgerät auf.

Mit letzter Kraft hakten sich die Männer ein. Ihre Hände waren steif und ihre Körper ausgelaugt. Dazu kam der Zeitdruck. Endlich hingen die vier aufgereiht wie die Glieder einer Kette an dem Kabel und wurden von der Winde an Bord gezogen. Völlig erschöpft zerrte man sie ins Innere.

»Scheiße, wir kommen zu hoch!«, rief der Kopilot hektisch und stieß wüste Flüche aus. Sie mussten auf das feindliche Radar achten. Ihr Helikopter hatte zwar Stealth-Eigenschaften, aber das genügte nicht.

»Der Wind wird stärker«, stellte der Pilot nüchtern fest und ließ sich von der enormen Anstrengung, die er aufbringen musste, um die Maschine stabil zu halten, nichts anmerken. »Wir müssen tiefer!« Noch während er sprach, ging er in den Sinkflug.

Der zunehmende Wind wirbelte das Meer auf, das ihrem Hubschrauber jetzt gefährlich nahe kam. Es war mehr als riskant, noch weiter nach unten zu gehen.

Der Pilot schien das alles nicht zu bemerken. Ihr Flug glich der Fahrt durch eine Autowaschanlage. Sollten sie das überleben, dann würde diese Aktion in die Geschichte der spektakulärsten Manöver eingehen.

Niemand sprach, sogar das Blinzeln hatten die Soldaten vorübergehend eingestellt. Die Gischt spritzte über die Frontscheibe, der Heli schien mit den Kufen die Wellen zu kitzeln und das Rucken des Fluggeräts war so heftig, dass die Männer jede Minute damit rechneten, ihr Gefährt würde in der Mitte auseinanderbrechen.

Und dann, ohne Vorwarnung, wurde der Hubschrauber nach oben gezogen. Sie hatten die nordkoreanische Sicherheitszone hinter sich gelassen.

Der Kopilot schlug sich lachend auf die Schenkel und rief derb: »Du verdammter Irrer!«, während der Pilot das Funkgerät aktivierte und mit stoischer Ruhe sagte: »Major Sorkin, Operation Bolonka erfolgreich abgeschlossen. Alle Mann an Bord!«

Dann blieb er kurz stumm, denn der Major hatte ihm eine Frage gestellt.

»Ob es Schwierigkeiten gab? Nein, aber wir brauchen neue Scheibenwischer.« Und mit einem Augenzwinkern zu seinem Kopiloten ergänzte er noch: »Außerdem muss nachher jemand die Seeigel von den Kufen kratzen.«

Büro des BAS – 12. Juni

»Geschafft!« Sorkin stöhnte und fuhr sich mit den Händen zweimal übers Gesicht, so als wollte er einen bösen Traum vertreiben.

Marchand schlug ihm grinsend auf die Schulter. »Sie sollten ein paar Orden verteilen!« Dann wurde er wieder ernst und sagte: »Wir dürfen keine Zeit verlieren.«

»Das sehe ich genauso«, mischte sich Catherine ein. Im Gegensatz zu Hester und Jone, die bei der Rettungsaktion mitgezittert hatten, wirkte sie relativ unbeteiligt.

»Die Daten müssen sofort ausgewertet werden.«

Marchand wandte sich an die Amerikanerinnen. »Wir rufen unsere wissenschaftlichen Experten zusammen, geben Sie Ihren Leuten Bescheid. Je mehr vertrauenswürdige Fachleute wir haben, desto besser. Das Gleiche gilt für Sie, Major. Wir bringen dann online alle zusammen.«

Die Koordination der Wissenschaftler stellte sich als nicht ganz einfach heraus, nicht zuletzt wegen der unterschiedlichen Zeitzonen. Immerhin griff man auf Fachleute aus Europa, Russland und den USA zurück. Trotzdem hatten sie am Ende ihrer Bemühungen ein Team aus zehn Experten zusammengestellt, die über jeden Zweifel erhaben waren. Die Männer und Frauen erhielten die Daten und waren per Online-Konferenzschaltung miteinander verbunden. Jeder von ihnen hatte ein Stillschweigeabkommen unterschreiben müssen und war anschließend auf den neuesten Stand der Untersuchungen gebracht worden. Nun arbeiteten die Wissenschaftler wie besessen, um schnellstmöglich die ersehnten Antworten liefern zu können.

KAPITEL 11

1945 n. Chr.: Nach dem ersten erfolgreichen Kernwaffentest in New Mexico werden am 6. und 9. August Atombomben auf die beiden japanischen Städte Hiroshima und Nagasaki abgeworfen. Die Opfer, die nicht direkt durch die Explosionen getötet werden, leiden an den schrecklichen Folgen der radioaktiven Strahlung. Die Entdeckung der Kernspaltung und die massiven Forschungen ab dem Beginn des 20. Jahrhunderts führen zu einer bis heute andauernden Bedrohung durch Atomwaffen. Die bislang größte gezündete Waffe dieser Art, die »Zar-Bombe«, hatte ungefähr die 4000-fache Sprengkraft der Bombe, die über Hiroshima abgeworfen wurde.

Brüssel
13. Juni, gegen drei Uhr morgens, Gegenwart

Die Taskforce um Leon Marchand zog sich für ein paar Stunden zurück. Es fing bereits an, Morgen zu werden.

Sorkin legte, wie so oft, den Weg zur russischen Botschaft zu Fuß zurück. Mehr denn je brauchte er heute die Minuten an der frischen Luft, um zur Ruhe zu kommen. Operation Bolonka wäre um Haaresbreite schiefgegangen. Auch wenn er es grundsätzlich vermied, seine Gefühle in der Öffentlichkeit zu zeigen, war ihm das heute schwergefallen, denn diese Aktion hatte alles von ihm abverlangt.

Jetzt brauchte er einen klaren Kopf, um sich mit einer anderen Frage zu beschäftigen, die sich automatisch stellte: Wer hatte die Nordkoreaner über den Einsatz informiert?

Nur Marchand und er hatten im Vorfeld davon gewusst. Die anderen, Jone, Hester und Catherine, waren erst kurzfristig unterrichtet worden.

Die Amerikanerinnen hatten beide den Raum verlassen und wären damit in der Lage gewesen, eine Nachricht an die Nordkoreaner zu schicken. Und Jone? Er hätte unbemerkt eine Meldung über das Netz absetzen können. Aber Sorkin war sich sehr sicher, dass eine der Frauen die Schuldige war, und er wusste, dass Leon Marchand das nicht anders sah. Auch wenn ihnen noch die Beweise fehlten, konnte es nicht mehr allzu lange dauern, bis man auf eine brauchbare Spur stoßen würde.

Sorkin blieb stehen. Hatte er vielleicht etwas übersehen? Der Russe bemühte sich stets, seine persönlichen Gefühle aus Ermittlungen herauszuhalten. Es war also nicht nur die starke Abneigung, die er gegenüber Catherine empfand, die ihn dazu brachte, sie für die Verräterin zu halten.

Leon Marchand hatte sich auf diese Frau eingelassen, aber der Mann war kein pickeliger Teenager mehr, der sich an der Nase herumführen ließ. Das hoffte der Major zumindest. Und Hester?

Die junge, unscheinbare Frau schien das Herz am rechten Fleck zu haben. Auch das konnte natürlich zu einem geschickten Täuschungsmanöver gehören. Sollte sie Bumerang sein, dann konnte man nicht gerade davon sprechen, dass sie mit besonders viel Finesse agiert hatte. Ihre Fragen waren plump und viel zu direkt gewesen. Aber wer weiß? Auch das ein Trick? Dann wäre zwar Catherines Rücksichtslosigkeit echt, aber ohne jeden Hintergedanken gewesen.

Der Major setzte sich wieder in Bewegung. Er und Marchand mussten dem Verräter unbedingt eine Falle stellen.

Noch bevor er das Viertel, in dem seine Botschaft lag, erreichte, klingelte sein Handy. Der Anrufer hielt sich nicht mit langen Vorreden auf. Die Stimme eines Mannes, der gebrochen Russisch sprach, war schlecht zu verstehen und zusätzlich verstellt.

Lediglich ein heiseres Flüstern quälte sich durch die Leitung: »Sie wollen wissen, wer Ihr Verräter namens Bumerang ist? Dann kommen Sie sofort in das Hotel ›LaPipa‹, Zimmer 309. Sprechen Sie mit niemandem darüber, vor allem nicht mit Leon Marchand. Sonst verpassen Sie vielleicht eine hübsche, kleine Überraschung. Wenn Sie nicht alleine kommen, bin ich weg. Sie haben zehn Minuten.«

Der Major starrte kurz vor sich hin. Was hatte das zu bedeuten? In der nächsten Sekunde setzte er sich in Bewegung und spurtete den Weg zurück, den er gerade gekommen war. An der Ecke gab es einen Taxistand, alles andere würde bei dem knappen Zeitfenster zu lange dauern. Vermutlich hatte der Anrufer auf genau diese Reaktion Sorkins spekuliert.

Die Fahrer standen müde in der Morgendämmerung und der, der an der Reihe war, schien wenig begeistert, die Tour zu übernehmen, als ihm Sorkin den Namen des Ziels nannte. Offensichtlich war dieses Etablissement nicht weit entfernt und die Fahrt daher unrentabel.

Sorkin wedelte mit einem Fünfzigeuroschein vor der Nase des Mannes und sagte unbeholfen: »Pour vous! Mais vite!«

Der Taxifahrer hatte verstanden und keine fünf Minuten später hielt der Wagen vor einem Hinterhaus in einer dunklen Gasse.

Sorkin hatte unterwegs sein Handy benutzt, um sich Rückendeckung zu verschaffen, mehr Möglichkeiten hatte er im Moment nicht. Natürlich roch die Sache stark nach einer Falle – aber konnte er sich die winzige Chance, eventuell doch an wichtige Informationen zu gelangen, entgehen lassen?

Schnell sprang er aus dem Wagen, drückte dem Fahrer den Geldschein in die Hand, mit dem dieser samt Taxi in Windeseile verschwand, und sah sich in der schmuddeligen Seitenstraße um.

Das Metallschild des »LaPipa« hing zwar noch, schaukelte aber unsicher im Wind. Ein Haken hatte sich bereits gelöst und nun schepperte es bei jeder Bewegung wie eine über den Boden rollende Konservendose.

Die Fenster waren mit alten Zeitungen verklebt und der Eingang verrammelt.

Der russische Major hatte ein ungutes Gefühl. Der Schlag, der ihn in diesem Moment hart am Hinterkopf traf, bestätigte auf schmerzhafte Weise diese Einschätzung.

* * *

Vorsichtig steuerte Hester den Wagen durch die Brüsseler Straßen und parkte, am Ziel angekommen, in einigem Abstand. Sie war nervös und hoffte, dass ihr Auftrag bald erledigt wäre. Jedenfalls hatte sie längst nicht mehr das Gefühl, nur eine unscheinbare Analystin zu sein, die sich durch die Datenbanken wühlen konnte.

Leon Marchand hatte mit einiger Besorgnis seine Nachrichten abgehört. Irgendetwas fing an, mächtig schiefzulaufen, das hatte er im Gefühl. Auch er steuerte seinen Wagen durch die Nacht. Warum musste der Major auch immer den Helden spielen. Der Mann war ein Heiliger, daran gab es keinen Zweifel. Unbestechlich, aber mit einem Ticken zu viel Aufopferungsbereitschaft. Marchand seufzte. In der Nähe des Hotels »LaPipa« stellte er den Wagen ab und machte sich auf den Weg.

Catherine Smith betrachtete ihr Gesicht im Spiegel, dann verzog sie mit einem abfälligen Laut den Mund. Sie hatte keine Ahnung, was die Zukunft für sie bereithielt. Jedenfalls musste sie anfangen, Leon Marchand zu vergessen. Der Mann war ihr gegenüber nicht loyal. Wäre das anders gewesen, dann hätte sie vielleicht alles hinter sich gelassen und mit ihm ein neues Leben angefangen – aber so? Nein, Leon Marchand war auch nicht anders als alle anderen. Ein Macho, der die Kontrolle wollte. Der ihr, dem schwachen Frauchen, nichts zutraute und eisern an der Männerfreundschaft mit dem martialischen Russen festhielt.

Sie schüttelte ihr blondes Haar und zog den Gürtel des schwarzen Mantels fester um ihre Hüften. Noch ein letztes Mal starrte sie auf ihr Spiegelbild, dann gab sie sich einen Ruck. Sie musste eine Aufgabe erfüllen und die Chance nutzen, ihren Vorgesetzten zu zeigen, wie viel sie künftig für sie wert war.

Boris Sorkin brummte der Schädel, als er zu sich kam. Dieses Mal waren es die Folgen des Schlages, die es ihm fast unmöglich machten, seine Augen komplett zu öffnen. Also schielte er zwischen den Lidern hervor und versuchte festzustellen, wo er sich befand.

Man hatte ihn an einen Stuhl gebunden. Er ruckte an den Fesseln, die ihm bei jeder Bewegung tiefer ins Fleisch schnitten. Der Raum, in dem er festgehalten wurde, lag im Halbdunkel. Er konnte ein Doppelbett und einen großen Kleiderschrank erkennen. Das sah nach einer Wohnung aus. Unter der Tür fiel Licht hindurch, und gelegentlich schien jemand im Gang auf und ab zu gehen.

Er versuchte, wie ein Hund die Ohren zu spitzen, und drehte den Kopf ein wenig zur Seite. Tatsächlich hörte er Stimmen. Was gesagt wurde, konnte er nicht verstehen, aber die Sprache selbst war ihm bekannt: Es war Koreanisch.

Marchand fluchte leise, als er vor dem Hotel »LaPipa« ankam. Obwohl er schon ewig in dieser Stadt lebte, hatte es ihn noch nie zuvor in diese Ecke verschlagen. Als er dann auch noch Sorkins Handy im Rinnstein fand, wusste er mit Sicherheit, dass der Major sich in die Falle hatte locken lassen. Er musste sofort eine Rettungsaktion in die Wege leiten. Aber noch bevor er einen Notruf absetzen konnte, klingelte sein Handy.

Er war einigermaßen überrascht, als er die Stimme am anderen Ende erkannte und begriff, was die hastige Erklärung, die er erhielt, bedeutete.

»Ich komme sofort!«, sagte er, ohne zu zögern, stieg in seinen Wagen und raste quer durch Brüssel, beherrscht von dem Gedanken, Menschenleben retten zu müssen.

Hester fühlte sich merkwürdigerweise erleichtert. Sie hatte zwar gegen die Regeln verstoßen, aber trotzdem das Gefühl, das Richtige getan zu haben. Um Schlimmeres zu verhindern, schien dieser Geheimnisverrat einfach unumgänglich.

Die junge Frau atmete schnell, als sie den Waffenkoffer von der Rückbank nahm. Nur ein beigefarbener Trenchcoat hatte ihn bisher vor neugierigen Blicken geschützt. Mit zittrigen Fingern balancierte sie den rechteckigen Kasten auf ihre Knie und ließ die Schlösser aufschnappen.

»Pistolen mit Schalldämpfern«, sagte sie überflüssigerweise in Richtung ihres Begleiters auf dem Beifahrersitz.

»Für jeden eine«, fügte sie unbeholfen hinzu und griff in den Koffer. »Wir sollten gehen. Ich weiß nicht, wie viel Zeit wir noch haben, bis man uns entdeckt!«

* * *

Unvermittelt wurden die Tür aufgerissen und das Licht eingeschaltet. Major Sorkin blinzelte heftig, um seine Augen an die plötzliche Helligkeit zu gewöhnen.

»Wie schön, Sie hier begrüßen zu können, Major Sorkin. Sind Sie doch die Zierde des russischen Geheimdienstes.«

Es folgte keine Antwort.

»Jetzt hat es Ihnen wohl die Sprache verschlagen.«

Sorkin schwieg beharrlich. Eine der ersten Lektionen, die er in seiner Ausbildung gelernt hatte. Nun galt es nur noch, solange wie möglich durchzuhalten oder schnell zu sterben.

Er blickte zu den beiden Nordkoreanern, die ebenfalls den Raum betraten. Das waren die Männer, die Gerrit damals aus der Wohnung von Lim Mok hatte kommen sehen. Die Killer, die durch Olga Petrowa identifiziert worden waren. Der Major sah die Wasserkanister, das Handtuch und die Stöcke und hatte nicht den geringsten Zweifel daran, dass man ihn foltern wollte.

»Major, aus Ihrem Blick schließe ich, dass Ihnen bewusst ist, was hier gleich passieren wird. Ich denke, dass wir uns das als zivilisierte Menschen doch ersparen könnten. Sagen Sie uns einfach, was wir wissen möchten.«

»Sie sind eine ekelhafte Verräterin, Catherine Smith. Und ich schwöre, Sie werden für das, was Sie getan haben, büßen.«

»Sie wollen mich büßen lassen?« Das Lachen der Amerikanerin klang künstlich und schrill, als sie in Sorkins Gesicht sah. »Sie werden nach dem hier«, mit der Hand machte sie eine lässige Bewegung in Richtung der Koreaner, »kaum noch in der Lage sein, irgendetwas mit mir zu machen, Darling!«

Nun trat sie einen Schritt nach vorne. »Sie hätten doch nur ein wenig zuvorkommender zu mir sein müssen.« Grazil umrundete sie seinen Stuhl und stellte sich erneut vor ihn. Mit einem Mal riss sie den Mantel auf und gab den Blick auf ihren makellosen Körper frei. Die hauchdünne schwarze Unterwäsche gab mehr preis, als sie verbarg. Catherine gefiel sich in ihrer Rolle und trieb das Spiel weiter. »Das wäre die Alternative zu dem gewesen, was hier gleich mit Ihnen passieren wird.«

Mit einem Schulterzucken bedeckte sie sich wieder und zog den Gürtel zu. »Aber Sie sind ja an so etwas nicht interessiert, Herr Major.«

Mit einer aufreizenden Bewegung ihres Kopfes beugte sie sich dicht an Sorkins Ohr und hauchte: »Oder hätten Sie mir zwischen einem Dutzend Seidenkissen Ihre Geheimnisse verraten?«

Sie richtete sich wieder auf. Ihre Stimme klang beinahe gelangweilt, als sie sagte: »Nein, wohl nicht. Ich denke, diese beiden Herren werden Ihre Zunge eher lösen.«

Noch immer schwieg der Major. Langsam fragte er sich, warum man ihn nicht schon längst umgebracht hatte. Was wollte Catherine noch von ihm? Kurzerhand beschloss er, seine Taktik zu ändern. Vielleicht sollte er versuchen, herauszufinden, was genau hinter seiner Entführung steckte. Außerdem keimte ganz tief in ihm die Hoffnung, irgendwer würde ihn doch noch rechtzeitig finden. Ein irrationaler Gedanke, das wusste Sorkin, aber der einzige, der seine Angst vor dem Tod momentan in Schach halten konnte.

»Wieso haben Sie mich hierhergebracht?«, fragte er deshalb unvermittelt.

Catherine spielte die Überraschte und riss die Augen auf. »Das wissen Sie nicht? Sie sind doch sonst so klug! Obwohl …« Ein gemeines Lächeln verzerrte ihr hübsches Gesicht. »So klug wohl auch wieder nicht, sonst wären Sie uns nicht in die Falle gegangen. Es war so einfach, Sie auf dem Heimweg mit diesem Anruf abzufangen. Als dieses Getuschel zwischen Ihnen und Marchand anfing, war mir klar, dass irgendetwas nicht stimmte. Dann dieses Geheimtreffen in Ihrer Botschaft …« Sie rollte übertrieben mit den Augen.

»Das passte zu der Nachricht aus Nordkorea. Man hatte beim Sicherheitsbeauftragten für das Projekt Todlicht eingebrochen. Viel kann Ihr Spion dort nicht gefunden haben, aber es gab offensichtlich eine Akte mit Hinweisen auf die Entführungen der Wissenschaftler und mich.«

»Sie sind Bumerang?« Sorkin stöhnte, auch wenn das nicht wirklich eine Überraschung war. Eines interessierte ihn jedoch, also fragte er gefasst: »Warum?«

»Ist das nicht eindeutig? Ich gebe meinem Land etwas von dem zurück, was ich von ihm bekommen habe.«

»Verrat?«

»Genau, Verrat!«, zischte Catherine. »Man hat mich verraten und hintergangen. Ich habe wie eine Blöde geschuftet und alles für meinen Job gegeben und dann werde ich bei der Beförderung übergangen. Dabei war ich die Beste, die sie hätten kriegen können.«

»All das wegen einer ungerechten Personalentscheidung?« Sorkin musste seine Verwunderung nicht spielen.

»Es war weit mehr als das, es war eine Demütigung!« Die Art, wie die Amerikanerin das sagte, zeigte, wie verbittert sie war. Dann schien eine Veränderung in ihr vorzugehen. Ihre Gesichtszüge entspannten sich und sie sprach weiter: »Und die Bezahlung, die ist jetzt auch besser.«

»Blutgeld. Das ist ekelhaft.«

»Das ist Business!«

»Gerrit wäre beinahe gestorben. Wieso haben Sie ihn zu diesem Randolph Baxter geschickt? Sie wussten doch genau, dass dieser Kriminelle nichts mit dem Projekt Todlicht zu tun hatte.«

Offensichtlich hatte es Catherine nicht eilig. Die Nordkoreaner links und rechts von ihr schienen ebenfalls sehr gelassen. Sie wirkten wie gut abgerichtete Jagdhunde, die geduldig auf das Kommando zum Angriff warteten.

»Dieser Baxter kam nicht von mir, sondern von meiner Dienststelle. Eine unerwünschte Ablenkung und Zeitverschwendung. Meine nordkoreanischen Auftraggeber wollten lediglich das U-Boot in ihren Besitz bekommen. Vor allem, um es vor neugierigen Blicken zu schützen.« Sie lächelte vielsagend.

»Dass dieser Pass von Röhmer aufgetaucht ist, hat die, für die ich arbeite, ganz schön aufgeschreckt. Umso mehr, als plötzlich auch das Ausland anfing, sich dafür zu interessieren. Also habe ich dafür gesorgt, dass man mich nach Brüssel schickt, um nichts zu verpassen. Mein Boss, diese Pfeife, war sofort einverstanden, als ich ihm den Vorschlag unterbreitet habe. Hatte wohl Angst, er müsste ansonsten selbst hierherkommen und dafür sein bequemes Büro in Langley verlassen. Jedenfalls war es genau so, wie es unsere illustre Taskforce bereits vermutet hat. Niemand sollte erfahren, um was es sich bei dem Projekt Todlicht handelt. Marchand diente als Spürhund. Man beabsichtigte, rechtzeitig einzugreifen, falls es ihm tatsächlich gelingen würde, U-9881 zu finden. Nun, dummerweise wurde ich zu spät über Ihr kleines Manöver an der nordkoreanischen Küste informiert.«

»Und was ist jetzt dieses Todlicht?«

Catherine kniff die Augen zusammen und säuselte zuckersüß: »Versuchen Sie, Zeit zu gewinnen, Herr Major? Es wird niemand kommen, um Sie zu retten!«

»Die haben es Ihnen nicht gesagt, was?«, bohrte der Russe weiter und ging nicht auf Catherines Bemerkung ein.

»Ehrlich gesagt, das interessiert mich nicht!«

»Und Marchand?«

»Was ist mit Marchand?«, reagierte sie ungehalten.

»Ich dachte, Sie wären ein Paar.«

Die blonde Frau lachte laut auf. »Ein Paar? Wir hatten Sex miteinander, das war alles!«

Irgendetwas an der Art, wie Catherine das sagte, ließ Sorkin aufhorchen.

Aber noch bevor er eine dementsprechende Bemerkung machen konnte, gab die Amerikanerin den Koreanern ein Zeichen.

»Also, Major, genug von mir. Sie sind jetzt dran. Ich baue auf Ihre Vernunft. Beantworten Sie einfach unsere Fragen.«

Noch bevor Sorkin wusste, wie ihm geschah, schlug ihm einer der Nordkoreaner brutal ins Gesicht.

»Fein, ich denke, ich habe nun Ihre Aufmerksamkeit«, sagte Catherine und beugte sich ein Stück weit nach unten, um ihm direkt in die Augen zu sehen.

Dass dabei der Mantel am Dekolleté auseinanderfiel und den Blick auf ihre Brüste freigab, schien sie nicht zu stören.

Sorkin spürte das warme Blut, das ihm aus der Nase über den Mund lief.

»Sagen Sie uns, wer Ihr Kontakt in Nordkorea ist, und Sie sterben schnell!« Ihre Stimme war kalt und berechnend.

»Ich weiß nichts«, entgegnete Sorkin und wappnete sich für das, was nun folgen würde.

Der Stuhl wurde umgeworfen. Mit dem Hinterkopf schlug er hart auf dem Boden auf. Das Waterboarding war eine der brutalsten und auch eine der verbreiteten Foltermethoden. Das Handtuch, das man fest über sein Gesicht spannte, nahm ihm die Sicht. Das Wasser platschte auf ihn herab und er verlor jegliche Orientierung. Als man ihm dann die eiskalte Flüssigkeit gewaltsam in Hals und Nase schüttete, prustete der Major und schnappte verzweifelt nach Luft. Alles, was er jetzt noch fühlte, war die Todesangst.

Sie ließen von ihm ab und stellten erneut die Frage nach seinem Kontakt, nur um anschließend mit ihrer grausamen Prozedur fortzufahren. Der Major konnte kaum Atem schöpfen, als schon wieder Wasser in seine Luftröhre eindrang. Der Versuch, die eigenen Gedanken auf etwas anderes zu konzentrieren, misslang. Es gab nur ihn und das Gefühl, zu ersticken. Panik hatte ihn erfasst, und der Russe verspürte das dringende Bedürfnis, nach seiner Mutter zu schreien – so wie es die sterbenden Soldaten auf den Schlachtfeldern dieser Erde schon seit Jahrtausenden taten. Der letzte Gedanke galt stets der Frau, die sie geboren hatte.

Man folterte ihn und tat ihm damit das Schlimmste an, was ein Mensch einem anderen antun konnte. Vollkommen hilflos war er seinen Peinigern ausgeliefert. Die Demütigung und der Schmerz gingen Hand in Hand, Sorkin wünschte sich, zu sterben. Das Wasser lief ihm die Kehle hinunter und löste einen starken Würgereiz aus, aber er konnte sich nicht bewegen. Ein Schlag ins Gesicht verwehrte ihm die erlösende Ohnmacht.

Wieder die Frage, wieder Sorkins Schweigen. Sein Stuhl wurde grob aufgerichtet und der Major musste sich übergeben. Er keuchte, schnappte nach Luft, aber spürte keine Hoffnung.

Eines war gewiss: Catherine Smith würde ihn nicht lebend hier herauslassen.

Der Lauf einer Waffe berührte seine Stirn.

»Reden Sie, oder ich jage Ihnen eine Kugel in Ihren Körper.« Die Stimme der Amerikanerin war fest und es bestand kein Zweifel daran, dass sie genau das auch tun würde.

Sorkin betete erneut für den Tod. Sollte diese Verräterin doch auf ihn schießen, vielleicht brachte ihm das die Erlösung.

»Wer ist Ihr Kontakt in Nordkorea?« Die Ungeduld war deutlich aus der Frage herauszuhören.

Ein Stockhieb traf ihn schmerzhaft am linken Knie und er gab einen jähen Laut von sich. Man wollte erneut seinen Stuhl kippen, hielt dann aber plötzlich mitten in der Bewegung inne. Die Türklingel verschaffte dem Major eine Verschnaufpause.

* * *

Marchand betrat als Erster das Grundstück der verwinkelten Villa, etwa zwanzig Minuten von der Brüssler Innenstadt entfernt. Er hatte ein Einsatzkommando angefordert, aber er konnte nicht warten, bis das Team eingetroffen war – er musste sofort handeln.

An der Tür angekommen, drehte er sich nach seiner Begleitung um.

»Bereit?«, flüsterte er.

Hester nickte und atmete tief durch.

Sie hatte Marchand verständigt, als die Sache begann, komplett aus dem Ruder zu laufen. Ihre Überwachung von Catherine Smith war das eine gewesen. Aber als sie dann sah, wie zwei Männer gewaltsam Major Sorkin in dieses Haus am Stadtrand schleppten, verständigte sie Leon Marchand. Die Waffen auf dem Rücksitz hatte sie von ihren Vorgesetzten für den Notfall erhalten. Wer hätte jemals damit gerechnet, dass dieser tatsächlich eintreffen würde.

Ihr Finger traf kaum den Klingelknopf, so sehr zitterte ihre Hand. Nach einer gefühlten Ewigkeit hörte man Schritte. Jemand öffnete die Tür. Im Halbdunkel war es schwer, das Gesicht zu erkennen.

»Entschuldigen Sie die Störung. Mein Auto ist hier an der Straße liegen geblieben, darf ich bei Ihnen telefonieren?« Hester stammelte die Worte auf französisch, so wie es ihr Marchand vorgegeben hatte. Dabei verdrehte sie in ihrer Aufregung den Satz. Allerdings spielte das keine Rolle – der Mann, der jetzt ein Stück aus dem Schatten des Hausganges trat, verstand sowieso nicht, was sie sagte. Im trüben Licht erkannte sie in ihm einen der nordkoreanischen Killer von Gerrits Handyvideo.

Sie wiederholte ihr Anliegen auf Englisch. Der Mann verzog bedrohlich das Gesicht und sagte wenig freundlich, sie solle verschwinden, er habe kein Telefon. Als er die Tür zuschlagen wollte, schob sie schnell ihren Fuß dazwischen, was äußerst schmerzhaft war.

Marchand, der sich neben der Tür versteckt hatte, griff ein. Es entstand ein Handgemenge. Im Gegensatz zu allem, was Hester bisher in irgendwelchen Filmen gesehen hatte, war dieser Kampf hart, anstrengend und brutal. Die beiden Männer schienen in etwa gleich groß und ähnlich trainiert, daher kosteten sie die wenigen Hiebe, die sie austeilen konnten, und die gegnerischen Schläge, die sie einstecken mussten, enorm viel Kraft. Plötzlich tauchte der zweite Nordkoreaner auf, er musste sich im Nebenzimmer bereitgehalten haben. Als er den Gang betrat und auf Marchand zurannte, um ihn von den Füßen zu reißen, schlug ihm Hester mit ihrer Waffe ins Gesicht.

Obwohl sie den Koreaner frontal getroffen hatte, ging der nicht zu Boden, sondern schnappte sich die Amerikanerin und drehte ihr brutal den Arm auf den Rücken. Sie verlor die Pistole. Ihr Gegner schleuderte sie zu Boden und wollte ihr mit der geballten Faust ins Gesicht schlagen – aber noch bevor sein Arm Schwung holen konnte, ging er in die Knie. In seiner Brust klaffte eine große Wunde. Das Einsatzkommando war endlich eingetroffen und hatte einen tödlichen Schuss auf Hesters Angreifer abgegeben. Sie atmete durch.

Die Männer hatten auch Marchands Gegner außer Gefecht gesetzt. Der Leiter des BAS richtete sich nun mühsam auf. Er war außer Atem, so als wäre er mehrere Kilometer gejoggt.

»Was jetzt?«, fragte ihn der Einsatzleiter der Spezialkräfte leise. Die beim Abfeuern der Schalldämpferwaffen entstandenen Geräusche und der Kampflärm waren offensichtlich nicht im hinteren Bereich des Hauses registriert worden. Niemand schien sich der kleinen Gruppe im Eingangsbereich zu nähern.

»Ich habe noch einen Mann da drin. Er wird vermutlich als Geisel festgehalten.«

»Wir könnten stürmen.«

»Nein«, sagte Marchand entschieden, dann atmete er durch und sprach ruhig weiter. »Nein, ich möchte es zuerst auf meine Art versuchen.«

Leon Marchand lief wie in Trance den langen Gang entlang. Im hinteren Bereich des großen Gebäudes brannte Licht. Von hier gingen mehrere Räume ab.

»Sie sollten es mir sagen!«, hörte er eine gedämpfte Stimme. Er wusste, wer gerade sprach – es war Catherine. Offensichtlich vertraute sie darauf, dass die beiden koreanischen Killer bald zurückkommen würden.

Marchand hatte seine Pistole in der Hand und hoffte, dass er sie nicht benutzen musste.

»Sagen Sie es mir!«, schrie Catherine hysterisch.

Der Leiter des BAS zögerte nicht länger, sondern riss die Tür auf.

Ein Blick genügte ihm, um die Situation zu erfassen. Sorkin war kaum noch bei Bewusstsein und die Amerikanerin drückte ihm eine Waffe an die Stirn.

»Catherine, gib auf, es ist vorbei!«, rief Marchand. Die Sätze klangen in seinen Ohren hohl und unaufrichtig. Wusste er doch genau, dass nichts vorbei wäre, wenn Catherine die Pistole fallen ließ. Natürlich hatte auch die Amerikanerin genug Vorstellungskraft, um sich auszumalen, was mit ihr als Verräterin passieren würde. Somit überraschte Marchand ihre Antwort nicht.

Sie war erschrocken herumgefahren und rief nun ärgerlich: »Das denkst du? So einfach ist das? Ich ergebe mich und alles wird gut?«

»Du hast keine andere Wahl«, sagte er mit einer gefährlichen Ruhe und richtete seine Waffe weiterhin auf Catherine.

Diese zielte nach wie vor auf Sorkin.

»Du willst deinen russischen Freund retten? Wie nobel. Aber das hilft *mir* wenig!«, gab sie spöttisch zurück.

»Ich werde mich für dich einsetzen, wenn du jetzt kooperierst!«

Zuerst glaubte Marchand, dass sie anfangen würde, zu weinen. Ihr Gesicht verzog sich auf eigenartige Weise, aber dann hörte er, wie sie in schallendes Gelächter ausbrach. Ihr Lachen war überdreht und ließ sie wie eine Irre wirken.

»Du willst dich für mich einsetzen? Ich bin schneller in einem Folterkeller verschwunden, als du ›Achse des Bösen‹ sagen kannst. Du …«, geiferte sie in seine Richtung, »du kannst gar nichts für mich tun. Genauso wenig wie für den lieben Major hier.«

Sie sah weiter in Marchands Richtung, schloss langsam die Augen und bewegte ihren Zeigefinger am Abzug. Der Leiter des BAS hatte keine Wahl, er musste schießen.

Die erste Kugel durchschlug Catherines Jochbein und ließ sie rückwärts taumeln. Für den Bruchteil einer Sekunde reckte sie ihr Kinn trotzig nach vorne, sodass das trübe Licht auf ihre zerfetzte Gesichtshälfte fiel, dann riss sie die Waffe hoch und zielte auf Marchand. Die nächsten beiden Schüsse trafen sie in die Brust. Catherine stürzte nach hinten. Als ihr Körper auf dem Boden aufschlug, war sie bereits tot.

* * *

Nordkorea – 15. Juni, Gegenwart

Oberst Yun war verunsichert. Man hatte ihn völlig unerwartet kontaktiert – er sei in Gefahr und drohe enttarnt zu werden. Sein Kontakt erzählte ihm irgendetwas von einem entführten Russen und dem Umstand, dass die Nordkoreaner von einem Spion wüssten und auf der Suche nach dessen Identität seien.

Was sollte er jetzt machen? Nordkorea über die ihm genannte Fluchtroute verlassen? Wer würde dann helfen, sein Land zu retten? Es gab nicht genug Männer wie ihn, die sich Zugang zu gewissen Informationen verschaffen konnten.

Natürlich hatte er Angst und nach seinen letzten Erlebnissen war es ihm wirklich nicht danach, das Schicksal noch weiter herauszufordern. Aber konnte er sich jetzt einfach aus der Sache herausziehen? Dazu kam, dass er Nordkorea nicht verlassen wollte. Außerdem gab es bisher keine Hinweise darauf, dass er tatsächlich aufgeflogen war.

Yun hatte mit sich gerungen und schließlich eine Flucht abgelehnt.

Der heutige Tag im Büro war ruhig verlaufen. Man hatte den neuen Personalleiter in sein Amt eingeführt, nicht ohne noch einmal angemessenes Bedauern über den plötzlichen Tod seines Vorgängers zu äußern. Danach ging alles wieder seinen gewohnten Gang.

Der Oberst wähnte sich in Sicherheit, als er gegen Abend seine Sachen zusammenpackte, um sich auf den Nachhauseweg zu machen. Der Alarm kam völlig überraschend, Yuns Magen krampfte sich zusammen. Die Sirene heulte in einer Frequenz, die einem automatisch die Augen zusammenkneifen ließ. Es war ein gefürchtetes Signal, denn es handelte sich nicht um einen Feueralarm oder Ähnliches, sondern eher um einen akustischen Befehl. Alle Angestellten der Einrichtung hatten sich unverzüglich in der großen Halle zu versammeln.

Wenn dieses Signal erklang, dann bedeutete das außerdem die Anwesenheit der Geheimpolizei. Was hier gerade geschah, war Psychoterror vom Feinsten. Yun hatte das vor ein paar Jahren schon einmal erlebt. Damals hatte man einen seiner Freunde aus der Gruppe der Mitarbeiter herausgegriffen und fortgeschafft. Angeblich wegen staatsfeindlichen Verhaltens. Yun hatte den Mann seither nicht wieder gesehen.

Der Oberst verfluchte sich für seinen Leichtsinn. Jetzt hatte er keine Möglichkeit mehr zu fliehen. Er würde sich fügen müssen, sich neben die anderen stellen und warten, bis man auch ihn wegschaffen würde.

Den Blick Hilfe suchend auf seine Kollegen geheftet, die entweder betreten auf den Boden starren oder den Abtrünnigen mit Verachtung strafen würden. Niemand käme ihm zur Hilfe. Warum auch? Zumal er schuldig war, zumindest nach den Gesetzen seines Landes.

Der Sirenenton ebbte ab, nur um gleich darauf erneut aufzujaulen. Täuschte sich der Oberst, oder war der Alarm nun noch schriller?

Er verließ sein Büro und sah, wie die meisten seiner Kollegen dem Ruf mit bleichen Gesichtern folgten. Selbst den glühendsten Verehrern der Regentenfamilie war es in diesem Moment nicht wohl. Yun wusste, was nun kam. Jemand würde eine frenetische Ansprache über Gehorsam, Zusammenhalt, Treue und Patriotismus halten. Dann käme der Hinweis auf einen aus ihrer Mitte, der diese Werte mit Füßen getreten hatte und den man, zum Wohle aller, entfernen müsste.

Er stand nun ganz still und hatte wie die anderen militärische Haltung angenommen. Der Mann neben ihm wippte ein paar Mal nervös hin und her. Der Oberst konnte es ihm nicht verdenken, trotzdem hätte er sich gewünscht, dass er damit aufhören würde.

Vorne hatte der Redner seinen Vortrag beinahe beendet. Jetzt sprach er von Schuld und Verrat und starrte in Yuns Richtung. Der Oberst hielt dem Blick stand. Er würde keinesfalls schuldbewusst auf den Boden sehen. Sollten sie ihn doch abführen. Er würde sich mit Händen und Füßen wehren und herausschreien, was er wusste. Alles würde er preisgeben, auch wenn das nicht viel war. Aber jeder sollte von dieser geheimnisvollen Waffe erfahren und der Gefahr eines Krieges, die Nordkorea deswegen drohte. Vielleicht hatte er Glück und man würde ihn erschießen. Das war allemal besser als Folter. Oberst Yun redete sich ein, dass er bereit sei zu sterben – aber das war er nicht, und er bezweifelte, dass es jemals Männer und Frauen gegeben hatte und geben würde, die das sein würden.

»Wir haben einen Feind in unserer Mitte!«, erklang nun die drohende Stimme von vorne. »Aber wir werden das nicht dulden. Ungehorsam ist Verrat.«

Das kurze Schweigen verfehlte nicht seine Wirkung. Die Nerven der Anwesenden waren bis zum Zerreißen gespannt.

»Festnehmen!«, brüllte es durch die hohe Halle. Die Männer der Geheimpolizei bahnten sich ihren Weg durch die Reihen. Der Oberst sah sie auf sich zukommen. Die Gesichter waren verschlossen, wie starre Masken ohne jede Regung. Ihre Bewegungen wirkten zielsicher, es gab kein Zögern, keine Skrupel und kein Mitleid in deren Welt.

Yun drückte den Oberkörper durch. Er war nicht bereit für dieses Ende, aber das würde er sich nicht anmerken lassen.

Nur noch wenige Meter trennten ihn von den Häschern der Willkür. Er schloss kurz die Augen und wollte einen Schritt nach vorne machen, als er grob zur Seite gestoßen wurde. Neben ihm schrie jemand.

»Ich habe nichts getan!« Die Verzweiflung, mit denen diese Worte gerufen wurden, war unüberhörbar. Der Mann, der links von Yun stand und vorhin so nervös gewesen war, fiel auf die Knie, weinte und bettelte um sein Leben. Niemand schritt ein und half.

»Ich habe nichts getan!«, schrie er immer und immer wieder. Ein Knüppel sauste durch die Luft und schlug dem Verdammten auf den Rücken, dann wurde er hochgerissen und mitleidlos gepackt. Seine Gegenwehr war völlig sinnlos. Schließlich gab er auf, heulte wie ein Kind und ließ sich über den glatten Boden aus dem Gebäude schleifen.

Oberst Yun schien wie gelähmt.

»Man munkelt, dass er spioniert hat«, raunte ihm einer der Umstehenden zu, als die Männer der Geheimpolizei das Gebäude verlassen hatten. Schließlich zuckte der Kollege mit den Schultern und meinte: »Wundern würde mich das nicht.«

Yun musste alle Kraft aufbringen, um sich aus der Starre zu lösen. Fragend blickte er seinen Gesprächspartner an.

Der andere sah sich zu einer Erklärung genötigt: »Der hat sich schließlich pausenlos beschwert. Man muss eben auch zufrieden sein können.«

Dem Oberst lag eine entsprechende Antwort auf der Zunge, aber er schluckte sie herunter und nickte unverbindlich. Das Schicksal hatte beschlossen, ihn zu verschonen.

KAPITEL 12

1960 n. Chr.: Nach der Entwicklung des *Masers* 1954 folgte einige Jahre später der *Laser*. Dieser kommt heute in sehr vielen Bereichen zum Einsatz, natürlich findet er auch beim Militär seine Anwendungen. Ob zur Kommunikation, als Zielhilfe oder als Waffe ist er fester Bestandteil verschiedenster Waffensysteme. Neueste Entwicklungen sind beispielsweise lasergelenkte Bomben, Hochenergielaser zur Raketenabwehr oder Laserwaffen zur Bekämpfung feindlicher Boote und Flugobjekte.

Brüssel, Büro des BAS – 15. Juni, Gegenwart

Als Doktor Raphael Arnault in den Konferenzraum geführt wurde, konnte man ihm ansehen, dass er mit einem anderen Publikum gerechnet hatte. Nicht nur, dass ihn Leon Marchand mit einem unfreundlichen Blick musterte, auch wirkten die beiden Männer links und rechts neben dem Leiter des BAS alles andere als aufnahmefähig.

Einer war offensichtlich Russe, der andere ein junger Engländer. Beide sahen aus, als kämen sie gerade von einem Boxkampf, und zwar als Teilnehmer, nicht als Zuschauer. Der ältere Mann mit der grauen Mähne wirkte angespannt und wenig zugänglich. Einzig die junge Frau hatte ein Lächeln für den Neuankömmling übrig.

»Das ist Doktor Arnault!«, stellte ihn Marchand nun vor, »Physiker und Experte der Hochenergietechnik. Er hat es übernommen, uns zu erklären, was das Wissenschaftsteam über die Ladung von U-9881 herausgefunden hat.«

Arnault nickte zur Begrüßung mit dem Kopf. Er war noch keine dreißig Jahre alt, einer der Jüngsten auf seinem Gebiet, und er stand kurz vor der Berufung zum Professor.

Das war vermutlich auch der Grund, warum Marchand den Wissenschaftler mit einem gewissen Misstrauen beäugte.

Als könnte er die Gedanken seines Gegenübers erraten, sagte Arnault nun: »Ich hoffe, Sie haben kein Problem mit meinem Alter. Ich kann Ihnen versichern, dass ich nicht ohne Grund von höchster Stelle in diese wissenschaftliche Expertenkommission berufen wurde.«

In seiner Stimme schwang eine gewisse Arroganz mit, die er sich vermutlich aufgrund seiner Fähigkeiten erlauben konnte.

Marchand musterte den Mann eingehend. Ihn störte das überlegene Gehabe, die Art, wie der Kerl seine Haare frisierte, und die lässige Handbewegung, mit der er nach einem Stuhl griff, um sich unaufgefordert zu setzen. Aber der Leiter des BAS riss sich zusammen.

Nach Catherines Tod hatte ihn sein Vorgesetzter abziehen wollen, aber er war strikt dagegen gewesen. Leon Marchand wollte diese Sache zu Ende bringen. Catherine war tot, gestorben durch seine Hand. Es gab keine Zweifel daran, dass sie der Verräter namens Bumerang gewesen war. Zurzeit stellten Beamte immer noch das Haus, in dem man Sorkin als Geisel festgehalten hatte, auf den Kopf. Auch das Hotelzimmer der Amerikanerin wurde gründlich untersucht. Noch hofften sie darauf, irgendwelche brauchbaren Spuren zu finden.

»Soll ich anfangen?«, fragte der Wissenschaftler und riss Marchand aus seinen Gedanken.

»Ja, bitte, aber Klartext. Wir haben keine Zeit für wissenschaftliche Vorträge!«, antwortete der Leiter des BAS schroff.

Und vermutlich auch kein Verständnis dafür, dachte der Doktor ärgerlich, sparte sich aber einen entsprechenden Kommentar. Stattdessen zuckte er scheinbar ungerührt mit den Schultern und öffnete eine Datei auf seinem Laptop, das mit dem großen Monitor verbunden war. Die Anwesenden sahen nun die Aufnahmen aus der Höhle, in der man U-9881 gefunden hatte.

Alle waren angespannt und wollten endlich wissen, mit was sie es eigentlich zu tun hatten.

Arnault hielt sich an Marchands Vorgaben und sagte kurz und bündig: »Teilchenbeschleuniger!«

»Bitte was?«, hakte der Leiter des BAS erstaunt nach.

»Sie wollten es so knapp wie möglich«, antwortete Arnault geduldig, »das ist unsere übereinstimmende Meinung. In diesem U-Boot wurde ein Teilchenbeschleuniger transportiert. Wir sind uns sicher, dass das der Grund war, warum U-9881 für die Nazis eine besondere Bedeutung hatte. Die restliche Ladung können Sie getrost als uninteressant einstufen.«

Sorkin schüttelte ungläubig den Kopf und auch die anderen waren verblüfft.

Jone ergriff das Wort: »Sie wollen sagen, die Nazis haben bereits 1945 über solch eine Technologie verfügt?«

Arnault zog die Augenbrauen nach oben. Dann fiel ihm wieder ein, dass er keine Kollegen vor sich hatte, und er bemühte sich um einen geduldigen Ton. Mit einem Seitenblick auf Marchand sagte er: »Vielleicht sollte ich doch ein wenig ausholen?«

Der Leiter des BAS machte ein entsprechendes Handzeichen und der Wissenschaftler legte seine Notizen auf den Tisch.

»Ohne ins Detail gehen zu müssen, kann ich Ihnen sagen, dass es Forschungen in diesem Bereich bereits seit Beginn des zwanzigsten Jahrhunderts gab. Die ersten Teilchenbeschleuniger wurden schon vor dem Zweiten Weltkrieg entwickelt. Entsprechend ihres Aufbaus sprach man dann zum Beispiel von Zyklotronen oder Betatronen. Sie sehen also, dass diese Technologie für 1945 durchaus zeitgemäß war. Interessant ist vielmehr die Frage, wie leistungsfähig diese Geräte damals waren.«

»Alles, was ich über Teilchenbeschleuniger weiß, beschränkt sich auf die Berichte über CERN in der Schweiz. Ehrlich gesagt bin ich immer davon ausgegangen, dass das der Anfang war«, warf Marchand ein.

Arnault konnte sich ein Schmunzeln nicht verkneifen. »Nun, CERN ist eine internationale Forschungseinrichtung. Themen: Grundlagenforschung, Kernphysik, Teilchenbeschleuniger. Heute ist CERN zwar den meisten Menschen ein Begriff, aber die wenigsten sind sich darüber im Klaren, dass es diese Einrichtung bereits seit Mitte der Fünfzigerjahre gibt. Und so lange werden dort auch schon Teilchenbeschleuniger entwickelt und eingesetzt. Heute steht dort der größte der Welt, der ›Large Hadron Collider‹. Allerdings hatte der diverse Vorgänger und das bereits seit Mitte des letzten Jahrhunderts.«

»Das heißt, was in U-9881 transportiert wurde, war für die damalige Zeit nichts Besonderes?« Jone hatte sich wieder zu Wort gemeldet.

»Ja und nein«, war die zögerliche Antwort des Wissenschaftlers. Die fragenden Gesichter ließen ihn weitersprechen. »Das hängt davon ab, was genau dieses von den Nazis entwickelte Gerät konnte. Vereinfacht ausgedrückt: Sie haben fünf Autos von verschiedenen Herstellern. Mit allen können Sie von A nach B fahren. Mit dem einen brauchen Sie zwei Stunden, das andere kommt in zehn Minuten ans Ziel.«

»Und was für ein Gerät war nun in dem U-Boot?« Marchand schien seinen Ärger vergessen zu haben und konzentrierte sich ganz auf die Ausführungen des Wissenschaftlers.

Dieser benutzte die Maus seines Computers, woraufhin auf dem Bildschirm weitere Fotos der Ladung aus dem Unterseeboot erschienen. »Das Problem ist, dass wir das nicht sagen können. Sehen Sie zum Beispiel diese Würfel?«

Die anderen betrachteten die Bilder und nickten.

»Das ist wie mit den Autos. Wir sehen nicht hinein, sondern müssten die Motorhaube öffnen, um die PS festzustellen. Nur anhand der Bilder können wir also keine genauen Aussagen treffen.«

Marchand stöhnte und rieb sich mit den Händen über das Gesicht. »Wir wissen also, dass ein Teilchenbeschleuniger transportiert wurde, der *kriegsentscheidend* hätte sein können. Ist das nur eine Floskel gewesen, oder wie muss ich mir das vorstellen?«

Raphael Arnault wurde sehr ernst, als er die Frage versuchte, zu beantworten: »Auch wenn wir anhand der Bilder nicht sagen können, wie dieser Beschleuniger funktioniert hat, darf man nicht außer Acht lassen, was dieser Teilchenbeschleuniger sein könnte.«

»Und das wäre?« Marchand wirkte beunruhigt.

»Harmlos ausgedrückt eine Forschungsapparatur.«

»Und weniger harmlos ausgedrückt?«

»Eine Forschungsapparatur mit enormer Sprengkraft!«

Kurz herrschte Schweigen, dann sagte Marchand: »Wir sprechen also von einer Bombe. Genau so, wie wir es schon befürchtet hatten. Dann sind also die beiden Explosionen, die in Nordkorea stattfanden, auf einen Teilchenbeschleuniger zurückzuführen? Das steckt hinter dem Projekt Todlicht?«

Doktor Arnault seufzte. Er und seine Kollegen hatten das Material ausgewertet und konnten diese Annahme bestätigen. »Es spricht vieles dafür.«

»Wie funktioniert das?«, fragte Jone schockiert.

Arnaults Blick suchte erneut den von Marchand. Der Leiter des BAS nickte und sagte versöhnlich: »Vielleicht könnten Sie uns diese ›Todlicht-Bombe‹ so einfach wie möglich erklären.«

Der junge Wissenschaftler hatte sich entsprechend auf diesen Termin vorbereitet. Natürlich war ihm und seinen Kollegen klar gewesen, dass man sie nicht wegen irgendeiner Bagatelle mitten in der Nacht aus den Betten gezerrt hatte. Der Ernst der Lage war Arnault bewusst. Also versuchte er nun sein Bestes, denen zu helfen, die gerade dabei waren, die Welt vor einer Katastrophe zu bewahren.

Er räusperte sich und begann: »Augenscheinlich war in dem U-Boot ein Ringbeschleuniger.« Auf den Bildern sah man die Konstruktion, die aussah wie ein Donut. »Um diese Röhre werden Magnetspulen gewickelt. Dann führt man dem Ganzen Energie zu. Hier haben wir einen entscheidenden Punkt. In CERN steht ein kilometerlanger Teilchenbeschleuniger, der über ein Kraftwerk betrieben wird. Laut den uns zur Verfügung gestellten Unterlagen und Satellitenbildern ist der in Nordkorea eingesetzte Teilchenbeschleuniger erstens nicht größer als ein moderner Kühlschrank und zweitens in der Lage, die zugeführte Energie optimal zu verwerten. Die Energieumsetzung ist nahezu perfekt. Wir vermuten übrigens, dass die Nordkoreaner mit einem atomaren Zünder arbeiten. Das würde auch die gemessene Radioaktivität erklären. Jedenfalls werden durch die Energiezuführung die Teilchen im Inneren beschleunigt. Und wir sprechen hier nicht von ein paar Stundenkilometern, sondern von der Annäherung an Lichtgeschwindigkeit. Sie alle kennen sicher die berühmte Formel E = mc im Quadrat.«

Die anderen sahen ihn nun erwartungsvoll an und er sprach weiter: »Ohne hier in die Tiefe zu gehen, sollten Sie wissen, dass durch diesen Prozess die Teilchen eine enorme Energie bekommen und theoretisch kleine schwarze Löcher gebildet werden können. Wenn das der Fall wäre, dann hätten diese schwarzen Mikrolöcher jedoch eine sehr kurze Lebensdauer. Und mit kurz meine ich nicht messbar. Jedenfalls würden sie sofort nach der Entstehung wieder verdampfen. Übrig bliebe jedoch ihre Energie. Die müsste jetzt irgendwo hin.«

»Die Lichtblitze und Explosionen?«, warf Marchand ein.

»Ganz genau. Und nur mit dieser Theorie können wir uns die enorme Sprengkraft erklären.«

Jone räusperte sich und stellte eine weitere Frage: »Das hört sich aber so an, als wäre das keine neue Erfindung. Man muss sich doch wundern, dass bisher noch niemand auf die Idee kam, so einen Teilchenbeschleuniger als Waffe einzusetzen. Ich meine, wenn es schon 1945 möglich war diese Todlicht-Bombe zu konstruieren.«

Arnault wirkte müde, als er seine Antwort formulierte: »Ganz so einfach ist es nicht. Die Technologie eines Beschleunigers als Waffe zu benutzen, indem man künstliche schwarze Mikrolöcher erzeugt, ist eine theoretische Spielerei von mir und meinen Kollegen. Deutlicher ausgedrückt, wir haben keine Ahnung, wie genau diese nordkoreanische Waffe funktioniert. Aber diese Lösung scheint uns die wahrscheinlichste und deckt sich auch mit den prominenten Diskussionen in und über CERN.«

»Aber die Nazis hatten die Waffe doch?« Es war Hester, die sich jetzt das erste Mal einmischte.

»Wir vermuten, deren Wissenschaftler sind zufällig auf *irgendetwas* gestoßen. Es kann sich ganz schlicht um einen fehlgeschlagenen Versuch mit dem Teilchenbeschleuniger gehandelt haben. Wer weiß, womöglich ist den Nazis das Ding um die Ohren geflogen? Anschließend hat man dann versucht, die Explosion zu reproduzieren, weil denen plötzlich die Idee einer militärischen Nutzung kam. Alleine anhand der Bilder können wir nicht sagen, ob die Waffe 1945 schon funktioniert hat oder ob man das nur glaubte. Wie weit auch immer die mit ihren Forschungen waren, ausgegoren konnte das garantiert noch nicht gewesen sein. Leider gibt es zu wenig Material, das uns darüber Aufschluss geben könnte …«

»Aber?« Marchand hakte nach, er hatte das Zögern von Arnault bemerkt.

Der seufzte jetzt und fuhr fort: »Na ja, was auch immer die Nazis entwickelt haben, offensichtlich ist es den Nordkoreanern gelungen, darauf aufzubauen.«

»Sie denken, die haben die Pläne von 1945 in die Hände bekommen?«

»Ja, und damit vielleicht den entscheidenden Hinweis für eine Waffenentwicklung, die ihnen einen gewaltigen Vorsprung vor allen anderen Nationen verschaffen würde.«

»Und warum taucht diese Waffe erst jetzt auf?«, warf Marchand ein.

Arnault zuckte mit den Schultern. »Keine Ahnung, vielleicht brauchte man dazu die technischen Errungenschaften des Computerzeitalters, vielleicht ist das aber auch eine politische Entscheidung gewesen.«

»Sie sagten, dass bei diesem Teilchenbeschleuniger-Prozess jede Menge Energie entstehe«, schaltete sich Jone nun ein.

»Das ist richtig!«

»Könnte es dann nicht auch sein, dass Nordkorea daran arbeitet, eine neue Energiequelle aufzutun? Ich meine, es ist ja schließlich kein Geheimnis, dass das Land diesbezüglich Probleme hat.«

Sorkin schüttelte fast unmerklich den Kopf. Er dachte an die entführten Wissenschaftler und sagte: »Die verhalten sich nicht so, als ginge es um eine friedliche Nutzung.«

Jone wusste, dass der Major recht hatte, trotzdem wartete er auf eine Antwort des Wissenschaftlers.

»Das kann ich nicht beurteilen«, sagte dieser. Kurz zögerte er, dann fügte er mit einem Stirnrunzeln an: »Die Fakten geben das nicht her. Ich persönlich denke aber, dass diese beiden Explosionen nicht die Folge harmloser Experimente waren.«

Einen Moment herrschte Schweigen, dann wappnete sich Marchand für weitere Wahrheiten und fragte: »Mit was müssen wir rechnen? Wie einsatzfähig wäre eine solche Waffe?«

Wieder zögerte Arnault. Diese Fragen hatte er alle mit seinen Kollegen erörtert. Sie hatten die Antworten gründlich bedacht und sie nicht leichtfertig formuliert. Trotzdem schien es ihm jetzt, da er der Überbringer war, als würde er irgendwie Schuld an der Situation haben. Es war alles andere als angenehm, schlechte Nachrichten zu übermitteln.

»Nun, damit keine Missverständnisse aufkommen, wir reden hier leider nicht von Science-Fiction. Sie haben es mit einer Waffe, einer *Bombe* zu tun, die in ihrer Sprengkraft alle bisher entwickelten Bomben übertreffen könnte. Und die außerdem ohne Probleme in einem Kleinlaster transportiert werden kann. Dass diese Waffe nicht kontrollierbar ist, macht sie nur noch gefährlicher. Zudem wird dieser Punkt für die, die sie einsetzen wollen, nur eine untergeordnete Rolle spielen.«

* * *

Büro des BAS – 15. Juni, Gegenwart

Arnault hatte sich kaum verabschiedet, als sie die Nachricht erreichte, dass man in dem Brüssler Haus, von dem aus Catherine und die Nordkoreaner operiert hatten, auf etwas gestoßen war.

»Ein Flugticket?«, fragte Hester erstaunt.

»Ja, ein Flugticket!«, blaffte Marchand unfreundlich.

»Sie sind immer noch sauer«, stellte die Amerikanerin mit einer entschuldigenden Miene fest.

»Was erwarten Sie?«, antwortete ihr der Leiter des BAS ungehalten. »Sie haben zugesehen, wie sich bei uns eine Laus eingenistet hat. Major Sorkin wäre beinahe gestorben und Sie und ich hatten bei der Befreiungsaktion viel Glück. Sie hätten uns einweihen müssen. Diese Taskforce wurde nicht gegründet, um der CIA zu helfen, personelle Fehlbesetzungen zu korrigieren.«

Hester legte den Kopf leicht schräg und wartete, bis die Schimpftirade vorbei war. Sie hörte diese Anschuldigungen nicht das erste Mal. Marchand war nach der Befreiung von Sorkin, gelinde gesagt, stinksauer gewesen. Die junge Frau konnte es ihm noch nicht einmal verdenken.

Bereits in den USA hatte man sie auf Catherine angesetzt. Eigentlich war sie für solche Einsätze gar nicht ausgebildet, aber Catherine wäre argwöhnisch geworden, hätte man jemand anderen mitgeschickt. Hesters Beratertätigkeit war eine perfekte Tarnung gewesen. Vor einigen Wochen fing die Zentrale an, Catherine Smith zu misstrauen. Aber man wollte sie nicht abziehen, sondern quasi auf frischer Tat erwischen. Das war ihnen jetzt gelungen, aber zu welchem Preis? Sorkin war gerade so mit dem Leben davongekommen – und Marchand? Hester hatte von Anfang an ihm gegenüber ein schlechtes Gewissen gehabt. Vor allem, als sie bemerkte, dass er sich auf eine Affäre mit Catherine eingelassen hatte.

»Diese Heimlichtuerei hat uns wertvolle Zeit gekostet!«, fügte Marchand wütend hinzu, »und dann haben Sie mich auch noch überwacht.«

»Ich bin lediglich Catherine nachgefahren, die Sie bis zur russischen Botschaft verfolgt hat.«

»Was wiederum mit einer Beschwerde über mich und meine Methoden endete.«

Jone kannte diesen Dialog zwischen den beiden bereits in- und auswendig, daher ging er jetzt dazwischen: »Wo wollte sie hinfliegen?«

»Frankfurt am Main, dann weiter nach Beijing. Die Beamten haben einen falschen Pass gefunden. Vermutlich wäre ihre Reise dann von China nach Nordkorea weitergegangen.«

»Wann sollte das stattfinden?«, hakte der Finne nach.

Marchand schnaufte ärgerlich. »Das ist das Problem. In drei Tagen.«

»Das ist nicht gut, oder?«, fragte Hester kleinlaut.

»Das ist ein Albtraum. Wenn sich diese Frau in drei Tagen offiziell hätte verabschieden wollen, dann nur deshalb, weil ihr Job hier erledigt gewesen wäre. Ab diesem Zeitpunkt hätte es für sie kein Zurück mehr gegeben. Ich denke, uns allen ist klar, was das bedeutet.«

»Was auch immer die Nordkoreaner vorhaben, in drei Tagen ist es vorbei …«, flüsterte Hester leise. Niemand widersprach ihr.

* * *

Während Marchand telefonisch Meldung nach oben machte und seinem Vorgesetzten empfahl, den Entscheidungsträgern zu raten, jeden und alles in höchste Alarmbereitschaft zu versetzen, erhielt Hester eine interessante Nachricht. Aufgeregt stürzte sie damit in Marchands Büro.

Der las die wenigen Zeilen und sah sie fragend an.

»Die denken, das ist ein Doppelgänger?«

»Genauso ist es!«, antwortete Hester eifrig. »Wir haben Leute, die nichts anderes machen, als das nordkoreanische Staatsoberhaupt zu beobachten und zu analysieren. Jeder Fernsehauftritt, jede Aufnahme wird archiviert und im Zweifelsfall mit aktuellen Bildern verglichen. Wir haben einen Bericht des nordkoreanischen Fernsehens analysiert, in dem es um eine Inspektionsreise vor zwei Tagen ging. Wir sind uns fast sicher, dass man einen Doppelgänger eingesetzt hat.«

»Und *Ihre* Leute schließen das nur aus der Tatsache, dass sich der nordkoreanische Führer mit der falschen Hand am Kopf gekratzt hat? So etwas in der Art?« Marchands Stimme troff vor Sarkasmus.

»Sie haben recht, das ist nicht viel. Aber es gibt noch andere Hinweise, die das bestätigen. Solche Aussagen treffen *meine* Leute nicht leichtfertig.«

Marchand fasste sich. »Sie wissen, was das bedeutet?«

Hesters Wangen waren leicht gerötet. Die Amerikanerin stand enorm unter Stress, genauso wie ihre männlichen Kollegen. Seit Sorkins Befreiung hatte niemand mehr von ihnen richtig geschlafen. Weitere Behörden und Geheimdienste waren hinzugezogen worden.

Die Zusammenarbeit lief gut, aber noch blieben die Ergebnisse aus. Gleichzeitig musste alles unter Verschluss bleiben. Sollte die Nachricht von einer akuten nordkoreanischen Bedrohung nach außen dringen, dann würde die Welt aus den Fugen geraten.

Die Meldungen von der diplomatischen »Front« waren leider auch nicht besonders erfreulich. Es schien, als gäbe es momentan keine Möglichkeit, auf diesem Wege etwas zu erreichen. Ausländische Delegationen wurden nicht ins Land gelassen. Die Grenzen waren dicht, die Telefone verstummt. Selbst die Russen und Chinesen wurden abgewimmelt. Die Lage spitzte sich gefährlich zu. An den Grenzen um Nordkorea wurde bereits mobil gemacht. Noch tarnten die benachbarten Länder ihre militärischen Bewegungen als Manöver, aber wer sich auskannte, wusste, dass es bereits um weit mehr ging.

Marchand brummte etwas Unverständliches, dann straffte er die Schultern und sagte nachdenklich: »Ein Doppelgänger würde so einiges erklären. Ich nehme an, man sieht das in Langley ähnlich.«

Hester nickte. »Wir vermuten einen Putsch. Es gibt schon lange Gerüchte, dass sich eine Gruppe altgedienter Genossen gegen den derzeitigen Machthaber gestellt hätte. Vielleicht währt die Ära der Herrscherfamilie schon zu lange, vielleicht fürchtet auch manch einer, an Einfluss zu verlieren. So oder so, momentan sieht es danach aus, als wollte man das Staatsoberhaupt absägen.«

»Also zieht man ihn aus dem Verkehr und gaukelt der Welt gleichzeitig vor, alles sei in Ordnung.«

»Das ist eine alte Taktik«, bestätigte Hester. »In der Phase des Umsturzes ist das Land instabil und somit anfällig für Eingriffe von außen. Um das zu verhindern, gibt man dem Ausland keinen Anlass zu glauben, dass etwas nicht stimmen würde, und schickt einen Doppelgänger ins Rennen. Ist der Putsch durchgeführt, dann präsentiert man der Welt die neue Führung und behauptet, der alte Regent sei tot, krank oder freiwillig zurückgetreten. Und um sich auf dem politischen Parkett gleich richtig einzuführen, demonstriert man mit aller Härte seinen Führungsanspruch, indem eine neue, katastrophale Waffe präsentiert wird.«

»Man stürzt den alten Machthaber und gibt gleichzeitig der Welt einen Grund, den neuen noch mehr zu fürchten.« Marchand lehnte sich resigniert zurück. »Herr im Himmel, was haben die nur vor?«

* * *

Küste von Somalia, Horn von Afrika
15. Juni, Gegenwart

Die deutsche Fregatte der Bundeswehr hielt auf einen Frachter zu, es handelte sich um eine routinemäßige Überprüfung. Seit Beginn der »Operation Atalanta« hatten der Kapitän und seine Männer schon einige Einsätze dieser Art durchgeführt. Bei dieser multinationalen Marinemission der EU ging es in erster Linie darum, humanitäre Lieferungen an Somalia zu sichern, die Küste und Schiffe vor Piraten zu schützen und so eine freie Seefahrt in diesem Gebiet möglich zu machen.

Der Frachter unter libyscher Flagge schien sich der Kontrolle nicht entziehen zu wollen. Vermutlich war er auf dem Weg zum Suezkanal und ein legitimes Handelsschiff.

Die deutschen Marinesoldaten machten sich bereit, mit dem Beiboot überzusetzen. Was für einen unbeteiligten Betrachter nach Routine und gemächlichem Tun aussah, war in Wirklichkeit sehr gefährlich und forderte von den Männern höchste Aufmerksamkeit. Die Waffen des deutschen Kriegsschiffes waren auf den Frachter gerichtet. Die Soldaten, die an Bord gehen würden, riskierten bei solchen Überprüfungen ihr Leben. Natürlich wurden alle möglichen Vorsichtsmaßnahmen ergriffen, aber niemand konnte vorab wissen, welche Gefahr sich tatsächlich im Inneren der schwimmenden Stahlkolosse verbarg.

Erleichtert stellte das deutsche Team, als es an Bord kam, fest, dass nicht mit Schwierigkeiten zu rechnen war. Bereitwillig legte man ihnen die Frachtlisten vor. Das Schiff hatte unter anderem auch in *Namp'o*, einem nordkoreanischen Seehafen, Container an Bord genommen.

Einer der deutschen Soldaten sah seinen Kollegen an. »Die haben Ladung aus Nordkorea dabei. Heute Morgen beim Briefing gab es doch eine Warnung bezüglich Nordkorea ...«

Der andere nickte und der Kapitän des libyschen Frachters bemerkte, dass etwas nicht stimmte.

Der deutsche Soldat prüfte noch einmal die Frachtpapiere und stutzte. Auf der Liste gab es zwölf Container, die von Nordkorea zum marokkanischen Hafen Tanger geliefert werden sollten. Elf davon waren für eine marokkanische Firma bestimmt. Beim zwölften war der Empfänger jedoch anscheinend eine Privatperson.

»Was hältst du davon?«, fragte er seinen Kollegen.

»Ungewöhnlich, aber hinter dem Namen könnte trotzdem eine Firma stecken. Außerdem kann sich ja auch ein Privatmann etwas per Seefracht liefern lassen.«

Aber der Soldat war nicht zufrieden. Sein Bauchgefühl sagte ihm, dass er weiter nachhaken musste. »Wir sollten wissen, was da drin ist.«

Der Kapitän hatte verstanden und half, die entsprechenden Papiere herauszusuchen.

»Kühlschränke? Gefällt mir nicht.«

Mittlerweile wurde sein Vorgesetzter auf der deutschen Fregatte unruhig und hakte über Funk nach. Der Soldat antwortete kurz und setzte den Ranghöheren ins Bild.

Auch der wurde nun hellhörig, als der Name Nordkoreas fiel. Wenn Warnmeldungen, wie die von heute Morgen hereinkamen, dann war damit nicht zu spaßen. Man hatte sie alle in höchste Alarmbereitschaft versetzt – etwas, das Gott sei Dank sehr selten passierte und nur ein weiterer Beleg für den Ernst der Lage war.

»Kommen wir an den Container heran?«, fragte er seinen Untergebenen auf dem libyschen Frachter. Der Soldat hielt kurz Rücksprache mit dem Kapitän. Sie hatten Glück. Der Container war zugänglich, denn er war als einer der letzten eingeladen worden.

Die Soldaten hatten keine Ahnung, auf was sie gleich stoßen würden. Vielleicht waren es ja, genau wie in den Frachtpapieren beschrieben, harmlose nordkoreanische Kühlschränke.

Noch bevor sie die Verplombung lösten, wussten sie, dass sich im Inneren keine Küchengeräte befanden. Der Geigerzähler, den man routinemäßig einsetzte, schlug nämlich aus.

Innerhalb weniger Sekunden hatte sich die Situation geändert. Aus einem einfachen Kontrollgang war ein Einsatz geworden. Von der deutschen Fregatte starteten sofort zwei weitere Beiboote. Dieses Mal waren zusätzliche bewaffnete Soldaten mit an Bord. Die Männer waren in Gefechtsbereitschaft.

Der libysche Kapitän hatte entsetzt auf den ausschlagenden Geigerzähler reagiert und hysterisch seine Unschuld beteuert. Aber vorerst konnten die Soldaten sich nicht einfach auf seine Worte verlassen. Noch war er ein möglicher Feind, auch wenn er sich kooperativ zeigte und seine Besatzung entsprechend den Anweisungen der deutschen Soldaten instruierte. Er und seine Matrosen versammelten sich widerstandslos an Deck, gingen auf die Knie und legten die Hände auf den Kopf.

Ein deutsches Team mit ABC-Schutzanzügen machte sich derweil an dem auffälligen Container zu schaffen. Erst nachdem die Tür auf eine Sprengfalle geprüft worden war, stemmten die Männer sie auf.

»Sieht nicht wie ein Kühlschrank aus!«, sagte der deutsche Soldat trocken. Sein Instinkt hatte ihn nicht getrügt.

* * *

Leon Marchand erlebte gerade seinen ganz persönlichen Albtraum. Die Nachricht von dem Frachter vor der somalischen Küste, der vermutlich eine dieser Todlicht-Bomben an Bord hatte, war ein Schock gewesen.

Innerhalb weniger Minuten hatten in Brüssel die Telefone geglüht.

»Holt mir sofort diesen Physikerknaben, diesen Arnault hierher«, schrie er zum wiederholten Mal, ohne zu bemerken, dass der junge Wissenschaftler bereits den Raum betreten hatte.

»Monsieur Marchand?«, sagte dieser nun besorgt und tat so, als hätte er die Bemerkung über seine Person nicht gehört.

»Endlich!«, rief der Leiter des BAS. »Sehen Sie sich das an.«

Jone öffnete auf ein Zeichen die Datei mit dem Bildmaterial, das ihnen die deutschen Soldaten übermittelt hatten.

»Ist das dieser Teilchenbeschleuniger? Diese Todlicht-Bombe?«, schnauzte er den Wissenschaftler an.

Arnault nahm ihm das nicht übel. Er betrachtete eingehend die Bilder, las die wenigen Daten bezüglich der radioaktiven Messungen und sah dann in das angespannte Gesicht von Marchand. Sein Blick sprach Bände, trotzdem gab er dem Leiter des BAS noch eine Antwort: »Ich befürchte, ja!«

Ihnen blieb nicht viel Zeit, ihren Plan umzusetzen. Die marokkanischen Behörden waren zum Glück sofort mit allem einverstanden gewesen.

Mit einem Flugzeug des belgischen Militärs wurde Arnault zur Stunde bereits zur somalischen Küste gebracht. Weitere Experten begleiteten ihn oder wurden ebenfalls eingeflogen. Mit Hubschraubern sollten sie anschließend auf einen Flugzeugträger gebracht werden und von dort dann weiter auf das Containerschiff.

Dieses hatte Kurs aufs offene Meer nehmen müssen. Es einen Hafen anlaufen zu lassen, wäre angesichts der drohenden Gefahr viel zu riskant gewesen. Die Ausmaße einer Explosion konnte niemand vorhersehen. Die libysche Besatzung hatte man bereits evakuiert.

Alles musste jetzt schnell gehen. Die Bombe sollte ohne Verzögerung untersucht werden.

Gleichzeitig versuchten die Marokkaner, den auf den Papieren angegebenen Empfänger des Containers aufzuspüren. Weil vermutlich kein echter Name verwendet worden war, wollte man ihm bei der Abholung eine Falle stellen. Ob das gelingen würde, blieb fraglich. Durch die modernen Ortungssysteme konnte es durchaus sein, dass die Nordkoreaner bereits von der Kursabweichung des Schiffes wussten und gewarnt waren. Trotzdem wollte man es probieren.

Nordkorea – 16. Juni, Gegenwart

Oberst Yun hatte keine Zweifel an seiner Mission. Offensichtlich gab es Beweise, dass Nordkorea diese neue Waffe gegen den Rest der Welt einsetzen wollte. Sein Kontakt war dahingehend unmissverständlich gewesen. Auch wenn Yun das gerne als aus der Luft gegriffen abgetan hätte, musste er leider zugeben, dass tatsächlich vieles dafür sprach. Im Land wurde mobilgemacht. Es gab zwar keine Fernsehansprachen, was für ihren obersten Führer ungewöhnlich war, aber die Zeitungen waren voll von Kriegswarnungen und scharfer Kritik am Ausland, das seine Truppen vor den nordkoreanischen Grenzen zusammenzog. Yun hatte Angst. Welche Seite auch immer hierbei die treibende Kraft war, ein Krieg würde viele Menschenleben kosten. Deshalb musste er so schnell wie möglich herausfinden, was genau vor sich ging.

Der einzige Anhaltspunkt, den man ihm hatte geben können, war der Hafen von Namp'o.

Yun hatte sich den Kopf zerbrochen, wie er vorgehen könnte, und war schließlich zu einem Ergebnis gekommen. Dieses Mal würde es kein lautloses Hineinhuschen in eines der Büros geben, keine verborgenen Zugänge über finstere Keller oder Aktionen mit gefälschten Passierscheinen. Nein, dieses Mal galt es, schnell und effektiv zu handeln, und zwar ohne Rücksicht auf Verluste. Yun hatte wahrlich nach einer anderen Strategie gesucht – aber wie auch immer er es drehen und wenden würde, die einzige Möglichkeit, etwas herauszufinden, war die, die er jetzt gewählt hatte.

Er wartete bis zum Abend. In seinem Dienstgebäude leerten sich langsam die Büros, es war Zeit, sich auf den Weg zu machen. Entschlossen schlich er ins Treppenhaus. Die Stufen führten nach oben, aber er fühlte sich so, als würde er direkt auf einen Abgrund zusteuern. Seine Handflächen waren feucht. Der scharfe Brieföffner, den er mit der Faust umschloss, schien schwer wie Blei. Im obersten Stockwerk blieb alles ruhig – die meisten Büros waren, wie er vermutet hatte, bereits leer.

Den Nachmittag über hatte er sehr aufmerksam das Kommen und Gehen seiner Kollegen und Vorgesetzten verfolgt. So wusste er auch, dass die stellvertretende Leiterin der Behörde noch an ihrem Arbeitsplatz saß. Wieder würde dieser Raum eine wichtige Rolle spielen, aber heute brauchte es mehr als nur einen Blick in den Aktenschrank.

Die stellvertretende Leiterin, deren gedämpfte Stimme durch die Tür drang, schien gerade zu telefonieren. Oberst Yun wartete geduldig im Gang. Als sie verstummte, atmete er tief durch und klopfte an.

Die Frau warf ihm einen verwunderten Blick zu, während er den Raum betrat und hinter sich die Tür schloss. Ganz offensichtlich wusste sie nicht, wer er war. Dennoch versuchte sie, sich ihre Unsicherheit bezüglich Yuns Person nicht anmerken zu lassen, und fragte stattdessen höflich, wie sie ihm denn nun behilflich sein könne.

Noch hätte er irgendeine fadenscheinige Ausrede für sein plötzliches Auftauchen erfinden können, noch gab es den Weg zurück. Yun schloss für eine Sekunde die Augen. Er stand nun neben dem Schreibtisch, die Frau drehte sich in ihrem Bürostuhl in seine Richtung. Gerade wollte sie sich erkundigen, ob alles in Ordnung sei, als sie der erste Schlag traf.

Ihr Kopf flog zur Seite, er hatte sie hart getroffen. Noch bevor er seinem Opfer die Gelegenheit gab, zu schreien, fasste er nach den Haaren der Frau und drückte ihr Gesicht auf die Schreibtischplatte. Sie keuchte, versuchte, sich zu wehren, und hielt dann plötzlich in der Bewegung inne, als sich die scharfe Spitze des Brieföffners schmerzhaft in ihren Hals bohrte.

Ruckartig zog Yun die Klinge zurück und stieß die Frau nach hinten, sodass sie wieder aufrecht saß.

Mit einer Hand fasste er nach ihrer Bluse und zerrte so fest daran, dass sie zerriss. Der BH war verrutscht und gab den Blick auf ihre Brüste frei. Instinktiv hob sie beide Arme nach oben, um sich zu bedecken.

Schnell schob der Oberst den Brieföffner unter ihre Kehle. Er fühlte sich wie eine Bestie, denn er demütigte diese Frau gerade auf eine schreckliche Art und Weise. Das konnte er in ihren Augen sehen, Panik und Angst blickten ihm entgegen.

Die stellvertretende Leiterin schien wie gelähmt, fürchtete vermutlich eine Vergewaltigung und war unfähig, auch nur einen klaren Gedanken an die Flucht zu verschwenden.

Yun hatte sie genau da, wo er sie haben wollte. Das Erschreckendste daran war, dass er, obwohl er die Angst dieser Frau förmlich riechen konnte, ganz tief in seinem Innern das Gefühl hatte, das Richtige zu tun. Die Scham bedeckte dieses Gefühl zwar, aber das war nicht mehr als ein hauchdünner Schleier. Er tat, was er tat, für eine größere Sache, für ein wichtiges Ziel.

Sie zitterte unter seinem drohenden Blick. Tränen liefen ihr über das Gesicht. Mehr als ein Flüstern kam ihr nicht über die Lippen. »Bitte, bitte …«, bettelte sie, aber Yun schien keine Gnade zu kennen.

Erneut schlug er ins Gesicht seines Opfers, Blut tropfte von der Lippe, dann endlich sagte er etwas: »Passwort!« Seine Stimme klang brutal.

Die Frau wimmerte, nickte aber zum Zeichen, dass sie verstanden hatte, und hämmerte staksig ihre Kennung in den Computer.

Er musste nichts weiter erklären, gab ihr lediglich genaue Anweisungen und hielt ihr die ganze Zeit über den scharfen Brieföffner an die Kehle. Ohne Zögern öffnete sie auf Yuns Befehl hin die verschiedenen Dateien und druckte ihm die Seiten aus, die er verlangte. Der Oberst hatte gefunden, weswegen er hier war. Die Frau, die er sich dafür zum Opfer machen musste, ahnte freilich nicht, um was es dabei ging. Sie bangte nur um ihre Würde und um ihr Leben.

Yun war unerbittlich, alles wurde nun dem höheren Ziel untergeordnet. Als er den Brieföffner zur Seite legte, wollte die Frau schon aufatmen – aber sie hatte sich getäuscht, es war noch nicht vorbei. Yuns Hände schlangen sich um ihren Hals und in der nächsten Sekunde wurde ihr Kehlkopf zusammengepresst. Der Oberst glaubte, keine Wahl zu haben, er konnte sie nicht leben lassen. Tot würde sie ihm einen Vorsprung verschaffen. Die gefundenen Daten machten es in seinen Augen unumgänglich, die Frau zu opfern. Er drückte fest zu, sah, wie ihre Augäpfel aus den Höhlen quollen, wie sie mit den Armen ruderte und um sich schlug. Ihr sich trübender Blick war flehend. Als er glaubte, er würde es doch nicht über sich bringen und darum von ihr ablassen wollte, gab ihr Körper nach, rutschte nach unten und bewegte sich nicht mehr.

Yun war plötzlich wie gelähmt. Ein Würgereiz überkam ihn, er begann zu schwitzen und stand unter Schock. Die starren Augen der Frau schienen ihn zu fixieren. Sie sah abstoßend aus mit der dicken Zunge, die sich ein Stück weit durch die blutigen Lippen presste, und dem zerrissenen Oberteil, das den Blick auf ihre schlaffen Brüste freigab. Hilflos strich er ihr über das Gesicht und wollte die Lider schließen. Die Haut fühlte sich warm an und für einen Augenblick hoffte er, sie würde noch leben. Die Bestie in seinem Inneren hatte sich zurückgezogen. Die Scham breitete sich weiter aus und die Rechtfertigungen für dieses Töten blieben schlagartig aus. Er musste hier weg, sonst war tatsächlich alles umsonst geschehen. Die Informationen sollten schnellstmöglich übermittelt werden.

KAPITEL 13

1960-2000 n. Chr.: Ab den 1960ern beginnt die Sowjetunion mit der Entwicklung sogenannter »Superkavitierender Torpedos«. Diese bewegen sich, gegenüber herkömmlichen Torpedos, mit sehr hohen Geschwindigkeiten. Der »Schkwal« kann sich, trotz der beträchtlichen Länge von rund acht Metern und einem Gewicht von fast drei Tonnen, mit einer Geschwindigkeit von über 370 Kilometern pro Stunde vorwärtsbewegen und ist mit einem atomaren Gefechtskopf ausgerüstet.

Brüssel, Zentrale des BAS – 16. Juni, Gegenwart

Es war Boris Sorkin anzusehen, dass er schlechte Nachrichten brachte.

»Diese Todlicht-Bombe auf dem Containerschiff ist also nicht die einzige?«, fragte Marchand, als der Major seinen Bericht unterbrach. Mit einem Kopfnicken forderte er Sorkin auf, die Neuigkeiten, die er eben vom FSB bekommen hatte, vollständig mitzuteilen. Als der Russe zögerte, warf Marchand ein: »Es gibt folglich zwei Bomben!«

Sorkin sah nun direkt zu dem Leiter des BAS. Sein Blick hatte etwas Schmerzliches, als er antwortete: »Fünf. Es sind im ganzen fünf dieser Bomben ...«

Das Entsetzen, das die Mitglieder der Taskforce bei diesen Neuigkeiten empfanden, ließ sich kaum in Worte fassen.

Es war Marchand, der schließlich sagte: »Bitte, Major, wir brauchen die Einzelheiten.«

Sorkin räusperte sich und gab ihnen einen kurzen Überblick: »Dem Informanten vor Ort ist es gelungen, an die Daten im Computer zu kommen. Das Projekt Todlicht ist zwar ein gut gehütetes Geheimnis, aber wenn man erst einmal weiß, nach was man suchen muss, dann gibt es immer eine Aktenspur. Unser Mann hat die logistischen Datenbanken durchsucht. Dafür hat er den Weg der Bombe auf dem libyschen Frachter zurückverfolgt. Als er quasi die nordkoreanische Absenderadresse hatte, eine Fabrik in den Bergen, musste er nur noch feststellen, ob vergleichbare Sendungen von dort abgeschickt wurden. Es gab vier weitere Transporte von dieser Fabrik aus. Alle ins Ausland und alle als Kühlschränke deklariert. Unnötig zu sagen, dass dieses Unternehmen in den Bergen keine Kühlschränke herstellt. Wie gesagt, anhand der Frachtunterlagen konnten wir entsprechende Rückschlüsse ziehen. Weil die Versendungen ganz offiziell laufen, mussten dafür natürlich auch die üblichen Papiere ausgestellt werden.«

»Die schicken uns diese Bomben quasi mit der Post! Wir müssen sie also bloß noch abholen und vernichten«, warf Gerrit ein.

Marchand nickte bedächtig. »Ich befürchte, der Major wird uns gleich sagen, dass das nicht ganz so einfach ist.«

Sorkin sah beinahe entschuldigend in die Runde. »Leider ja. Drei sind bereits an ihrem Bestimmungsort angekommen. Eine ›Lieferung‹ traf im Hafen von London ein, eine weitere in Deutschland, genauer gesagt in Hamburg, und die dritte war für Japan bestimmt. Deren Spuren haben wir vorerst verloren. Die drei Ladungen wurden längst abgeholt und keiner weiß, wohin sie jetzt gebracht werden. Die vierte befindet sich noch auf einem Schiff.«

Containerschiff im Pazifik
Ziel: USA, Hafen von San Francisco

Nach Sorkins Neuigkeiten hatte man sofort mit allen Staaten Kontakt aufgenommen, in die die Todlicht-Bomben befördert worden waren. Beamte vor Ort mussten nun versuchen, die tödlichen Sprengsätze aufzuspüren.

* * *

Der Kapitän des chinesischen Containerschiffes hatte versucht, das Richtige zu tun. Als ihm bewusst wurde, dass man sein Schiff gekapert und eine Bombe mit an Bord gebracht hatte, entschied er sich dazu, sich den Geiselnehmern gegenüber so kooperativ wie möglich zu verhalten. Zuerst dachte er, man wollte von der Reederei ein Lösegeld für Ladung und Schiff erpressen – aber schnell stellte sich heraus, dass die »nordkoreanischen Piraten« nicht beabsichtigten, vom geplanten Kurs auf San Francisco abzuweichen. Als sie schließlich von den amerikanischen Streitkräften angefunkt wurden, befanden sie sich noch auf hoher See. Zur amerikanischen Küste war es allerdings nicht mehr weit. Unmissverständlich wurden sie aufgefordert, sofort zu stoppen.

Mit der Waffe an der Schläfe zwang man ihn, weiter Kurs zu halten und den Funkspruch zu ignorieren. Mittlerweile wurde sein Schiff von zwei amerikanischen Kriegsschiffen flankiert.

Wieder und wieder drangen die Warnungen durch die Lautsprecher. »Wir wissen, dass Sie eine Bombe an Bord haben. Wir werden alle gebotenen Mittel einsetzen, um Ihr Schiff zu stoppen!« Dann folgte ein Ultimatum.

Der nordkoreanische Pirat auf der Brücke sagte mit entschlossenem Gesicht zu seinen Komplizen: »Alles bereit! Wir werden den Amerikanern eine Lektion erteilen.«

Sein Ehrgefühl ließ dem gefangen genommenen Kapitän keine andere Wahl, er musste etwas unternehmen. Mit einer schnellen Bewegung drehte er sich zum Funkgerät und rief hinein: »Die Bombe ist hier, das Schiff ist in der Gewalt von Terroristen. Es sind …« Weiter kam er nicht. Die Kugeln trafen ihn mitten in die Brust. Zwei weitere Besatzungsmitglieder gingen ebenfalls tödlich getroffen zu Boden. Die Nordkoreaner ließen sich nicht mehr aufhalten.

»Volle Kraft voraus, wir müssen den Hafen erreichen!«, brüllte nun einer von ihnen. Sie hatten sich freiwillig für dieses Selbstmordkommando gemeldet.

Die Zündung dieser Bombe sollte etwas Besonderes, etwas Unvergessliches sein. Ihre Aufgabe war es, den alten Feind in die Knie zu zwingen. Die Welt musste begreifen, was man künftig mit Gegnern anstellte. Die Bombe würde Zerstörung und Tod bringen, davon könnten sich die Amerikaner nicht so schnell erholen.

Und diese kleine Gruppe von Nordkoreanern auf dem chinesischen Frachter würde dies möglich machen. Sie waren in Namp'o an Bord gegangen und hatten auf den richtigen Moment gewartet, um das Schiff zu übernehmen. Allerdings hatte der Plan kein Zusammentreffen mit den amerikanischen Streitkräften vorgesehen – irgendwo musste es einen Verräter geben, der den Feind gewarnt hatte. Dem nachzugehen, war jedoch nicht ihre Aufgabe.

Das Schiff musste so nahe wie möglich an die Küste. Dann würden sie die Bombe scharf machen und zünden. Es gab keinen Grund zu zögern.

* * *

In einem Fall wie diesem konnten die USA nur mit voller Härte reagieren. Die Kampfflugzeuge vom Typ *F/A- Super Hornet* waren bereits in der Luft, die Freigabe zum Abschuss erteilt.

Die erfahrenen Piloten steuerten die Maschinen Richtung Zielkoordinaten.

Der Staffelführer brüllte ins Funkgerät: »Sichtkontakt!«

»Feuern nach eigenem Ermessen. Das Schiff darf auf keinen Fall die Küste erreichen. Es handelt sich um einen Angriff von Terroristen.«

Die Worte verfehlten nicht ihre Wirkung. Jedem waren noch die Bilder vergangener Anschläge vor Augen. Die Flieger formierten sich, dann eröffneten sie das Feuer. Für die unschuldigen Zivilisten an Bord, die Mitglieder der Besatzung, gab es keine Rettung. Die Harpoon-Lenkwaffen bohrten sich unerbittlich in den Stahlkörper des Frachters, die Explosionen kurz darauf wühlten die Wassermassen auf. Es galt, die Bedrohung um jeden Preis zu stoppen.

Mittlerweile zerrissen die Harpoons den Rumpf. Das gewaltige Containerschiff klappte in sich zusammen und begann zu sinken. Die Anweisungen waren unmissverständlich gewesen. Man würde dieses Ziel pulverisieren und nicht einmal einem Staubkörnchen gestatten, diesen bedrohlichen Koloss Richtung USA zu verlassen. Sekundärexplosionen zerlegten den einstigen Ozeanriesen immer weiter in seine Bestandteile und schwarze Rauchsäulen stiegen in den Himmel. Brennenden Papierschiffchen gleich taumelten die Reste des Frachters auf der Wasseroberfläche hin und her, dann versanken auch sie endgültig in den Tiefen des Meeres. Die an Bord befindliche Bombe wurde dabei nicht gezündet. Man hatte es tatsächlich geschafft und die drohende Gefahr in letzter Minute abgewendet.

Nordkorea – 17. Juni, Gegenwart

Sie hatten Oberst Yun noch am Morgen aufgegriffen. Es war ihm nicht mehr gelungen, Pjöngjang zu verlassen. Jetzt saß er in dem fensterlosen Raum, gefesselt an einen Stuhl. Das Gesicht war durch die harten Schläge bereits grün und blau verfärbt, die rechte Augenbraue aufgeplatzt, das Nasenbein mehrfach gebrochen. Man stellte ihm Fragen, er zwang sich, den Schmerz zu verdrängen und zu schweigen. Er war verloren.

»Sie sind eine Schande für Ihr Land, Sie Verräter!«, schrie der Beamte, der ihn verhörte, voller Wut und spuckte ihm ins Gesicht. Weitere Schläge trafen ihn und Yun verlor das Bewusstsein. Blut tropfte auf den Boden, als er wieder zu sich kam. Jemand zerrte an seinen Haaren und zwang ihn so, nach oben zu sehen.

»Sie haben Ihr Land verraten! Sagen Sie uns an wen!«, zischte sein Peiniger.

»Ich wollte nur einen Krieg verhindern«, flüsterte Yun und spürte gleich darauf einen durchdringenden Schmerz an der Schläfe, als die geballte Faust ihn über dem Ohr traf.

»Ich denke, das reicht!«, hörte er plötzlich eine weitere Stimme. Sie gehörte einem Mann und klang wie das Quietschen einer ungeölten Tür.

»Gönnen wir unserem Zeugen ein wenig Ruhe.«

Yun registrierte die Worte mit Erleichterung. Aber schon im nächsten Moment war ihm klar, was das zu bedeuten hatte. Sie wechselten die Taktik, das war alles. Mitleid würde man mit ihm ganz sicher nicht haben.

Die Minuten vergingen, während denen niemand sprach.

Der Oberst hörte das Tische- und Stühlerücken, blickte aber nicht auf, sondern verfolgte den Weg der Blutstropfen, die von seiner Nase auf den Boden fielen. Alles geschah wie in Zeitlupe. Das leise, plumpe Geräusch, das jedes Mal entstand, wenn eines der roten Tröpfchen den Boden berührte, hatte fast schon etwas Beruhigendes. Es klang wie die Ankündigung des Todes. Ganz langsam schlich das Leben aus seinem Körper.

Yuns Kopf hing immer noch nach unten, als man ihm die Handschellen auf dem Rücken entfernte. Jemand drückte ihm ein Taschentuch in die Hand, das er mechanisch entgegennahm und an seine Nase presste. Das weiße Papier verfärbte sich rot. Endlich hob er den Blick.

Vor ihm stand ein Schreibtisch, dahinter saß ein Mann, der ihm scheinbar freundlich zulächelte. Aber das Lächeln war nichts weiter als ein Verziehen der Mundwinkel. Die Augen waren kalt und berechnend.

Oberst Yun dachte an die Menschen, die er die letzten Tage getötet hatte. Ihnen das Leben zu nehmen, erschien ihm auch im Nachhinein als etwas, das notwendig gewesen war. Dieser Mann ihm gegenüber würde sicher genauso entschlossen Yuns Leben auslöschen.

»Oberst Yun, ich denke, es ist an der Zeit, sich zu unterhalten!« Die Worte wurden freundlich ausgesprochen, waren aber keinesfalls so gemeint. »Wir sind doch beide Soldaten, also sollten wir uns entsprechend verhalten.« Der Mann lehnte sich ein wenig zurück und spreizte die Finger gegeneinander. Mit einem bedauernden Seufzer sagte er schließlich: »Sie müssen uns unbedingt sagen, was Sie an wen weitergegeben haben.«

Der Oberst starrte in das Gesicht des Fremden, dann blickte er auf den Schreibtisch. Dort lag der Inhalt seiner Taschen.

Der andere bemerkte das und sagte nun: »Wir haben hier Ihre persönlichen Sachen. Sagen Sie mir einfach, was ich wissen muss, und Sie können das alles einpacken und nach Hause gehen.«

Fast hätte Yun laut aufgelacht. Als würde man ihn jemals wieder nach Hause lassen. Eine ganze Weile verharrte er still, den Blick auf die Tischplatte des Schreibtisches geheftet, dann hatte er eine Entscheidung getroffen.

Yun räusperte sich und sagte erschöpft: »Ich wollte einen Krieg verhindern.«

Wenn er erwartet hatte, dass diese Mitteilung eine Reaktion bei seinem Gesprächspartner auslösen würde, dann wurde er enttäuscht. Der verharrte nämlich schweigend und der Oberst fuhr fort: »Die Welt anzugreifen, wird unser Land vernichten. Sie werden uns dem Erdboden gleichmachen.«

»Ich denke, Sie liegen falsch, Herr Oberst«, antwortete ihm der andere nun mit seiner knarzigen Stimme. »Die Welt wird sich hüten, sich gegen uns zu stellen. Vor allem, wenn denen erst einmal bewusst wird, wie schnell wir sie vernichten können. Im Gegenteil, wir werden den Frieden sichern. Man wird uns endlich den nötigen Respekt entgegenbringen.«

»Das ist Wahnsinn. Man wird uns vernichten, nachdem die erste Bombe gezündet wurde.«

»Die Worte eines unwissenden Mannes«, kam die spöttische Antwort. »Niemand wird es wagen, uns nach der ersten Explosion noch anzugreifen. Sie haben ja keine Ahnung, was für eine Waffe wir in den Händen halten«, sagte der Mann nun mit fanatischer Begeisterung. »Die Bomben werden an verschiedenen Orten der Welt platziert und schlummern vor sich hin. Bis wir sie, je nach Bedarf, aktivieren. Wir zünden sie zu unterschiedlichen Zeitpunkten. Immer dann, wenn die Welt glaubt, sie könnte anfangen, zu genesen, wird sie eine neue Katastrophe heimsuchen. Es sei denn, man behandelt uns endlich mit Respekt.«

»Sie lassen diese Bomben hochgehen und erwarten dafür Respekt?«, erwiderte Yun.

»Furcht ist ein probates Mittel. Niemand wird wissen, was wann passiert. Das führt zu jeder Menge Respekt«, antwortete sein Gegenüber nun mit einem Schulterzucken. »Das Problem ist nur, dass Sie uns dabei einen Strich durch die Rechnung gemacht haben. Zwei Bomben haben wir bereits verloren. Es ist also unbedingt erforderlich, dass Sie mir sagen, für wen Sie arbeiten und was die anderen wissen.«

Den letzten Satz sprach der Mann wie eine Drohung aus und Yun verstand. Er nickte kurz und setzte sich ein wenig aufrechter auf seinen Stuhl. Die Hände streckte er nach vorne und berührte mit den Fingerspitzen die Tischplatte.

»Projekt Todlicht wird uns keinen Frieden bringen, sondern nur Verderben«, sagte er leise. Dann hob er den Kopf und blickte direkt in die kalten Augen seines Gegenübers. »Darum werde ich Ihnen nichts sagen!«

Noch bevor der andere etwas erwidern konnte, griff der Oberst nach dem kleinen Fläschchen Nasenspray auf dem Tisch. Der Sprühstrahl war kühl und ein eigenartiger Geruch ging von der Flüssigkeit aus. Jemand zerrte an Yuns Fingern, schlug ihm die Flasche aus der Hand, aber derjenige kam zu spät. Eine bleierne Schwere erfüllte den Körper des Obersts. Es war, als wäre er in einem engen Raum eingeklemmt. Das Atmen war kaum noch möglich. In seiner Brust blieb das gewohnte Pochen aus und die Rippen schienen sich wie Krallen um das kraftlose Herz zu legen. Yun schloss die Augen, seine Muskeln erschlafften. Es war vorbei – der Tod würde ihm weitere Antworten ersparen.

* * *

Zentrale des BAS – 18. Juni, Gegenwart

Wieder einmal hatten sich die Mitglieder der Taskforce versammelt. Mittlerweile lag der erste Bericht von Doktor Arnault vor. Demzufolge war die Bombe auf dem libyschen Containerschiff mit einem Zeitzünder versehen.

»Der Doktor meinte, dass der von Hand hätte aktiviert werden müssen. Allerdings ist dafür wohl keine besondere Sachkenntnis notwendig«, erklärte Marchand gerade den anderen.

»Also spricht vieles dafür, dass man die Bombe tatsächlich in Tanger zwischenlagern und von dort weitertransportieren wollte«, ergänzte Jone.

»So sieht es zumindest aus.«

»Aber die Bombe, die man vor der amerikanischen Küste gestoppt und versenkt hat, sollte direkt auf dem Schiff im

Hafen gezündet werden?«, fragte Gerrit und sah dabei zu Hester.

»Das wundert mich ehrlich gesagt nicht, vermutlich wollte man bei seinem schlimmsten Feind auf Nummer sicher gehen und hat deshalb die Attentäter gleich mitgeliefert«, sagte diese bitter.

Marchand stimmte ihr zu und seine Gesichtsmuskeln verhärteten sich, als er mit unüberhörbarem Zorn sagte: »Bisher haben wir Glück gehabt und Schlimmeres konnte verhindert werden. Aber wir haben immer noch drei dieser Todlicht-Bomben da draußen und keiner weiß, wann die hochgehen werden.«

London – zur gleichen Zeit

Das Team des MI5 arbeitete rund um die Uhr. Die Nachricht, dass eine schreckliche Bombe mit der Sprengkraft von 50 Megatonnen TNT-Äquivalent den Hafen von London passiert hatte, versetzte die Behörden verständlicherweise in Panik. Zur Stunde gab es keine Überwachungskamera, die stillstand, keinen Informanten, der nicht einer eingehenden Befragung unterzogen wurde, und keinen Agenten, der dienstfrei hatte. Es interessierte niemanden, woher die Meldung kam. Vermutlich hatten die Wenigsten jemals etwas vom BAS oder Leon Marchand gehört, aber das spielte auch keine Rolle. Was zählte, war nur die Bedrohung. Während die einen eine mögliche Evakuierung der City durchspielten, versuchten die anderen, fieberhaft eine Spur der gefährlichen Ladung zu finden. Lediglich der Eingang der Fracht im Londoner Hafen und der anschließende Abtransport waren bestätigt. Der Abholer selbst konnte bisher noch nicht identifiziert werden. An der Laderampe gab es keine Überwachungskameras und die Personalien auf den Papieren waren gefälscht. Wo die Bombe sich mittlerweile befand, blieb vorerst ein Rätsel.

»Wir wissen nicht einmal, ob der Anschlag in London stattfinden soll!«, rief einer der Agenten, die die Koordination übernommen hatten, resigniert. Das stimmte natürlich. Das Ziel konnte genauso gut außerhalb der englischen Hauptstadt liegen.

»Ich bin mir ziemlich sicher, dass diese Fanatiker uns genau hier treffen wollen«, entgegnete seine Vorgesetzte überzeugt.

Der Rest des Teams sah das ähnlich.

»Vielleicht sollten wir doch evakuieren. Wer weiß schon, wie viel Zeit wir noch haben?«

Die Vorgesetzte lächelte kalt und erwiderte: »London evakuieren? Vergessen Sie es.«

Die Diskussion war noch mitten im Gange, als einer der Mitarbeiter ins Zimmer stürmte und rief: »Wir haben eine heiße Spur!«

Sofort richtete sich die ganze Aufmerksamkeit auf den Bericht des Mannes, der aufgeregt fortfuhr: »Die Auswertungen der Verkehrskameras haben etwas ergeben. Wir haben einen Abgleich mit den Bildern von der Hafenausfahrt gemacht. Vermutlich wissen wir jetzt, mit welchem Fahrzeug die Ladung abgeholt wurde. Ein Kleintransporter. Das Nummernschild war natürlich gefälscht, mit Sicherheit ist der Wagen gestohlen, aber …« Der Mann machte sich an dem Computer, der im Konferenzraum stand, zu schaffen, und innerhalb weniger Sekunden hatten sie ein Bild. »Sehen Sie sich das an.« Auf dem Monitor sah man einen weißen Transporter, der das Hafengelände verließ. Dann schaltete das Bild um, und das gleiche Fahrzeug hielt an einer Kreuzung im Londoner Stadtgebiet. Der Mitarbeiter gab einen triumphierenden Laut von sich, als er das nächste Foto präsentierte, auf dem man den Wagen von vorne sah. Die Verkehrskamera hatte eine gestochen scharfe Aufnahme der Frontscheibe gemacht. Der Fahrer war gut zu erkennen.

»Wen haben wir denn hier?«, sagte die Vorgesetzte höchst zufrieden und kniff die Augen zusammen.

»Peter MacLynch!«, antwortete ihr der Agent.

»Wir wissen, wer das ist?« So viel hatte sie nun doch nicht erwartet.

»Oh ja, das ist ein alter Bekannter.«

Im Raum war es totenstill. Die anderen warteten gespannt auf die Erklärung.

»Peter MacLynch, seinerzeit Sprengstoffexperte der IRA, heute Freiberufler. Ich denke, er weiß, wo diese Bombe ist.

Sein Auftauchen kann kein Zufall sein.«

Kurz sagte niemand etwas, dann durchbrach die Stimme der Vorgesetzten wie ein Peitschenhieb die Stille.

»Sofort aufspüren. Gebt eine Fahndung raus. Tot oder lebendig, das ist mir scheißegal. Stoppt diesen Wahnsinnigen. Wir werden nicht zulassen, dass diese Bombe hochgeht!«

London – 19. Juni, Gegenwart

Als Peter MacLynch erst einmal in ihrem Fokus gewesen war, hatte sich alles Weitere fast von alleine ergeben. Sie fanden einen Hinweis nach dem anderen und landeten schließlich einen Treffer mit dem Mietvertrag eines Cottages, den der mutmaßliche Attentäter abgeschlossen hatte.

Die Männer des *Special Air Service*, kurz SAS, schlichen in ihrer schwarzen Kampfmontur um das kleine Cottage wenige Kilometer außerhalb von London. Nicht einmal das Knacken eines Zweiges oder das Rascheln des Kieses unter ihren Füßen war zu hören. Die meisten der Soldaten erlebten während ihrer ganzen Dienstzeit keinen Ernstfall wie diesen, aber sie waren bestens darauf vorbereitet. Jahre verbrachten sie damit, ihren Körper und ihren Geist auf genau solch eine Situation zu trainieren. Die Bedrohung war real und sie waren vermutlich die Einzigen, die sie noch stoppen konnten. Der Teamleader ließ sie weiter vorrücken.

Neben dem Cottage gab es eine Scheune. Ein kleiner Trupp wurde per Handzeichen mit dem Sichern des Nebengebäudes beauftragt. Ein weiteres Team sollte zur Rückseite des Cottages, ein anderes stand vorne bereit.

Sie wussten, dass sie nicht die Zeit hatten, das Gebäude über einen längeren Zeitraum aus der Entfernung zu observieren – ein schnelles Vorrücken war die einzige Option. Das Risiko, dabei gesehen zu werden, mussten sie eingehen. Allerdings schien alles ruhig. Trotz des Zeitdrucks wurde vor der Stürmung des Hauses noch mit endoskopischen Kameras versucht, sich ein Bild vom Inneren des Gebäudes zu machen. Mit viel Fingerspitzengefühl wurden die dünnen Kabel unter den Türen durchgeschoben, vorsichtig bewegten die Männer die Geräte. Die Räume, die sie so in Augenschein nehmen konnten, waren menschenleer. Natürlich bestand die Gefahr, dass sich der Gegner in den uneinsehbaren Winkeln oder im oberen Stockwerk verborgen hielt und nur darauf wartete, dass das Einsatzkommando wie ein Tier in die Falle tappte. Es war daher unumgänglich, vor der Stürmung Blendgranaten und Tränengas einzusetzen.

Auf ein Zeichen zogen die SAS-Soldaten ihre Gasmasken über. Dann war es so weit und die Blendgranaten zerschmetterten die Fensterscheiben. Das Glas zersprang, grelle Lichtblitze erhellten das kleine Gebäude und der Nebel des Tränengases breitete sich innerhalb von Sekunden aus. Die alten Holztüren an der Vorder- und Rückseite wurden aufgerammt.

Ein Gegner im Inneren wäre gegen das Eindringen der Soldaten machtlos gewesen und gnadenlos überrannt worden. Keiner der SAS-Leute hätte gezögert, im Ernstfall zu schießen. Mehrere Teams stürmten parallel die Zimmer im Ober- und Untergeschoss. Das Nebengebäude wurde zeitgleich gesichert. Weitere Soldaten behielten die Umgebung im Auge. Schnell war klar, dass sie zu spät gekommen waren.

Der Einsatzleiter gab die Meldung durch: »Ausgeflogen. Das Cottage ist leer!«

Die Agenten in der Zentrale des MI5 stöhnten entsetzt auf und befürchteten, die Spur verloren zu haben. Die Vorgesetzte fluchte laut und vernehmlich.

Der SAS-Teamleader hatte allerdings noch eine weitere Information. »Wer auch immer hier war, kann noch nicht lange fort sein. Ich denke, wir haben denjenigen nur knapp verpasst. Außerdem gab es im Nebengebäude einige Dosen Lackspray. Ich würde wetten, dass jemand ein Auto umgespritzt hat.«

»Farbe?«, fragte ihn seine Gesprächspartnerin barsch.

»Blau!«

* * *

»Sofort alles nach diesem blauen Kleinlaster absuchen!«

Jeder wusste, was er zu tun hatte. Die Meldung wurde unverzüglich an die Uniformierten herausgegeben und alle Innendienstler durchkämmten die Datenbanken sämtlicher Londoner Überwachungskameras nach dem Wagen.

Das SAS-Team saß bereits wieder in seinem Einsatzfahrzeug unterwegs Richtung London und sollte sich bereithalten.

»Wenn wir den Transporter finden, was soll dann werden?«, fragte einer der MI5-Agenten im Konferenzraum besorgt in die Runde.

»Wir müssen ihn aufhalten«, bekam er zur Antwort.

Mit zweifelndem Blick sah er zu seiner Vorgesetzten. »Mitten in London? Was, wenn dabei die Bombe hochgeht? Dann werden auf jeden Fall Menschen sterben.«

»Wir haben keine Wahl«, entschied seine Chefin emotionslos. Sie betrachtete den jungen Agenten und sah seine Abscheu. So war es immer, wenn die Neuen das erste Mal mit so einer Entscheidung konfrontiert wurden. Natürlich wollte niemand schuld sein, wenn Menschen zu Schaden kamen, aber das blieb in ihrem Job nun mal nicht aus. Manchmal gab es Situationen, in denen man nur noch versuchen konnte, die Opferzahlen so gering wie möglich zu halten. Von einer Verlustrate gleich null zu träumen, war dann illusorisch.

»Wir werden den Wagen stoppen. Vorzugsweise in einem der Vororte«, antwortete sie geschäftsmäßig.

Jeder der Anwesenden wusste, was sie damit meinte. Der junge Agent konnte jedoch im Gegensatz zu seinen Kollegen nicht schweigen. »Sie meinen, dort, wo der ärmere Teil der Bevölkerung sitzt, die sozial Schwachen, wie es so schön heißt. Die werden wir also opfern!« Seine Stimme überschlug sich vor Zorn.

»Wir haben unsere Anweisungen. An die werden wir uns halten, auch wenn uns das nicht immer gefällt.« Die Sätze sprach sie nun mit einer gewissen Schärfe aus, die dem Mitarbeiter eine Warnung sein sollte. Als eine weitere Reaktion seinerseits ausblieb, wandte sie sich erneut an den Rest des Teams und sagte: »Finden Sie diesen verdammten Lieferwagen.«

* * *

Die Männer vom SAS waren heute zum zweiten Mal im Einsatz. Man hatte drei weitere Teams in Fahrzeugen hinzugezogen, über Funk wurden die Bewegungen des blauen Lieferwagens durchgegeben. Es war dem MI5 tatsächlich gelungen, ihn im Londoner Verkehr aufzuspüren. Er befand sich gerade auf einer der Ausfallstraßen nicht weit von der City. Es blieb keine Zeit für aufwendige Straßensperrungen oder Evakuierungen. Als das Zielfahrzeug auf eine der Zufahrtsstraßen Richtung Innenstadt abbog, wurde der Befehl für den Zugriff erteilt.

Noch waren sie vom Stadtkern weit genug entfernt. Der Lieferwagen fuhr an eine Kreuzung, die Ampel stand auf Rot. Eine günstigere Gelegenheit würde sich ihnen wahrscheinlich nicht mehr bieten. Das SAS-Fahrzeug nährte sich dem Kleintransporter von hinten, fuhr jetzt dicht auf. Peter MacLynch hatte gerade bemerkt, dass er verfolgt wurde, als er sah, wie von links ein Wagen auf die Kreuzung fuhr und Männer in schwarzer Kommandomontur heraussprangen. Ungeachtet der Zivilisten auf den Gehwegen und in den Privatfahrzeugen stürmten die Soldaten in Richtung des blauen Kleinlasters. MacLynch versuchte, sein Gefährt rückwärts zu steuern, aber ihm wurde von dem Einsatzwagen des SAS der Weg versperrt.

Die näher kommenden Soldaten gaben den Männern und Frauen in den Pkws, die vor dem Lieferwagen an der Ampel standen, wilde Zeichen, ihre Fahrzeuge zu verlassen. Die meisten reagierten mit Unverständnis und zögerten. MacLynch wollte sich diesen Umstand zunutze machen und hoffte, dass die Soldaten angesichts der vielen Zivilisten um ihn herum nicht zur Waffe greifen würden.

Er legte den ersten Gang ein und gab Gas. Der kleine Sportflitzer vor ihm ließ sich wie ein Pappkarton wegschieben. Blech kratzte auf Blech. Endlich begriffen die Menschen, dass es Zeit war, sich in Sicherheit zu bringen. Der Mann in dem Fahrzeug versuchte, seine Tür zu öffnen, die war aber bereits verzogen und er saß fest.

Der Kleintransporter schob den Wagen noch ein Stück weiter. Von hinten bedrängte ihn das SAS-Einsatzfahrzeug und die Soldaten, die von vorne ihre Waffen auf ihn richteten, kamen immer näher. Ohne zu zögern, holte er seine Pistole unter dem Beifahrersitz hervor und feuerte hektisch durch das Seitenfenster. Die Schüsse lösten eine Panik aus, Menschen rannten hin und her. Aber die Soldaten hatten eindeutige Befehle. Es galt, das Ziel auszuschalten, zivile Opfer wurden dabei billigend in Kauf genommen.

Die Projektile durchschlugen die Frontscheibe des Kleinlasters. Die Schreie der Menschen, die nun instinktiv versuchten, in Deckung zu gehen, begleiteten den Schusswechsel. Peter MacLynch wurde mehrmals ins Gesicht getroffen, weitere Kugeln drangen durch die Fahrertür ein und bohrten sich tief in seine Eingeweide. Im Hintergrund hörte man Sirenen und Hubschrauber, die in der Luft kreisten. Der Attentäter war tot, aber was war mit der Bombe?

Die Meldung von MacLynchs Ende erreichte den MI5, aber es gab noch kein Aufatmen. Momentan sperrte man die Straße und schob die Passanten unsanft aus dem Gefahrenbereich. Das Bombenräumungsteam war vor Ort. Gleichzeitig stellte man eine Verbindung mit Doktor Arnault her, der irgendwo auf dem Weg von Afrika nach Brüssel war und dessen Unversehrtheit momentan höchste Priorität hatte.

Zwanzig Minuten später erreichte das BAS die Meldung, dass London außer Gefahr sei. Peter MacLynch war nicht mehr in der Lage gewesen, den Zeitzünder zu aktivieren.

KAPITEL 14

1984 n. Chr.: Von der DARPA wird die Entwicklung von Mehrzweck-UAVs gestartet, heute als Kampfdrohnen bekannt. Unbemannte Drohnen werden in vielen Ländern eingesetzt, um menschliche Verluste auf der Angreiferseite gering zu halten. Die Fluggeräte werden teilweise über Funk gesteuert, es kommen jedoch auch autarke Entwicklungen zum Einsatz, die keiner Steuerung von außen mehr bedürfen. Drohnen dienen der Aufklärung, können aber auch, wenn sie mit Raketen bestückt sind, für den aktiven Angriff auf den Gegner genutzt werden.

Büro des BAS – 19. Juni, Gegenwart, abends

»Die haben also einen von der IRA angeheuert, um ihre Bombe zu zünden …«, fasste Sorkin den Bericht des MI5 zusammen.

»Ja, aber laut Doktor Arnault braucht man zum Eingeben der Zündcodes nicht unbedingt einen Experten«, ergänzte Jone die Aussage des Russen.

Arnault, der die Todlicht-Bombe auf dem libyschen Frachter hatte untersuchen können und mittlerweile das Exemplar in London in Augenschein genommen hatte, versorgte sie mit allen notwendigen Informationen. Leider waren die sehr spärlich. Die Expertenteams konnten anhand der gefundenen Bomben in der Kürze der Zeit keine hilfreichen Erkenntnisse gewinnen, befürchteten aber, dass die Konstruktionen alles andere als stabil waren. Das Ausmaß einer Explosion schien nicht vorhersehbar und die relativ einfache Möglichkeit, die Bombe mit einem Code zu aktivieren, erhöhte den Druck auf die Behörden.

Die Bombe, die für die Amerikaner bestimmt gewesen war und vor der Küste San Franciscos versenkt wurde, war nicht detoniert. Die üblichen Sicherheitsvorkehrungen des atomaren Zünders hatten gehalten. Ob das bei einem anderen Sprengsatz ebenfalls so wäre, stand in den Sternen. Immer noch fehlte jeder Hinweis auf die Exemplare, die die Nordkoreaner in Japan und Deutschland platziert hatten.

Dieses Mal war Gerrit der Überbringer der schlechten Nachricht. Die deutschen Beamten hatten einen Anhaltspunkt.

»Es gab einen Transport von Hamburg nach Westdeutschland. So wie es aussieht, wurde die deutsche Todlicht-Bombe außer Landes gebracht.« Der junge Brite zögerte.

Leon Marchand war das nicht entgangen. Angespannt hakte er nach: »Wohin?«

»Belgien«, antwortete ihm Gerrit mit belegter Stimme, »nach der Grenze verliert sich die Spur.«

Der Leiter des BAS schlug mit der Faust auf den Tisch, sodass die darauf stehenden Tassen und Gläser einen geräuschvollen Hüpfer machten. »Sie ist hier. Verdammt, Catherine …«, brüllte er wütend und verstummte.

»Aber das können wir nicht wissen«, warf Hester ein.

Marchand ließ sie nicht weitersprechen. »Die Bombe ist hier. Sie ist in Brüssel!«, sagte der Leiter des BAS nun bestimmt.

Sorkin nickte bedächtig und Jone murmelte ein leises »Jesus Maria!«.

»Aber …«, versuchte es die junge Amerikanerin erneut.

»Sie ist hier. Das ist nur logisch. Brüssel, das Herz der Europäischen Union. Wenn man uns einen Schlag versetzen wollte, dann gäbe es dafür keinen besseren Platz. Catherine wusste das, hat es vielleicht sogar mit ausgeheckt. Deshalb der Flug raus aus Europa.« Er stockte und die anderen sahen ihn an. Panik breitete sich in den Gesichtern aus.

»Ihr Flug wäre gestern gewesen …«, flüsterte Jone und sprach damit das aus, was allen in diesem Moment durch den Kopf ging.

* * *

»Wir müssen sofort evakuieren. Schaffen Sie raus, wen Sie können!« Marchand hatte seinem Vorgesetzten mit wenigen Worten die Situation erklärt. Dieser griff bereits zum Telefon und bellte Befehle hinein. Die Maschinerie war angelaufen – aber wie viele konnten sie überhaupt retten?

Als Erstes würde man die Abgeordneten und Gesandten der anderen Länder wegschaffen, dann die eigenen Politiker, die Königsfamilie und sonstige hochrangige Personen. Aber was war mit der Bevölkerung? Niemand war darauf vorbereitet, eine Stadt wie Brüssel innerhalb kürzester Zeit zu evakuieren.

Marchand verdrängte den Gedanken daran und konzentrierte sich voll und ganz auf die Suche nach der Bombe. Jeder Beamte und städtische Angestellte wurde einbezogen. Hundestaffeln patrouillierten durch die Innenstadt, das Militär war mit seinen Einsatzfahrzeugen unterwegs und die belgische Hauptstadt war in den Ausnahmezustand versetzt worden.

Die Bevölkerung blieb unbeeindruckt von dem plötzlichen Polizeiaufgebot. Zum Glück war man es hier gewohnt, dass kurzfristig Staatsoberhäupter eingeflogen wurden und man die Sicherheitsmaßnahmen verstärkte. Wäre es zu einer Massenpanik gekommen, hätten die Behörden der Situation machtlos gegenübergestanden.

Marchand ließ als Erstes die großen Plätze und deren Umgebung absuchen. Vor allem abgestellte Kleinlaster und ähnliche Transportmittel mussten aufs Schärfste kontrolliert werden. Im Zweifelsfall sollten die Streifen die Fahrzeuge aufbrechen. Sich an irgendwelche bürokratischen Prozeduren zu halten, war unter diesen Umständen nicht mehr möglich.

Die Suche hatte am späten Abend begonnen. Das brachte zumindest den Vorteil, dass ein großer Teil der Bevölkerung zu Hause war.

Hubschrauber und Fahrzeugkolonnen evakuierten EU-Gebäude und Botschaften. Es war unfair gegenüber denen, die nicht wegkonnten, die in ihren Betten schlummerten und glaubten, es wäre alles in bester Ordnung und morgen würde die Welt immer noch genauso sein, wie sie am Abend zuvor gewesen war. Es war auch grausam gegenüber den Beamten und Mitarbeitern, die um die Gefahr wussten, deren Job es aber war, nun auszuharren und zu versuchen, das Unglück zu verhindern. Konnte man das wirklich verlangen? Diese Gedanken trieben den Leiter des BAS an, als er fieberhaft mit seinem Team versuchte, den Standort der Bombe zu ermitteln.

Jone bemühte sich mithilfe von Doktor Arnault, der bereits auf dem Weg von London nach Brüssel war, Experten aufzutreiben, die gegebenenfalls bei einer Entschärfung helfen konnten. Was normalerweise Tage an Vorbereitung und Organisation gebraucht hätte, musste nun in wenigen Stunden geplant, koordiniert und umgesetzt werden.

Marchand fiel es schwer, nicht zu verzweifeln. Er sah seine Mitarbeiter, Boris Sorkin und Hester Miller, wie sie versuchten, diesen aussichtslosen Kampf gegen die Zeit zu führen. Er wähnte sich verantwortlich dafür, dass er das nicht hatte verhindern können. Seine Welt glich plötzlich einem Ameisenhaufen, den man mit einer großen Schaufel einmal umgegraben hatte. Alle wuselten hin und her, bemüht, die Ordnung wiederherzustellen, aber das Chaos war einfach zu gewaltig.

»Ein Bauwagen in einer Nebenstraße des ›Grand-Place‹«, riss ihn Jone aus seinen Gedanken. Der Finne schnappte nach Luft und war weiß wie eine Wand. »Die Kollegen brechen ihn gerade auf. Bisher konnten wir nicht ermitteln, wieso er dort steht, und wem er gehört.« Marchands langjähriger Mitarbeiter und Freund kämpfte gegen die aufsteigende Panik an. »Der Wagen ist weder von der Stadt noch von einem privaten Bauunternehmen.« Mit einem Flüstern ergänzte er noch: »Laut den Nachbarn war er gestern Morgen einfach da.«

Sie standen in einer auf die Schnelle eingerichteten Kommandozentrale. Überall saßen Männer und Frauen an Telefonen und Bildschirmen und sammelten die Informationen, die von den Außenteams durchgegeben wurden. Mit einem Mal verstummte das Stimmengewirr.

Über den Lautsprecher hörte man einen der Soldaten vom Bombenräumkommando, der mit seinem Team vor dem besagten Bauwagen in der Nähe des »Grand-Place« stand.

»Wir werden jetzt die Tür öffnen«, informierte sie der Mann mit brüchiger Stimme. Dann folgte ein Knistern.

»Wir brauchen ein Bild«, gab Jone einer der Mitarbeiterinnen zu verstehen.

Die Frau zuckte zusammen, so konzentriert hatte sie auf weitere Informationen des Soldaten gewartet. Jetzt tippte sie hektisch auf ihrer Tastatur und schaltete damit ein Videosignal auf den großen Bildschirm.

Die Aufnahmen, die mit einer modernen Helmkamera gemacht wurden, kamen etwas unscharf herein. Noch war es sehr dunkel, aber man erkannte das Team, das sich an der Tür des Bauwagens zu schaffen machte.

Auf was sollte man nun hoffen? Diese Frage stellte sich nicht nur Marchand. Wäre es besser, die Todlicht-Bombe zu finden, oder hätte es mehr für sich, weiter die winzig kleine Chance zu haben, dass sich dieser Sprengsatz doch nicht in Brüssel befinden würde?

Der Bauwagen wurde aufgebrochen. Marchand genügte ein kurzer Blick auf den Bildschirm. Das entsetzte Aufstöhnen der Mitarbeiter hörte er nicht mehr. Er trabte bereits aus dem Raum und rannte den Gang Richtung Ausgang entlang, Sorkin war ihm dicht auf den Fersen. Noch beim Verlassen der Zentrale brüllte er: »Ich brauche sofort einen Wagen dort hin.«

Sein Headset bereits am Ohr hörte er Jones besorgte Stimme: »Leon, was soll das werden?«

»Wir reden später, jetzt sorge dafür, dass ich Arnault in die Leitung bekomme.«

Der Wagen stand am Ausgang bereit. Marchand bemerkte erst jetzt die riesenhafte Gestalt Sorkins neben sich. Die Spuren der Entführung waren immer noch deutlich im Gesicht des Russen zu sehen. »Jetzt sind wir schon zwei Mann, die nichts von dieser Bombe verstehen!«, sagte der Leiter des BAS grimmig.

Der Major nickte. »Stimmt, jetzt sind wir zwei.«

Mehr Worte wechselten die Männer nicht miteinander. Die Nachricht, dass dieser Sprengsatz bereits scharf war, erreichte sie auf halber Strecke.

»Der Countdown läuft«, gab Jone per Funk die Information an Marchand weiter, »das Team vor Ort ist sich sicher, dass die Bombe scharf ist.«

»Wie viel Zeit noch?« Leons Stimme sollte beherrscht klingen, aber es gelang dem Leiter des BAS nicht ganz, seine Angst zu verbergen.

»Zwanzig Minuten!«, kam die Antwort. Es war nicht nötig, dass Jone sonst noch etwas sagte. Die Art, wie der Finne diese Information weitergegeben hatte, war so voller Bedauern und Trauer gewesen, dass Marchand kaum in der Lage war, nicht die Fassung zu verlieren.

Nordkorea – zur gleichen Zeit

»Dieses Mal werden wir erfolgreich sein!« Die Männer, die sich in dem großzügigen Raum im Halbdunkel versammelt hatten, waren siegessicher.

Man prostete sich zu, trank auf den bevorstehenden Triumph.

»Sie werden für das, was sie unserem Land angetan haben, bezahlen. Jetzt kommt unsere Stunde. Die Zeit sich zu fügen, um Verständnis zu betteln, und die Demütigungen hinzunehmen, ist endgültig vorbei.«

»Wird Brüssel denn erfolgreich sein?«, fragte nun einer in die Runde. Drei der Todlicht-Bomben hatte der Feind noch rechtzeitig entdeckt, der Unmut war folglich groß gewesen. Aber wenn Brüssel gelingen würde, dann wäre das eine ausreichende Entschädigung für das vorherige Scheitern. Eine erfolgreiche Detonation und deren verheerende Wirkung würde ihre Gegner lähmen und letztendlich zu Unterlegenen machen.

Stimmen, die einen Gegenangriff befürchtet hatten und mahnend an den Koreakrieg in den Fünfzigerjahren erinnerten, waren zwar im Vorfeld laut geworden – aber diese feigen Zweifler hatte man aus der Riege der Führung verbannt. Wenn man sich in der Welt behaupten wollte, dann gab es nur den Weg nach vorne: brutal, gnadenlos und direkt. Wer dabei an das Scheitern dachte, war bereits in der Ecke des Verlierers.

Noch einmal beglückwünschten sich die Männer gegenseitig zu ihrem Plan. Der Fanatismus, der jede Vernunft und jedes Mitgefühl aus ihren Herzen verbannt hatte, ließ sie blind werden für die grausamen Folgen, die dieses Handeln für ihre Landsleute haben könnte. Darin glichen sie allen Kriegstreibern vor ihnen und mit Sicherheit auch denen, die bedauerlicherweise noch folgen würden.

»Nur noch zwanzig Minuten. Den Mann, den wir mit der Zündung beauftragt haben, ist zuverlässiger als der in London.«

»Dieser unfähige irische Versager!«, kam die Antwort und die anderen nickten zustimmend.

»Ein Jammer, dass wir Catherine Smith verloren haben. Sie war wirklich eine Bereicherung für uns. Ihre Kontakte haben sich als äußerst hilfreich herausgestellt.«

»Wir werden andere finden, die für den richtigen Betrag zu allem bereit sind!«

Leises Gelächter erklang bei dieser Bemerkung.

»Wohl wahr«, sagte jetzt einer von ihnen mit einem Grinsen, »Korruption ist eine wunderbare Erfindung.«

Brüssel, »Grand-Place« – 19. Juni, Gegenwart

Marchand und Sorkin erreichten den Bauwagen. Die Männer, die den Bereich sicherten, sahen ihnen mit versteinerten Mienen entgegen.

Einer vom Bombenräumungsteam sagte gerade zu seinem Kollegen: »So eine Konstruktion habe ich noch nie gesehen!«, als er vom Leiter des BAS unterbrochen wurde.

»Können Sie den Countdown stoppen?«

Ein Kopfschütteln war alles, was Marchand als Antwort bekam. Ungeduldig brüllte er in sein Headset: »Was ist mit Arnault?«

Jone gab ihm keine Antwort, die Zeit war dafür zu kostbar, sondern stellte den Wissenschaftler direkt durch. Die Verbindung war schlecht.

»Wir haben eine hier in Brüssel«, sagte der Leiter des BAS überflüssigerweise und kletterte in den Bauwagen. »Sehen Sie die Bildübertragung?«

»Ich sehe es«, antwortete Arnault schlicht.

»Sie ist aktiviert«, fuhr Marchand fort und dieses Mal klang seine Stimme fast flehentlich.

Er konnte und wollte nicht verbergen, dass der junge Wissenschaftler ihre einzige Hoffnung war. »Sagen Sie mir, dass wir das beenden können.«

Sorkin flüsterte neben ihm etwas auf Russisch. Es war ein Gebet.

Arnaults Zögern machte Marchands sämtliche Hoffnungen zunichte. Hektisch rief er: »Man muss das doch stoppen können! Drähte durchneiden, Knöpfe drücken. Irgendwas?«

Arnault unterließ es, Marchand darauf hinzuweisen, dass genau das das Problem war. Es gab keine Drähte und Knöpfe. Der Zünder war so verbaut, dass man nicht an sein Innenleben kam. Einzig das Eingabefeld für den Code war sichtbar.

»Ihre Leute sind fieberhaft dabei, denjenigen aufzuspüren, der die Bombe aktiviert hat. Wenn wir den Unterbrechungscode erst einmal haben, dann können wir den Prozess vielleicht rückgängig machen«, sagte Arnault. Egal, wie sehr er es versuchte, es gelang ihm nicht, Zuversicht in seine Worte zu legen.

»Können wir denn nicht den Zünder aufbrechen?«

»Das ist zu gefährlich!«

»Aber es wäre eine Chance?«

Arnault antwortete nicht gleich. Marchand wiederholte seine Frage, er brüllte laut in sein Headset: »Es wäre eine Chance, oder?«

Der junge Wissenschaftler überwand sich und sagte: »Selbst wenn Sie das Ding aufbekommen und dabei die Zündung nicht auslösen, gibt es wahrscheinlich keine Möglichkeit, den Countdown zu stoppen.«

Aber der Leiter des BAS wollte das nicht hören. Also tat er das Einzige, was seiner Meinung nach richtig war. Er schickte die Beamten, die sich im Gefahrenbereich aufhielten, weg. Sie sollten sich so schnell wie möglich von dem Bauwagen entfernen. Vermutlich würde sie das bei einer Detonation nicht retten, aber sie mussten wenigstens die Chance haben, es zu versuchen.

Mit Nachdruck wies der Leiter des BAS darauf hin, dass sie unter seiner Befehlsgewalt standen und endlich verschwinden sollten. Er konnte die Erleichterung in ihren Gesichtern sehen, als sie sich ein letztes Mal zu ihm umdrehten. Dann hörte er nur noch die schnellen Schritte der schweren Stiefel auf dem Straßenpflaster.

»Major?«

Sorkin hielt eine der Taschenlampen. »Wir sollten anfangen, diesen verfluchten Kasten zu öffnen«, sagte er gefasst. Unbarmherzig zählte die Zeit rückwärts. Sie hatten noch acht Minuten. Arnault gab Anweisungen, aber es gelang ihnen nicht, das Gehäuse zu entfernen. Der Zünder widerstand allen Versuchen.

Die kostbaren Minuten verstrichen ergebnislos.

»Was, wenn wir das Gehäuse aufschießen?« Marchand wollte nicht aufgeben.

Arnault wusste nicht mehr, was er noch sagen sollte. Seine Stimme klang verzweifelt, er war machtlos: »Gütiger Gott, Leon ...« Er gebrauchte in dieser ausweglosen Situation unbewusst die vertrauliche Anrede, »es ist eine Bombe. Wir ...« Er brach mitten im Satz ab. Sie hatten noch weniger als eine Minute.

Der Zünder ließ sich manuell nicht stoppen und niemand würde rechtzeitig den Unterbrechungscode auftreiben.

»Sie haben getan, was Sie konnten«, stotterte der Wissenschaftler betroffen.

Dann hörte Marchand Jones Stimme, es war nur ein Flüstern: »Leon ...«

Wütend starrte der Leiter des BAS auf den Countdown. Nur noch dreißig Sekunden, sie waren verloren. Mit der Faust schlug er auf das Tastenfeld. Sorkin neben ihm schloss die Augen.

Die Uhr lief weiter rückwärts.

Zehn: *Marchand dachte an absurde Dinge, unwichtige Dinge.*
Neun: *Das Einstellungsgespräch beim BAS ...*
Acht: *Der erste Kuss, das Mädchen hatte lange, blonde Haare ...*
Sieben: *Der Tod der Eltern, er war lange nicht mehr an ihrem Grab gewesen ...*
Sechs: *Der Tag seiner Einschulung, er hatte einen roten Schulranzen ...*

Fünf: *Die Akte Aljona ...*
Vier: *Die erste Nacht mit Catherine ...*
Drei: *Catherine, die ihn verraten hatte ...*
Zwei: *Projekt Todlicht ...*
Eins: *Ich will nicht sterben ...*
Null ...

* * *

Nordkorea – zur gleichen Zeit

Die Kugel traf Wu Tian zwischen die Augen. Man hatte den chinesischen Wissenschaftler aus nächster Nähe erschossen. Sein Körper rutschte vom Stuhl und fiel direkt neben den Leichnam des wissenschaftlichen Leiters des Projekts Todlicht. Er war der Erste gewesen, den man exekutiert hatte. Ihn machte man in der Hauptsache dafür verantwortlich, was passiert war.

Übrig war nur noch Professor Yves Manol. Genau wie Wu Tian war auch er entführt worden. Man hatte sie in diese Forschungseinrichtung in Nordkorea gebracht und befohlen, an der Perfektionierung dieser teuflischen Bomben mitzuhelfen. Erst hatten sie sich geweigert. Die Folgen dieses Widerstands konnte man noch in Manols Gesicht ablesen. Schließlich war ihnen keine Wahl geblieben, als sich zumindest zum Schein kooperativ zu zeigen. Sowohl Wu Tian als auch Manol hatten alles versucht, was in ihrer Macht stand, um den Einsatz der Bomben zu verhindern.

»Sie werden mir sofort antworten«, brüllte nun der nordkoreanische Soldat auf den französischen Wissenschaftler ein. »Was ist mit der Bombe passiert?«

Manol wusste, dass er gleich sterben würde. So oder so, sein Leben war vorbei gewesen, als man ihn in seiner Pariser Wohnung gekidnappt hatte. Aber er würde mit einer gewissen Genugtuung sterben. Immerhin war es ihm und dem Chinesen gelungen, die Pläne der Nordkoreaner zu durchkreuzen.

»Warum ist diese Bombe in Brüssel nicht explodiert?«

* * *

Marchand hatte immer noch die Augen geschlossen. Er empfand keinen Schmerz, fühlte sein Herz gegen den Brustkorb hämmern, spürte, wie ihm kalter Schweiß auf der Stirn stand. Er keuchte, öffnete die Lider. Die Uhr stand auf »null«. Ungläubig sah er zu Sorkin. Der Russe rang nach Atem, war aber nicht in der Lage, etwas zu sagen.

Wie aus einer anderen Welt drang jetzt ein Knistern an ihre Ohren. Eine leise Stimme fragte: »Leon?«

Marchand realisierte endlich, dass er noch lebte. Hastig griff er nach dem Headset am Boden, brüllte förmlich nach Jone und glaubte, im Hintergrund lauten Jubel zu hören.

»Sie ist nicht hochgegangen! Sie ist nicht hochgegangen!«, schrie Marchand und fühlte sich so lebendig wie seit Langem nicht mehr. Die Tränen der Erleichterung, die über seine Wangen liefen, bemerkte er nicht. Sorkin klopfte ihm auf die Schulter und murmelte mit einem gewaltigen Kloß im Hals etwas von zwei sehr aufmerksamen Schutzengeln.

Arnault, der ebenfalls noch in der Leitung war, lachte laut und übermütig auf. »Ein Blindgänger!«

Sie würden vermutlich nie erfahren, dass sie es nur dem Mut und der Entschlossenheit von Wu Tian und Yves Manol zu verdanken hatten, dass sie noch am Leben waren.

Nordkorea – zur gleichen Zeit

»Ich frage Sie noch einmal, warum ist diese Bombe in Brüssel nicht explodiert?«

Manol schwieg. Er hatte keine Ahnung gehabt, wo diese fünf Bomben gezündet werden sollten.

Ihnen war es lediglich bei einer einzigen gelungen, den Zünder zu manipulieren. Welche Erleichterung zu wissen, dass sie damit Menschenleben gerettet hatten. Aber er würde nichts dazu sagen, sollten seine Peiniger ruhig glauben, dass keine der Bomben mehr funktionstüchtig war.

Ein zweiter Mann betrat den Raum. Es wurde Koreanisch gesprochen, Manol verstand nichts.

»Drei Mal wurden unsere Pläne durchkreuzt, weil man die Bomben vor der Zündung aufgespürt hat. Und jetzt müssen wir erfahren, dass diese ausländischen Wissenschaftler die

Bombe für Brüssel manipuliert haben.«

Der nordkoreanische Soldat machte eine demütige Geste. »Wir haben die Schuldigen bereits bestraft.« Er deutete auf die beiden Leichen am Boden und zielte mit seiner Waffe auf den Franzosen.

Der andere nickte missmutig. »Ich habe eben einen Anruf bekommen. Man ist an höchster Stelle sehr verärgert, das hätte nicht passieren dürfen. Wir werden jemanden nach Japan schicken, der den Zünder der letzten Bombe überprüfen wird.«

»Und was ist mit dem?«, wieder schwenkte der Soldat die Waffe vor Manols Gesicht.

»Den brauchen wir nicht mehr!«

Noch ehe der Satz zu Ende gesprochen war, hallten zwei Schüsse durch den Raum. Der französische Wissenschaftler war Sekunden später tot.

Brüssel – in der gleichen Nacht

»Das war nie das, was ich machen wollte«, sagte Jone leise, als er nun mit Marchand alleine in dessen Büro saß.

»Die Welt retten? Für eine gute Sache einstehen?«, fragte Marchand mit einem Lächeln. »Ich denke, das ist genau das, was du immer machen wolltest.«

Jone erwiderte das Lächeln, schüttelte dann aber den Kopf. Die graue Mähne war zerzaust und er hatte tiefe Ringe unter den Augen. »Das meine ich nicht. Ich spreche davon, dass ich niemals einen Job wollte, bei dem ich um das Leben meiner Freunde fürchten muss.«

Marchand nickte dankbar. Er wusste, dass Jone das Wort Freundschaft nicht leichtfertig gebrauchte, und ihm war auch klar, dass sein langjähriger Mitarbeiter und Freund unter dem, was die letzten Wochen passiert war, sehr litt.

Wie zur Bestätigung sagte der nun: »Erst die Angst um Gerrit, dann die Entführung Sorkins, die Bombe …« Er sprach nicht weiter, die eben überstandene Gefahr war noch zu frisch.

»Wir haben es gemeistert, auch und vor allem, weil wir uns aufeinander verlassen können. Ich brauche dich im Team, ich hoffe, das ist dir klar.« Marchand sprach die Worte mit Nachdruck aus.

Er fürchtete mit einem Mal, dass sich sein Weggefährte verabschieden wollte. Verstanden hätte er das natürlich, aber trotzdem wäre Jones Ausscheiden ein herber Verlust für das BAS.

Der Finne zögerte. Er spielte tatsächlich mit dem Gedanken, aufzuhören, aber noch bevor er etwas sagen konnte, fügte Marchand an: »Jedenfalls sollten wir heute Nacht keine voreiligen Entscheidungen treffen.«

Jone verzog ein wenig das Gesicht und gab sich geschlagen. Heute würde er nichts beschließen. Langsam stand er auf und streckte sich. »Wir müssen uns alle etwas ausruhen.« Im Hinausgehen drehte er sich noch einmal um und sagte mit belegter Stimme: »Ich bin froh, dass wir das überlebt haben!«

Marchand nickte stumm. Immer noch galt es, Bombe Nummer fünf unschädlich zu machen. Erst dann war ihre Arbeit getan. Aber das behielt er in diesem Augenblick für sich.

Brüssel, Büro des BAS – 20. Juni, Gegenwart

»Wir stehen also wieder einmal kurz vor dem dritten Weltkrieg?« Jones Stimme klang resigniert.

»Nach dem, was passiert ist, wird es Sie doch nicht verwundern, dass entsprechende Maßnahmen ergriffen werden?«, antwortete ihm Hester fast ein bisschen vorwurfsvoll.

»Tja«, entgegnete ihr der Finne spitz. »Wie schön, wenn sich dann auch gleich jemand findet, der sich zum Ankläger, Richter und Henker berufen fühlt.« Sein Blick streifte gleichermaßen Hester und Sorkin.

Jone ärgerte sich. Am Tag zuvor waren sie alle nur knapp mit dem Leben davongekommen und gleich heute Morgen hatte sie die Nachricht erreicht, dass eine militärische Intervention gegen Nordkorea immer wahrscheinlicher wurde. Man verbündete sich gegen den gemeinsamen Feind.

»Das ist unfair«, antwortete die Amerikanerin gekränkt. »Man kann doch nicht erwarten, dass die anderen Nationen stillschweigend zusehen, wenn ein Land versucht, uns alle in die Luft zu sprengen.«

»Natürlich!«, Jone ließ sich nicht versöhnen, »irgendwer hat einmal gesagt, wir sind nur dann gegen die Ungerechtigkeit, wenn wir ihr selbst zum Opfer fallen könnten. Will heißen: Solange es andere trifft, scheiß drauf. Da lehnen wir uns zurück und leben damit.«

»Sie wollen doch dieses aggressive Vorgehen der Nordkoreaner nicht damit entschuldigen, dass denen in der Vergangenheit womöglich Unrecht widerfahren ist?«, rief die junge Frau ein wenig empört.

»Entschuldigen will ich gar nichts. Aber es soll bloß niemand behaupten, dass solche Situationen nicht vorhersehbar sind. Das Land wurde nach dem Zweiten Weltkrieg aufgeteilt wie eine Tafel Schokolade unter Geschwistern. Die Amerikaner und die Russen kamen auf ihre Kosten. Die Japaner hatten sich bereits die Jahrzehnte davor bedient. Und dann? Was wurde aus der Bevölkerung? Kriege, Hunger, Folter, Willkür und Entbehrungen. Zwischendurch schmeißen wir dann Napalm auf alles und sind gespannt, welcher tyrannische Phönix sich aus der Asche erhebt. Was jetzt? Wir wissen noch nicht einmal, wer dort gerade die Fäden in der Hand hält. Gab es einen Putsch? Haben wir überhaupt eindeutige Beweise? Aber nein, die brauchen wir ja gar nicht. Wir sind schließlich die Guten, wir beugen uns keinen Gesetzen. Auf geht's, bringen wir uns wieder einmal gegenseitig um. Wenn ein Lebewesen einem anderen die Kehle durchbeißt, dann ist das bestialisch. Richtet es aber eine Waffe auf einen Artgenossen, dann ist das menschlich.«

»Jone, es reicht«, schaltete sich Marchand ein. »Noch sucht man nach einer anderen Lösung. Ein Militärschlag wäre der letzte Ausweg.«

»Hörst du dir überhaupt selbst zu? Ein Militärschlag kann doch niemals ein Ausweg sein. Das ist höchstens eine Sackgasse, gepflastert mit den Leichen Unschuldiger.«

Für einen Moment schien es, als wollte ihm sein Vorgesetzter heftig widersprechen, aber er schwieg.

Überraschenderweise war es Major Sorkin, der eine Antwort gab: »Nur ein Kind sucht beim Menschen die Menschlichkeit. Altes russisches Sprichwort!«

Jone atmete tief durch. Er hatte sich wieder einmal hinreißen lassen. Die Worte von Sorkin erinnerten ihn an die harte Realität.

Ihre Diskussion wurde durch das jähe Klingeln des Telefons beendet.

KAPITEL 15

2007 n. Chr.: Die australische Firma »Metal Storm« lässt sich eine Waffentechnik patentieren, mit der man eine Million Schuss pro Minute abgeben kann. Die Idee dafür entspringt der Funktionsweise eines Tintenstrahldruckers; das Design sieht vor, dass die Geschosse hintereinander in einem Röhrenmagazin angeordnet werden und jedes Geschoss einzeln elektronisch gezündet wird. Die Umsetzung der Technik erfolgt in kleinen Handfeuerwaffen bis hin zu Raketenabwehrsystemen.

In der Bucht von Tokio, Hafen Yokohama
20. Juni, Gegenwart

Der japanische Beamte glaubte, seinen Augen nicht zu trauen. Schlich doch tatsächlich schon wieder dieses faule Gesindel bei den Lagerhallen herum. Wusste der Teufel, wie es denen jedes Mal gelang, unbemerkt das gesicherte Gelände zu betreten. In letzter Zeit hatten sich die Beschwerden wegen Diebstählen und Sachbeschädigungen gehäuft. Er und seine Kollegen waren daher auf der Hut.

Mit festen Schritten näherte sich Tanaka Kaito den Containern an der Rückseite der Lagerhalle. Über das Funkgerät informierte er seine Kollegen über den möglichen Eindringling. Dieses Pack wurde immer frecher.

Als der japanische Beamte um die Ecke bog, war der vermeintliche Dieb allerdings verschwunden. Die Container, die ordentlich in Reih und Glied standen, boten natürlich genügend Möglichkeiten, sich zu verstecken. Tanaka würde nichts anderes übrig bleiben, als alle zu überprüfen. Eigentlich hatte er gleich Feierabend, aber sein Ehrgeiz war geweckt und er begann damit, die Verriegelungen zu kontrollieren. Leise streifte er durch die Reihen. Wenn er sich schon die Mühe machte, dann wollte er den Dieb nicht aufschrecken, sondern auf frischer Tat ertappen und verhaften.

Der japanische Polizist dachte an das Chaos der letzten Tage, es hatte einen Bombenalarm gegeben. Offensichtlich war in *seinem* Hafen eine gefährliche Ladung gelöscht worden. Mittlerweile hatte man festgestellt, dass die Attentäter die Bombe bereits vom Hafengelände geschafft hatten. Mit dem Transport war ein kleines Frachtunternehmen beauftragt worden. Tanaka kannte den Spediteur, der mehr als unglücklich gewesen war, als man ihn über den Inhalt seines letzten Auftrages informiert hatte. Der Mann war völlig unschuldig in diese Sache hineingeraten und hatte sogleich mit den Behörden kooperiert.

Allerdings vergebens. Die gefährliche Ladung war längst verschwunden – die Lieferadresse beziehungsweise das Gebäude, das sich dahinter verbarg, leer. Und niemand wusste, wo sich diese Bombe zurzeit befand.

Natürlich hatte man die Bevölkerung nicht darüber informiert und die Beamten, die von der Situation Kenntnis hatten, waren zum Stillschweigen verdonnert worden. Tanaka machte sich allerdings nicht allzu viele Sorgen. Man würde diese Bombe aufspüren und die Gefahr beseitigen. Wie gefährlich konnte der Sprengkörper außerdem schon sein? Besonders groß war dieses explosive Frachtstück ja nicht gewesen.

Ein letztes Mal gab er seinen Standort an die Kollegen durch, die bestätigten, dass sie bereits auf dem Weg zu ihm waren. Dann schaltete er sein Funkgerät aus, damit der Dieb nicht durch ein verräterisches Rauschen und Knistern gewarnt werden konnte.

Tanaka Kaito war bereits seit seinem zwanzigsten Lebensjahr hier im Hafen als Polizist tätig. Das riesige Areal kannte er zwar nicht in- und auswendig – dafür war der Handelshafen von Yokohama als einer der größten Häfen der Welt einfach zu gewaltig –, jedoch konnte er voller Stolz von sich behaupten, dass ihn seine zwanzigjährige Dienstzeit zu einem Kenner des Geländes gemacht hatte. Und er hasste es, wenn sich Unbefugte hier aufhielten.

Vorsichtig spähte er um die nächste Ecke. Gerade noch konnte er den Zipfel eines Hosenbeins erkennen, das hinter einem Container verschwand. Tanaka rannte los. Er war sportlich und gut trainiert. Den Fremden holte er mühelos ein und forderte ihn auf, stehen zu bleiben. Völlig unerwartet spurtete dieser jedoch los, obwohl er damit rechnen musste, dass sein Verfolger von der Schusswaffe Gebrauch machen würde. Dieses Verhalten überraschte den Polizisten im ersten Moment, sodass der Dieb einen kleinen Vorsprung bekam.

Tanaka schrie erneut »Stehen bleiben« und nahm die Verfolgung auf. Während des Laufens griff er zum Funkgerät, schaltete es wieder ein und brüllte seinen Kollegen zu, dem Flüchtigen den Weg abzuschneiden.

Der Polizist war zwar schnell und er hatte kein Problem damit, sich zu orientieren, aber der Dieb hatte sich anscheinend nicht unvorbereitet auf das Hafengelände begeben. Er rannte geschickt zwischen den verschiedenen Containerstraßen hindurch, verschwand plötzlich hinter einer Ladung Pipelineröhren und tauchte dann wieder bei einer der Werften auf. Tanaka kam ins Schwitzen, hielt aber das Tempo und konnte den Abstand verringern. Der Flüchtige schlug wilde Haken, manövrierte sich aber schließlich doch in eine Falle. Zwischen einer Schweißstation traten ihm Tanakas Kollegen entgegen. Ein von links kommender Gabelstapler versperrte ihm den Durchgang in die andere Richtung. Von hinten näherte sich Tanaka und rechts lag das Hafenbecken. Hilflos sah er sich um, aber seine Verfolger hatten aufgeholt und drängten ihn nun in die Enge.

Mit einem unsanften Schlag beförderte man den mutmaßlichen Dieb auf die Knie. Waffen waren auf den Mann gerichtet, als man ihn durchsuchte.

* * *

Tanaka sah die fragenden Gesichter seiner Kollegen, die angesichts der Tatsache, dass sich kein Diebesgut bei dem Verdächtigen befand, ein hämisches Grinsen nur schwer unterdrücken konnten. Es war nicht das erste Mal, dass ihr ehrgeiziger Kollege über das Ziel hinausgeschossen war.

Wie es aussah, galt sein Übereifer dieses Mal der Verfolgung eines Unschuldigen. Jedenfalls hatte der Mann in ihren Augen nichts bei sich, was auf einen Diebstahl schließen ließ.

Die Frotzeleien der Kollegen und die gehässigen Tuscheleien hinter seinem Rücken ignorierte Tanaka Kaito schon seit Langem. Auch jetzt war er noch nicht bereit, das, was er gesehen hatte, als Fehleinschätzung abzutun.

In den Taschen des Verdächtigen befand sich ein auffälliger Schlüssel. Er gehörte definitiv zu einer Containerverriegelung. Wenn der Mann der rechtmäßige Besitzer dieses Schlüssels und damit des Containerinhalts war, warum schlich er dann wie ein Dieb über das Gelände? Warum hatte er die Flucht ergriffen und nicht, wie es üblich gewesen wäre, sich erklärt? Aber der Mann hatte keinerlei Papiere bei sich und auch sonst noch keinen plausiblen Grund für seine Anwesenheit liefern können.

Entgegen der Empfehlung der anderen bestand Tanaka deshalb darauf, den Verdächtigen festzusetzen und zu überprüfen, ob der Schlüssel zu einer der Verriegelungen passte. Da er einen höheren Rang hatte als die anderen, mussten diese sich fügen und verhafteten den vermeintlichen Dieb.

Tanaka gab den Befehl, ihm mit dem Gefangenen zu folgen, und die kleine Gruppe setzte sich in Bewegung. Die Stelle, an der ihm der Verdächtige zwischen den Containern entwischt war, hatte er schnell gefunden. Nun gab der japanische Beamte die Anweisung, die Türen zu kontrollieren.

Die ihm folgenden Kollegen machten keinen Hehl daraus, dass sie diese Unternehmung für Zeitverschwendung hielten. Aber Tanaka blieb von dem Gemurre unbeeindruckt.

Schon kurze Zeit später wusste er, dass sich die Hartnäckigkeit ausgezahlt hatte. Als der Gefangene Anstalten machte, sich aus dem Griff der Polizisten zu winden, war klar, dass etwas ganz und gar nicht in Ordnung war.

Sie hatten einen unverplombten Container gefunden, was in diesem Bereich unüblich war, und sogleich prüfte Tanaka den Schlüssel. Ohne Mühe ließ er sich im Schloss drehen. Der Gefangene wurde erneut unruhig und die Beamten verstärkten ihren Griff.

Die Tür schwang lautlos auf. Kurz musste der Polizist blinzeln, um in der Dunkelheit etwas zu erkennen. Zuerst dachte er, der Container wäre leer. Schon trieb es ihm das Blut ins Gesicht, bei dem Gedanken daran, wie ihn die anderen deswegen schadenfroh verspotten würden, dann entdeckte er aber ganz hinten einen größeren Gegenstand, der die Ausmaße eines Kühlschranks hatte. Das Eingabefeld und die blinkende Anzeige, auf der ein Countdown lief, war das Nächste, das dem Beamten auffiel.

Ab heute wäre Tanaka mit seinem Instinkt und seiner Entschlossenheit der Held der japanischen Hafenpolizei, so viel stand fest. Allerdings stellte sich der Beamte angesichts dem, was er gerade entdeckt hatte, die Frage, ob er noch lange genug am Leben bleiben würde, um den Ruhm zu ernten.

Brüssel, Büro des BAS – zur gleichen Zeit

Es gab Neuigkeiten, man hatte die fünfte Bombe gefunden.

»Dieses Mal war das Täuschungsmanöver ziemlich ausgeklügelt«, berichtete ihnen Gerrit, der hektisch die Meldung aus Japan weitergab. »Die Fracht wurde zuerst abgeholt, deshalb hielten die Beamten das Hafengelände für sicher. Später hat man die Bombe jedoch unbemerkt wieder in den Hafen zurückgebracht und in einem Container deponiert. Der Countdown läuft bereits. Noch fünfundvierzig Minuten.«

»Wo?«, fragte Marchand. Wie in einem Déjà-vu wiederholte sich das, was er gestern erlebt hatte. Er stürzte aus dem Zimmer, die anderen folgten ihm.

»Bucht von Tokio, im Hafen Yokohama«, antwortete Gerrit, der hilflos hinterhereilte. Sie betraten gemeinsam den großen Raum, der ihnen noch immer als Zentrale diente.

Arnault und einige seiner Kollegen hielten sich seit ein paar Stunden in diesen Räumlichkeiten auf. Es gab Standleitungen zu weiteren Wissenschaftlern und natürlich auch zu den Japanern. Marchand wurde nach Tokio durchgestellt und von dem Einsatzleiter vor Ort auf den neusten Stand gebracht. Arnault und seine Kollegen analysierten das Bildmaterial und die Daten. Es war wie bei der Bombe in Brüssel – den Countdown manuell zu stoppen, war quasi unmöglich.

»Sie haben einen Gefangenen?«, rief Marchand ungeduldig ins Mikrofon. »Der muss doch den Code haben!«

Der Japaner auf der anderen Seite antwortete verzweifelt: »Wir haben es versucht, der Mann ist bereit zu kooperieren. Jetzt, wo er nicht mehr rechtzeitig wegkommt …« Er ließ den Satz unvollendet. »Was er uns gegeben hat, ist allerdings nutzlos, wir können die Bombe nicht abschalten! Der Gefangene hat nur den Aktivierungs-, nicht den Unterbrechungscode.«

Auf dem Bildschirm war das Gesicht des japanischen Einsatzleiters nicht besonders gut zu erkennen. Jedoch sah man ihm trotz der schlechten Auflösung an, wie es um seine Gemütsverfassung stand, als er sagte: »Allein im Großraum Tokio-Yokohama leben über 35 Millionen Menschen …«

Im Augenwinkel sah Marchand, wie sich irgendjemand neben ihm bekreuzigte.

»Wie viel Zeit haben wir noch?« Die Frage richtete sich an Arnault.

»Fünfunddreißig Minuten«, rief ihm der Wissenschaftler zu, der hektisch mit seinen Kollegen nach einer Lösung suchte.

Marchand forderte eine Karte an und sofort erschien auf einem der Monitore eine Weltkugel, genauer gesagt, der Teil, der die Küste Japans abbildete.

Er betrachtete das Bild und murmelte: »Wir schaffen sie weg!« Dann hob er den Kopf, sah die anderen an und bellte: »Wir schaffen sie weg!«

»Was?« Arnault blickte auf.

»Sie ist in einem Container, oder?« Der Leiter des BAS wartete nicht auf eine Antwort, sondern sprach schnell weiter. »Den hängen wir an einen Hubschrauber und werfen diese verdammte Bombe über dem Pazifik ab.«

Arnault stieß die Luft aus: »Das ist riskant!«

»Was ist riskanter als der Tod von 35 Millionen Menschen?«

»Die Explosion unterseeisch stattfinden zu lassen, könnte einen gewaltigen Tsunami auslösen. Aber dennoch, das ist unsere beste Option.«

Marchand sah auf den Bildschirm und wandte sich nun an den japanischen Einsatzleiter: »Ihre Entscheidung«, sagte er zu dem Mann, aber es war deutlich, herauszuhören, wie er selbst zu seinem Vorschlag stand.

Kurz darauf hörte man abgehackte Befehle auf Japanisch.

»Haben Sie verstanden?«, schrie Marchand ins Mikrofon. Er hatte keine Ahnung, was da gerade am anderen Ende der Welt vor sich ging.

»Unsere Maschine ist bereits in der Luft!«, kam die Antwort und das Team in Brüssel spürte die Hoffnung, die in diesem Satz mitschwang.

Arnault trat neben Marchand und sagte: »Vielleicht haben wir Glück und es ist ein weiterer Blindgänger.«

»So viel Glück hat niemand«, knurrte der Leiter des BAS. Dann sagte er so sachlich, wie es ihm möglich war: »Ich brauche sofort ein Katastrophenszenario von Ihnen. Auf was müssen wir uns in knapp dreißig Minuten schlimmstenfalls einstellen?«

Bucht von Tokio, Hafen Yokohama – wenig später

Der Hubschrauber schwebte wie ein Kolibri über dem Hafengelände. Genau unter ihm stand der Container mit der Bombe. Die Transportgurte waren bereits verzurrt.

Die Bergungsmannschaft arbeitete gegen die Zeit, daher musste sie viele Vorsichtsmaßnahmen außer Acht lassen. Wenn es nicht gelang, den Container mit seinem explosiven Inhalt so schnell wie möglich von hier fortzuschaffen, dann würde keiner von ihnen überleben. Die Entscheidung war einfach zu fällen. Es blieb keine Zeit für akribische Kontrollen der Stahlkabel und doppelte Absicherungen.

Der Pilot über ihnen kämpfte mit der Thermik und tat alles, um die Maschine ruhig zu halten. Niemand wollte mit der Mannschaft oben in der Luft tauschen. Von ihrem Manöver hing das Überleben vieler Millionen Japaner ab.

Endlich hatte man das letzte Sicherungsseil angebracht.

»Weg damit!«, riefen die Männer am Boden in ihre Funkgeräte.

Vorsichtig, als hätte er eine Schachtel schlecht verpackter, roher Eier unter seinen Kufen hängen, wippte der Heli vor und zurück. Sachte gewann er an Höhe.

Der Container schaukelte bedrohlich hin und her. Die Umstehenden hielten die Luft an, ballten vor Anspannung die Hände zu Fäusten und verfluchten das Gefühl, einem übermächtigen Feind hilflos ausgeliefert zu sein.

Die Rotorblätter drehten sich nun schnell und gleichmäßig. Die Last unter dem Hubschrauber schien federleicht, und während die Maschine an Höhe gewann, konnte man das Schlingern des Metallklotzes, der weiter in die Lüfte hinaufschwebte, kaum noch erkennen.

Gerade, als der Helikopter Kurs aufs offene Meer nehmen wollte, erfasste ihn eine Böe. Für den erfahrenen Piloten stellte es keine Mühe dar, entsprechend zu reagieren. Das Bodenteam bemerkte davon nichts und wollte den gelungenen Abtransport schon bejubeln, als ein Aufschrei durch die Menge ging. Ohne Vorwarnung riss eines der Verbindungskabel. Der Stahlcontainer kippte nach vorne und zerrte den Hubschrauber dadurch erbarmungslos in die Tiefe. Fast sah es so aus, als würde er senkrecht auf die Erde prallen. Wie durch ein Wunder gelang es dem Piloten, die Maschine unter Kontrolle zu bekommen und sich gegen den Abwärtsruck des Containers zu stemmen.

Die Bombe im Inneren musste hin- und hergeschleudert worden sein, jede Sekunde rechneten die Männer am Boden mit der Detonation. Immer noch schwang der nun fast senkrecht hängende Container wie das Pendel einer Standuhr. Der Pilot umklammerte den Steuerknüppel so fest, dass seine Haut weiß über den Knöcheln spannte.

Jetzt mussten sie also für die fehlenden Sicherheitsmaßnahmen beim Anhängen der Fracht büßen. Aber was hatten sie schon für eine Wahl gehabt? Auch in diesem Moment galt es nur, die verbleibenden Minuten zu nutzen, um die Bombe weit weg auf das offene Meer zu schaffen.

Brüssel, Büro des BAS – zur gleichen Zeit

»Wir werden große Teile der japanischen Küste verlieren, wenn die Bombe zu nahe am Festland hochgeht. Die Wassermassen könnten wie eine Mauer nach oben steigen und schließlich die Landflächen und jede Lebensform darauf unter sich begraben. Der Rückfluss würde dann alles mit sich reißen, nichts bliebe übrig. Und das ist keine Floskel. Die japanische Ostküste wäre nur noch ein gewaltiges Schlammloch, die Verluste gigantisch.«

»Wie weit müsste der Hubschrauber fliegen, damit man das verhindern könnte?« Marchand sah auf die Karten und Berechnungen, die ihm Arnault gerade erklärte.

»Zu weit«, kam die knappe Antwort des jungen Wissenschaftlers.

Der Leiter des BAS fluchte laut.

»Es muss nicht dazu kommen«, fuhr Arnault fort, »die Stelle, die wir für den Abwurf vorgesehen haben, liegt über einem unterseeischen Graben und hat einen guten Abstand zur Küste. Unsere Meeresgeologen im Team gehen davon aus, dass hier die Höhe der Flutwelle, falls sie sich überhaupt entwickelt, verhältnismäßig moderat ausfallen sollte.«

»Aber wir wissen es nicht«, erwiderte Marchand gehetzt.

»Die Chancen stehen gut!«

»Wie gut?«

»Besser als null«, seufzte Arnault.

Vor der Küste Japans – zur gleichen Zeit

Der Container baumelte nach wie vor unsicher unter dem Hubschrauber. Von unten sah es so aus, als wäre nur ein dünner Faden zwischen ihm und dem Fluggerät gespannt.

Die fehlende Stabilität erlaubte es dem Piloten nicht, mit höherer Geschwindigkeit zu fliegen, das kostete ihn Zeit.

»Wir brauchen ein anderes Abwurfziel«, schrie er seinem Kopiloten zu. Es folgte hektischer Funkverkehr. Auch in der Zentrale in Brüssel brach jetzt Nervosität aus.

Brüssel, Büro des BAS

»Verflucht!«, rief Arnault und koordinierte bereits das wissenschaftliche Team. Die online zugeschalteten Experten suchten fieberhaft nach einem Ausweg. Man einigte sich auf neue Koordinaten. Die Entscheidung wurde in nur wenigen Augenblicken getroffen.

Der Hubschrauber erhielt die Zieldaten keine zehn Minuten vor der bevorstehenden Explosion.

Vor der Küste Japans

Im hinteren Bereich des Helis machte sich das Team bereit, auf Befehl ihres Piloten die verbleibenden Stahlkabel zu kappen. Die Besatzung des Hubschraubers hatte das Gefühl, nur langsam vor sich hinzutuckern, so als würden sie einen Rundflug mit Touristen unternehmen.

Niemand sagte etwas, denn die Männer grübelten darüber nach, ob es ihnen denn überhaupt noch möglich wäre, rechtzeitig aus dem Gefahrenbereich zu verschwinden. Ihr Zeitfenster hatte sich halbiert, der Pilot konnte mit dem schief hängenden Container nicht schneller fliegen. Nach dem Abwurf würde ihnen wohl die Zeit für einen sicheren Rückzug fehlen.

Brüssel, Büro des BAS

»Was jetzt?«, mischte sich Marchand erneut ein. »Die neue Abwurfstelle ist näher an der Küste. Heißt das, wir müssen mit dem Schlimmsten rechnen?«

Der Leiter des BAS hatte das Gefühl, zu rennen, dabei aber nicht von der Stelle zu kommen. Er saß hier in diesem schönen, modernen Büro und verfolgte über Funk, per Satellitenbildern und Bildübertragungen, wie vielleicht gleich ein Teil Japans vernichtet wurde.

Millionen von Menschen schwebten in diesem Augenblick in Todesgefahr und wussten noch nicht einmal, dass im nächsten Moment alles vorbei sein könnte. Vielleicht war diese Unwissenheit sogar eine Gnade. Was hätten sie ansonsten mit den wenigen Minuten angestellt, die ihnen noch vergönnt gewesen wären?

Irgendwer sagte: »Die müssen jetzt abwerfen, die Zeit wird knapp!«

Vor der Küste Japans

Der Pilot im Helikopter gab seinen Begleitern ein Zeichen und mit wenigen Handgriffen wurden die Stahlkabel gelöst. In dem Moment, in dem sich der Container im freien Fall befand, drehte der Hubschrauber ab und flog mit voller Geschwindigkeit aus dem Gefahrenbereich. Die Bombe in ihrer stählernen Behausung raste wie ein Raubvogel, der eine Beute erspäht hatte, auf die dunkle Oberfläche zu. Der harte Aufprall drückte die Wassermassen auseinander und ließ sie Sekunden später wieder über dem Container zuschnappen. Die Uhr tickte weiter. Die Männer in der japanischen Kommandozentrale zählten in Gedanken genauso wie das Team um Leon Marchand nun von zehn rückwärts.

Die Bombe musste ihren vorgesehenen Platz auf dem Meeresgrund bereits erreicht haben. Im Vorfeld hatte man für die Schifffahrt eine Warnung herausgegeben – es blieb zu hoffen, dass sich kein Boot in diesen Quadranten verirrt hatte.

Die Einsatzkräfte bauten darauf, dass die Bombe ein weiterer Blindgänger war. Die Männer in Nordkorea hingegen träumten vom großen Sieg über den japanischen Erzfeind. Was sie jedoch alle gemeinsam hatten, war das Gefühl, gerade die längsten zehn Sekunden ihres irdischen Seins zu erleben.

Brüssel, Büro des BAS

Der Countdown war abgelaufen.

»Ein weiterer Blindgänger«, flüsterte jemand neben Marchand erwartungsvoll.

Noch bevor dieser antworten konnte, sah er es. Dieses Mal hatte die Todlicht-Bombe gezündet. Auf der Satellitenübertragung war ein gleißender Schein zu erkennen, der sich gespenstisch schnell ausbreitete.

Vor der Küste Japans, über dem Pazifik

Die Explosion hatte das Meer aufgerissen, das Dröhnen einer gewaltigen Druckwelle kündigte das Sterben an. Es war, als würde das Licht der Schöpfung aus dem Ozean nach oben drängen. Aber dieses Licht brachte nichts Gutes, sondern nur Zerstörung und Verderben. *Projekt Todlicht* präsentierte sich der Welt.

Der Hubschrauber kam ins Trudeln. Im Bruchteil einer Sekunde rissen die vernieteten Metallplatten des Helikopters auseinander. Die Besatzung hatte keine Chance. Die Männer waren tot, bevor ihre unnatürlich verrenkten Leiber wie brennende Fackeln in den Pazifik eintauchten.

Das Meer schien Vergeltung für den Anschlag zu fordern. Strudel entstanden, die aussahen, als hätte jemand ein Dutzend sich wild drehender Schiffsschrauben ins Wasser geworfen. Dann wälzten sich die salzigen Massen Richtung Küste. Die Fluten begannen zu wachsen. Schossen senkrecht in die Höhe wie ein Riese, der einen Tauchgang beendet hatte und jetzt gierig nach Luft schnappen wollte.

Brüssel, Büro des BAS

Die Messgeräte schlugen wild aus. Die Wissenschaftler sahen ungläubig auf die Datenreihen. Niemand brauchte die Hilfe eines Tsunami-Experten, um die hereinkommenden Informationen richtig zu deuten.

»Verdammt, hör auf zu steigen!«, fluchte Arnault, während Marchand angespannt seine Runden zwischen den Bildschirmen und Schreibtischen zog und auf Meldungen aus Japan wartete.

»Hör endlich auf zu steigen«, wiederholte der Wissenschaftler und sah dabei flehentlich auf die Anzeigen.

An der Küste Japans

In der Kommandozentrale in Japan spielten sich ähnliche Szenen ab. Sie hatten keine Zeit mehr gehabt, den gesamten Küstenbereich zu evakuieren – was würde jetzt werden? Der gewaltsam aufgerissene Pazifik schien ihnen nichts zu verzeihen. Die Mauer aus Meerwasser kam auf sie zu und reckte sich nach oben, als wollte sie den Himmel berühren.

Brüssel, Büro des BAS

Mit weit aufgerissenen Augen verfolgten alle Beteiligten das Schauspiel, das ihnen die Natur lieferte. Marchand presste die Kiefer aufeinander, während andere stöhnten, beteten oder fluchten. Wer würde sterben, wer leben?

Der kritische Punkt war bald erreicht. Sollte sich die Flut weiter aufbauen, wäre die japanische Küste nicht mehr zu retten.

Plötzlich schien die Welle zu zögern, als wäre von irgendwoher ein stiller Befehl erteilt worden, der sie zur Umkehr zwang.

Der Ozean hatte es sich noch einmal anders überlegt und lenkte ein. Die Wassermassen stürzten in sich zusammen und das Meer erzitterte. Das Grollen von Nachbeben hallte durch die Luft. Es war, als wären die Fluten wütend über den Rückzug.

Marchand schlug die Hände vor sein Gesicht und schüttelte fassungslos den Kopf. Arnault ballte die Fäuste und vollführte einen kleinen, stillen Freudentanz. Sorkin ließ Jones Umarmung über sich ergehen, und auch die anderen brachten auf die eine oder andere Weise ihre Erleichterung zum Ausdruck. Das Jubelgeschrei der Japaner, das jetzt durch die Leitungen drang und sich nach einer wilden Party anhörte, wurde in Brüssel eben so geräuschvoll erwidert.

Die Tränen, die dabei vergossen wurden, waren Tränen der Erleichterung und Freude.

Mit einem hauchdünnen Vorsprung hatte das Glück heute die Nase vorne gehabt, sonst müssten sie jetzt Tränen der Wut, der Trauer und der Verzweiflung vergießen. Trotzdem hatte es Opfer gegeben, die ihr Leben gelassen hatten, um andere zu retten. Marchand dachte an die Hubschrauberbesatzung – ohne diese Männer hätten Millionen von Menschen sterben müssen.

»Sieht so aus, als wäre die Welt fürs Erste verschont geblieben. Gut gemacht!«, sagte jemand leise neben ihm. Es war Jone, der ihm erleichtert zunickte.

* * *

Obwohl es gelungen war, die Bomben aufzuspüren und eine Katastrophe zu verhindern, schien es noch nicht vorbei zu sein. In den folgenden Tagen hatten sich amerikanische Kriegsschiffe formiert und auch die Japaner waren nicht gewillt, den Angriff auf ihr Land ohne Vergeltung hinzunehmen.

Selbst wenn vorerst nur von weiteren Manövern gesprochen wurde, entging es aufmerksamen Beobachtern der Presse nicht, was sich gerade im Pazifik und an den nordkoreanischen Grenzen ereignete. Die Weltöffentlichkeit schaute mit Unbehagen auf die Halbinsel und die Meldungen in den Nachrichten von einer »Nordkorea-Krise« mehrten sich. Noch hielten sich alle involvierten Nationen an das Abkommen, Stillschweigen über die Vorfälle der letzten Wochen und Tage zu bewahren. Die Explosion in Japan wurde als Seebeben und die Zerstörung des Containerschiffs vor der amerikanischen Ostküste als militärische Übung deklariert. Aber über kurz oder lang würde etwas durchsickern. Spätestens jedoch im Kriegsfall müsste man den Menschen erklären, was zu dem Waffengang geführt hatte. Der Konflikt, der bisher nur unter der Oberfläche schwelte, begann sich langsam, aber sicher zu einem Flächenbrand zu entwickeln.

In Geheimdienstkreisen rechnete man mit einem Krieg. Die Amerikaner konnten nicht so einfach zurückrudern, das Gleiche galt für die Japaner. Immerhin hatte man einen Angriff gegen ihre Länder unternommen. Die Europäer waren in einer ähnlichen Situation. Einzig Russland schien überhaupt noch in der Lage zu sein, einen diplomatischen Kanal öffnen zu können.

* * *

»Wenn es zum Krieg kommt, werden die Nordkoreaner ihre Todlicht-Bombe erneut einsetzen«, warnte Jone immer wieder.

Die Befürchtung des Finnen war berechtigt. Marchand hatte einen entsprechenden Bericht an seinen Vorgesetzten abgegeben. Auch Hester und Sorkin waren bemüht gewesen, ihre Regierungen auf diese bestehende Gefahr aufmerksam zu machen. Zu glauben, es gäbe keine weiteren Todlicht-Bomben, oder deren Nachproduktion sei kurzfristig nicht möglich, wäre mehr als leichtsinnig gewesen. Die Entscheidungsträger ganz oben waren sich dessen nur allzu bewusst, rechtfertigten aber genau damit ihr aggressives Vorgehen und lehnten den Rückzug ab.

Die Tage vergingen und die Lage spitzte sich immer weiter zu. Die Börsen erlebten die ersten Talfahrten, was schließlich die Wirtschaft auf den Plan brachte.

Die Staatsoberhäupter sprachen offiziell schließlich nicht mehr von Manövern, sondern von einer Bedrohung, die man nicht länger dulden könne. Allerdings bezogen sie sich dabei nur auf das nordkoreanische Atomwaffenprogramm und verschwiegen weiterhin die Todlicht-Bomben. Die öffentliche Diskussion wurde von dieser Mitteilung natürlich trotzdem angeheizt.

In den Boulevardblättern fand man reißerische Titel, in denen von geheimen Waffenprogrammen und neuen todbringenden Technologien der Nordkoreaner gesprochen wurde. Diese Zeitschriften hatten keine Ahnung, wie nahe sie damit der Wahrheit kamen.

Und als dann schon niemand mehr damit rechnete, dass sich die Lage noch beruhigen könnte, erhielten die Regierungen der Gegenseite ein geheimes Videoband aus Nordkorea …

Videoaufzeichnung

Die fünf Männer wurden nicht zum Gerichtssaal gebracht. Ihr Weg führte vom Gefängnis direkt zur Hinrichtungsstätte. Man hatte sie herausgeputzt und in Ausgehuniformen gesteckt, so als sollten sie an einer Parade teilnehmen. Lediglich die Epauletten waren ihnen von den Schultern entfernt worden. Die fehlenden Rangabzeichen sollten die Ungnade, in die sie gefallen waren, unterstreichen. Die so Vorgeführten hatten keine Gelegenheit zu sprechen. Ihre Münder wurden durch einen dicken Streifen Klebeband verschlossen, die Hände hatte man ihnen auf dem Rücken zusammengebunden. Nur an ihren geweiteten Augen und den Schweißtropfen, die wie kleine Perlen auf den Gesichtern lagen, wusste man, dass sie Angst hatten.

Sie waren zuvor geschlagen worden. Ihre Haut hatte blaue Verfärbungen, und bei einem von ihnen konnte man eine große Platzwunde am Kopf sehen – etwas, das jedoch keine Rolle mehr spielte. Mit scharfer Stimme trug ein Offizier, der als Richter fungierte, die Anklageschrift vor. Danach wurden die Geständnisse der fünf Männer verlesen. Drei von ihnen hatten bereits aufgegeben, sahen auf den Boden und schüttelten hoffnungslos den Kopf. Ein Vierter gebärdete sich wie ein Wilder, versuchte, dem Griff der Wachsoldaten zu entkommen, und wollte trotz des Klebebands sprechen. Man konnte nichts verstehen. Alles, was er von sich gab, erinnerte an einen erstickten Schrei. Der fünfte Mann hatte sich dazu entschlossen, seine Haltung zu bewahren. Er starrte auf den vortragenden Richter, so, als würde er lediglich aus Höflichkeit bis zum Ende der Rede bleiben.

Die Minuten schienen sich endlos hinzuziehen. Es fielen immer wieder die Worte *Verschwörung*, *Hochverrat* und *Attentäter*. Dann trat jemand aus dem Schatten. Es war unschwer zu erkennen, welche Funktion der Mann bekleidete, sein Gesicht war hinter einer schwarzen Maske verborgen.

Die dunkle Gestalt ging nun mit gemessenen Schritten auf die Verurteilten zu und wirkte dabei wie eine Figur aus einem alten Horrorfilm – vermutlich sollte das ein Zugeständnis an die ausländischen Empfänger des Videobandes sein.

* * *

War das die Entschuldigung, auf die die Amerikaner und Japaner so dringend warteten? War das die Brücke, die man von Nordkorea aus schlug, um einem Krieg zu entgehen?

»Politik ist eine bizarre Angelegenheit, nicht wahr?«, sagte Sorkin leise.

Er saß neben Marchand in der hintersten Reihe. Sie waren in einem Raum, in dem sich außer ihnen noch einige hochrangige Politiker und Gesandte aufhielten. Unter anderem gab es einen Vertreter der USA und einen japanischen Botschaftsmitarbeiter, vom BAS war nur Marchand anwesend. Was ihnen hier vorgeführt wurde, war nicht für die Öffentlichkeit bestimmt. Heute Morgen, still und heimlich, war eine kleine Delegation aus Moskau eingeflogen. Im Gepäck hatte man dieses Videoband und ein inoffizielles Abkommen.

»Die drehen die Angelegenheit so lange hin und her, bis sich jede Seite ohne Gesichtsverlust zurückziehen kann«, erklärte der Russe seine Bemerkung.

»Das nennt man dann wohl Diplomatie«, flüsterte Marchand mit einem ironischen Unterton zurück.

Auf dem Videoband schien man jetzt zur Sache zu kommen. Einige der Politiker, die vor Marchand saßen, rückten unruhig auf ihren Stühlen hin und her. Jeder wusste, was man gleich auf dem Monitor zu sehen bekommen würde. Angewidert und doch unfähig den Blick abzuwenden, starrte die kleine Gruppe nach vorne.

* * *

Die fünf Verurteilten wurden auf einen Befehl des Henkers hin auf eine erhöhte Bühne geführt.

Marchand bekam seine Zweifel an der Echtheit des Bandes. »Ist das ein Fake?«

Sorkin schüttelte den Kopf. »Oh nein, das ist gesichert. Wir waren eingeladen«, antwortete der Major mit Widerwillen. Er hatte bereits mit seinem Verbindungsmann gesprochen, der persönlich für die Echtheit des Bandes bürgen konnte.

Videoaufzeichnung

Den Delinquenten wurden nun raue Säcke über das Gesicht gezogen. Der gesamte Ablauf wirkte wie die Inszenierung eines Bühnenstücks. Alles schien einstudiert, alles, bis auf die verzweifelte Gegenwehr der fünf Männer. Keiner von ihnen konnte angesichts des nahenden Todes jetzt noch Haltung bewahren.

Einer nach dem anderen wurde auf eines der fünf Podeste geführt. Jedem legte der Henker eine Schlinge um den Hals. Das dick geknüpfte Seil schlängelte sich noch schlaff um ihre Kehlen, aber im nächsten Moment kam das Zeichen. Jedes einzelne Podest wurde mit einem lauten Schrei vom Henker zur Seite getreten. Ein Strick nach dem anderen straffte sich, als die Körper den Halt verloren. Die Gestalten in den Uniformen mit den Säcken über dem Kopf zappelten hin und her. Es war kein schneller Tod, den man für sie bestimmt hatte.

Das verzweifelte Strampeln wollte nicht enden. Marchand dachte an Berichte über mittelalterliche Hinrichtungen, bei denen sich die Angehörigen an die Füße der Verurteilten hängten, um so durch einen Genickbruch die Qual des Sterbens zu verkürzen. Aber hier schien niemand eingreifen zu wollen. Erst als auch der letzte Verurteilte reglos wie eine Puppe an seinem Seil baumelte, war es vorbei.

Die Leichen wurden abgeschnitten. Man zog ihnen die Säcke vom Kopf und hielt mit der Kamera auf die entstellten Gesichter. Kurz darauf bestätigte der Henker mit einem Handzeichen ihren Tod.

* * *

Die Vorführung war beendet. Die Anwesenden schienen ein wenig unsicher, welche Reaktion jetzt die angemessene wäre. Immerhin hatte das eben Gesehene nichts mit den von ihnen allen ständig geforderten Menschenrechten zu tun. Andererseits waren diese fünf Männer bereit gewesen, mehrere Millionen Menschen mit ihren Todlicht-Bomben zu ermorden. Letzten Endes entschied sich die kleine Gruppe im Raum, keine weiteren Gedanken an das »Wie« zu verschwenden.

Hauptsache, die Schuldigen waren gefasst und bestraft worden.

»Nordkorea hat behauptet, diese Männer hätten einen Putsch versucht. Ihr Staatsoberhaupt wäre verschleppt worden und die Verräter wollten nicht nur die Macht ergreifen, sondern hätten auch die Bombenattentate geplant«, wandte sich Sorkin leise an Marchand.

»Aber die Waffenentwicklung kann doch nicht ohne die oberste Führung des Landes stattgefunden haben?«

Sorkins Lippen verzogen sich zu einem feinen Lächeln. »Die sagen, es gäbe ein Energieprogramm, das sich die Verschwörer ohne Kenntnis der Staatsführung zunutze gemacht hätten, um diese Teilchenbeschleunigerwaffe zu entwickeln.«

»Das ist zwar sehr dünn, würde aber den Verdacht der Amerikaner bezüglich eines Umsturzes bestätigen.«

»So sieht es aus. Aber das soll offiziell niemand erfahren, sonst kommt das nordkoreanische Staatsoberhaupt schlecht rüber. Ein angeblich unantastbarer Führer wirkt ziemlich schwach, wenn er so einfach außer Gefecht gesetzt werden kann. Also liefert er die Schuldigen, selbstverständlich tot, und bittet darum, dass darüber Stillschweigen bewahrt wird.«

»Und damit sind die anderen einverstanden?«

»Er hat sich außerdem, sozusagen als Gegenleistung, dazu bereit erklärt, Waffeninspektoren ins Land zu lassen. Inoffiziell versteht sich. Damit wendet er einen Angriff fürs Erste ab. Die Amerikaner hoffen nun, Einblicke zu bekommen, um künftig besser gewappnet zu sein. Im Glauben, dieses Zugeständnis durch ihre Unnachgiebigkeit erzwungen zu haben, ziehen sie die Truppen zurück. Offiziell sprechen beide Seiten von ihren hervorragenden diplomatischen Fähigkeiten, die diese Krise beendet haben. Die Japaner, Chinesen und auch wir Russen halten still, wenn wir an den Inspektionen und den daraus resultierenden Ergebnissen beteiligt werden.«

»Und was passiert nun wirklich?«

»Wer weiß das schon? Aber vergessen Sie nicht, dass wir die gefundenen Bomben nicht alle zerstört haben. Irgendwer wird sich die sicher sehr genau ansehen. Gleichzeitig liegen die Pläne immer noch in Nordkorea.«

Marchand stieß leise die Luft aus. »Es wird nichts besser werden?«

»Vermutlich nicht. Wir sind nur lediglich bald wieder alle auf demselben Stand der Waffentechnik. Friedensgespräche sehen jedenfalls anders aus. Das Abkommen ist ein reines Taktieren.«

»Glauben Sie, dass tatsächlich ein Putsch stattgefunden hat?«

Sorkin sah Marchand durch die halb geschlossenen Augenlider an. »Zumindest würde mich diese Version der Geschichte besser schlafen lassen.«

* * *

Noch am gleichen Nachmittag wurde Marchand zu seinem Vorgesetzten gerufen.

Der Mann machte sich wie gewöhnlich nicht die Mühe, viele Worte zu gebrauchen. »Die sind mit Ihrer Arbeit hochzufrieden gewesen!«

Marchand brummte ein leises »Danke« als Antwort. »Die« waren vermutlich die Regierungen, die vom BAS wussten. Das Lob kam ihm ungerechtfertigt vor, schließlich waren trotzdem Menschen gestorben. Menschen wie die Geschwister Lim, die Wissenschaftlerin Susan Baker, der Chinese Wu Tian oder Professor Yves Manol. Die Agenten, die in Nordkorea für die Russen gearbeitet hatten, die Besatzung des Hubschraubers in Tokio. Alim, der Marokkaner, und andere, von denen man noch nicht einmal die Namen wusste. Ihnen gebührten der Dank und die Anerkennung. Er selbst glaubte, wenig beigetragen zu haben. Die Fahndung nach der Person, die die Brüssler Bombe aktiviert hatte, und den Helfern in Tanger war bisher ergebnislos verlaufen. Außerdem hatte er noch nicht einmal erkannt, dass Catherine Smith eine Verräterin gewesen war.

Marchands Vorgesetzter schien die Gefühlswelt seines Mitarbeiters nicht ergründen zu wollen. Kurz betrachtete er ihn mit einem Stirnrunzeln, dann seufzte er, lehnte sich in seinem Sessel zurück und sagte: »Ich will es kurz machen!«

Der Leiter des BAS hob bei dieser Bemerkung seines Chefs leicht die Augenbrauen. Etwas anderes hatte er auch nicht erwartet, aber natürlich sprach er das nicht aus.

»Man war so angetan von der Arbeit dieser Taskforce, dass man sich entschlossen hat, daraus eine Dauereinrichtung zu machen. Unter dem Dach des BAS. Wir werden also neu strukturiert, wie es so schön heißt.« Ein seltenes Lächeln erschien auf dem Gesicht des Mannes. »Jedenfalls will man Sie als Leiter.«

»Und was ist mit unseren bisherigen Aufgaben? Der Osten, Russland?« Marchand war überrascht.

»Unsere Betrachtungen werden künftig etwas globaler ausfallen.«

»Wir ändern die Himmelsrichtung?«, konnte Marchand sich die Bemerkung nicht verkneifen.

»Wir schließen keine mehr aus!«, winkte sein Vorgesetzter ungeduldig ab. »Und wir nehmen neue Mitglieder im Team auf. Natürlich bleibt unsere Arbeit nach wie vor geheim.«

»Welche neuen Mitglieder?«, hakte Marchand interessiert nach.

»Nun, die Amerikaner und die Russen. Beide Seiten wären mit Ihnen als Vertreter der europäischen Länder und als Leiter des Teams einverstanden. Also, was sagen Sie?«

»Ich bin überrascht …«

»Natürlich können Sie sich Ihre Mannschaft aussuchen. Zumindest die Europäer«, fügte sein Vorgesetzter noch an.

Marchand dachte an seine Mitarbeiter. Sie würden damit ein völlig neues Feld betreten. Es könnte gefährlich werden, das hatten die letzten Monate gezeigt.

»In erster Linie geht es um Recherche und Beobachtung, wie bisher auch. Man will aber im Notfall ein Team haben, das eingreifen kann, wenn die Dinge plötzlich aus dem Ruder laufen.«

Marchand war kein Idiot, er wusste, was für eine Verantwortung er damit übernehmen würde.

»Die Russen haben sich übrigens schon für einen Vertreter entschieden. Die dachten, aufgrund Ihrer guten Zusammenarbeit in der Vergangenheit wäre Major Sorkin der richtige Mann für das Team.«

Jetzt musste Marchand grinsen. In diesem Punkt konnte er, ohne zu zögern, zustimmen.

»Sorkin hat angenommen?«

Sein Vorgesetzter schürzte die Lippen. »Macht es davon abhängig, wer das Team leitet. Mit Ihnen wäre er einverstanden.«

Marchands Grinsen wurde noch breiter. *Typisch Sorkin!*, dachte er für sich.

»Hören Sie, Leon …« Es war ungewöhnlich, dass sein Vorgesetzter so vertraulich wurde. »Ich würde es sehr bedauern, wenn Sie ablehnen.«

»Und ich wäre weiterhin nur Ihnen unterstellt? Keine Einschränkungen durch die neuen Mitglieder?«

»Die Russen sind sehr an einer einvernehmlichen Zusammenarbeit interessiert und auch die Amerikaner sehen das BAS als Chance. Nach der Geschichte mit der Smith sind die übrigens äußerst zurückhaltend, was Forderungen angeht. Einen besseren Moment, um alle an einen Tisch zu bringen, hätte es nicht geben können.«

Marchand wusste, dass sein Chef recht hatte. Im Falle einer künftigen Bedrohung, egal, welcher Art, könnten sie nur gemeinsam etwas bewirken – das hatten die letzten Tage allzu deutlich gezeigt.

»Ich denke, ich könnte mich mit dem ›neuen BAS‹ anfreunden«, antwortete er deshalb und registrierte das erleichterte Aufatmen seines Chefs. Mit einem schiefen Lächeln fügte er noch hinzu: »Es wird wohl niemals der Tag kommen, an dem man uns sagt, dass wir nicht mehr gebraucht werden.«

KAPITEL 16

2015 n. Chr.: Lasersysteme werden auf Schiffen und Flugzeugen aktiv verwendet. Unbemannte Fahrzeuge, teils schwer bewaffnet, sind autonom unterwegs. Neurowissenschaften und Nanotechnologie haben längst Einzug gehalten, Begriffe wie »Roboter« und »Drohne« sind gängiges Vokabular. Das Militär hat schon seit einiger Zeit auch den Weltraum für den Krieg entdeckt. Täglich kreisen unzählige Satelliten über unseren Köpfen, beobachten, werten aus und werden gegebenenfalls auch aktiv, so zum Beispiel in der Raketenabwehr. Über eines sollten wir uns im Klaren sein: Der fragwürdigen Fantasie im Bereich der Waffenentwicklungen sind kaum Grenzen gesetzt und was wir eventuell für Zukunftsvisionen halten, ist bereits heute Realität …

Einige Tage später

Faruq bewegte nur die Fußzehen. Ein sanftes Kribbeln kroch seine Fersen nach oben. Der Marokkaner lag nicht das erste Mal reglos im Sand, nur durch seinen Shemagh vor der Sonne geschützt. Ein wenig ärgerte ihn dieser kurzfristige Befehl. Eigentlich hätte er jetzt auf der Hochzeit seines Cousins Yasin sein müssen. Er dachte eine Minute lang an süßen Pfefferminztee und an in Honig getränkte Makruts. Dann riss er sich zusammen und konzentrierte sich auf seine Aufgabe.

Sein Ziel schien ein reicher Mann zu sein. Reich und mächtig. Das erklärte die Heerschar Leibwächter, die ihn umgab.

Allerdings war auch dieser Mann einer der arroganten Ausländer, die in ein fremdes Land kamen und glaubten, sie könnten ihre Regeln und Bräuche den herrschenden

Bedingungen und Traditionen einfach so überordnen. Wäre es anders gewesen, dann hätte der fettleibige Kerl längst Einheimische zu seinem Schutz engagiert, anstatt den geschniegelten europäischen Anzugträgern den Vorzug zu geben.

Einheimische wären sicher misstrauisch geworden, als Faruq gestern, verkleidet als Ziegenhirte, mit einer kleinen Herde nahe dem Haus vorbeigezogen war. Einheimische hätten gewusst, dass dieser gottverlassene Streifen algerischer Wüstenstraße niemals einen Hirten anlocken würde.

Aber die Ausländer waren nicht über sein Auftauchen verwundert gewesen und so konnte er unbehelligt, in gemächlichem Tempo am Haus vorbeischlurfen. Begleitet von fünf gutmütigen Ziegen, die er sich für ein großzügiges Trinkgeld einen Tag lang ausgeliehen hatte. Es war also ausreichend Zeit gewesen, das Gelände zu sondieren.

Faruq wusste längst genug über sein Ziel. Nicht, dass man ihm den Namen des Mannes mitgeteilt hätte. Das tat man nie. Auch der Grund, der zu diesem Befehl geführt hatte, spielte für den Marokkaner keine Rolle. Er war Soldat und gehorchte. Es war nicht der erste Auftrag dieser Art und würde ganz gewiss nicht der letzte sein. Manchmal waren die Dinge jedoch so offensichtlich wie in dem Fall des fetten Kerls dort unten. Der Typ war mit Sicherheit ein Krimineller.

Vermutlich hatte sich der Mann diesen großzügigen Unterschlupf in der algerischen Abgeschiedenheit zugelegt, um sich vor Behörden, Konkurrenten oder unzufriedenen Kunden zu verstecken. Faruq, dessen Blick stur durch das Zielfernrohr auf eines der Fenster gerichtet war, verzog für eine Sekunde verächtlich die Mundwinkel. Was für ein Trugschluss! Wie viele andere seiner Zunft saß auch dieses üble Subjekt schon längst in der Falle. Ständig musste er doch damit rechnen, dass man ihn aufspürte und für seine Taten zur Rechenschaft zog. Bei dem Aufwand, den der Fettsack betrieb, gab es vermutlich eine ganze Reihe von Leuten, die mit ihm noch eine Rechnung offen hatten.

Aber solche Menschen machten es Faruq einfach. Ihre Arroganz ließ nämlich nicht zu, dass sie sich ihre Situation eingestanden. Sie hielten sich für unantastbar und unglaublich clever mit ihren Leibwächtern und den Häusern mitten in der Wüste. Dann wurden sie leichtsinnig. So wie jetzt.

Faruq betätigte den Abzug. Wenige Augenblicke verstrichen, während denen das Projektil seinen Weg durch die flirrende Hitze fand, anschließend die Fensterscheibe durchschlug, in die Stirn des Ziels eindrang, explodierte und dabei die obere Hälfte des Schädels zerriss.

Noch während die Gehirnmasse des Mannes auf den Steinfußboden des luxuriös eingerichteten Arbeitszimmers spritzte, packte Faruq sein Scharfschützengewehr zusammen und verschwand anschließend wie ein Geist in der Wüste.

Eine Stunde später erhielt Leon Marchand einen Anruf aus Marokko und wurde inoffiziell darüber informiert, dass der Waffen- und Drogenhändler Randolph Baxter nicht mehr unter den Lebenden weilte.

Nachdem das kurze Gespräch beendet war, verharrte der Leiter des BAS einige Minuten reglos. Dann sah er auf den Computerbildschirm vor sich. Seine Finger wanderten über die Tastatur. Ein letztes Mal betrachtete er das eben Geschriebene, dort stand:

```
Fallakte: »Projekt Todlicht«
Status: »Abgeschlossen«
```

Mit einem tiefen Seufzer drückte er die Entertaste.

SCHLUSSWORT UND ANMERKUNGEN

Alle Personen, Institutionen und Handlungen in meinem Buch sind grundsätzlich frei erfunden (außer natürlich den historisch belegten). Ähnlichkeiten mit lebenden oder toten Personen und deren Handlungen sind rein zufällig und nicht beabsichtigt.

Auch in »Projekt Todlicht« wird teilweise Bezug auf geschichtliche Ereignisse oder wissenschaftliche Entwicklungen genommen. An dieser Stelle der Hinweis, dass mein Thriller ein fiktiver Roman ist und kein Sachbuch, weshalb kein Anspruch auf Vollständigkeit bei diesen Themen besteht.

Einige Anmerkungen möchte ich jedoch anfügen:

Die beschriebene *Zar-Bombe* ist keine Erfindung von mir, sondern wurde tatsächlich 1961 von der Sowjetunion gezündet.

Operation *Atalanta* findet, wie im Roman dargestellt, vor der Küste Somalias statt. Es handelt sich um eine Mission verschiedener EU-Länder, die dazu dient, die Lieferungen von Hilfsgütern zu sichern und eine freie Seefahrt zu ermöglichen, indem das Gebiet um das Horn von Afrika vor Piraterie geschützt wird.

Die Waffen haben sich in den Jahrhunderten immer weiter entwickelt. Und auch heute wird ein enormes Budget für Forschungen und Entwicklungen in diesem Bereich bereitgestellt. Ein dabei angestrebtes Ziel ist unter anderem die Miniaturisierung sowie die Maximierung der Reichweite.

Das Thema *Teilchenbeschleuniger* wurde nur grob umrissen. Ich möchte allerdings noch einmal auf die Anlage in CERN verweisen. Wie in meinem Buch beschrieben, gab und gibt es bereits viele kontroverse Diskussionen über den Einsatz des dortigen Teilchenbeschleunigers. Befürchtet werden unvorhersehbare Effekte, unter anderem auch die

Erzeugung von Schwarzen Löchern, die extreme Zerstörungen anrichten könnten. Wir bewegen uns hier also keinesfalls im Bereich der Science-Fiction, sondern auf einem Gebiet der Physik, das noch nicht bis zur Gänze erforscht ist.

U-9881 ist eine Erfindung, genauso wie das »Projekt Todlicht«. Allerdings gibt es auch heute noch einige Spekulationen über verschwundene Forschungsprojekte aus der Zeit des Dritten Reiches, die unter Hitlers schrecklicher Terrorherrschaft entwickelt wurden. Dabei darf man nicht vergessen, dass es hierbei stets um die militärische Nutzung ging. Das Naziregime wollte Grausames erschaffen.

Manche der Forschungsergebnisse aus dem Dritten Reich wurden nach Kriegsende von den Alliierten zusammen mit den dazugehörigen Wissenschaftlern übernommen und weiterentwickelt. Ein Beispiel ist unter anderem die Raketentechnik.

Was die Fahrt von U-9881 betrifft, so gab es 1945 durchaus U-Boote, die sich von Deutschland nach Japan auf den Weg gemacht haben. Das hing damit zusammen, dass die beiden Länder Verbündete waren. Die Boote transportierten zum Beispiel Quecksilber, Uranoxid, teilweise auch zerlegte Militärflugzeuge und andere kriegswichtige Materialien.

Die Teilung Koreas und die danach stattgefundene Entwicklung der beiden Landesteile entspricht der Darstellung in meinem Buch. Das gilt ebenfalls für die Zeit der japanischen Kolonialherrschaft. Auch wenn ich dieses Thema nur oberflächlich angesprochen habe, der Rahmen des Buches wäre ansonsten gesprengt worden, soll kein Zweifel daran gelassen werden, dass dieses Land Schlimmes durchgemacht hat. Japanische Militäreinrichtungen, in denen Tausende koreanische Frauen als Zwangsprostituierte unvorstellbares Leid ertragen mussten, waren leider bis zum Ende der Kolonialherrschaft traurige Realität, um nur ein Beispiel zu nennen. Auch nach der Teilung 1945 erlebte die Bevölkerung auf beiden Seiten sehr schwere Zeiten.

Viele Koreaner, sowohl im Süden als auch im Norden, befürworten eine Wiedervereinigung ihres Landes. Nach dem

Koreakrieg in den Fünfzigerjahren wurde allerdings bis heute noch kein Friedensvertrag abgeschlossen. In Südkorea existiert immer noch ein strenges Sicherheitsgesetz, das den Menschen zum Beispiel verbietet, in Kontakt mit Nordkorea zu treten oder etwas Positives darüber zu sagen.

Nordkorea gilt momentan als eine ernst zu nehmende Bedrohung für die Welt. In meinem Buch ist das ein zentrales Thema, genauso wie die dort verübten Menschenrechtsverletzungen, die aufs Schärfste zu verurteilen sind.

Wie sich die internationalen Beziehungen zu Nordkorea künftig entwickeln werden, vermag niemand vorherzusehen. Trotzdem hoffe ich persönlich darauf, dass der gesunde Menschenverstand alle Seiten auf einen Weg der Entspannung und Annäherung führen wird, und zwar, bevor es zu spät ist.

Herzlichen Dank, dass Sie sich die Zeit für mein Buch »Projekt Todlicht« genommen haben. Ich hoffe, Sie hatten Spaß beim Lesen!

Ihre
Ilona Bulazel

WEITERE TITEL DER AUTORIN

Sepsis – Verkommenes Blut (Psychothriller)
http://www.amazon.de/dp/B00V0R616E

Die Akte Aljona (Thriller)
http://www.amazon.de/dp/B00Q5KOL2M

Operation Castus (Thriller)
http://www.amazon.de/dp/B00IDI70R2

world: reset – Nach den Aschentagen
(Krimi/Science-Fiction-Thriller)
http://www.amazon.de/dp/B00CG8G79W

Mystery-Geschichten (Kurzgeschichten)
http://www.amazon.de/dp/B00LOVB5K8

Scifi-Geschichten (Kurzgeschichten)
http://www.amazon.de/dp/B00M4E48P8

Mit freundlichen Pfoten – Lustige Briefe … (Humor)
http://www.amazon.de/dp/B00DP53PWM

Mit freundlichen Pfoten – Weihnachtspost … (Humor)
http://www.amazon.de/dp/B00FYUT0CA

Alle Titel erhalten Sie als E-Book (die Shops finden Sie auf der Website der Autorin unter http://www.autorib.de) oder als Taschenbuch über Amazon!

13942960R00179

Printed in Poland
by Amazon Fulfillment
Poland Sp. z o.o., Wrocław